"当代诗歌语言研究" 系列之二

董迎春　著

当代诗歌
超验论

中国社会科学出版社

图书在版编目(CIP)数据

当代诗歌超验论 / 董迎春著. —北京：中国社会科学出版社，2018.9
ISBN 978-7-5203-2866-1

Ⅰ.①当… Ⅱ.①董… Ⅲ.①诗歌评论-中国-当代 Ⅳ.①I207.22

中国版本图书馆 CIP 数据核字 (2018) 第 168636 号

出 版 人 赵剑英
责任编辑 慈明亮
责任校对 闫 萃
责任印制 戴 宽

出　　　版　中国社会科学出版社
社　　　址　北京鼓楼西大街甲 158 号
邮　　　编　100720
网　　　址　http://www.csspw.cn
发 行 部　010-84083685
门 市 部　010-84029450
经　　　销　新华书店及其他书店

印刷装订　北京君升印刷有限公司
版　　　次　2018 年 9 月第 1 版
印　　　次　2018 年 9 月第 1 次印刷

开　　　本　710×1000　1/16
印　　　张　22
插　　　页　2
字　　　数　276 千字
定　　　价　99.00 元

目　　录

上篇　理论

导论：诗体通感与通感修辞

诗歌创作是现实的精神投射与心理化的活动过程。文学的精神性、内心性往往与心灵感应有着密切关联。没有内心体验与对世界的理解与想象，文学自然就无法实现其精神观照与审美价值。创作与阅读体现着把客观的加以抽象化，抽象的加以感觉化，感觉的又导向艺术真实的过程。而诗歌也许是将一些局部的、片段的体验和情绪暗示，借助具有审美与思想价值的诗学文本呈现世界与个人复杂关系的沉思。诗性的生成建立在诗人内心体验、对诗的内心理解的想象性、理解性的过程中，诗歌作为诗性、超验性体验导向现实人生的情境暗示。

通感诗写作为一种生命思维与哲学信念支撑着诗人与世界的联结与感应，诗人是"象征森林"的成员之一，他与世界是彼此平等与对话的关系。这种感应与诗这种文体本身存在着密切联系，诗的话语也导向了与世界平等对话的心灵诉求。本文将探讨诗歌所具有的通感文体的话语特征，怎样强化了诗之文学空间，强化了诗歌作为语言艺术的文本价值和现实意义。

第一节　诗歌作为"通感文体"

对于诗歌，艾略特说："我们必须首先把它看成诗歌，而不是别的东西。"① 从符号学角度讲，体裁决定了文本的阐释意向。"符号文本被展示为什么体裁，就会产生这种体裁的意义效应，因为文化的解读程式，有体裁强制性。"② 诗歌的特殊性既在于诗歌与其他艺术门类与文体的差异性，同时又表现为这种文体与其他艺术、文体的联结性。诗歌是一种以语言为符号的心灵意义实践的艺术形式，它是所有艺术中最切近内心的一种艺术。这种诗意精神或者诗性话语，作为一种价值范式与话语精神，启示着其他艺术门类与不同文学文体的艺术追求。这种以精神性、内在性为话语实践的诗性，自然连接了创作者的主观心灵与身体感应。诗歌与身心的交互感应关系，成为这种特殊文体的精神特征与意义指向。通感修辞使其具备了自身的文体优势与独特的话语旨向。

　　诗人是一种感觉、直觉极强的感官群体。这种神秘性、超验性的理解与表现道说着个体与世界复杂的情感联系，因而其作品也随之成为"写作秘密"的道说。现代生活与体验的丰富，直接导致了人类感性能力的丰富。当代诗歌写法的多种形式，超乎想象的书写内容，及庞杂宽泛的书写群体等一切与现代人（写作者）瞬间的、即时的、以感觉、直觉为表现特征的"感性能力"息息相关。克雷奇等著的《心理学纲要》中提出"一种感觉的感受器受到刺激，在另一完全不同的感觉领域也产生感觉"③ 的"联觉"概念，作者认为，一种感觉能够同时引起人心理和生理上的反应，这种反应除了具有即时性、同时性外，更具有记忆性和扩展性。一种感觉被感官合成、变形、淡化之后，最终被存储起来，这种存储又具休眠、遗忘、被唤醒的特征，其中感觉的休眠与被唤醒的过程则是诗之产生

---

① T. S. Eliot, *The Sacred Wood*: *Essay on Poetry and Criticism*, Preface, Methuen & Co. Ltd, London，1920，p. 8.

② 赵毅衡：《趣味符号学》，重庆大学出版社 2015 年版，第 123 页。

③ ［美］克雷奇、克拉奇菲尔德、利维森等：《心理学纲要》，周先庚、林传鼎、张述祖等译，文化教育出版社 1981 年版，第 51 页。

的前提与基础。"在联觉的基础上，主体记忆、经验与意识层面自动呈现的感觉呼应状态，某感觉唤起它感觉对某一感官刺激自动进行感觉的合成反应。"① 诗写就是这种内心的"合成反应"，从孤独中游离现实经验与日常思维，从直觉、心观中获得生命的升华与领悟，孤独作为思想触媒与终极关怀交融、抵达，最终释放并缓解了悖论人生的存在感和可能性。人的多种感觉以某种感觉为基础经由共时、叠加、转移等最终融合是外在对象进入个人的回应。外在对象，不管何时何地、以何种方式、手段，在人身上有所回应或产生关系，必经"直觉"这一途径，以直觉去触摸、会悟。而某一感觉形成之后，即经由直觉引生之后，在人的心理与生理构成中有两种典型的感官回应，一是剩余感官的同时感受，发生一对一、多对一的瞬时反应，即联觉，与象征主义的"感应"相近，创造出不同现实世界的另一种合理的艺术真实与超验体验，其内在结构，便是"通感"对世界的复杂性的理解结构。在这一"结构"之内，通过不同感觉之间的瞬间与合成反应，实现个体与世界的对话和理解。

艺术上的"通感"特征，与诗的本质属性中的"通灵"自然契合，创作者通过身心（身体感官）的直觉、幻想不断与世界（客体）形成一种平等、平和的心灵对话关系，这种"关系"以"生命特征"为转义方式，其在诗艺形式上不自觉地走向修辞意义上的"通感性"，比如：屋檐是孤独的，哭泣是碧绿色的膨胀，风在晃动着，这些诗句均赋予了宇宙万物的性灵与生命特征。

通感的直觉性指向诗句的瞬间性和即时形成性特征，这体现在现代诗歌的诸多诗句中。而直觉的瞬间性、即时性也解释了当下直觉不断大量新生的现象，亦致使人的诸多感觉产生、淡化，或被遗忘，沉淀成人的记忆、经验或意识。"仅仅收集我们以往经验的零

---

① 高志明：《联觉—移觉—通感：学科归属与通感的构成维度》，《湖北文理学院学报》2013年第1期。

碎材料那是不够的；我必须真正地回忆亦即重新组合它们，必须把它们加以组织和综合，并将它们汇总到思想的一个焦点之中。"①

通感，既指传统意义上的跨渠道的感觉形成文本的艺术化表达效果，同时，也指一种精神的内心感应与超验性的审美错指、强指的审美现象。我们将其称为"观念通感"，也即指向了象征主义的打破传统"二元"哲学观念的"或此，或彼"的生命体验与理论主张，并以此思维去理解与认知客观世界，勘探人类潜意识的观念世界，形成一种不同于理性思维的认知形态。象征主义更倾向于感官与感官、感官和事物之间的神秘感应，在颜色、声音和气味之间存在着类比性和隐秘的融合，即"垂直感应"。

英国诗人艾略特赞美这种诗歌的写作，认为诗"像嗅到玫瑰一样嗅到思想"。从这个意义上来讲，这种意义上的通感，作为一种哲学思维方式，蜕变诗性的认知思维，让诗成为感应的写作，诗歌从写作的过程以及文本的意识流动所形成的块片式的直觉、联想、灵感、意义组合成一个独特的想象与审美空间，让诗成为艺术之诗、想象之诗、审美之诗、生命之诗。"所有的符号文本，都从属于一定的体裁，体裁是一种符号发出者与接收者都接受的一个文化契约。"② 在文体特征上，诗的"体裁"属于直觉的、灵感的、超验的"可能"文本，"文化契约"的特征直指"诗"这种体裁的本质属性，也是区别其他文体的差异所在。可见，诗歌的通感性、超验性让其成为一种"通感文体"。

诗体非常重视灵感，灵感并非仅是作为直觉闪现于创作之前，亦在观照与思考、写作中继续得以再闪现、再直觉从而生成新的灵感。灵感的生成与通感同样关系密切。在通感结构之中，直觉最为

---

① ［德］恩斯特·卡西尔：《人论：人类文化哲学导引》，甘阳译，上海译文出版社 2013 年版，第 87 页。

② 赵毅衡：《趣味符号学》，重庆大学出版社 2015 年版，第 58 页。

基本与活跃，并极富"诗味"可能。"诗乃在于感，而不在于懂，在于悟，而不在于思。"①直觉是人对外在对象的第一印象，是一种思维与目的兼备的瞬间形象感知过程，它一旦产生，就必然走向创作的完成，否则这种直觉就只是一种幻觉。对于诗人而言，"这种瞬间感知过程的展开赋予诗以生命；诗所传达的不是一种预设主题的蓄意呈现，而是一个直接而自发的感受过程"②。现代诗人的很多诗句都是这种第一印象的直觉回应。庞德"人群中这些脸的憧影：湿黑的枝上的花瓣"、艾略特"四月是最残酷的月份，并生着紫丁香"、韩东"黄昏的羽毛"、海子"亚洲铜"都是诗人灵感与直觉的体现。因为脸/花瓣、残酷/四月、黄鱼/羽毛、黄种人/铜之所以能够组合句子，很大原因在于写作者在某个时间、地点、情境中遇见直觉，即看见花瓣、感受残酷、看到鸟（羽毛）、面对铜色之时形成第一印象，然后创作出具有一定美学价值的张力诗句。诗句或诗歌的这种第一印象或瞬时诗写具有直觉的形而上先验性，它是完成感觉的初始阶段，并与象征、变形、隐喻性、陌生化的文本效果不谋而合，生成了诗的语言张力和美学价值。

废名《街头》中所展示的场景，是喧闹、匆忙之所在，置身其中，能够使人形成丰富、繁杂的听觉和视觉，并交织成各种情绪与体验，形成诗之基调——寂寞，这首诗包括人、物、事多种感觉的联觉，也有经验与意识的移觉。李亚伟《秋天的红颜》写道："可爱的人，她的期限是水/在下游的徐徐打开了我的一生""我的死是羽毛的努力，要在风中落下来/我是不好的男人，内心很轻"是直觉特征的反向，表现出瞬间、即时的对接特征，是直觉瞬时的感悟与灵感闪现结合而成。直觉通过表述转换成各种感觉，并在发生共

---

① 洛夫：《诗人之镜：〈石室之死亡〉》，创世纪诗社 1965 年版，第 8 页。

② ［美］奚密：《现代汉诗：一九一七年以来的理论与实践》，奚密、宋炳辉译，上海三联书店 2008 年版，第 2 页。

时、叠加、转移的联觉与移觉交织反应之后，最终完成诗歌的幻象化与超验性的通感诗写。

显然，人的直觉、感觉能力的丰富，让诗歌的写法有很多变动的可能，让诗歌表现出很多意想不到的内容。在现代诗歌书写当中，通感所揭示出的具象与抽象结构空间，指向人类复杂的感性的"通感领域"，这个抽象的领域又对外在对象具有极强的感性创造力、生成力和建构力，从而处理自我个体的感性世界与外在对象的神秘关系。"一种文化或精神共同体的人们所亲历和体验的各别的世界是相互关联的，并且，直觉、感觉、思想从一方到另一方的沟通力的程度——也就是，使一个人以其自身的存在的风格，通过诸如语言、艺术或宗教这样的表达媒介，借助于其本身亦是象征的文字、声音、公式或符号等这些手段所创造的东西变得可以理解的程度——就取决于此种相互关联的程度的大小。"① 经由通感过程创作的诗歌，强化了具有强烈文本价值的想象性和超验性的文学空间，为创作主体提供了一种感受、理解和解释世界与写作的重要渠道，这种通感又进一步强化了诗这种文体的内在属性，使诗成为道说，构成了写作与写作者的存在，并给予了写作一种认知思维与实践价值。

综上所述，当代诗歌不仅是传统意义上的写作行为，更是一种哲学认知视野下的一种审美态度与生命思维。在传统写作看来，诗歌需要复杂而统一的意象群，意象讲究陌生化的处理。而通感书写则更强调这种"意象"的差异性与复杂性，更追求超现实语言与意境（赋予万物以灵性，与生命等同，物与事在诗人眼里都是生命的载体，都承载了特殊的情感与相互怜悯与心心相印、互为对话的关系），其中哲理性诗句使读者产生的惊奇与刺痛感，形成语言的词

---

① ［德］奥斯瓦尔德·斯宾格勒：《西方的没落》，吴琼译，上海三联书店 2006 年版，第159 页。

句或情境反讽，表现出存在感与虚无意识的纠结与挣扎。通感诗写，其最为重要的就是超验的语言与世界的关系的建立，诗作为一种感应的媒介通过幻想来沟通自我与世界的深层的心灵关系，更重视主体与客体交融后的物化与心灵化的诗意发现。

第二节　诗歌作为"通感修辞"

19 世纪，以兰波、波德莱尔、马拉美、瓦雷里为代表的象征主义诗人，注重想象、幻想、感觉等象征主义书写特征与直觉化的通感修辞相感应与化合。创作主体（诗人或写作者）多种感觉的共时、叠加与转移，给予了我们认知和阐释现代诗歌创作的可能与途径。

精神上的感应称为"垂直感应"，亦称为"观念通感""文体通感"，引导了诗歌的通感修辞的转义指向；象征主义的各种感官之间的转换与联系的通感特征被称为"水平感应"。诗歌通感所表现出的直觉性、诗意性、灵感与创造的"合成反应"等文体特征，也离不开这种修辞对其文体的强化与染指。诗歌修辞意义上的通感性、超验性，强化了诗歌的艺术真实，语言与意义的互指关系因此得以联结、强化。

诗之语言借助感官的转换传达意义、互为表现。语言本身就是对世界现象的映射与移情式表现，这种联结与转换自然具有隐喻性。诗歌这种文体将语言的隐喻性升华为一种更高的修辞与思维的表现，是一种"泛灵投射"。诗歌文体意义上的通感有时也需要借助修辞意义上通感的语言表现使超验、通灵的诗句得以表现。修辞意义上的"通感"是一种感性的语言写作行为，它通过一种感官或多种感官共时、叠加、转移某一感觉或多种感觉之后，产生一系列超常、奇特的语言和语义效果。现代诗歌的暗示、象征、隐喻、超验的书写特征，都借用"通感"得以诗性传达与意义实现。"通感，即跨越渠道的感觉。严格说，五官各司其职，感觉渠道不可能跨越，我们不可能看到香臭，不可能听到江绿，不可能尝到噪声。所有所谓跨越渠道的感知，只是一种效果比较。"① 例如，《乐记》说音有肥瘦；《乐记·师乙篇》说："如歌者，上如抗，下如队，曲如折，止如槁木，倨中矩，句中钩，累累如端，如贯珠。"苏轼"小星闹或沸"是视觉转化为听觉；杜甫"晨钟云外湿"，听觉转化为触觉；"甜蜜的微笑"，用味觉形容视觉；"柔和的嗓音"，用触觉形容听觉；"清凉的蓝色"用触觉形容视觉。② 语言使不同感官之间转化、糅合从而产生文本的艺术张力，而通感便是种种不同身体感应与跨渠道之间融通与联结的手段，从而产生修辞与表达的审美化、思想化的文本力量。亚里士多德曾对声音的"尖锐"与"沉重"有过描述，实际上就是听觉与触觉的互换，体现了人类感觉相互替代和转移的特征。

赵毅衡先生认为，"通感"（synaesthesia），是跨越感觉渠道的表意与接收，其机制与人的"内模仿"可能有关。通感是不同渠道的符号互相比较，是跨感觉渠道的表意，对符号的接收与认知，落到两个不同感官渠道中，例如视觉造成听觉认知，嗅觉造成视觉认知等。③ 法国文学理论家莫里斯称"通感"是"感觉间（intersensory）现象"。

通感作为诗歌创作的一种修辞手法，往往赋予诗歌书写变形与隐喻的关系与可能。"通感实际上不是两个渠道的直接比附，而是

---

① 赵毅衡：《趣味符号学》，重庆大学出版社 2015 年版，第 56 页。

② 同上。

③ 赵毅衡：《符号学原理与推演》，南京大学出版社 2011 年版，第 133 页。

用语言写出两个渠道之间感觉的比较。"① 诗之通感属性生成了"诗的过程"，但因感觉中意象、思维、逻辑的强指与跨越，诗的结果与意义往往生发出难以理解的问题，如当代诗歌的逻辑问题、晦涩问题。一个诗句或一首诗的呈现，其认知内容大都涉及能指与所指两面，因为语言或词语不会无缘无故组合在一处，通感修辞让一首诗的完成变得清晰与明朗，形成了文本独特的审美效果。通感修辞，蕴藏与浓缩了现实人生，并超越现实化、惯常审美的超验抵达，又把包孕语言信息的声音、温度、色彩、味道、图像等进行瞬时、历时与未来地编排，让句子的形式具备语言的能指与所指能力，进而创造意义并达成理解。

杨炼在《大海停止之处》中写道："蓝总是更高的　当你的厌倦选中了/海　当一个人一眺望迫使海/倍加荒凉//依旧在返回/这石刻的耳朵里鼓声毁灭之处/珊瑚的小小尸体　落下一场大雪之处//死鱼身上鲜艳的斑点/像保存你全部性欲的天空//返回一个界限像无限/返回一座悬崖　四周风暴的头颅/你的管风琴注定在你死后/继续演奏　肉里深藏的糜烂的音乐//当蓝色终于被认出　被伤害/大海　用一万枝蜡烛夺目地停止。"蓝与蓝色本身是并不具体的事物或对象，但在高、荒凉、鼓声、鲜艳、悬崖、管风琴、糜烂等所建构的视觉、触觉、听觉、嗅觉的通感领域内，蓝与蓝色对人或海的信息进行对接与组合，从而赋予了写作对象人或海的通感意义。按照能指与所指互为前提的属性来说，蓝与蓝色属于能指，它有所指的前提，确实表达人或海；而人或海的对象意义亦确实存在，所以所指才能够成为所指，也即被表达，这个过程都在通感领域内产生与完成。通感修辞以象征与陌生化效果的形式呈现意义。诗人在《饕餮之问》中运用各种通感修辞直接创造出陌生化的诗歌

---

① 赵毅衡：《符号学原理与推演》，南京大学出版社 2011 年版，第 133 页。

语言与技巧效果，"北极星嵌在额头正中""逃出安阳　逃进殷之夜""奢华磨洗一把大钺"便是感觉的共时、叠加、转移所产生的陌生化效果。这种效果呈现了通感在诗歌当中形态状况，即视觉与触觉或视觉与其他感官感觉的关系问题与运用方式问题。而"冷冷一问又把天空变小？/命名之黑里多少不升不降的太阳？//少女婀娜自殷之夜/荡回　一缕香捻熄了灯火吗？/人面兽面都温驯依偎进了轻烟吗？/什么也不说的语言　已完成了祭祀吗？"的象征意义，则是把触觉、视觉、听觉的感觉关系变成通感的感性意义，并以具体的少女意象展开对象世界的感伤、疼痛、命名、祭祀等抽象化主题的通感诗写。各种感觉共时、叠加、转移的感官变化，致使原对象事物意义的偏移，强化了诗歌的审美、超验等话语实践的艺术价值。

　　经由通感修辞，诗歌意义的象征特征与陌生化效果是显著的。这种显著的效果，直接表现在语言上，使诗歌语言充满了现代主义的张力、隐秘、神奇特质。通感穿插于诗歌语言、意义理解、技巧效果等问题形成的前后过程之中，是这些维度产生与演变的方式所在。通感与世界进行各种形式的接合，让创作主体既成为"象征森林"的成员，也完成了创作个体与世界的联结关系，语言成为通感修辞的助力器与投影仪，创造意义，完成意义，让诗的修辞与诗的价值并行。诗之"意义"是在感觉思维中存在与形成的，具备感性与理性的共通性，实质上诗的写作与阅读很大程度上就是对感觉思维的承认与认同行为。这种行为指向意义本身，指向诗歌写作者的意义与诗歌读者的意义。诗歌意义的建构与呈现经由通感支撑与限定诗的写作与阅读的双重实现。由此可知，一首诗至少有一层或更多意义，写作者的意图与读者的理解可以相同，也可以存在分歧，甚至差之千里。诗歌意义的同一与差异问题，让诗歌回到通感修辞，回到直观的、想象的"感应"关系这一维度，即以诗歌语言、形式、技巧等方面表现出来，形成象征与陌生化的文本效果。

就创作个体而言，当下诗歌写作侧重的方式与角度可谓是五花八门，"通感修辞"既为当代诗歌写作提供了一种写作可能，也连通了诗作为"通感文体"的意义地带。

第三节　通感诗写与话语可能

1996 年诺贝尔文学奖得主波兰诗人辛波斯卡写道："浮云般的人群移动过大地，/云朵巨大，只落下小雨——/一场小雨，一滴泪水，一个旱季。/轨道向着黑森林内伸展。//车轮可对可对地发着声响。/没有空地的森林。/可对，可对。噪音的护送部队穿过森林。/可对，可对。夜里醒来我听见。/可对，可对，寂静碰撞寂静的声音。"（《然而》）

2011 年诺贝尔文学奖得主瑞典诗人特朗斯特罗姆写道："醒，是梦中往外跳伞。/摆脱令人窒息的旋涡/漫游者向早晨绿色的地带降落。/万物燃烧。他察觉——用云雀的/飞翔姿势——强大的树根/在地下甩动着灯盏。但地上/苍翠——以热带风姿——站着/高举手臂，聆听/无形的抽水机的节奏。……//在一天最初时分，知觉把握世界/像手抓住一块太阳热的石头。/漫游者站在树下。当/穿过死亡旋涡之后/是否有一片巨光在他头顶上铺展？"（《序曲》）

以上面两位获得诺贝尔文学奖的诗人作例考察，通感诗写作为一种不自觉的诗体和诗艺写作现象，其理论价值不可低估。同时，诗，不仅是一个民族的记忆，也是观照现代文明的思维武器，并因其独特的艺术追求，其话语实践更具价值。进入"诗"的层面的写作，即具备诗的结构与意义生成以及变化的可能，随处可见通感元素的运用与参与，这对应着诗歌作为"通感文体"与"通感修辞"

的"稳定"与"变化"特性。

通感诗写，导向超验世界的复杂与隐秘，对应着诗歌写作的叙述性、技巧性与模糊性。象征与超现实的话语实践与理论尝试的内在维度可以归纳为多种经验、感觉在生命内部发生多次结合和多种变化的结晶，具备极大的诗语价值；通感诗写与话语可能，为忽略语言的本体价值，让语言趋向单义、协同的当代诗歌写作提供了实现诗之"文化复兴"的话语尝试。因此，通感作为一种诗歌书写特征，赋予了语言与想象的独特魅力，完成了诗意和诗性的文化价值。

第一，重视诗歌文体的通感特征，在由"经验"向"超验"过渡的直觉体验中感应生命的深度事实和艺术真实。

通感诗写要处理的问题仍旧是虚/实、经验/超验之间的平衡。诗作为生活最为经济与简便的方式介入生存，经由语言使现实的经验世界暂时地克服焦虑，让困倦、疲乏的身心在写作中获得宁静。生活与艺术往往并不分裂，它们以其圆通、自然的纽带联结彼此。艺术既非生活的调料也非苦难的拯救，生活也不是一成不变磐若巨石，它的生长性与绵延性自然导向我们惯常称之为可能的世界。诗犹比一件艺术品，它要索寻的正是艺术光晕，一种有意味的可以切近的体验与趣味，对经验的智性处理让语言成为语言，并与生命并道、同行。现代诗不同于传统的抒情性特征在于它从现实和现代的视角入手，从生命的经验出发，探索最终的语言背后的生命形式，在焦虑与孤寂的时代中送初心回家，通过想象的翅膀获得精神性启示。

诗歌经由通感完成了自身的写作与理解。就当代诗歌而言，可以经由人的通感能力认知世界，给予超验世界予以现实的、经验的平等性对话关系，从而认识生命与艺术自身，最终完成生命的深度理解。艺术的直觉生成认知思维，进而生成张力诗句，联觉与移觉建构了一首诗的主体内容，而诗歌的语言、象征、陌生化的写作问题及意义阅读都蕴于其间。当下诗歌写作，可以从通感诗写切入，进行创作与认知实践。当过人的敏锐感觉进入到通感范畴之时，诗歌的写作与理解便不再遥不可及，它以感官为媒介，通过对感觉关系的恰当处理，完成深度事实与艺术真实的建构。

第二，从诗体到诗艺的通感诗写，尊重、修复了语言修辞的必要性与必然性，其艺术价值拓宽了诗性的审美与想象空间。

诗歌创作，不仅是诗歌文本用词、成句、构篇，而且是诗歌意义阅读与认知的必要行为方式。它作为感官产生的感觉，生成与勾连着多重意义，就像诗歌作为语言的艺术，语言与语言之间、言语与言语之间、语言与言语之间都具有意义。

通感作为一种修辞，表现出从简单的直觉至复杂的通感领域的自身维度，它建构着诗的语言、结构和意义的肌质与框架。通感在各种感官之间进行感觉的通联互用，在人的身体与意识当中表现出一个感性的意义世界。通感诗写因此作为一种文学思维与理论标准，检验当下诗歌创作中的雷同化、重复化的创作误区。它在文体意识上完成了语言的艺术性观照，在艺术性上强化了语言的审美价值，对个体与世界复杂关系的揭示更具力量。

第三，通感诗写，重构了以生命为内核的诗学精神。

诗歌的通感性以及通感修辞赋予诗性思维上的语言张力，让个体与世界的复杂关系得以理解与传达，重返心灵的文学价值，实现了哲理背后的诗意发现。生命诗写中的审美态度与认知思维，让诗成为道说，道说生命中流逝的记忆与对生命的质询，其流动、瞬间、过渡、易朽的过程，是诗歌永恒的主题。而这类道说，又成为古今中外，或者说诗之存在的合法性与必然性的前提与条件，是一种生命的呈现，也是一种可能路径的展示。诗于是获得了闪烁着哲理意义的丰富的想象与理解空间。因此，诗歌的这种道说，也成就了文学审美的独特价值。

象征构成的二元机制是一种独特的世界观。诗是一种重视象征与超验的写作形态，诗之感应性、神秘性有助于颠覆以理性主义或者一元论为思维的认识论，其冥想与灵修特征，使世界万物组成象征的森林，人是宇宙之成员，万物之间彼此感应、互相召唤而形成了一种平等的心灵对话关系，诗之呓语、幻象在偶然中抵达生命的内核与启示。当然这类诗歌的晦涩难懂也成为解读的难题。"直观性的内心视象可以在一个活生生的、内在地感受到的统一体中赋予具体的细节以生命和活力。"① 诗的认知价值正在于对理性世界的自觉颠覆与意象还原，这就使得通感诗歌本身变成一种哲学的发现与生命世相的深度领悟与自觉转化。自然与社会、历史与时代、理性与感性、生与死，一组组的对立范畴在象征主义中被暂时打破，文化与生命的边界随着超验与直观而形成一种不同于现实经验的审美态度和认知视角。

第四，通感书写，让"诗"实现文学复兴。

诗歌的文学意义，涉及两个维度，即诗之文体意义与诗之理解接受，亦可称之为诗的写作与阅读。当代诗歌写作误区在于口语写作经验的雷同与复制、惯常的工具语言思维以及诗艺修辞中的反讽的集中化所导致的审美疲劳，使诗的创作与传播产生负面影响。

通感诗写是身心交流与发现世界的生命对话。语言背后始终潜藏着一个人类的大读者，召唤与唤醒我们沉睡的内心，诗作为文化回响震荡与建构了生命的尊严与人类信心。诗人通过劳作而生产出惊奇的、源于经验又超越经验的流动语言赋予诗作以生命，它既是写作者自身的骨肉，也是写作者创造出的高于灵肉的活生生的潜在意识的精神诉求，这种精神性自然地存在并鲜活地与我们的身体毗

---

① ［德］奥斯瓦尔德·斯宾格勒：《西方的没落》，吴琼译，上海三联书店 2006 年版，第100 页。

邻，从身体出发最终又以高于身体的形式饱满了生命自身。

现代性的语言作为工具与手段，偏离了文化、文明的目的与意义。现代性成为一把文化的双刃剑，自食现代文明的理论后果。人在大地上诗意栖居，作为一种生存态度，在过去、现在和将来，不断反衬、警示技术现代性与工具理性导致的文化后果。当下娱乐化、物质化的追求也加剧了精神与信仰的双重危机。

诗体的通感性和诗艺的修辞性，为当代诗歌的话语尝试提供了某种精神向度与理论可能。面对21世纪的中国诗歌何去何从这一诗学思考，21世纪的诗人获得了崭新的理论视角与文化情怀，并以此为背景，追求诗意、诗性的栖居之所，在语言深处勘探与重建当代诗歌的写作信心和精神抱负。

上　篇

理　论

第一章

当代诗歌书写的精神向度

以于坚、韩东为代表的口语诗歌写作，注重日常性，拒绝伪抒情，曾经推动了当代诗歌的发展，但是成为主流的"口语写作"也出现了书写的中心化倾向，背离了诗歌的艺术指涉，渐渐远离了诗歌本体所追求的文学性、内歌唱、经典性。

第一节　当代诗歌的"口语中心化"

"朦胧诗"之后的"第三代"诗歌写作，关注日常口语，表现出与朦胧诗宏大叙事与重抒情特征相异的美学倾向，回归对日常生活的关注，回避过分抒情。这一批诗人主要以"他们"诗派的于坚、韩东等诗人为代表。

实际上，口语写作有着悠久的历史渊源。中国新诗的出现，在某种意义上而言，就是口语写作推动的结果。晚清"诗界革命"提出"我手写我口"。胡适发起白话文运动并"尝试"用白语写诗时，很大程度上借用了口语的力量，胡适这样归纳"白话"的语言特点——"白语的'白'，是戏台上'说白'的'白'，是俗语'土白'的'白'"①。

第三代诗歌写作"PASS"以北岛为代表的"朦胧诗"的美学理念，表现出一种新的审美形态，扩充了诗歌表现的内容，特别是语言表述的日常化，使得"后朦胧"的诗学从精英走向了大众，并由20世纪80年代后期表现"日常生活"渐渐发展为构成20世纪90年代以来诗歌主要特征的"叙事性"②，特别是由于网络的普及，"口语写作"成为诗歌创作的主题。口语诗歌过于注重日常性，背离了诗歌的艺术指涉，远离了诗歌本体所追求的艺术与思想高度，使诗与非诗之间的界限越来越模糊。口语写作的中心化，造成了当代诗歌发展的艺术困境。

王家新在《知识分子写作，或曰"献给无限的少数人"》一文中提到，"为什么一些人写出了'语感'也写出了'生活'，但依然为其意义的空洞所困扰呢？难道我们不应该从根本上反省一下自己的写作吗？"③丧失"意义"，是口语写作在坚持多年的以口语为中心后，因为缺少学养与对艺术的偏狭导致了自身的迷失。可见口语写作如果没有更有质地的思想作为基石，这样的写作很难经得起时间与艺术双重标尺的考验。深远意义的缺失，大概是当下口语写作最主要的问题所在。即便被口语写作标为"鼻祖"的于坚，他的写作也不由得令人担心："诗歌在艺术上失去活力，在精神上沦为大众消费时代的同谋。"④"诗人只能写自己的日常生活，仿佛诗人除了自己身边那点琐事，就不应该关心在更广大的空间发生的现实，仿佛宇宙中发生的一切都与我们的存在毫不相干似的。这实际上是要窒息自己诗人的心灵，使它在虚假的、平庸的现实包围中一

---

① 胡适致钱玄同，《新青年》4卷1号（1918年）。

② 李志元：《20世纪90年代以来的诗歌叙事》，《北京师范大学学报》2006年第2期。

③ 王家新：《知识分子写作，或曰"献给无限的少数人"》，《诗探索》1999年第2期。

④ 西渡：《写作的权利》，《最新先锋诗论选》，河北教育出版社2003年版，第314页。

天天虚弱下去。"① 远离 20 世纪 80 年代第三代诗人中"他们"提出"先锋"写作的历史语境,冷静地看待诗歌本身,我们发现所谓的先锋写作,能经得住时间考验的作品并不是很多。今天看来,昔日"先锋"的"口语写作"实际上呈现出的是对"朦胧诗"的"影响焦虑"。特别是最近"诗江湖"等诗歌网站上出现的诸如"下半身"与"垃圾派""废话写作"中的口语写作已经完全将诗歌拽进琐碎的日常,使诗歌在消解意义的同时也丧失真正的"意义"。

不可否认,"口语"写作从屈原、李白的诗歌直到当下,出现了许多精品,也成为诗歌主要的表现形式之一,但是,口语作为主流刊物与大众的审美趣味,却也有让诗歌滑入"深水区"的不利一面。大众拒绝诗歌,很大原因始于诗歌丧失了审美与哲理的高度。口语写作的中心化倾向,构成诗歌书写最大的艺术困境。诗歌写作中叙事的泛滥,实际削弱了人们对文学作为审美的体验能力,也让诗歌受众对诗歌产生越来越多的误解与失望。1999 年 2 月,郑敏先生在《诗探索》第一期发表了《胡"涂"篇》,她尖锐地指出:"青年诗人无不以了解当代先锋诗论和诗歌作品为荣,但却不愿逆流而上找到西方先锋思潮与西方文学传统间的血缘及变异的关系。……这造成两种不好的后果,一是对物质文明发展较迟缓的东方国家的人文文化抱有歧视,并养成中国人的自卑心态;二是对文学艺术采取后一代淘汰前一代的错误价值观,以致争当'先锋',往往宣称自己是超过前一代的最新诗歌大师,并有文学每五年换一代的荒谬理论,造成青年创作队伍浮躁与追逐新潮的风气,未能潜心钻研,坚持'根深树大'的文学艺术信念,只求以最短的时间争取最大的名声与商业效益。"② 成为潮流的"口语写作",使诗歌沦为一种表演,而浮躁的时代中真正安静写诗的人越来越少。任何成

① 西渡:《写作的权利》,《最新先锋诗论选》,河北教育出版社 2003 年版,第 315 页。

② 郑敏:《胡"涂"篇》,《诗探索》1999 年第 1 期。

了"中心"的"边缘",都是危险的、值得警惕的。"80年代末是一种结束——它大致上标志一个看似在反叛实则逃避诗歌的道义责任、看似在实验实则绕开了真正的写作难度的诗学时代的结束。"①一些诗人死抱着20世纪80年代所倡导的"先锋",的确造成了艺术创作终结的宿命与"阿喀琉斯之踵"。当代诗歌最大的危险在于"口语写作"变成新的"逻格斯中心主义","使诗歌写作"背离艺术指向滑入"大众化"的狂欢趣味之中,背离诗歌之所以为诗歌的形式与内容指向。

第二节　"口语写作"的"大众化"

　　口语诗歌,是诗歌的表现形式之一,但绝非诗歌的主流。从第三代以于坚、韩东、伊沙等口语诗人开始,来自"朦胧诗"合法化的"影响焦虑"使得他们迫切地想颠覆与超越前人。日常化、细节化、拒绝隐喻、回到常识,是口语派诗人所秉持的"诗观",这丰富了诗歌的表现领域。但是,如果一旦滑入一种极端化表述时,也就加速诗歌本体的消解。诗歌的合法性,正在于它的审美性、想象性、直觉性和诗意与诗思的"暧昧性",在一种独特的审美场中让读者获得心灵的启示。20世纪80年代的市场化转型,让部分诗人的写作也沾上了功利性。20世纪80年代初朦胧诗的地位合法化后,1984、1985年的"第三代诗歌"从天南地北冲进了语言与审美刚刚正常化的诗坛。不断颠覆传统的诗歌语言,"反英雄,反意象"②,拒绝隐喻与抒情,诗歌风景线煞是迷人,也充溢着扑朔迷离、真假难分的复杂情状。

---

① 王家新:《阐释之外:当代诗学的一种话语分析》,《文学评论》1997年第2期。
② 徐敬亚:《中国现代主义诗群大观1986—1988》,同济大学出版社1988年版,第1页。

从大众文化角度来看，许多诗歌写作者都在诗歌界这个权利场上参与争夺话语权的斗争，他们劫持普通大众的资本，以满足个人的功利性。"大众文化发生在民间，亦流布于民间，它是与民间天然吻合的文化类型，也是最能够代表民间'群体性'特征的文化类型。"① 然而大众文化一开始就是暧昧的，它有积极建设一面，也有与大众化平庸化合流的趋势。因此，许多提倡民间性写作的诗人的出发动机就不得不让人怀疑，"个人只是个人，民间却是个人以上，否则又何以'间'。对真正的个人而言，民间到底是什么？不过是个空洞的存在"②。"在风起云涌的大众文化的包围中，寻找个人自由的缝隙，诗歌就是为我们每一个人保留的最后的人性尊严。"③ "诗歌是语言的最高形式，它真正的意思是每一个词语都渴望成为诗。诗人的职责就在于响应词语的这一要求，并以自己全部的才智和心灵服务于词语的这一要求。而口语从本质上说，是与词语的这一要求背道而驰的，它仅仅是以功利的方式对语言的使用，属于人类消费行为的一种，在性质上是对词语的诗性的消耗。在一种从 80 年代逐渐流行起来的所谓'口语写作'的诗歌写作倾向中，词语的诗性已被消耗殆尽。"④ 诗歌，作为一种艺术样式，其功能本质上就是弥补"语言"与"思"之间的裂痕。但及物的口语写作，却无法指向及物性，相反，它是"不及物的"。语言本身即是这样，而诗歌更集中体现了这种属性。正如我们对万事万物的认识，要透过表象，才能抵达"真相"。语言，是对某种真实的再现。但是如果不存在依凭直觉而生成的超验的"真实"，语言就会变成一种不断被扭曲和

---

① 邵建：《你到底要求诗干什么》，杨克主编《1998 年中国新诗年鉴》，花城出版社 1999 年版，第 407 页。

② 同上。

③ 西渡：《写作的权利》，《最新先锋诗论选》，河北教育出版社 2003 年版，第 318 页。

④ 同上书，第 321 页。

变形的无头链条，不断趋向"中心化"的表述危机。

而"代表民间"的"口语写作"对想象力与直觉可能性的背离使得诗歌的意义呈现能力大大减弱。"诗歌灵感的来源是事物的几乎无限的可能性，而不仅仅是事物的现实。因此，从诗歌的本体性上说，它始终是对现实和常识的超越。说到底，现实只是事物诸多可能性中的一种。诗歌不拒绝现实，但是把诗歌等同于现实，并进一步等同于常识（现实也比常识拥有更丰富的内涵），就是要扼杀诗歌的诸多可能性，是使诗歌贫乏化。"① "只有想象力贫乏的人、缺乏创造力的人，才会把生活仅仅等同于现实。对真正的诗人而言，生命的真谛不仅存在于现实中，更存在于它的无限的可能性中，存在于尚未被发现的未来的形式中，而不是僵死的过去中。"② 诗歌的创作宗旨在于召唤人们的情绪，对邪恶的事物保持警惕，对人类的友爱和良知不懈坚守。诗人，就是要站在这历史的高度俯瞰世人，指引人类前进方向，代生活立法，代"世界"立法。诗歌，完成了对人类内心情操的触摸，承担了日常生活中人与人之间的"神性"交流。

第三节　当代诗歌书写的精神向度

当代诗歌所追求的书写精神，并不一定完全指向诗歌的"纯诗性"，而是不扔弃诗歌之所以为诗歌的艺术与思想高度，所谓的"书写精神"就是能够从一大沓诗歌文字中识别出什么是"诗歌"。诗歌讲究它的"风骨"，"风"就是诗的语境，"骨"就是情趣性、艺术性和思想性。用这样的艺术标准来扫描当下诗歌，我们不难发

---

① 西渡：《写作的权利》，《最新先锋诗论选》，河北教育出版社 2003 年版，第 319 页。

② 同上书，第 320 页。

现，许多诗歌便可以从诗歌"水货"中"标出"（marked），除了自娱自乐的"自我性"满足外，很难找到情感与艺术情操的"共鸣性"。当然写作是少数人的事情，但是写作也同样离不开文学空间的接触与消费，当批评家或者读者在虔诚地阅读之后获得的仅是非常私人化的情绪，或者是最无聊的感受时，这样的写作必须引起我们的警惕。

20世纪90年代的诗歌写作，受西方"后现代"思潮影响较大。这个"后"就是消解历史的深度，迎合大众的趣味。在以上的反思中，我们已经阐明了口语写作与当时的商业语境以及长期禁锢的政治意识形态下人的"解放"之间的关系，自有其合理一面。但是，如果将其视为诗歌的主流，却是非常危险的。"反讽"诗歌，固然丰富了文学表述，但如果当反动成为诗歌、民间或者大众的主流趣味的话，这无疑很大程度上消解了人们的生命激情，一个"拒绝崇高""远离悲剧关怀意识"的民族是非常危险的。

摆脱"大众文化"的诗歌写作策略在于对"好诗"的坚守。什么是好诗？事实上这个标准是不可能存在的。从历时的角度讲，汉诗写作的百年，在不同的历史阶段产生了不同优秀的流派与诗歌经典，这说明了好诗是可以超越时间的；从共时的角度讲，"好诗"永远处于探索与寻找的途中。当下的诗歌写作中，即使是整体上缺乏艺术深度的口语写作，也不乏艺术与思想兼备的精品。诗歌是艺术，优秀的诗人是艺术家。作为被传播与消费的诗歌，我们认为必须具备两个艺术的标准：坚持以精神为导向、以经典意识为宗旨。当下的许多诗人，事实上缺乏一种深度的思想追求，他们体现的只是大众文化的"从俗"与"随大流"的特征，诗人的"精神性"与"差异性"身份以至于失效与被搁置。所以，归属于"大众文化"的口语写作一开始就是"媚俗"与"空心的"，只是他们将大众文化的"激进"特征暴露得更明显罢了。大众文化的代表人物霍尔认为，"大众文化是争夺权力文化或与权力文化作斗争的场所之一"①。这种"意识形态的对抗性"，使得文学属性更多被意识形态属性所替代，导致诗歌以审美与哲理为启示的"文学性"特征消失殆尽。事实上，"斗争性"一直是诗歌的传统属性之一，但是过分介入"变革"，或者背离了诗歌艺术表现形式的"诗歌革命"极易滑入"口水"与"口号"的语言陷阱中去。

德里达"一切尽在文本之外"的命题，给予我们颇多启示。只有通过对诗歌语言的探究，才有可能发现诗人散布在文本的间隙中的"秘密"。如果仅将诗歌的语言看成是"及物"的，就难免使诗歌滑入语言的"逻格斯中心主义"，滑入因袭的思维逻辑之中，致使将语言看成是简单常识的呈现，而不是通过直觉、想象打破语言的习惯性表述。德里达说："由于文字既构造主体又干扰主体，文字自然不同于任何意义上的主体。我们决不能将文字纳入主体范畴之下……作为文字的间隔是主体缺席的过程，是主体成为无意识的过程……文字主体的原始缺席也是事物或者指称对象的缺席。"② 书写的功能在此处被定位为"间隔化"，德里达的意图则被明确为从超验主体中的逃逸，因此，无意识世界被赋予与真正的他者相关的主体性，他展示了书写在"现在"的在场主导之间的语言与意识的相互流动。好的诗歌，便是作为声音的语言而存在于创造而不是分行之中。好的诗歌，就是"在场"，是诗人与读者共同创造的产物。所以，语言是存在之家，诗歌一开始就存在着对思想的追寻。在我们看来，作为"好诗"有三个精神向度：

（一）文学性

诗歌是文学的重要表现形式之一，在所有文体中，诗是最能令

---

① Stuart Hall, "Cultural Studies and Its Theoretical Legacies", *Cultural Studies*, Routledge, 1992, p. 239.

② ［法］德里达：《论文字学》，汪堂家译，上海译文出版社 2005 年版，第 97—98 页。

读者感受到"文学性"（Literariness）魅力的文体，其他诸如小说、戏剧、散文等都是诗歌的衍生与延伸。俄国形式主义者从语言入手，探讨内容与形式等文学性问题。雅各布森强调"形式化的言语"（formed speech），什克洛夫斯基倡导日常语言的"陌生化"（defamiliarisation），托马舍夫斯基注重"节奏的旋律"（rhythmic impulse）①。稍后兴起的英美新批评也同样致力于对诗歌语言的描述与研究。布鲁克斯的"悖论"和"反讽"、退特的"张力"、兰塞姆的"肌质"、理查兹的"情感语言"、燕卜逊的"含混"等诗学概念实际上都是从语言和修辞的角度描述文学性的构成。② 文学性，是作为文学的客观本质属性和特征的文学性，是作为人的一种存在方式的文学性，又是一种意识形态实践活动和主体建构的文学性。从发生学角度来看，各种文体都可以在诗歌那里找到源头，或者说诗歌的表现形式是其他文体生成的重要元素。由此看来，诗歌是文学最重要的形态之一，从审美的角度认同与确证诗歌，就是认同与确证"文学性"。就诗歌本身而言，它的韵律与节奏、意境与审美场、认知与教育和提升功能，都是"文学性"的构成维度。

（二）内歌唱

古今中外的诗歌一直以来都重视诗歌的"抒情性"，抒情分为直接抒情与间接抒情两种。我们阅读诗歌都能直接或间接地感受到诗歌中所表达的精神与蕴藏的灵魂，抒情性使诗歌具有了诗性魅力。"情动于衷，发而为言"，抒情性是诗歌的基本品质，违背这个基本品质的诗歌写作或诗歌评论，都是对诗歌本身的误解和歪曲。西方哲学家桑塔耶纳说："成为完整的诗人的尺度，首先取决于他歌唱；他的声音纯洁，表达得体；他的音调从容平稳地逐个流过；

①　Lee T. Lemon, et al., eds., *Russian Formalist Criticism*, U of Nebraska P, 1965, p. 13, p. 127.

②　赵毅衡：《新批评》，中国社会科学出版社 1986 年版，第 53—71、131—194 页。

其次，他所创造的形象，应该在较高的程度上互相配合；他应该善于使用夸饰文体，他必须用从自己的记忆和思想里反射出来的光使思想生辉，使和谐丰富并有深度。"①

诗歌除了具有音乐形式上的美感的抒情性特征外，还应该达到一种思想高度，拥有勇于担当现实、承受人类生活苦难的勇气。坚守信念、执着于大爱、走向诗歌的"大我"情怀，这种具有思想与人类情怀的高度"歌唱"可称为诗歌的"内歌唱"，它表现出"大诗"写作的情怀。西方现代派诗歌代表诗人艾略特说："诗人声音里的抒情诗是对自己倾吐，或是不对任何人倾吐。那是一种内心的沉思，或者说那是一种天籁，它不顾任何可能存在的言者和听者。"② 当代著名诗人海子说过："诗有两种：纯诗（小诗）和唯一的真诗（大诗），还有一些诗意状态。"③ "别的人走向行动，我走向歌唱……抒情就是王的座位，其实，抒情的一切，无非是为了那个唯一的人，心中的人。"④ 海子所写的就是这种"融合中国行动成就一种民族和人类的结合，诗和真理合一的大诗"⑤。"大诗"的构想和体验全面拓入到抒情诗的语体表现中来，从而构成了通往神性领土和王座的道路，语言和诗从来没有在肩负着伟大创造愿望的诗人那里被割裂过，"做一个诗人，你必须热爱人类的秘密，在神圣的黑夜中走遍大地，热爱人类的痛苦和幸福，忍受那些必须忍受

---

① ［美］桑塔耶纳：《诗歌的基础和使命》，杨匡汉、刘福春主编《西方现代诗论》，花城出版社 1988 年版，第 25 页。

② ［英］格·霍夫：《现代派抒情诗》，杨匡汉、刘福春主编《西方现代诗论》，花城出版社 1988 年版，第 627 页。

③ 海子：《海子诗全编》，上海三联书店 1997 年版，第 888 页。

④ 同上书，第 879 页。

⑤ 参看《海子诗全编》"海子简历"，笔者查看了海子的《诗学：一份提纲》《我所热爱的诗人——荷尔蒙尔德林》等，都未发现海子原文。在《诗学：一份提纲》中海子表达了近似的观点，此处"简历"疑为编者根据海子主要观点提炼而成。

的，歌唱那些应该歌唱的"①。"大诗"写作情怀把诗歌的"内歌唱"推向了诗歌艺术的最高峰。回顾当代近十几年的诗歌写作，真正给人留下深刻印象的作品寥寥无几，反而充斥着种种诗歌口号和招牌，诸如"民间立场""第三条道路""下半身"等过于关注口语化的诗写潮流，使诗歌丢失了抒情性这一最重要的基本品质。在今天这样一个大众趋向感性甚于理性、表象甚于深度、功利甚于沉潜的时代，"内歌唱"的精神与灵魂应永远是诗歌一面不倒的旗帜，让诗歌的美与力量荡漾于读者的内心。"大众文化"的偏颇与失效之处，根源于其背后的"资本控制"与"等级观念"（指那些被官方所"意识形态化"了的诗歌）使诗歌仅仅承担了娱乐与经济消费功能，而远离了文学"寓教于益"的"审美"功能。当代诗坛的病灶在于诗歌是"作"出来的，而不是诗人用心"唱"出来的。没有用心"歌唱"的诗歌，是令人警惕的。"这种'内歌唱'，不是为意识形态唱赞歌，也不是浮浅的抒情，而是一种触及生命与死亡思考的灵魂之诗、大地之诗。优秀的诗人都应从思考'死亡'开始关注生命与现实，关注人类自身。"②

（三）经典性

优秀的诗歌必须经得起时间的淘洗，经得起读者的检阅，经得起诗人自己不断地回味，经得起艺术与思想双重标准的考量，也经得起超越了文学之后指向人类意义上的伦理与哲学的质询与反思。也许不能要求每一个诗人都能从这样的角度去进行诗歌"书写"，但是，这的确应该成为读者、市场、诗人们共同尊重与捍卫的标准。经典诗歌，可以被不断刊印，成为文学家、历史学家、读者的案头之书，成为教科书里的范文，启示与建构着人类的文化与文明，以合法化、权威性的身份修正人类的谬见，显示

---

① 海子：《海子诗全编》，上海三联书店1997年版，第916页。
② 董迎春：《当下诗歌写作：从"反讽"到"歌唱"》，《海南大学学报》2009年第6期。

出文学经典的导向作用。对"经典"有着深刻研究的著名学者布鲁姆认为，经典赋予熟悉的内容和形式以一种"神秘而离奇的力量……伟大的文学作品会让读者感到陌生的熟悉，或者说能让读书在户外感到在家中一般的亲切"[①]。大众文化背景下的口语写作绝大多数是一次性消费，而经典的力量是持久的、潜在的、巨大的和指向人类未来的。

①　Harold Bloom, *The Western Canon*, Riverhead Books, 1993, pp. 2-4.

第二章

"内歌唱"：当下诗歌写作追求

当下诗歌书写，走向了口语中心主义。本文再次提出"内歌唱"作为当下诗歌书写的精神尺度之一，旨在还原诗歌不同于其他文类的抒情本质，使得内歌唱的诗歌具有重要文学的认识功能，同时也区分了"诗"与"非诗"写作。内歌唱的精神书写在美学上也很好地强化了诗歌书写的语言、哲理与生命意识。

第一节 "内歌唱"的缘起研究

在当下或是口语密集轰炸的网络诗歌中，或在不疼不痒的带有苦难叙事意味的官方刊物上发表的"日常诗歌"，或在诗人对写作难度缺少的认知与感受能力而写就的精神高度匮乏的作品中，都缺失了诗歌本应具备的感性、知性、灵性等诗性的基本属性，而呈现出失意、失范、失语的写作现状。鉴于此，当下诗歌书写的整体失范与失语，让我们开始警惕流行的大众化的"口语中心主义"写作。大众化、网络化的诗歌写作语境的快餐化、一次性消费特征，似乎难以让诗人保持对诗歌书写的严肃心态与对创作高度、难度的自觉意识。

"反讽"一词出自希腊文 eironeia，最初为古希腊戏剧的角色类型，他说着傻话，佯装无知，但事实上这类傻话最后被证明为真理，从而使"高明"的对手出洋相。柏拉图《对话录》中的苏格拉底经常扮演此类角色。"从古希腊一直到十六世纪，反讽只是传统修辞学中一种次要的修辞格，从德国浪漫主义文论开始，反讽概念不断膨胀，一直到新批评派，反讽不仅成为诗歌语言的基本原则，而且成了诗歌的基本思想方式和哲学态度。"① 反讽（irony）是西方文论最早的概念之一，但也是最难以说清楚的概念之一，诚如有西方学者称它为有"臭名昭著的难以捉摸性质"（notorious elusiveness)② "反讽的基本性质是对假相与真实之间的矛盾以及对这矛盾无所知：反讽者是装作无知，而口是心非，说的是假相，意思暗指真相；吃反讽之苦的人一心以为真相即所言，不明白所言非真相，这个基本的格局在反讽所有的变体中存在。"③

反讽写作，或者以"反讽"为中心的写作就不得不值得我们警惕。"反讽是语言策略，它把怀疑主义当作一种解释策略，把讽刺当作一种情节编排模式，把不可知论或犬儒主义当作一种道德姿态。"④ 当下诗歌书写走向反讽为中心的表征，就是把"口语写作"导向中心化的写作表征，而其最为重要的叙事策略就是"反讽"。反讽作为一种比较高级的修辞形态，试图轻易突破并非易事。"一个诗人的话语要素是从哪里来的？在一个诗人早期的写作中，谁都离不开对先代既成诗歌话语的模仿、体悟，特别是对某些原型语象的移用。即使在那些优秀的诗人身上，我们也会发现这一明显的文

---

① 赵毅衡：《重访新批评》，百花文艺出版社 2009 年版，第 156 页。

② D. C. Muecke, *Irony*, London: Methuen, 1970, p. 1.

③ 赵毅衡：《重访新批评》，百花文艺出版社 2009 年版，第 157 页。

④ ［美］海登·怀特：《后现代历史叙事学》，陈永国、张万娟译，中国社会科学出版社 2003 年版，第 98 页。

体互涉特征。但是，如果我们长期作为有寄主的描红者出现，而不是从现实生存和生命的原动力出发来写诗歌，我们不仅不能获得被仿写者的精神深度，甚至即使在形式上也谈不到高标准的自觉。"①读者对诗人的失望之情，以及诗人自身写作上突围的难度与限度都说明了当下的诗歌写作似乎走向穷途末路。

"内歌唱"，是笔者曾经提出的一个诗学概念，这是否能构成当下诗歌书写的一种情操，成为一种诗人自觉创作的标尺，有待学术界共同讨论。把"内歌唱"的诗歌话题引出，以求学界对当下诗歌书写与读者趣味、诗歌与艺术的紧张与疏离关系给予更多关注。

从逆向思维的角度反思当下诗歌写作的文化语境，可以明显地感受到口语写作的中心主义趋势，遮蔽了诗歌书写更多的可能与高度，而当下消费语境似乎加速了口语诗歌的泛滥，特别是网络语境的宽松，导致了诗歌写作的一次性消费与失范。"当下诗歌写作，从'反讽性'的口语写作到'内歌唱'的大诗写作，使得当代诗歌摆脱浮躁，从而潜回内心写作。"②只有诗歌书写情操的回归，才能恢复"内歌唱"诗歌的艺术张力与魅力。"诗歌具有音乐形式上的美感的抒情性特征外，还应该有一种思想高度、勇于担当现实、有承受人类苦难的勇气，坚守信念，执着于大爱，走向诗歌的'大我'情怀，我把后者的有思想与人类情怀的高度'歌唱'称为诗歌的'内歌唱'，它表现出'大诗'写作的情怀"，"这种'内歌唱'，不是为意识形态唱赞歌，也不是浮浅的抒情，而是触及生命死亡思考的灵魂之诗、大地之诗。优秀的诗人都是从思考'死亡'开始关注生命与现实，关注人类自身"③。

---

① 陈超：《深入当代》，谢冕、唐晓渡主编《磁场与魔方》，北京师范大学出版社 1993 年版，第 328 页。

② 董迎春：《回归诗性，建构经典——当代诗歌书写的精神向度》，《南方文坛》2009 年第 1 期。

③ 董迎春：《当下诗歌写作：从"反讽"到"歌唱"》，《海南大学学报》2009 年第 6 期。

第二节　"内歌唱"书写的哲学基础

我们讨论内歌唱对于当下诗歌的书写可能,就不得不返回到诗歌本体论、认识论范畴,以及内歌唱作为诗歌艺术尺度的方法论意义。

(一)本体论意义

《诗·大序》说:"诗者,志之所之也。在心为志,发言为诗。情动于中而形于言,言之不足,故嗟叹之;嗟叹之不足,故咏歌之;咏歌之不足,不知手之舞之,足之蹈之。"其中"情动于中而形于言"一句从"发生学"的角度指出诗歌的抒情本质。

诗歌抒情分为外在抒情与内在抒情。著名学者叶维廉把抒情分为狭义的抒情主义与广义的抒情主义。在他看来,情诗、情书可以视为狭义抒情主义的代表形式。情诗、情书与其说是独白,毋宁说是对白——通常可能已经将对方的回答想象性地包含在独白之中了。广义的抒情主义时常表现为对山川星辰作出倾诉,并且是沉默无声的。叶维廉说:"对外物的抒情主义所采取的方式,与其说是戏剧式的独白,毋宁说是冥想式的独白。情诗里陷入其最后的结合是肌肤与精神二者俱有,其节拍是激动的。对外物的陷入其最后的结合(如果有的话),是一种神秘主义的结合,纯然是形而上的,其节拍缓慢,其状态是出神的。"①

当代学者南帆先生认为:"书写式的抒情话语增添了许多复杂的修辞,这一点在抒情诗之中十分明显。繁多的修辞将句型配备得灵活巧妙,从而可以承受起伏不定、闪烁回转的情绪。只有细腻的心灵才可能追踪这些情绪,身体被修辞的丛林阻挡于中途。相对于

---

① [美]叶维廉:《中国诗学》,人民文学出版社2006年版,第375页。

心灵的细腻，所有的身体动作都过于粗笨了。书写式的抒情话语就是在繁杂的修辞之中甩下了身体而专心投入精神纵深的景观。"①

诗歌作为抒情的文体，回到"歌唱"的气质，也正是诗歌写作回归艺术本体论的必然途径。诗歌的抒情性既不像 1949 年后的"颂歌体"来得那么直接，也不是一般抒情文字显得过于矫情，它既表现为直接的歌咏式的抒情，也包含着带有节制、内敛气质的内部歌唱品质。内歌唱，需要在诗歌中找到艾略特所提出的"客观对应物"。艾略特（T. S. Eliot）说：诗歌不是放纵感情，而是逃避感情；诗歌不是个性表达，而是个性摆脱。当然，只有那些有情感、有个性的人才明白之所以如此的原因所在。② 艾略特说的"诗歌不是放纵感情"其实是与他"客观对应物"的作诗主张一脉相承的。"艾略特在多个场合下强调……诗歌的本质不是智力而是情感……他坚持的只是诗越聪明越好的观点，因为聪明的诗人兴趣可能更广、表现方式可能更成熟。"③ 显然，艾略特坚定地认同诗歌的抒情本质。

诗歌由抒情本质向更广义的蕴含意味的"沉思"过渡，有别于"直接抒情"，而是要把诗歌所表达的情绪内在化、艺术化、生命化、本体化。而诗歌的"间接抒情"融于叙事、戏剧性细节、意象的选择上，把诗歌的意蕴美、形象美、哲理美升华成一种沉默而丰富的艺术张力，令灵魂与诗意得以飞翔，从而抵达审美之诗、情操之诗、艺术之诗、大地之诗的诗学境界，而这一切蕴含着诗人"内歌唱"的情操与身份所在。

---

① 南帆：《抒情话语与抒情诗》，现代汉诗百年演变课题组编《现代汉诗：反思与求索》，作家出版社 1998 年版，第 272—273 页。

② T. S. Eliot, "Tradition and the Individual Talent", *Twentieth Century Literary Criticism: A Reader*, David Lodge ed., Longman, 1972, p. 76.

③ F. O. Matthiessen, *The Achievement of T. S. Eliot: An Essay on the Nature of Poetry*, Oxford: Oxford University Press, 1935, pp. 55-56.

（二）认识论意义

透过诗歌的外在表现形式，抵达其所欲揭示的艺术视界，让诗歌成为一种对世界的感知、对艺术的充分体验和对人性与灵魂的去蔽媒介。诗歌的沉思气质及其审美、教育、娱乐等功能都完成了对其认知功能这一艺术价值的建构。

内歌唱，表现为艺术的孤独与对虚无的体验。"孤独的人类幸有艺术做伴。艺术原是孤独的人类用以倾诉内心情绪、宽慰或内省的方式。艺术是灵魂的歌吟。而灵魂的歌吟恰是广义的诗的精髓。被这种'广义的诗'所化育的一切艺术品类因之都获致不同程度的魅力。"① 孤独，使得诗歌语言与社会习语保持了距离。"纯文学威胁着一切不是纯然以社会性言语为基础的语言。一种混乱的句法不断向前展开，于是语言的解体只可能导致一种写作的沉默了。……这类字词接近一种简单的、单一的行为，其沉浊性表明了一种孤独性，因而也就是一种纯洁性，此种艺术遂具有同自杀相同的结构：在这里沉默相当于这样一种齐一性的诗意时间，它嵌入两个层次之间，它使那些字词崩裂，这些字词与其说像一套密码，不如说像一束光亮、一片空白、一种谋杀、一种自由。"② 孤独与虚无形同兄弟。"人不过是一具激情骨架，而此骨架本身只不过是对于一种虚无的幻想：人是不确定者。"③ 诗歌便是对人的生存状态的沉思。虚无意识并不指向本质上悲观论意义，而是抵达诗歌认知的高度，成就艺术的情操，跨越时空，经久不衰。比如中国古代张若虚的《春江花月夜》、陈子昂的《登幽州台歌》等作品所传达的时空意识，便指向虚无的经验与思考。中国的传统美学极为重要的精神一脉便

---

① 昌耀：《诗的礼赞》，《命运之书》，青海人民出版社1994年版，第301页。

② ［法］罗兰·巴尔特：《写作的零度》，李幼蒸译，中国人民大学出版社2008年版，第47—48页。

③ 同上书，第74页。

是庄禅美学，它最讲究"虚空"意境。

　　具有内歌唱情怀的诗歌，作为洞悉虚无的路径，潜入幽暗与深渊，最终抵达生命内部的秘密，成为一种抵达心灵秘密故乡的艺术触媒。诗歌的内歌唱，作为"有意味的形式"，构成了"沉默"的美学。"沉默是苦思冥想的地带，是思想成熟的萌芽阶段，是最终为言说争取到权利而经受的磨炼。"① "沉默是艺术家超脱尘俗的最后姿态：凭借沉默，他解除了自己与世界的奴役关系。"② "沉默、虚空、简化的概念勾勒出崭新的观看和倾听的方式——促使人们获得更直接、更感性的艺术经验，或者让人们以更自觉、更理性的方式面对艺术作品。"③

　　沉默的美学，事实上是对中国传统诗歌中讲究意象美、意境美的另一种西方化的表述，其最终指向艺术的认知价值。

　　（三）方法论意义

　　回归诗性，建构经典。用这样的追求去检验当下诗歌写作的有效性问题，不失为一个恰当的艺术尺度，它或许能够帮助我们较好地认清非诗、非艺术的"诗歌"。

　　内歌唱不同于一般地抒情与赞美，而是依凭诗人丰富的学识与敏锐的知性，在激情与思想的碰撞燃烧下化作语言的诗篇。反观当下诗歌鱼龙混杂的写作现状，喧嚣嘈杂的"网络诗歌"、官方刊发的有物质关系隐患的"纸质诗歌"、自编自印的小团体的"圈子诗歌"、占据某种特权与意识形态表演性的"主旋律诗歌"等使诗歌不再"贫乏"，而是形成了"丰收"的景观。但事实上，应清醒地认识到，某些曾经被当代文学史，包括已经经典化的诗歌史评为优秀的诗歌作品在时间的淘洗中消失了它过去的光泽与亮度。

---

① ［美］苏珊·桑塔格：《沉默的美学》，周颖译，南海出版公司2006年版，第52页。

② 同上。

③ 同上书，第58页。

　　总之，"内歌唱"的哲学基础更贴近西方存在、体验哲学的气质，把诗看作艺术的一种触媒，从而让读者与听众（当诗歌被朗诵时）走近诗意与诗性的艺术境界。

第三节　"内歌唱"书写的美学基础

　　诗歌是语言的艺术，它在本质上是抒情的，这是它区别于其他文体的主要特征。以内歌唱为情操的诗歌书写，更接近了语言艺术，更强化了诗歌的文体特征，在方法论意义上也强化了当下诗歌书写的主体精神。内歌唱的书写，不仅还原了诗歌的本质状态，"在心为志，发言为诗"（《诗大序》），而且从一种精神的高度提出了当下诗歌书写的"期待视野"。"内歌唱"的精神书写，使当下诗歌表现出应有的美学特征。

　　（一）语言艺术化

　　诗歌作为语言的艺术，自有它所对应的本体论、认识论、方法论的哲学基础。西方近现代语言哲学、新批评、结构主义诗学，包括后来盛行一时的解构主义等后现代思潮，都与诗歌的阐释与分析有着密不可分的联系。由此说明诗歌的语言在诗歌书写中的重要作用。

　　诗歌回到语言，不只是要求诗歌拥有唯美与意象丰富的文学语言，更是诗歌的语言要具备"及物"能力，能够利用象征、隐喻、联想、通感、变形等异质性的语言，使诗歌的叙述明显地区别于散文及科学语言和日常生活的交流性语言，从成规的指称性语言中游离出来，进入诗艺营构的艺术迷宫。正如著名诗人昌耀所言"艺术的根本魅力其实质表现为——在永远捉摸不定的时空，求得了个体生存与种属繁衍的人类为寻求万无一失的理想境界而进行的永恒的追求与搏击的努力（我视此为人的本性），艺术的魅力即在于将此种'搏击的努力'幻化为审美的抽象，在再造的自然中人们得到的正是这种审美的愉悦。因之，最恒久的审美愉悦又总是显示为一种悲壮的美感，即便是在以开朗的乐观精神参与创造的作品那里也终难抹尽其乐观的亮色之后透出的对宿命的黯然神伤"①。诗歌的内歌唱，使语言有所节制，保持含蓄之美，令人遐想，回味无穷。

但语言不是静止的，而是生长的；不是确定的，而是延异的；不是直接的，而是绵延的；不是守旧的，而是创新的。诗歌的语言本身甚至就意味着一种破坏、一种断裂。"语言被降格为一个事件。它在时间中发生，其声音指向发声之前和发声之后的那种东西：沉默。于是，沉默既是语言的前提条件，又是语言明确了方向后的结果或目标。在这个模式的基础上，艺术家的活动就是创造或创建沉默的活动；富有成效的艺术作品留下一片静默。艺术家所支配的沉默，参与了旨在治疗知觉和文化的计划，这一治疗往往采用休克疗法而非说服疗法。即使艺术家以词语为媒介，依然可以参与这个计划：语言可用来抑制语言，表达沉默。马拉美认为："诗歌（即运用文字）的任务在于清理为词语堵塞的现实——通过在事物周围营造沉默的气氛。艺术必须借助语言和语言的替代品，依据沉默的标准向语言本身发动全面的攻击。"②

只有关注艺术化语言的诗歌，才有可能抵达艺术世界，通过意象、叙事与戏剧化细节的语言设置，营构诗意的文学空间。

作为艺术的诗歌构成了人类的情感经验之一，展现了人类对世界的判断力与艺术趣味的感受力。诗歌对语言艺术的现代技巧的呼求，赋予了其表达诗意与歌唱的能力，诗歌语言的不断生长与革新，使之具备了"内歌唱"的可能性与高度。

---

① 昌耀：《诗的礼赞》，《命运之书》，青海人民出版社1994年版，第300页。

② ［美］苏珊·桑塔格：《沉默的美学》，周颖译，南海出版公司2006年版，第67页。

对语言的追求，也暗示着诗人在沉思的道路上，让"语言"构成诗意生命的"精神事件"，丰富与表述着诗歌作为语言艺术的内歌唱情操。

（二）诗歌哲理化

对语言的沉思必然推动着语言的哲理化进程，这是诗歌内歌唱的美学基础之一，也是诗歌走向更高艺术境界的通道之一。单纯地把诗歌看作纯粹的语言的"炼金术"，多少封闭与限制了诗歌的诗性与诗意的生长可能。诗歌的哲理化，能够使经验与体验转化为一种知性之美、哲理之美。

"诗歌就其本质而言是一种思考性的行动，拒绝满足于突然插入直接的情绪，以便了解所感觉到的东西的实质"①。思考性的行动产生了诗歌，但诗歌的哲理化赋予了诗歌哲学意蕴的丰富性与深刻性。

将抽象概念通俗化或者利用某些叙事策略与带有哲理内涵的戏剧性细节，通过一个较好的视角将命题戏剧化，即通过戏剧化的故事情节讲述或揭示某种深刻的哲理，是许多诗人尝试运用的创作方法。朦胧诗人顾城的《远与近》、"第三代诗人"韩东的《大雁塔》、20世纪90年代伊沙等诗人的创作都在诗歌的哲理性方面，取得了较大的成功，丰富与扩充了诗歌的意蕴，使诗意与诗思之间获得了艺术平衡。

也许最伟大的诗人是最能激发读者的想象与思维的诗人，是对读者多有启发的诗人。这种"启发"，便是诗歌要探讨的哲理。这种哲理化的美学规范弥补了当下诗歌语言的匮乏与艺术张力上的欠缺，提升了诗歌的美学意蕴与文学气息。而有些创作，比如口语诗歌写作，过多使用日常口语，缺少了诗歌应有的艺术张力，常被读者当作"口水诗"。

---

① ［英］奥登：《关于音乐和歌剧的笔记》，布罗茨基等《见证与愉悦：当代外国作家文选》，黄灿然译，百花文艺出版社1999年版，第55页。

诗歌的哲理化，事实上体现了诗人的发现与创造能力。

（三）诗歌生命化

真正的诗歌，应该是广义上的"生命之诗"。

艾略特说："诗人声音里的抒情诗是对自己倾吐，或是不对任何人倾吐。那是一种内心的沉思，或者说那是一种天籁，它不顾任何可能存在的言者和听者。"① 当代著名诗人海子说过："诗有两种：纯诗（小诗）和唯一的真诗（大诗），还有一些诗意状态。"② "别人走向行动，我走向歌唱……抒情就是王的座位，其实，抒情的一切，无非是为了那个唯一的人，心中的人。"③ 诗歌除了具有音乐形式上的美感的抒情性特征外，还应该拥有一种思想高度和勇于担当现实、承受人类生活苦难体验的勇气。执着于大爱与普世的写作，走向诗歌的"大我"情怀，这种有思想与人类情怀的高度"歌唱之诗"可以称为诗歌的"内歌唱"，它表现出一种"大诗"写作的情怀。海子所创作的就是这种"融合中国行动成就一种民族和人类的结合，诗和真理合一的大诗。"（海子简历）由此，"做一个诗人，你必须热爱人类的秘密，在神圣的黑夜中走遍大地，热爱人类的痛苦和幸福，忍受那些必须忍受的，歌唱那些歌唱的"④。"大诗"的写作情怀把诗歌的"内歌唱"推向了诗歌艺术的最高峰。如桑塔耶纳所说："成为完整的诗人的尺度，首先取决于他歌唱；他的声音纯洁，表达得体；他的音调从容平稳地逐个流过；其次，他所创造的形象，应该在较高的程度上互相配合；他应该善于使用夸饰文体，他必须用从自己的记忆和思想里反射出来的光使思想生辉，使

---

① ［英］格·霍夫：《现代派抒情诗》，杨匡汉、刘福春主编《西方现代诗论》，花城出版社1988年版，第627页。

② 海子：《海子诗全编》，上海三联书店1997年版，第888页。

③ 同上书，第879页。

④ 同上书，第916页。

和谐丰富并有深度。"①

内歌唱，不再是单纯的抒情话语，而是一种带有生命与艺术元素的歌唱，它代表了当下诗歌从反讽向歌唱的过渡。"反讽"作为一种较为高级的比喻策略，只有在综合的有机的内歌唱的隐喻中才能复还诗歌的象征与神话。这既是对 20 世纪 80 年代中期的抒情传统的一种断裂，也是一种延续。它与"抒情"相关，更指向沉思式的生命大诗的书写，它的精神底蕴是节制的、蕴含的、审美的、充实的。

内歌唱，作为当代诗歌书写的精神向度之一，它回归了诗歌作为抒情的本体追求，在兼顾叙事、戏剧性等艺术手法的基础上，传递着人类的经验、情绪、知性、审美、诗意与诗性。它构成了当下诗歌书写的重要情操，也是区分诗歌与非诗、非艺术的"诗歌"的重要标志。对其深入的哲学与美学基础的意义的揭示，有助于我们对诗歌进行科学的文体细读与哲理化的文学阐释，从而做到以诗解诗，以诗化诗，以诗观诗，以诗读诗。

诗歌由个体的生命观照融入艺术精神的大生命的体验与升华，这符合诗歌作为艺术的主张，也有助于恢复当下诗歌书写的尊严，重拾诗歌书写的信心。诗歌写作本身不是目的，而是构搭人性的桥梁。诗歌深沉的内歌唱，回避了当下拒绝深度的书写主张，实现了当下文化语境中对高度、难度、深度、力度书写的追求，诗歌唯有在其本体、认知、审美等艺术维度上苦苦坚守，才有可能把这种歌唱情操传递给读者与听众，维护其写作尊严，才能使诗歌的节奏与意义的声响变成艺术的审美功能，让每一位诗歌受众分享诗歌的思想感动与艺术震撼。

---

① ［美］桑塔耶纳：《诗歌的基础和使命》，杨匡汉、刘福春主编《西方现代诗论》，花城出版社 1988 年版，第 23 页。

第三章

当下诗歌写作：从"反讽"到"歌唱"

"口语写作"因过分强调反讽策略与反叛意识，过分关注对诗歌"话语权"的斗夺，导致了诗歌诗意和诗性的不断消解。海子、昌耀等诗人开启的"大诗"写作方向，践行了艺术本体的"歌唱性"，让诗歌回归艺术，回归内心。

第一节 走向"反讽"的逻格斯中心

20 世纪 80 年代的"朦胧派"诗歌传统是与中国"诗缘情"的古典意蕴相传承的，也是诗人们在传统文化根基上不断努力与超越的体现。今天看来，朦胧诗派许多诗人的艺术成就与思想高度仍然构成了当下诗歌写作的重要精神资源。然而，以于坚、韩东等为代表的"第三代诗人"，通过标榜"口语"，迫切地超越前人，不断地摆脱了影响的焦虑。尽管诗歌的写作氛围不断被经济与市场的文化所代替，诗歌不断被边缘化，但它仍然是 20 世纪 80 年代后期与 90 年代初的重要文学景观。当时的文化语境下，各种流派大旗，令人眼花缭乱，人们普遍有一种叛逆心理，打倒一切就意味着成功。于是"第三代诗人"最鲜明的"PASS"口号就指向以北岛、顾城等为代表的"朦胧派"诗人，公然争夺各自所认同的"美学原则"与"话语权"。这种"口语写作"的方式，其影响一直波及当下诗歌写作。

以日常语言写作为代表的"口语诗歌"的策略之一就是"反讽"。"反讽是语言策略，它把怀疑主义当作一种解释策略，把讽刺当作一种情节编排模式，把不可知论或犬儒主义当作一种道德姿态。"①"反讽"与"荒诞感""幽默""反语""滑稽"等紧密相连。当然，它在文学史上的意义也是不言自明的。它是对朦胧派诗人写作思想与思维的一种纠偏与拓展，更近一步走向了当下"人"的自身。从这个意义上讲，它在思想史上有着独立的意义。众所周知，在后现代范式的转换语境中，"反讽"成为解构主义的重要价值尺度与批评标准。解构主义的代表人物保罗·德曼认为，反讽就是"摧毁原有秩序，摆脱既有的规范，使文本流动起来"②。解构主义推动了整个西方的后现代主义思潮的生发，并在 20 世纪 80 年代先后被译介至国内，影响了"第三代"口语诗人诗歌写作的思维与观念。

日常化、细节化、拒绝隐喻，是口语写作所表达的"诗观"，它们丰富了诗歌的表现领域。从某种意义上讲，以"第三代"口语写作为代表的"反讽"方式的介入，转换了当下诗歌写作的策略，例如以周伦佑为代表的"非非主义"、以李亚伟为代表的"莽汉派"、以杨黎为代表的"废话写作"，都较好地使用了"反讽"的写作技巧，这些诗歌回避"朦胧诗"以及之前的诗歌写作过于宏大

---

① ［美］海登·怀特：《后现代历史叙事学》，陈永国等译，中国社会科学出版社 2003 年版，第 98 页。

② Paul de Man, "The Resistance to Theory", *Philosophy beside Itself: on Deconstruction and Modernism*, Stephen W. Melville ed., Minneapolis: University of Minnesota Press, 1986, p. 83.

与沉重的一面。"反讽"的源头，可以追溯到苏格拉底的"一定意义的反讽，是一种谈话方式"①。这种"谈话方式"，扩充了诗歌写作的表现向度，从这个意义上讲，口语写作，作为一种话语与写作策略，一开始显然是积极的、建构的，然而当它滑入一种极端中心化写作倾向时，也就加速了诗歌之所以成为诗歌的本体死亡。许多诗歌写作者对大众文化消费意识形态的主流化起到了推波助澜的作用，他们没有把诗歌的写作重心放在对诗歌艺术技巧与思想高度的追求上，而是关注如何在诗歌界争取诗歌的话语权，以满足个人的名利欲望与文化资本。

口语写作，表现出来的最大问题便在于"及物"的"不及物性"。我们一直认为语言可以再现语言背后的思想，但由于它本质的符号性特征决定了它永远不可能成为思想的精确载体，它的暧昧性，构成了"诗"之外的"思"。因此，诗歌作为一种艺术样式，本质上承担了增补这种诗的"语言"与"思"之间的裂痕的功能。及物的口语写作，便不能指向及物性，相反，却是"不及物的"。语言本身具备这一点，反讽诗歌更集中体现了这种属性。正如对万事万物的认识，要透过表象，才能抵达"真相"。虽然语言是对某种真实的再现，但是如果不存在依凭直觉的、超验的"真实"，语言就会变成不断被扭曲和变形的无头链条，而不断趋向"中心化"的表述危机。

口语写作，的确开辟了当下诗歌写作的另一种路径，但是由于反讽作为一种较成熟的"转义"修辞，其过于理性与成熟的一面，在相当大程度上消解了诗歌歌唱性的一面。尽管时代与语境在不断转换，诗歌的存在意义仍然在于它的审美性、想象性、直觉性、诗意与诗思的"暧昧性"，在一种独特的审美场中让读者获得心灵的启示。诗人，就是站在这样的历史高度俯瞰世人，指引人类前进方

---

① ［德］黑格尔：《哲学史讲演录》第 2 卷，贺麟译，商务印书馆 1959 年版，第 79 页。

向的人，代生活立法，代"世界"立法。诗歌，仍然是世界与人之间交流的重要媒介。

流行于当下的"口语写作"因过分强调反讽策略与反叛意识，忽略了诗意、诗性的诗歌艺术审美精神。克尔恺郭尔将"对意义与价值无终止相对化"的浪漫"反讽"批判为"极度危险的、甚至会导致伦理学无能的极端化的'美学的态度'"①。如果当下诗歌写作由对以往以宏大叙事与抒情的为思维本位的诗歌写作走向新的以"反讽"为中心的诗歌写作思维，并形成新的以反讽为中心的逻格斯中心立场，这种反讽本位的诗歌写作趋向，同样是危险且值得警惕的。

第二节　"反讽"之后

1999年2月，郑敏先生在《诗探索》第一辑发表了《胡"涂"篇》一文，尖锐地指出："青年诗人无不以了解当代先锋诗论和诗歌作品为荣，但却不愿逆流而上找到西方先锋思潮与西方文学传统间的血缘及变异的关系。……这造成两种不好的后果，一是对物质文明发展较迟缓的东方国家的人文文化抱有歧视，并养成中国人的自卑心态；二是对文学艺术采取一代淘汰一代的错误价值观，以致争当'先锋'，往往宣称自己是超过前一代的最新诗歌大师，并有文学每五年换一代的荒谬理论，造成青年创作队伍浮躁与追逐新潮的风气，未能潜心钻研，坚持'根深树大'的文学艺术信念，只求

---

① Christopher Norris, *Deconstruction and Interests of Theory*, London: Pinter Publishers, 1983, p. 86.

以最短的时间争取最大的名声与商业效益。"①

近些年"网络诗歌"的产生，使得"口语写作"有了更无边界的可能。"口语诗"写作构成"大众文化"的一个重要组成部分：为更多的大众所"书写"，为更多的大众所"消费"（网络的"口水诗"），同时也为更多的主流刊物所"认同"。其中的"民间"意识越来越淡化，"口语写作"已经沦为语言的游戏而已。然而，大众文化语境下的"大众"对"梨花教"的反叛和"梨花体"的诗歌事件②遭遇来自网络上不同群体的"讨伐"与"开战"的事实表明，作为读者的"大众"并没有完全被消费意识形态化，并没有完全放弃诗歌的艺术趣味和对诗歌作为语言艺术与心灵艺术的精神性吁求。

于坚代表的"民间写作"等诗人的"口语写作"同样备受质疑。"大众文化发生在民间，亦流布于民间，它是与民间天然吻合的文化类型，也是最能够代表民间'群体性'特征的文化类型。"③然而，大众文化一开始与诗歌的关系就是暧昧的，它有其积极建设的一面，也有走向大众化平庸的一面。特别是在传媒并不发达的20世纪80年代，诗歌作为大众文化的主要形式，也成为他们表现反叛性的主要斗争形式。因此，许多提倡民间性写作的诗人的出发动机就值得重新审视，"个人只是个人，民间却是个人以上，否则又何以'间'。对真正的个人而言，民间到底是什么？不过是个空洞的

---

① 郑敏：《胡"涂"篇》，谢冕、杨匡汉、吴思敬主编《诗探索》（第一辑），中国社会科学出版社1999年版，第100—108页。

② 被网络评为十大网络诗人"赵丽华"因为某些"口语诗"被广大网民责难，大众并对"口语写作"提出质疑。此事成为2006年重大诗歌事件。从另一角度也说明"口语写作"的滞后性与失效性，http://lit.netsh.com/zlh/。

③ 邵建：《你到底要求诗干什么》，杨克主编《1998年中国新诗年鉴》，花城出版社1999年版，第407页。

存在"①。

"大众文化"研究的代表人物霍尔认为，"大众文化是争夺权力文化或与权力文化作斗争的场所之一"②。这种对话语权的"争夺"，使得文学属性更多被意识形态属性所替代。事实上，这已经远离了诗歌以审美与哲理为启示的"文学性"本质。"斗争性"的诗歌，的确能够反映出时代的现实一面，但是如果过分介入与"意识形态"的纠缠关系，就会滑入"口水"与"口号"的语言陷阱。

不难发现，"口语写作"已经与传统的诗歌写作拉开了距离，其存在的合理性更在于其是作为话语对抗的策略而存在的，是口语诗人对合法化的朦胧派诗人的反拨与对压抑的意识形态的抗争。在刚刚出现时，它表现出来的是一种积极有效的美学与社会力量，但是，当它成为一种中心和主流时，便构成了新的意识形态和表达上的危机，暴露了自身潜伏的危险。

消费化语境下的以反讽作为策略的口语写作成为诗歌表述的"中心"，它便不再拥有语言上陌生化与意识形态解放的最初功能，而是不自觉地造成了读者阅读视野与诗歌陌生化之间的精神障碍。

"反讽"之后的诗歌写作出路，成为当下诗歌写作密切关注的一个本体问题。新历史主义者海登·怀特借鉴诺·弗莱《批评的剖析》的主要思想，将诗歌研究看作"话语的转义"，并区分为四种类型：隐喻、转喻、提喻、反讽。"这四种转义不但是诗歌和语言理论的基础，也是任何一种历史思维方式的基础，因此是洞察某一特定时期历史想象之深层结构的有效工具。"③的确，相对于前面三

---

① 邵建：《你到底要求诗干什么》，杨克主编《1998 年中国新诗年鉴》，花城出版社 1999 年版，第 408 页。

② Stuart Hall, "Cultural Studies and Its Theoretical Legacies", *Cultural Studies*, London: Routledge, 1992, p. 239.

③ ［美］海登·怀特：《后现代历史叙事学》，陈永国等译，中国社会科学出版社 2003 年版，第 8 页。

种比喻形式，"反讽"不失是一种推进与革新，但是"反讽"之后的诗歌何为呢？是否走向新的带有神话寓言性质的"比喻"与"象征"呢，这是否构成一个新的"转义轮回"？或者"大诗写作"是否以"神话"的面目担当起重振当代诗歌写作的光荣使命呢？"反讽由于是自觉的，已经成为一种成熟的世界观"①，这种成熟性也暗示了它的无路可走与新的话语更新的必然性。

第三节 "大诗写作"的可能

回顾新时期以来的当代诗歌写作，反观诗人写作中的迷茫与自信以及读者的阅读兴趣，不难发现真正使人印象深刻的优秀诗歌作品寥寥无几，多的倒是各种诗歌"口号"和"广告"，诸如"民间立场""第三条道路""下半身"等过于关注口语化的创作，使诗歌丢失了应有的艺术指涉与精神实质。如今市场化背景下的诗歌写作同样经受着艺术的终极考验。大众文化背后的"资本控制"与"等级观念"（指那些被官方所"意识形态化"了诗歌），让诗歌仅指向了纯娱乐与消费性，从而远离了文学的"寓教于益"的"审美"功能与净化功能。优秀的诗人都是从思考"死亡"开始关注生命与现实和人类自身的。当代诗歌写作的症结很大程度上在于"语言复制"与"文化生产"，"游戏"诗歌的痕迹越来越重，诗歌沦为玩物，而不是诗人用心"唱"出来的作品。

没有"歌唱"就没有"诗歌"。"歌唱"的诗歌，发自"内心"，不是浮浅的抒情，也不是为意识形态所唱的赞歌（1949 年以后的颂歌体），而是触及生命与死亡思考的灵魂之诗、大地之诗。

---

① ［美］海登·怀特：《后现代历史叙事学》，陈永国等译，中国社会科学出版社 2003 年版，第 8 页。

大诗，发源于印度古代文学中的长篇叙事诗，如伽梨陀婆的《罗古世系》和婆罗维的《野人和阿周那》等几部较早的作品，以及后来的一些著名的长篇叙事诗。内容多取材于史诗传说，辞藻和描写颇为讲究，在梵文文学中影响很大。诗的本质在抒情，表现为生命力的涌现，和庞大世界秩序的构筑，我们称之为大抒情——这就是诗的终极形态：大诗。

我们必须从纵、横的双重维度，来审视与理解当下诗歌写作"本体"问题，以及当代诗歌从"反讽"走向"歌唱"的"大诗写作"趋势。

从"纵"的维度来看，即从诗歌历史性维度来审视诗歌的起源与传统，诗歌写作离不开"抒情"这个基本品质，构成了诗歌本体认识维度之一。

古今中外的诗歌一直以来都重视"抒情性"本质，抒情分为直接抒情与间接抒情两种，我们在阅读的过程中都能直接或间接地感受到诗歌中所抒发的精神与蕴含的灵魂，抒情性使诗歌具有了诗性魅力。"情动于衷，发而为言"，违背"抒情性"这个基本品质的理论或思潮，都是对诗歌本身的误解和歪曲。西方哲学家桑塔耶纳认为："成为完整的诗人的尺度，首先取决于他歌唱；他的声音纯洁，表达得体；他的音调从容平稳地逐个流过；其次，他所创造的形象，应该在较高的程度上互相配合；他应该善于使用夸饰文体，他必须用从自己的记忆和思想里反射出来的光使思想生辉，使和谐丰富并有深度。"①

从"横"的维度，即从共时的维度来探测诗歌的内部发生机制，可以说诗歌之所以为诗歌的艺术动力在于它面向人类生命自身说话，而不受制于任何时代任何文化形式，仅代表人类生命自身。

---

① ［美］桑塔耶纳：《诗歌的基础与使命》，温作夫译，杨匡汉、刘福春主编《西方现代诗论》，花城出版社1988年版，第23—26页。

诗歌的内在机制，就是指诗歌可以突破时代，直接与内心对话，作为艺术的触媒承担起对人类自身说话的勇气与可能。

海子写道："我的诗歌理想是在中国成就一种伟大的集体的诗，我不想成为一个抒情诗人，或一位戏剧诗人，甚至不想成为一位史诗诗人，我只想融合中国的行动成就一种民族和人类结合，诗和理想结合的大诗"（《海子简历》）。

昌耀也是一个"大诗"践行者，他在《昌耀的诗·后记》中表明：我是一个"大诗歌观"的主张者与实行者。我并不强调诗的分行……也不认为诗定要分行，没有诗性的文字即便分行也未尝不配称作诗……诗美随物赋形不可伪造。① 昌耀的大诗观念旨归在形式，通读他的诗就会发现他炉火纯青的诗歌形式，他是真正拥有将字、行、节等多种元素完美融合的强大技巧。

"大诗写作"的情怀，表现出诗歌的符合节奏与韵律之美的外在形式上的歌唱性（即抒情性）特征，也表现出诗歌内容即情怀与精神意蕴中的"内歌唱"能力。"诗歌具有音乐形式上的美感的抒情性特征外，还应该有一种思想高度、勇于担当现实、有承受人类生活苦难的勇气，坚守信念，执着于大爱，走向诗歌的'大我'情怀，我把后者的有思想与人类情怀的高度'歌唱'称为诗歌的'内歌唱'，它表现出'大诗'写作的情怀。"②

"大诗"写作情怀把诗歌的"内歌唱"推向了诗歌艺术的最高峰。"做一个诗人，你必须热爱人类的秘密，在神圣的黑夜中走遍大地，热爱人类的痛苦和幸福，忍受那些必须忍受的，歌唱那些歌唱的。"③ 倡导"内歌唱"的诗歌与一切"玩诗"的书写态度相区别。在今天这样一个大众趋向感性甚于理性、趋向表象甚于深度、

---

① 昌耀：《昌耀的诗》，人民文学出版社 1998 年版，第 423 页。

② 董迎春：《回归诗性，建构经典》，《南方文坛》2009 年第 1 期。

③ Harold Bloom, *The Western Canon*, New York：Riverhead Books, 1993, pp. 2–4.

趋向功利甚于沉潜的时代里,"内歌唱"的精神与灵魂永远是诗歌一面不倒的旗帜,使诗歌的美与力量荡漾读者的内心。

当下诗歌写作,只有从"反讽性"的口语写作转向"内歌唱"的大诗写作,才能使得诗歌摆脱浮躁,潜回内心。

海德格尔在《荷尔德林诗的阐释》中写道:"诗人的欢乐事实上乃是歌者的忧心,歌者的歌唱守护着作为隐匿者的极乐,并且使梦寐以求的东西在有所隐匿的切近中变得近在咫尺。"① 事实上,大诗的写作情怀给予了当代汉语诗歌精神一种认同与推播。这种有着"内歌唱"情操的当代诗歌,坚守了诗歌的诗意与诗性原则,表现出诗歌走向内心与神性的诗艺情操。

尼采说,人类的伟大在于它是一座桥而不是一个目的。诗人的创作,便是诗歌的"布道"过程,它架起了诗人与读者之间的理想之"桥"。诗人是在失落中通过诗歌而建构了自身的存在,诗成为他表达对于世界热爱、无奈与认同的一种有效途径。因此诗人的表现也必然赢得掌声,他们不仅属于诗人自我,更是属于他所生活的时代。

诗歌的"本体"建设成为近几年诗歌界讨论的热点之一。"中国传统文化精神和诗歌审美观念无可避免地会延续并渗透进新诗文体的肌理中,但早期新诗却是吮吸外国诗歌营养发展起来的。"② 然而,海子、昌耀等诗人坚守的"大地诗歌"写作情怀,坚守的诗意与诗性精神,让诗歌回归到民族的文化与文学传统,回归艺术,回归内心。20世纪80年代海子与昌耀所坚守的写作情怀开启的"大诗写作"方向使中国当代诗歌有了某种与西方诗歌对话的可能,成为当下诗歌写作的一种重要类型,作为一种积极的力量推动当下诗歌写作的历史进程。

---

① [德] 海德格尔:《荷尔德林诗的阐释》,孙周兴译,商务印书馆2000年版,第27页。

② 熊辉:《五四译诗与中国新诗形式观念的确立》,《西南大学学报》2008年第3期。

尽管"口语写作"仍然影响今天网络诗歌的写作，但是其走向"反讽"的逻格斯中心主义的写作趋势，应该引起警惕。同时，"反讽"之后的诗歌写作表现出来的成熟性，促使诗歌必须更新新的修辞策略。以"内歌唱"为特征的"大诗写作"不同于以往"颂歌式"的抒情，而是直指生命与人性内部，对世界发出沉思的写作。

当然，"大诗写作"是否能够走向诗歌写作的"神话"，是否预示了从"隐喻"到"反讽"（"拒绝隐喻"）的诗歌写作走向"新"的"转义"轮回呢？这有待时间和历史的进一步验证。

第四章

时代之诗的去蔽与可能

第一节 语言、时代的表现

诗歌是一个复数概念，这就意味着不同诗人之间的差异性与自主性，并成就了当代诗写不同的理念与实践。

追求语言艺术的诗歌，自然地回归"语言"这一本体，但是这个本体绝非静止的、中心化概念或者范畴，而是融注了差异性、自主性的审美趣味和生命意识的一种认知思维或哲学态度。"语言是一种很特别的东西，它从来不会在任何地方同时全部用上，也从来没有在任何地方见诸实物或实体。然而又使我们觉得它无时无刻不存在于我们的思想和我们每一具体的言语行为中。"① 当代诗写（诗语）有两种值得重视的语言意识：一种是语言作为一种修辞格运用在诗歌写作中。使用包括隐喻、陌生化、通感、变形、超验等多种修辞方式在内的修辞化语言所描绘的世界既是敏锐的时代文化触角，同时也专注于幽暗的精神世界的勘探，这样的修辞语言强化了

---

① ［美］费雷德里克·詹姆逊：《语言的牢笼 马克思主义与形式》（上），钱佼汝、李自修译，百花洲文艺出版社 2010 年版，第 23 页。

文本效果，使之抵达审美化和主观真实。另一种是语言本体充当认知思维。诗歌作为主体认知的有效动力与思想源泉，为人类反思和寻找自我提供了一种可能。语言与思维、表达之间有着密切关联：精神主体与语言之间既有一种对应的、对等的理据关系，也有一种彼此超越、诱引的差异关系。"语言与人类的精神发展深深地交织在一起，它伴随着人类精神走过每一个发展阶段，每一次局部的前进或倒退，我们从语言中可以辨识出每一种文化状态。"① 语言的思想书写，可以表现出作品深刻、独立的品质与可能。"语言产生自人类的某种内在需要，而不仅仅是出自人类维持共同交往的外部需要，语言发生的真正原因在于人类的本性之中。对于人类精神力量的发展，语言是必不可缺的；对于世界观的形成，语言也是必不可缺的，因为，个人只有使自己的思维与他人的、集体的思维建立起清晰明确的联系，才能形成对世界的看法。"② 现实世界的现实性、客观性背后隐含着丰富的差异性与可能性，由此，诗歌自然成为人类勘探自我的潜在意识与精神隐秘地带的思维武器，同时作为诗人有效的认知工具，促使他们认识自我、厘清精神与现实的各种隐秘关联。

任何书写都无法脱离时代，时代构成书写最厚实的思想根基。诗歌通过话语发出现实的诗意回声并成为当代文化最重要的精神内容与上层建筑，成为诗人认识自我、确认身份的媒介与意义。但是，诗歌因为其纯粹性与思想性，往往变成一种阅读与智力的考验。诗人在创作中、读者在阅读中审视我们时常忽略的精神世界与生命真相。诗歌往往通过晦涩抵达幽暗，通过纯粹抵达澄明。"真理只适合于其自身所言说的东西，字面的真理也只适合于其字面上

---

① ［德］威廉·冯·洪堡特：《论人类语言结构的差异及其对人类精神发展的影响》，姚小平译，商务印书馆1999年版，第21页。

② 同上书，第24页。

的所言说的东西。但是，我们已经看到，世界不仅仅是用其字面上所言说的东西构造出来的，而且也包括其言说的隐喻意义。并且，也不仅仅是用其字面上或隐喻地说出来的东西构造的，也包括其所例证或表达的东西——与所言说的东西一样，也是由其所显示的东西构造的。"① 语言作为文化的产物，无法剥离其与时代复杂的纠缠联系。诗歌对现实发出回应，自身也会烙上时代的印痕。从语言角度来看，诗歌文本为时代提供了一种更具艺术效果的深度现实，对文化和时代产生了某种建构与影响的功能。"所有的语言系统都将使用者与社会秩序从而也与共用该语言系统或具有一种类似关系的他人牵扯了起来，同时，也允许每个人使用时具体而特殊的差别。语言控制带来的快乐跨越了个人的和社会的领域。"② 而作为认知思维的语言为诗性书写提供了一种切近时代、观照自我、与世界关联的情感纽带。时代意识与鲜活的生命态度和审美观照紧密相连，不可分割。语言的隐秘地带即是思维的隐秘地带，它通过走向认知思维的诗意语言投射人类内心，成为时代鲜明的思想景观。

诗歌作为追求语言本体的艺术和一种文化立场，它融注了诗人的审美观念和哲学态度，实践了艺术的自主与友爱，触摸了人类孤寂的思想状态，通过书写实现自我的升华与认知。"语言是存在之家"（海德格尔语）。作为诗人们审美化、艺术化的文化立场的当代诗写，为时代提供了鲜活、诗意的文化形式，积极地建构了诗人书写中的自我与时代身份，丰富与推动了当代文化的建构。诗人自身与创造的个人诗语（艺术话语）有效地成为时代镜像，呈现了敏感而真实的时代面貌。不同时代诗人的积极书写推动不同时代的话语

---

① ［美］纳尔逊·古德曼：《构造世界的多种方式·序》，姬志闯译，上海译文出版社 2008 年版，第 19 页。

② ［美］约翰·菲斯克：《解读大众文化》，杨全强译，南京大学出版社 2006 年版，第 29 页。

建构，诗人们以"介入"的方式（把诗歌作为人生形式）修复和增补当代文化形式中的诗性思维。

20世纪80年代以来，日常化的"口语写作"走向反讽中心主义[①]，口语的反讽书写的中心化、标准化渐成为当代诗写的"逻格斯"。以于坚、韩东、伊沙、杨黎等"第三代诗人"为代表的口语写作，将反讽作为主要的修辞策略，逐渐呈现出秩序化、中心化的写作趋势，由此而形成的口语写作景观，遮蔽了当代诗写的丰富性与可能性。口语写作，从本质意义来看则是讲究叙事性的再现性的写作，它停留与拘泥于"写什么"的"内容"和"拒绝隐喻""诗到语言为止""及物写作"的写作主张不过是诗人尚未消化、有待厘清的诗歌观念。

因此，当代诗写"如何写"，既是诗歌写作技巧的探索，同时也是诗歌创作的思维转向。美国新历史主义代表人物海登·怀特所倡导的"后现代叙事"，即话语转义轮回的"反讽"，彰显了修辞与文化的成熟状态。要突破以口语写作为代表的"反讽"这种成熟的转义，必然要重新回到隐喻、象征的语言本体思维。自19世纪以来的现代性危机不断投射于时代的内心深处，反讽话语实际上是一种背后渗透着强烈的"虚无主义"的否定性写作，其重心在于语言本体与时代的融合。"第三代诗"的"后朦胧诗"一脉则以审美化、哲理化的诗性语言探索当代诗写的可能，呈现时代对诗人的积极影响。其中海子、西川、王家新、张曙光等的"知识分子写作"写作倾向，体现出一种积极建构的文化姿态，他们淡化反讽，重新返归以隐喻、象征为特征的语言本体写作。

诗歌既是一种文学体裁，更是一种时代精神的折射。"贫困时代，诗人何为？"（荷尔德林语）诗歌的本体追寻与关怀，使得诗歌成为一种鲜活的日常媒介，导引着哲理化、诗意化的审美态度的生

---

① 董迎春：《当代诗歌：走向反讽中心主义》，《社会科学研究》2012年第3期。

成；在情怀与性灵上的展现，使得诗人们对时代有着天然感知力与表现力，他们追求语言上的张力和结构，通过诗艺的合理展现，强化语言修辞的文本力量。诗歌向时代发声，强化语言与时代的联系。时代文化作为生命外部的现实回声，其表现形式并非单一的历史现实、政治现实、社会现实等，同样也涵盖人类处境中现实存在本身和语言表达与自我超越的性质，它被诗歌语言赋予理解与表现的可能。"在许多情况下，我们必须承认诗歌是灵魂的初创活动。与灵魂相结合的意识比起与精神现象相结合的意识来更为放松而更少意象化。诗歌中显露出某些力量，它们不经过知识的回路。当我们考虑到灵魂和精神这两极时，灵感和天赋的辩证法就变得清楚了。"① 诗人打通主客二元的通感、变形、超验、超现实、陌生化等表现技巧，在语言与时代之间进行沟通，彼此影响、各自生长、你我交融、相互依存。

介于语言与时代之间的表现之诗，是对诗体自身的追求与维系，它从时代现实中找获积极建构的力量与源泉。对语言的清醒认知和积极审视，也让语言与时代保持某些距离与自我警惕。尼采说："人类之伟大处，正在于它是一座桥而不是一个目的。"② 当下诗歌通过回归语言本体的诗艺探索与追求，为探索汉语诗写提供了某种可能。这种追求既是诗体自身规律与发展需要，也是审美化、艺术化的生命意识觉醒的时代表现。

德里达把文学当成一种机制（建制），语言本体与生命意识双重维度的当代诗写，对时代的有效修复和增补，增强与提升了当下文化积极建构的力量与信心。

---

① ［法］加斯东·巴什拉：《空间的诗学·引言》，张逸婧译，上海译文出版社 2009 年版，第 7 页。

② ［德］尼采：《查拉图斯特拉如果说》，尹溟译，文化艺术出版社 1987 年版，第 9 页。

第二节　走向深度现实

诗的语言与表现意识的写作，勘探的是一种透过现象的深度真相与主观现实，从而为客观现实、日常生活提供一种修复、增补的可能。"如果艺术是一种迷狂性的知识，那么这是因为有两种现实，一种是显见的，一种是隐藏的。我们可以通过我们的感官和推理性的智力到达显见的现实，而隐藏的现实则只能由艺术（或哲学）揭示出来。"[1]

尽管"口语写作"一直强调重视日常细节和凡俗生活，用鲜活的口语替代书面语，从某种意义上来说，这种以反讽为话语特征的叙事逐渐成为当下诗写的趋势与主流，致使当下诗写的"非诗"倾向明显，再现的叙事形式替代了对语言的本体追寻与表现意识的"诗"的写作。

反讽性叙事，注重对客观现实的悲情细节处理，构成了这个时代的大体写作现状。当代诗歌对叙事的过多关注，脱离了浪漫主义的、审美化的诗歌元素，其重视现象的、肉生的、快感的、吸引眼球的写作无疑造成了诗歌走向大众化、娱乐化的时代景观。相对于边缘化、孤寂化的诗歌写作，这种趋势自然会赢得市场化、大众化的轰动效应。当下喜剧的、娱乐的精神致使诗人对精神性与审美性自觉或不自觉的排斥与遮蔽，从而走向了快餐式的游戏写作，并导致了当下"叙事性"的再现和非诗写作的盛行。这种成为主流中心的以叙事化为特征的写作潮流，既反映出这个时代的精神一直笼罩在极度压抑的情绪当中，也隐含着时代精神危机所必然伴随的虚无

---

① ［法］让-马里·舍费尔：《现代艺术：18世纪至今艺术的美学和哲学》，生安锋、宋丽丽译，商务印书馆2012年版，第21页。

主义文化思潮。调侃一切、否定一切，成为喜剧社会某种否定性、误导性的生命现状。

　　鉴于当下诗歌写作的非诗倾向与以叙事化为中心话语的写作潮流，有必要重提语言表现意识的诗性写作与走向深度现实的写作，让诗歌重返心灵真实。着重语言表现意识的诗性写作，其表现功能指向文学性。诗歌的音韵、词汇、句法，都可以进行话语分析，都可以考察出诗人写作时所欲表达的心理状态与价值立场。"诗歌语言具有了一种实验的性质，从这实验中涌现了不是由意义来谋划，而是以自身制造意义的词语组合。常用的词语材料展示了不同寻常的意义。"[①] 在创作中尽量淡化诗歌对现实的过分纠缠，尽量回归诗体意识的语言艺术，重新激活语言的内部繁殖能力，扩展诗歌的表现可能。强调诗歌突出语言的诗性功能，能够摆脱反映论哲学影响下的再现现实思维，最终淡化意识形态对诗歌创作的干扰，实现语言本位的诗学回归，使诗人能够以独立、清醒的姿态对时代以艺术的形式发声。

　　历史作为文化的结果，具有一定的客观性，但是这些所谓的由史料与现实建构的历史仍旧有主观性、遮蔽性。当下诗歌语言表现意识的诗性写作走向深度的现实体验，必然根植于历史与语言诗性。以海登·怀特等为代表的西方新历史主义怀疑从浩渺繁杂的史料中写就的文学史在多大程度上是被建构起来的。所以，他们也关注到历史书写中的修辞性。历史是历史写作者写出来的，自然会烙上历史写作者某种意识与结构，而且"大历史"与"小历史"也存在区别。我们对历史的看法往往只关注大历史叙事，而忽略了小历史的细节与记忆。实际上，任何历史都是意识形态的结果，"语言的形式和历史过程不只本身有意思，而且非常有诊断价值，能帮助我们了解思维心理学上的一些疑难而又难以捉摸的问题，和人类精神生活上的那种奇怪的、

----

① ［德］胡戈·弗里德里希：《现代诗歌的结构：19 世纪中期至 20 世纪中期的抒情诗》，李双志译，译林出版社 2010 年版，第 4 页。

日积月累的趋势，即所谓历史，或进步，或进化。这种价值主要依靠语言结构的无意识性质和未经理智化的性质"①。

西方学者克罗齐说，一切历史都是当代史。这同样说明了历史包含着诗性与修辞性的成分在内。历史自然是阐释的结果，这就意味着历史越来越与诗性写作靠近。诗歌是探讨生命可能的，从生命意识出发，回归生命意识。"艺术的本质或许就是：存在者的真理自行设置入作品。"② 诗的媒介是语言，语言蕴含生命之思。有了生命意识的诗篇自然比历史更具有哲理性和洞见性。"正是语言把我们投向了语言意指的东西，它通过它的运作本身在我们眼前隐匿自身，它的成功在于它能够让自己被忘却，并在语词之外为我们提供进入作者思想本身的通道，我们因此在事后相信我们是与作者不用说话地、精神对精神地联系在一起。"③ 由语言出发，向生命内部挺进，这恰恰是诗人最为重视的现实之实。"语言究竟是极端复杂的历史建筑。"④ 过往之事和可能之事都是意识与思维的结果，最终指向生命的未来与可能，这就决定了语言与诗的融合的，语言与思想的融合的必要性。当代诗歌语言的本体回归与诗性表现意识，推动了当代诗歌的生产、理解、沟通、成长。

诗歌是"是"与"不是"的写作，是追求超验甚过现实的超现实写作，它走向世界现实的象征之林。"任何针对存在的特殊提问，在存在中都无不相应地有一个'是'或'否'来予以解决。但是，知道为什么存在着问题，以及这些不知道却想知道的非存在是如何可能的，对于这样的问题在存在中是找不到答案的。"⑤ 既然无法选

---

① ［美］爱德华·萨丕尔：《语言论》，陆卓元译，商务印书馆 2010 年版，第 1 页。

② ［德］马丁·海德格尔：《林中路》，孙周兴译，上海译文出版社 2010 年版，第 21 页。

③ ［法］莫里斯·梅洛-庞蒂：《世界的散文》，杨大春译，商务印书馆 2005 年版，第 9 页。

④ ［美］爱德华·萨丕尔：《语言论》，陆卓元译，商务印书馆 2010 年版，第 125 页。

⑤ ［法］莫里斯·梅洛-庞蒂：《世界的散文》，杨大春译，商务印书馆 2005 年版，第
17 页。

择理想的生活，就让诗篇导引自己在艺术的殿堂、精神的长廊中漫游，去捕捉生命的热度与诗意，从而发现自我、认识世界。"语言的本质就在于，其构造的逻辑从来都不属于那些被置于概念之中的逻辑，而真理的本质在于，它从来都不会被占有，它唯有透过某一表达系统（这一表达系统带着另一过去的印迹和另一未来的胚芽）被搞混的逻辑才是透明的。"① 诗歌的语言，就是这样一种迂回、神奇的艺术（对写作者而言），它在书写中完成反思与自我塑造和提升的可能，而读者亦同样在诗中操练心灵，获得情感共鸣。正因为自在的、邂逅的灵感之存在，象征与幻想最终将促成某个艺术主题的诞生，从而使受众从被遮蔽的生活事实中抵达深度的现实的沉思与感悟。

好诗更是治疗现世伤痛的一剂良药，它能够增补我们的内心，强健我们的体魄。"只有诗人同时既是主体又是客体，既是自我又是世界，诗人自己才能到达绝对真理。"② 这条探索之路的意义就在于对生命可能的洞悉和生命智慧的捕捉。此刻的"时间"将成为永恒，孤寂也因此而生动自然地走进读者渴望的内心。"诗篇"，成为现世的一面镜子。幻想克服了现实的焦虑，成为主观心灵的深度真实，介入当下，不断地让艺术为时代凝聚起、裂变出新的可能。

第三节　幻想与可能

当下各种符号所形成的语言系统自然与当下大众文化现实不无

---

① ［法］莫里斯·梅洛-庞蒂：《世界的散文》，杨大春译，商务印书馆 2005 年版，第 39 页。

② ［法］让-马里·舍费尔：《现代艺术：18 世纪至今艺术的美学和哲学》，生安锋、宋丽丽译，商务印书馆 2012 年版，第 26 页。

关联，为意识形态左右的现实生活被灌输了各种消费文化、娱乐文化；这种情形的危险之处在于它时常被意识形态利用，并具有一定的隐蔽性和摧毁力，它所破坏的正是深度现实的生命回归与心灵感悟，它正慢慢变异着人原本的内心与精神。语言，就这样成为意志与长官的产物，被集团或集体占有，从个性、差异中疏离，远离了个人、个体的存活状态与思考。没有个人的语言，就如没有穿衣服的人类，它必然被集体与等级的统领与占有。因而可说，语言成为这个时代既明亮而又灰暗的镜子，追逐越来越空洞的被意识形态所支配的现实，而悖论之处恰恰在于我们清醒地意识到并活生生地消费这类冰冷空虚的符号。时代的种种假象、幻象成为社会的装束，光鲜亮丽把内心拉向黑暗深渊，这是时代镜像。被时代快感放纵的现实毗邻黑暗，这是我们的精神现状与虚无情绪深有所感的。生活在这一特定的时代语境，个体意味着艰辛与责任并存。诗人个体诗写的荣誉在于对当下诗歌精神独立的清醒认知与顽强坚守，即使生活失落，精神迷失，也必须表现正经、严肃的诗写。当下文化是修辞的产物，远离人的非人特征，它加重了我们的心灵异化。

当代诗歌的精神重构，势必带上伦理学、道德学色彩。任何一个对时代敏感与充满担当情怀的诗人都会面临精神拷问。但有许多自称为民间写作的诗歌流派，不自觉地滑入官方意识倡导的文化形态，或与大众文化合流，这类写作是共谋、合谋的结果。从认识自我开始，重谈诗歌精神，是辨识真正诗歌的前提。寻找诗歌精神，诗人必须洞见与跳过时代幻相，抵达被现实遮蔽的深度真实。正是这类批判与反思的意识推动了人类的文明。无论西方的中世纪，还是中国历史上的专制文化，体制化、系统化的意识形态束缚了人类观照自身的可能。体制作为一个系统意味着稳定和坚固，而文明作为一种道德与思想、艺术的标准则代表着开放和可能。倘若没有对体制的质疑、批判，则会落入圈套、因袭，开放的文明也会被系统

和旧俗捆绑。只有当体制与文明联结时，体制才能变得文明，文明
也才能走向体制。

诗歌像奔走四方的幽灵触碰时代的痛处。诗歌让历史与现实发
出回声，同时也不断地被幻想、建构，在语言深处凝聚成果决与清
醒的信心。诗人作为知识分子不断对社会发言，批判，质疑，欲捣
毁板结的、因袭的结构与系统。他们播撒友爱、悲悯心。诗人进行
的创作既是历史的偶然事件，也是内心最为饱满、强大的理想图
景。"写作是这样一个空间，在这里，语法的人称和话语的始原，
相互融合、缠结，并消失在不可辨识的状态中：写作是语言的真
理，而不是个人的（作者的）真理。因此写作永远比言语走得更
远。同意把自己的写作说出，就像我们现在做的这样，这就只是在
告诉他人，他的言语是被需要的。"① 诗歌本身无关政治，但它是现
实境遇的内心回声。幻想与象征的写作将我们从赤裸裸的客观现
实、日常际遇拉向了内心与意识深处的空白地带与深度真实，向时
代发出孤寂但异常有力的生命呐喊。

诗歌写作是个人、个体对时代精神的投射，也与时代、社会发
生关联。诗之影响在时代面前往往微弱，但对于文化却有着重要的
潜在影响。"凡是作家所在的地方，惟有存在在说话，——这意味
着话语不再说话，而是存在着，把自身献给了存在的纯粹的被动
性。"② 诗人的认知与审视显然要走在时代的前方。因而，真正的有
所追求的诗人，是非常机智、耐心的漫游者、艺术家、思考者和哲
人，他们必然与所处的时代保持一定的距离。"人们都一直认为艺
术是与美的东西或美有关的，而与真理毫不相干。产生这类作品的
艺术，亦被称为美的艺术，以区别于生产器具的手艺工。在美的艺

---

① ［法］罗兰·巴尔特：《符号学历险·导论》，李幼蒸译，中国人民大学出版社 2008 年
版，第 7 页。

② ［法］莫里斯·布朗肖：《文学空间》，顾嘉琛译，商务印书馆 2012 年版，第 8 页。

术中，并不是说艺术美就是美的，它之所以被叫作美的，是因为它产生美。相反，真理归于逻辑，而美留给了美学。"① 诗歌成为艺术的标志也往往在于它与时代和当下文化保持一定的距离。诗歌作为艺术中的精英显得高处不胜寒。在这个精神传统断裂的时代，诗人热衷正义与理想，铲除、清理汉语背后因袭的意识形态之毒，应成为写作的必然前提。"大地离不开世界之敞开领域，因为大地本身是在其自行锁闭的被解放的涌动中显现的。而世界不能飘然飞离大地，因为世界是一切根本性命运动的具有决定性作用的境地和道路，它把自身建基于一个坚固的基础之上。"② 既要倡导诗歌与公共生活的耦合、沟通，也要警惕时代、社会等集体意识对诗歌本身所承担的人文精神与普世伦理的绑架或劫持，这种清醒而疏离的写作思维显得尤为重要与可贵。

当代诗歌的语言绝大多数还停留"器"的层面，仅充当了工具与触媒。只有当语言与天地神人熔铸一起，才走向道之生成，与诗思融为一体。"语言在产生时对于直接境况有一种起支配作用的关系。不管它是信号还是表达，它首先是对于这一环境中的那种境况的这种反应。在语言的起源中，直接当下的特殊性是所表达的意义中的一个突出因素。"③ 象征、幻想的超现实写作，能够把人们从工具论、反映论的语言思维中解救出来。这种类型的语言，凝聚着生命的情感与体验，穿过被现实遮蔽的意识，完成诗歌作为艺术的审美与认知功能，走向心灵与主观的深度真实，为现实日常提供另一种生命思之可能。这样的语言探索，完成了历时的语言工具论的转型任务，同时也完成了时代的精神突围。语言不仅是具体可操作的媒介，也是精神内心的情感触媒；既是具体的语料与可分析的单

---

① ［德］马丁·海德格尔：《林中路》，孙周兴译，上海译文出版社 2010 年版，第 21 页。

② 同上。

③ ［英］怀特海：《思维方式》，刘放桐译，商务印书馆 2013 年版，第 37 页。

位，也是生命勘探、质询精神的因子。

超现实的语言作为一种诗性哲学的追寻方式，意味着语言可以承载人类重要的认知思维，穿越与破除各类政治意识形态的纠结与遮蔽。"揭示世界记号永远意味着与对事物的某种无知的斗争。"[①]一百年来，学者仍旧在纠缠中国新诗中文言与白话何是何非，他们无疑是将语言看成切割的单位，忽略了这种文化血脉中的连接关系。如果将语言放在可以切割的工具层面考虑，白话存在的合理性不是语言的合理性而是人为命名的合理性，这无疑是将语言的高度与功能降至工具层面。语言自有其系统、稳定的功能结构，但语言更为关注的是它的差异性和去总体性。"任何研究的基础，表达。包括意义的研究，其中就有表达的基础：意义。"[②] 索绪尔、列维-施特劳斯、罗兰·巴特、拉康、德里达、乔姆斯基的语言学研究，既是语言的研究，又非仅仅局限于语言的研究，他们通过微观与具体的语言实证拆解了渗透其后的各种文化意识形态的纠缠。他们是语言学家，更是诗人、哲学家，这种开放的研究思路也为当代诗歌的语言探索提供了另一面镜子，展示了他们走向生命可能与人类思维的跨界眼光与文化视野。

尽管我们期待和不断践行这样的文化视野和诗写理念，但实际上具有极大的挑战性，需要极大的耐心。事实上，在当代诗写远离了现代诗歌在语言本体上的表现意识的时代语境下，我们理应将这种诗歌语言与哲理观照看作是一种写作的目标去追求与实践。"诗歌形象在其新颖性和主动性中具有一种特有的存在，一种特有的活

---

① ［法］罗兰·巴尔特：《符号学历险·导论》，李幼蒸译，中国人民大学出版社 2008 年版，第 166 页。

② ［瑞士］费尔迪南·德·索绪尔：《普通语言学手稿》，于秀英译，南京大学出版社 2011 年版，第 283 页。

力。它属于一种直接的存在论。"① 重提回归语言本体的诗体意识，重视时代的介入与再现关系，将两者有效融合成一种"表现"力量，既强化了汉语诗歌文学性的精神追求，也丰富了当下文化的表现可能。"语言都不是由一套肯定的和绝对的价值组成，而是由一套相对而存在的相反或相对的价值组成。"②

在语言与时代表现之间必须确立一条精神通道，生成一种对话与沟通关系，共同组合成神奇的文学、文化文本，见证与推动文化意识的转型与建构，最终实现生命意识与时代历史的双重在场。"符号停留为在任何时刻都可以被完整地解释和证明的某种思想的单纯简化。表达唯一的却是决定性的效力因此就是用我们真正为之负责的那些意指行为来代替我们的每一思想对所有别的思想的混乱暗示（因为我们在知道它的准确范围），就是为了我们而恢复我们的思想之生命。"③ 回归语言与时代的表现意识，这对当代诗写与突围既充满了挑战，也极具意义。

在这样的时代与文化语境中，我们要将视野投入思想自身、语言自身。优秀的诗歌是没有地域的，一个地域文化和地理身份无法圈定所有诗人，而且诗歌写作是没有边界的。同时，诗歌是忙碌、挣扎生活的时代回声，也是可以成就各种世俗意义上的成功但依然在思想道路上不断捕捉生命可能的精神居所。

---

① ［法］加斯东·巴什拉：《空间的诗学·引言》，张逸婧译，上海译文出版社 2009 年版，第 2 页。

② ［瑞士］费尔迪南·德·索绪尔：《普通语言学手稿》，于秀英译，南京大学出版社 2011 年版，第 65 页。

③ ［法］莫里斯·梅洛-庞蒂：《世界的散文》，杨大春译，商务印书馆 2005 年版，第 3 页。

第五章

当代诗歌的孤寂诗写及诗学建构

　　当代诗歌的书写，是中外诗歌"合力"的结晶。一方面，西方现代诗歌对中国新诗的巨大推动作用，一直延伸到许多当代诗人的诗歌创作中；另一方面，当代诗歌也是中国传统文化与诗学影响与推动的产物，毕竟汉语诗人在使用自己的母语进行创作，中国传统的古代诗学自然会直接嵌入汉语思维，变成某种精神养料培育诗人的心灵。

　　本文把"孤寂"作为一个哲学范式融注在诗学本体的理论探索与建构当中。中国诗歌自古就带有较多的抒情倾向，相对缺少某种知性、智力的因素。西方现代诗歌在这方面为当下诗歌创作提供了许多启示。对孤寂的形而上学思考，可以促使中国当代诗歌从一味的意识形态纠缠中摆脱出来，回到诗歌本位与自身的内在规律探寻中，同时，也是对当下成为主流的、中心化的口语诗歌写作的有效补充。"孤寂"作为当代诗写及理论建构所关注的一种哲学观念已经日益显示出它巨大的理论价值与诗学意义。

第一节　"孤寂"作为"诗写"的主要形式

　　诗写，是当下诗歌书写的简称，它不同于以抒情为特征的传统诗歌写作，更侧重于诗歌的生命沉思与哲理审视。诗写，既是一种诗歌创作现象，同时也是一种艺术途径，它完成了创作主体（诗人）和接受者（读者）的沟通，前者创造艺术，后者产生艺术共鸣，二者共同完成了"文本"创作的整个过程。当下诗歌创作对于"诗写"的反思与探索，体现了当下诗人的某种审美倾向、文化担当以及哲学态度。从文学本质来讲，"孤寂"作为诗写的情感动力与艺术源泉，是创作者对一切伟大艺术的精神回应与本体思考。

诗人通过"诗写"完成了创作者对世界与他者的生命审视，而这种精神气质的"诗写"显然是与孤寂紧密维系在一起的，特别是在后现代文化移植与影响下的当代诗歌创作语境下，"诗写"显得更为重要，法国著名的语言哲学家罗兰·巴尔特就非常强调这种类型的"写作"，他说："我并不把文学理解为一组或一套作品，甚至也不把它理解为交往或教学的一个部分；而是理解为有关一种实践的踪迹的复杂字形记录：即写作的实践"[1]，"写作就把人物的实际言语当成了他的思考场所"[2]，写作最终抵达的，恰是对生命的形而上学的思索，对生命虚无现实的重新审视，他接着说，"人不过是一具激情骨架，而此骨架本身只不过是对于一种虚无的幻想：人是不确定者"[3]，"不确定"催生了孤寂，也孕育了"虚无"，它们推动着诗人对孤寂的肉身与死亡的更为深层的哲学思考。

真正的诗人都是孤寂的，孤寂的"诗写"呈现了诗歌的意义与价值。"孤寂"作为艺术的原动力而存在，同时，亦是以"人的"存在本真状态逼真地关注命运自身，一个真正的诗人，是诗写者，同时也是思想者，他的诗是语言、情操、哲思、大我与神性的综合

---

① ［法］罗兰·巴尔特：《写作的零度》，李幼蒸译，中国人民大学出版社 2008 年版，第 184 页。

② 同上书，第 50 页。

③ 同上书，第 74 页。

产物。"面对世界准备（好）的身体，暴露给世界，承受感觉、情感、痛苦等，也就是说介入世界，交给并参与世界，在同样的情况下，身体也面对世界和世界上可被直接看到、感觉和预感的东西；身体可以对世界产生一种合适的反应，从而控制世界，掌握世界，将世界作为一种工具来利用（而不是辨别它），这种工具（按照海德格尔的著名分析）是触手可及的，而且从来都是被照此看待的，被它许可完成的和它指向的任务穿透，好象它是透明的一样。"[①] 生命本身就是一副悲剧的躯壳。我们早已窥见自己可怕的面目，同样心灰意冷于某个意象与词语打造的语意空间中。"死亡有时确实在等待着我们，人们有可能深刻地意识到它在等待着。时间的特质因此改变了，就像光线中的变化一样，因为现在竟如此彻底地被其他时节所遮蔽：复苏了的或正在远去的过去，无可限量的新的未来，想象不到的超越时间的时间。"[②] 由对死亡的正视、审视到对死亡与时间的超越，构成了西方存在主义哲学的重要核心概念："向死而生"，即在孤寂中体验虚无，作为一种艺术触媒与终极关怀，为当代诗歌创作提供了一条清晰而深刻的路径。面对现实人生的痛苦与肉身的衰微，哲学家萨特说道："我不为写作的乐趣而写作，而为了用文字雕琢光荣的躯体。从我坟墓高处细看这个光荣碑，感到我的出生好似一场必须经历的痛苦，为了最终变容而暂时显示的幻想。为了再生，必须写作；为了写作，必须有一个脑袋，一双眼睛，两只胳膊。写作结束，身体器官自行消失"[③]，"在我写作的时候和直到我停止写作为止，我为之心折的不朽思想是一场白日梦。

---

① ［法］皮埃尔·布尔迪厄：《帕斯卡尔式的沉思》，刘晖译，生活·读书·新知三联书店2009 年版，第 167 页。

② ［美］爱德华·W. 萨义德：《论晚期风格——反本质的音乐与文学》，阎嘉译，生活·读书·新知三联书店 2009 年版，第 1 页。

③ ［法］让-保罗·萨特：《文字生涯》，沈志明译，人民文学出版社 1988 年版，第169 页。

我认为不朽是存在的，但不是像这样的不朽"①。这样的生命态度同样为当代诗人提供了很好的人生切入路径，诗人们一方面正视痛苦与虚无的存在，另一方面积极消解它们所带来的孤寂与焦虑，通过形而上学的途径完成生命的重构与转化，显然，"诗写"过程便是对这种途径的确认与增补。

孤寂经由敏感而悲悯的诗人的"诗写"得以克服。孤独是存在的本质，现代人不可摆脱的精神困境。如何克服而不是刻意遗忘，孤寂的诗写为现代人提供了一条自我反思与升华的路径，孤寂因此从对人生的厌倦走向对友爱的珍视，孤寂诗写因此而成为一门关于世界存在本质的友爱学科——孤寂学问，对当代诗写提供了另一种可能。

我们可以将孤寂诗写产生的艺术的宣泄、疗救功能称为"诗疗"。诗人对孤寂的思索与钻研，意图在当代文化的虚无主义乱象中找到摆脱现实困境的可能，孤寂书写构成当代诗歌精神与生命在场的有力存证。孤寂诗写就是研究孤寂的学问，其目标就是克服与升华孤寂，为悲伤的人生弥补快乐与智慧，它为敏感而极富深度的诗人对当下文化、诗学本体探索提供了一种方式，诗人们通过孤寂的诗写慰藉、启示遭遇孤寂的现代人的内心，召唤超越物质层面之上对精神思考的心灵。诗人在某种意义上来讲，是灵魂的修补师，身心的疗救师，他不仅通过诗写完成了个体的内心超越，更重要的是，他时刻提醒"诗人"这一身份在人类文明与文化层面扮演的角色，他懂得诗写除了自我服务，也服务于他者，于是，这样的诗写超越个体而走向了普适的意义。为人类贡献一首诗，成为诗写者的主要工作与意义指向。

---

① ［法］让-保罗·萨特：《存在主义是一种人道主义》，周煦良、汤永宽译，上海译文出版社 2009 年版，第 39 页。

第二节 "诗写"的理论特征

　　诗人天然地与"孤寂"相关，孤寂成就诗人，诗人对于"孤寂"的体验拥有天然的想象力与语言表达能力。同样，诗人作为艺术的创造者、书写者，天然地以"语言"作为载体思考个体与世界、他者的关系，从这一意义上孤寂构成艺术的原动力、本质生成。

　　"诗写"的形式指向了"孤寂"的形式思考，或者说，孤寂是镶嵌于诗写内部的外在表现，但其本质是通过诗写将其消解与克服，从而找寻到生命的另一条路径，从而由诗写的重要内容转化为诗写的重要形式。作为诗歌本体探索"孤寂诗写"理论上应具备三个维度。

　　第一，形式特征。

　　考察当代诗歌写作现状，主流的诗歌写作无疑走向了以口语为中心的话语怪圈与写作误区。相对而言，这种追求快感、大众化、直接、现实的、赤裸裸的写作方式，缺少语言与修辞的美感，远离了诗歌自身的内在规律，同时也缺少了应有的终极关怀，这种类型的写作显然与当下以消费为导向的文化相关联，除了一部分优秀诗歌作品之外，绝大多数口语诗歌与真正的审美、诗意、张力、诗性相离甚远。而孤寂书写弥补了这类写作的形式与本体的缺失，在审美上保护了语言的张力、修辞的诗性、思想的深刻，成为一种深层的、有意味的、诗意的具有生命反思意义和思想性的独特诗写，重启了当代诗学的本体建构。

　　孤寂诗写在审美意义层面，通过情绪性的意象召唤读者进入诗境，它重在体验与感知，重在沉思与理解，"一首诗的统一性最好作为情绪的统一性来理解，情绪是感情的一个阶段，而感情是用来表达趋向于快感体验或美的沉思的精神状态的普遍字眼。……诗的意象不是在陈述什么，而是通过互相映衬，暗示或唤起诗要表达的情绪。这就是说，它们表现或清晰地表达特定的情绪。感情不是混乱的或不清晰的：如果感情没有变成一首诗，那么它仍不过只是感情而已，一旦它变成了诗，那么它就是诗，而不再仍是其背后的某种东西了"①。显然这样对诗的把握方式为诗的发展提供了多种维度与理解可能，改变了当下诗歌创作的单一性、单义性的书写现状。

当代诗写"孤寂"的审美内容还表现为精神之美、意义之美。"一首诗可能是相当可人和漂亮的，但它是没有精神的……精神，在审美的意义上，就是指内心的鼓舞生动的原则。但这原则由此鼓动心灵的东西，即它用于这方面的那个材料，就是把内心诸力量合目的地置于焕发状态，亦即置于这样一种自动维持自己，甚至为此而加强着这些力量的游戏之中的东西。"②孤寂作为一种内敛的、深沉的情绪引起读者情感上的共鸣，召唤读者在精神层面的反思，是打开精神之门的一把有效的钥匙，导引我们在意义的道路上探索，而后者恰恰是当下诗歌中"口语写作"经常回避的表达主题。

第二，文化特征。

当下文化与消费、物质紧密相关，诗歌同样会受到这种文化景观的影响，"在文化群体中，关于如何认识、估价词语和事物的一个未经系统阐述的印象是每一首诗的基础；可以说，每一首诗都是根据某种思想和文化的基调写出来的"③。孤寂诗写，显然疏离于这一大众文化形式，它承续了诗歌的精英化、本体化的艺术价值

---

① ［加］诺思罗普·弗莱：《批评的解剖》，陈慧等译，百花文艺出版社2006年版，第73页。

② ［德］康德：《判断力批判》，邓晓芒译，人民出版社2002年版，第157—158页。

③ ［美］理查德·威尔伯：《围绕霍斯曼的一首诗》，哈罗德·布鲁姆等《读诗的艺术》，王敖译，南京大学出版社2010年版，第98页。

关怀。

孤寂诗写保持了艺术的开放性，现代诗歌的晦涩、多义而生成了丰富、多元的理解，为现代人的情感深入提供了较好的可能："敞开，即诗歌。这空间，在那里所有一切都返回到深刻的存在，在那里在两个领域之间有着无限的过渡，在那里一切都在死去，但是在那里死亡是生命的知心伴侣，在那里恐惧是愉悦，在那里欢庆在悲哀，而悲哀会增光……诗人进入其中只是为了消亡，在这空间中，诗人只有保持一致才进入裂口的深处，这裂口把诗人变成一张无人理会的嘴，正像它对待聆听寂静的分量的人一样，这就是作品，是作为渊源的作品。"①

诗歌作为文化的一个重要组成部分，它一方面关注诗歌本体的形式与内容，同时，也在建构着积极、健康的文化艺术空间。对一个民族而言，文化的精英导向一直作为文化的推动力之一，诗歌作为这个空间里的重要艺术形式也建构着积极有效的精英文化，它解放人类的思维，探讨生命的求知世界，对自我存在不断反思，从个人走向了普适伦理，走向了艺术的与生命的"大我"文化关怀。

第三，哲学特征。

孤寂作为现代人的生命本质，无时不在的焦虑成为现代生活的表征，孤寂诗写对孤寂的沉思，让诗歌与哲学成为邻居，紧密关联。并作为介于诗与哲学之间的某种文化范式，维系着诗歌心灵与哲学的关怀。

中国当代哲学很大程度上受到西方后现代哲学的影响，致使文化上滑入了"反讽化"所带来的虚无主义："当我的眼光探入生活，这一切的最终是什么？虚无。当我上升到精神，这一切的顶峰是什么？虚无。"② 虚无成为一个巨大的精神空间导引着诗人们进行孤寂

---

① ［法］莫里斯·布朗肖：《文学空间》，顾嘉琛译，商务印书馆 2005 年版，第 139 页。
② ［德］荷尔德林：《荷尔德林文集》，戴晖译，商务印书馆 2003 年版，第 43 页。

诗写，不断对现代人的精神境遇作哲学反思。"生活是多么空虚、多么没有意义啊。——我们埋葬了一个人；我们陪伴着他走向坟墓，在他身上撒上三铲土；我们乘坐一辆马车过去，乘坐一辆马车回家；我们在这一想法中寻求安慰：我们前面有很长一段生活。但是，有十年的七倍那么长吗？为什么不马上把它全算出来，为什么不在那儿呆到结束，一直走下去到坟墓，吸引众人注意那些把最后三铲土撒到刚死者身上的人，最后活着的不幸将降临到他们身上。"① 但是，文化的虚无主义如何向健康积极的理性、知性方向发展，如何突破与消解虚无并使之升华为孤寂书写，探索意义所在与精神内涵成为时代的命题，也同样考验着现代诗人。"写作似是一种极端处境，它意味着一种彻底的逆转。……凡是钻研诗歌者就避开了作为确实性的那种存在，遭遇到了诸神的不在场，生活在这种不在场的深处，并为这不在场负责，担当其风险，承受其厚意。钻研诗歌者应当抛开一切偶像，应同一切决裂，应当不把真实作视野，把前途视为逗留之地，因为他没有丝毫期望的权利：相反，他应当绝望。钻研诗歌者死，遭遇死亡如深渊。"②

显然，孤寂书写者就是那些积极支配自我命运的人透过虚无的障碍而抵达虚无之境的哲学反思，使他们"成了为能够死亡而写作的，并且是以同死亡有着超前关系来掌握写作权的人"③。他们不仅自由支配自我生命，同时，还是最富有、最勇敢的存在，面对虚无与死亡，他们不是躲避，而是正视，不是悲观，而是反思，成为"最富有精神的人，前提为，他们是勇敢的人，也绝对是经历了最痛苦之悲剧的人：不过，他们之所以尊敬生命，正是因为生命以最

① ［丹麦］基尔克果：《或此或彼》，阎嘉译，华夏出版社 2007 年版，第 35 页。
② ［法］莫里斯·布朗肖：《文学空间》，顾嘉琛译，商务印书馆 2005 年版，第 19 页。
③ 同上书，第 80 页。

大的敌意同他们对抗"①。诗人通过写作与虚无作抗争，通过创作的体验与反思获得对世界的某种领悟与理解，从而找到克服与消解的积极途径。因而，从某种意义上讲，孤寂书写不是悲观论的写作，而是坦然面对生活困境并突破精神困境的突围写作、可能写作、问题写作和难度与深刻的写作，"写作，就是去肯定有着诱惑力威胁的孤独。就是投身于时间不在场的冒险中去，在那里，永无止境的重新开始是主宰。……写作，就是从魅力的角度来支配言语，并且通过言语，在言语之中同绝对领域保持接触，在这领域里，事物重新成为形象，在那里，形象，从对象的暗示成为对无形的暗示，并且，从对不在场描绘的形式变成这个不在场的在场，成为当不再有世界，当尚未有世界对存在着的东西的不透明和空无的敞开"②。

第三节　"诗写"的诗学意义与理论建构

　　孤寂诗写在审美、文化、哲学上的特征也为当代诗歌写作提供了积极有效的理论反思与建构本体论诗学的可能，它承续了传统诗学内在的写作规律，同时为当代诗歌书写提供新的路径与理论基础。

　　第一，孤寂诗写是一种言说，一种声音，一种文化立场，一种哲学态度。

　　对"诗"下一个定义的确很难，但这么艰难的工作恰恰有无数以诗歌为志业的诗人苦苦摸索，在诗写中找回自我，找回灵魂，"对诗歌，对生命，那些自以为是相当的话语权威的人会说，它们表达的是同一个空洞、无用的真理，一切皆为尘埃与蒸汽，海市蜃楼，一瞬间反照出在空间中的毫无深度的存在，同样的虚无等待着

---

① ［德］尼采：《偶像的黄昏》，卫茂平译，华东师范大学出版社2007年版，第132页。
② ［法］莫里斯·布朗肖：《文学空间》，顾嘉琛译，商务印书馆2005年版，第16—17页。

我们所有人，我们珍爱的肌肤复归于尘土，作为结局，惟一可行的智慧教导人们，势不可挡的必然性会把他们所曾喜爱的一切，化为冰冷的泥土，而他们惟一值得骄傲的辉煌，在于揭示出，万物最终走向虚无"①。

显然，孤寂诗写是从绝望、黑暗、困境、虚无作为起点的写作，从中寻找生命的诗意通道之可能，"诗说的是什么？它说的是时间永恒的周而复始——除此便无其他——撕扯和拆解的时间，但它同时又在世界令人窒息的空间中打开了一个缺口，得以有一种新生活的可能意义渗入，到那漆黑一团的绝望中"②，"诗说的是什么？它说的是时间的永恒灾难，生命的毁灭，而只有无限的欲望才能从中幸存。面对称霸世界的伟大的虚无之法则，人的虚假智慧只能俯首称臣。作为对屈服的一种交换，它允诺平静与遗忘"③。通过对生命困境的沉思与修补，最终获得"平静与遗忘"，对现代焦虑、孤寂的生活进行消解与克服。

第二，孤寂书写是指向"向死而生"的哲学命题，着重生命反思与理性建构。

加拿大文学理论家诺思罗普·弗莱认为："诗歌的真正父亲或塑造诗歌的灵感是诗歌自身的形式，这一形式表明了一切诗歌的普遍精神。"④ 孤寂书指向了这一"普遍精神"的理论思考，生成了一种对自我存在的文化反思与建构可能。

"向死而生"这一存在主义哲学主张的理论家代表萨特无疑是众多理论家中最为坚强与果决的一个，他的生命书写一开始就与生

---

① ［法］菲利普福雷斯特：《然而》，树才译，《诗人的春天——法国当代诗人十四家》，北岳文艺出版社 2010 年版，第 36 页。

② 同上书，第 35 页。

③ 同上书，第 34 页。

④ ［加］诺思罗普·弗莱：《批评的解剖》，陈慧等译，百花文艺出版社 2006 年版，第 141 页。

命的困境联系在一起的，最终通过存在式的反思与建构来为人类找到另一生命通道与希望，他写道："我从不绝望；我从未认真考虑过绝望可能作为一种属于我的品质"①，"我是谈绝望，但是正如我常说的，绝望不是希望的对立面。绝望是我的基本目的的不可能实现，因此在人的实在中存在着一种本质的失败的信念"②。而在其他现代艺术家身上同样也可找到精神回应，"对现代意识来说，艺术家（取代了圣徒们）是典型的受难者。而在各类艺术家中，作家，即使用文字的人，是我们所期待的那种最能表达他的苦难的人"③。

当代诗歌就是在这一哲学基础上参与存在作为哲学与诗学本体的实践建构，孤寂书写在19世纪的现代诗人特拉克尔、里尔克的写作实践中给予了回应，在中国当代诗歌中以海子、西川、谭延桐等诗人的作品中也时常出现。它不同于哲学的直接性、理论性，而是把这种精神蕴含在诗歌的艺术化、心灵化的书写过程中，通过诗歌作为艺术的功能来克服、消解虚无主义。

孤寂书写首先是诗的，其次才是哲学的。它既是对哲学的一种延伸，也是对诗歌创造的一种增补。

第三，孤寂书写的孤寂地带为诗意、诗性提供了丰富的文学空间，积极有效地推动着当代汉语诗歌的创作。

诗歌是语言的艺术。诗人创造着语言，语言也同样创造与成就了诗人。诗人既是书写的发话者，也是自我阅读的受众，更重要的身份还是阐释者，他们通过暧昧的诗写，触摸内心，生成诗意，呈现海德德尔所赞赏的沟通"天地神人"的艺术作品。语言作为诗人最朴实的伴侣，与诗人携手漫步在诗写的途中。

---

① ［法］让-保罗·萨特：《存在主义是一种人道主义》，周煦良、汤永宽译，上海译文出版社2009年版，第35页。

② 同上。

③ ［美］苏珊·桑塔格：《沉默的美学》，黄梅等译，南海出版公司2006年版，第48页。

　　诗歌是孤寂的艺术。孤寂陪伴着诗人，甚至相伴终生。特别在泛文化、消费化、大众化、娱乐化、物质化、欲望化的时代里，孤寂诗写为现代生活、艺术、文化、意义提供了审美态度与精神探索的可能。"若写作注定他要孤独，把他的生活变为单身汉生活，既无爱情也无亲情，若写作在他看来——至少经常并在长时期中——却又是可能证明他的惟一活动的话，那是因为，不管怎么说，孤独在他身心中和身心之外威胁着，而是掩饰着戒律的遗忘。"① 绝大多数的经典诗篇都是对孤寂的沉思和形而上学体验。诗人通过外在的孤寂式体验消解内心的真正焦虑，作为艺术经典召唤与慰藉着无法抗拒的肉身宿命。因而，从某种意义来讲，诗歌是维护我们精神生态的一剂"良药"，让我们坦然面对孤寂，坦然正视现代人的精神困境，通过孤寂的形而上学思索与书写实现自我生命个体的在场，从而消解肉身的、现实的焦虑，在阔远寂静的存在体验中完成生命对本体的回归。

　　第四，孤寂书写走向了神性写作与宗教关怀。

　　诗歌更多的追求还是对苦难诗意与智慧地转化，解放人类的想象力，回到对精神本体、当代情感与审美诗学的思考与建构，在意义的质询与探索中重树诗歌的神性光辉与宗教关怀。对真正的诗人而言，还有更高远的志业与意志，诗歌犹如神灵，激发着他们的文化斗志与生命信念，"当诗人和批评家由原型阶段过渡到总体释义阶段后，在他们所进入的阶段中，唯有宗教或其他在范围上和宗教一样无限的东西才有可能形成一个外在的目标……诗人能追随宗教要比追随政治更为幸福，因为宗教的超验的和神谕的东西大大地解放了解人们头脑中的想象力"②。

―――――――――

　　① 　[法]莫里斯·布朗肖：《文学空间》，顾嘉琛译，商务印书馆2005年版，第46页。
　　② 　[加]诺思罗普·弗莱：《批评的解剖》，陈慧等译，百花文艺出版社2006年版，第178—179页。

　　孤寂书写是游牧的、内心的、歌唱的，诗学的，它作为打通现实与精神、物质与灵魂的触媒与媒介，散发出艺术的光晕和精神的气场，感动并启示着读者触摸人性纯真和与孤独相伴的心灵。"沉默、虚空、简化的概念勾勒出崭新的观看和倾听的方式——促使人们获得更直接、更感性的艺术经验，或者让人们以更自觉、更理性的方式面对艺术作品。"① 以沉思替代抒情，以哲理取换叙事，以生命的意义探寻代替了个体的生命感喟，孤寂诗写在艺术实践中再现了写作者的主体价值，完成了诗与哲学之间相生相息的精神相连。对"孤寂"的思考也丰富了存在符号学的内涵，通过孤寂作为艺术本体的存在，触摸人类本然存在的孤寂心灵，超越文化而抵达生命的最终在场与守护。

　　诗歌正是打开我们内心枷锁的精神钥匙，在贫困的年代，让我们找回生命最初的感动、温暖、诗意与亲切。

　　孤寂诗写既注重语言的诗性，也关注思想的智性，是两者之间不断调节与平衡的过程，是让诗凭借语言成为艺术、成为关联诗人与更深的生命体验并与读者对话的艺术触媒，从这一意义上讲，诗歌就是这样一种慰藉生命、触摸灵魂、诗性与智性并存的艺术。

　　坚持孤寂诗写，虽然存在着现实生活与精神冲突的矛盾，但通过对艺术与思想的双重敬畏，诗人能够修炼成一个坚定的理想主义者、一个有道义感与深度意识的艺术家。生活与感情是私我的、局部的，而艺术与思想是属于大我的、普适的，孤寂书写作为触摸无力、焦虑内心的必然通道，成为当代犬儒化、大众化、口语化的非诗年代的另一种坚实果决的诗学本体追求与信念坚守。

---

　　① ［美］苏珊·桑塔格：《沉默的美学》，黄梅等译，南海出版公司 2006 年版，第 58 页。

第六章

从"再现"返回"表现"：
当代诗写误区及回归

　　诗之"表现"一说，本无分歧，其诗意本位的内在要求，不言自明，这也是中国传统诗学与自新诗以来的现代诗歌最基本的审美特征。朦胧诗之后，第三代诗出场，众语喧哗，极为热闹。诗由精英化、审美化逐渐转向凡俗化与审丑化，话语策略由抒情诗（表现为主）转向叙事诗（再现为主）写作。这种再现式的叙事诗歌观念强调"诗到语言为止"（韩东）、"拒绝隐喻"（于坚），将表现的语言拉向对日常客观物象的再现。这种再现的写作意识，影响到20世纪90年代以来伊沙、沈浩波等颇为先锋的身体写作、下半身写作，21世纪以来也出现了更为反叛的废话写作（杨黎）、低诗歌（龙俊）等仍旧强调再现意识的叙事诗歌。

　　趋向感性、更强调灵感与直觉的诗性思维，是人类极其重要的生命意识与认知途径。西方文化不断突破西方逻格斯中心主义，也即不断解构西方理性主义的价值中心的思维方式，对中国当代文学与文化影响巨大。探讨当代诗歌的表现意识的诗学价值，对于增补、调整当代文化有着极其重要的意义。再现，偏重于模仿现实、关注客观物象，与现实主义创作、大众文化的通俗性相吻合。第三代诗着意于解构朦胧诗沉溺意象与透支抒情的写作特征，不断用注重日常叙事的再现意识，介入生活、关注日常，以此消解朦胧诗以来的语言本体的表现意识。特别是第三代诗中的口语写作将再现意识推向了秩序化、中心化、标准化、单一化的写作趋势，逐渐忽视了诗学本体意义上语言表现意识。这类诗人淡化与拒绝诗歌的修辞，使得诗歌的表现力量渐于淡薄、式微。第三代诗中较有影响的伊沙，在 20 世纪 90 年代及 21 世纪重视反讽作为话语策略的再现，将反讽从修辞格转向一种认知态度，在一定程度上修复与增补了第三代口语写作中诗性缺失、智性不足的境况，曾经推进了当代诗歌的发展，但是，并未从根本上改变当下汉语诗歌写作的单一化、雷同化现状。

第一节　失踪的"表现"

　　20 世纪 80 年代以来的口语写作，逐渐成为当代诗歌写作的主流，其秩序化、中心化的写作趋势忽略了"表现"的价值与可能。重视日常经验、关注客观物象的"再现"意识，忽略了诗体与语言意识，使当代诗歌写作遭遇到写作瓶颈并限制了其发展可能。

　　古今中外诗歌形式上有：以抒情（表现）为主和以叙事（再现）为主两种意识。《尚书·尧典》："诗言志，歌永言。"《诗大序》："诗者，志之所之也，在心为志，发言为诗，情动于中而形于言。"严羽："诗者，吟咏情性也。"（《沧浪诗话》）亚里士多德："诗是叙述或然之事及表现普遍的。"（《诗学》）华兹华斯："诗是凭着热情活活地传达给人心的真理"，是"强烈感情的富于想象力的表达方式"。雪莱："诗可以界说为想象的表现。"（《诗辩》）可见，诗的抒情性与叙事性是融合为一体的。诗歌创作以丰富的生活为前提，抒发人类普适的（或然见出必然的）情感，通过一定语言形式和节奏（音乐感），以及各种修辞手段来表达诗人对世界、人生的存在认知及对意义的独特感受。这样的诗歌意境和审美张力（审美场，或者叫审美空间），召唤着读者相近的审美联想。"诗人是乐观的。他从语言内部寻找出路，他游戏于字形、字音、字义与书页的排版之间，像晶体一样，从限定的法则中造就全新的变幻的画面。"① 这就使得表现的诗歌充满了诗画之美、艺术之美，拓宽了诗艺表现及生命意识的对话路径。

回顾古今中外的诗歌传统，诗歌无疑是"表现"的重要形式之一，是对语言意识、诗体表现的自觉的本体追求。现代诗歌的发展往往将表现推向理想极致，探索隐秘的生命意识与人性遭遇时代挤压后所形成的存在体验。尽管表现/再现这两种不同的诗体意识构成了对诗歌差异性技艺追求，但现代诗歌的发展更着重于对表现思维的认同。20 世纪 80 年代"朦胧诗"以来的当代诗歌写作无疑是对现代诗歌书写理念的践行与深化。

当下诗歌创作自然也是西方文化，特别是现代主义文学影响下的文学产物。综观百年中国新诗（现代诗歌）发展，象征主义于诗歌表现意识层面的探索成就颇大，对"朦胧诗"以来的现代诗歌写作产生了重要影响。例如卞之琳的诗歌充满了现代诗歌的思辨美与知性美，他写道："我要有你怀抱的形状，/我往往溶化于水的线条。"（《鱼化石》）"眼底下绿带子不断的抽过去，/电杆木量日子一段段溜过去"（《还乡》）"我喝了一口街上的朦胧"（《记录》）"友人带来雪意和五点钟"（《距离的组织》）"呕出一个乳白色的'唉'"（《黄昏》）"记得在什么地方/我掏过一掬繁华"（《路》）等等，这类诗歌充满了现代诗歌表现的"思辨美"（beauty of intelligence）。不难发现卞之琳的现代诗歌在生活的再现与诗意的表现之

---

① ［法］弗朗西斯·蓬热：《采取事物的立场·序》，徐爽译，上海人民出版社 2009 年版，第 4 页。

间找到了某种较好的平衡。卞之琳的学生、著名形式文论家赵毅衡教授指出他诗中的语言"嵌合"特征："这种'嵌合'用法，主要是'实'动加'虚'宾语名词。这类似于叶芝的诗，却更接近中国古典诗人'炼'字后造成的效果。没有任何质感的（或质感不太好捉摸的）品质被作为质感词使用会扩大官感性范围，这可能是异类意象联网中效果最强烈的一种。"①

　　超现实、变形、夸张、陌生化等现代技巧的运用推动了现代诗歌的表现形式与表现能力的实践过程，兰波写道："马车在天空上驰行""公证人悬挂在他的表链上""为早晨的牛奶，即上个世纪的深夜的喃喃自语阴郁至死"，极其颠覆的联想（幻想）打乱了空间的秩序，让诗歌建构了诗意与诗性。在陌生化、新奇的视觉景观里再现了深度现实。"诗的比喻不必求相似，诗的象征不必求寄托。诗有自设元语言的魔力。虎纹可以'冷'得像树皮，雨线可以'懒'得像大腿，郁金香可以'完整'得像思想，当然清晨可以'痛'得像未做完的梦。"② 现代主义的表现技巧获得特殊的、神奇的、审美化的、哲理化的文本效果与修辞力量。超现实的色彩，是诗人情感的主观投射，高于现实的超现实想象，引导读者在奇幻中试图理解深度现实，对当下诗歌的语言表达具有重要的探索意义。汉语凭借自身的隐喻特征、诗意自然展开的优势，吻合了现代诗歌的"表现"意识。

　　象征主义者继承柏拉图、亚里士多德二元对立的世界观，将世界分成现象（现实）世界与本体（理想）世界两极，认为世界是对应又统一的整体，感应让彼此成为一种你中有我的整体合一关系，在时间上共存，在空间上互渗。显然，这种"感应"让象征主义的诗学实践在理论上指向了无限丰富与广阔的话语表现空间。"作品

---

① 赵毅衡：《反讽时代：形式论与文化批评》，复旦大学出版社 2011 年版，第 237 页。
② 同上书，第 276 页。

决不是对那些时时现存手边的个别存在者的再现,恰恰相反,它是对物的普遍本质的再现。"① 在对再现话语的深层认知上,如果似乎过于纠缠现实,就会忽略被现实所遮蔽的意识世界。

现代诗歌的表现意识必然是诗体意识的回归,它不断克服再现对现实的直接介入。现代诗歌的表现性由于受政治意识形态的影响,往往将现实简单地处理为对社会现实与现实主义意义上的现实认同。现实主义一直以来作为中国文学的中心话语,其表现特征无疑是现实的、叙事的、还原的、再现的。20世纪80年代初的朦胧诗通过朦胧、晦涩的语言表现展现了现代诗歌的朦胧之美、张力之美。但是不久就被"第三代诗"的口语写作(再现的叙事话语)所取代。"口语写作"源于20世纪80年代"第三代诗"中于坚、韩东、伊沙等的写作,他们重视叙事的再现与对物的还原的冷抒情、零度叙事,改变了"朦胧诗"高蹈的、矫情的抒情话语,让诗歌回到对时代、社会积极有效的客观关注,再现性的现实话语与现实精神对当代诗歌的发展有着推动作用。但经过多年的发展,诗坛呈现了中心化、秩序化、模式化、雷同化的写作现象,其审丑化、粗俗化的价值立场值得警惕。

20世纪90年代以来的"知识分子写作",通过进行以语言为本体和以诗艺探索为主的写作,有效地回避了现实的直接介入,打通了现实与精神、直接介入与现代技巧之间的融合,既保证了诗歌写作的有效性、时代意识,也同时进入注重表现意识的现代诗歌写作层面,在现实的批判性与诗艺的表现性之间找到一个较好平衡。王家新、西川、陈东东、张曙光等知识分子诗人继承"朦胧诗"以来的精英话语,关注时代性、经验性的叙事再现,强化了诗歌的时代与社会关怀意识,同时也重视精神性、艺术性的技艺探索。以陈先发、杨键、谭延桐、李青松、鲁西西等诗人为代表的神性写作追求

---

① [德]马丁·海德格尔:《林中路》,孙周兴译,上海译文出版社2004年版,第22页。

诗歌、哲学与宗教的结合，不断打破精神边界，其表现意识则走向了直觉的、灵感的、感官的、超验的精神创造。相对于知识分子写作，"神性写作"更具有文学探索上的难度与高度，它是艺术、文化、宗教融为一体的写作尝试。作为一种兼具精神性、传统性、艺术性、宗教性的诗写追求，神性写作在 20 世纪 90 年代的"民间"自然生长，其形成的精神合力与诗体意识成为一股不可小看的诗潮，张清华《"鄙俗时代"与"神性写作"》①、枕戈《80 后之"神性写作"与"口语写作"》②、荆亚平《神性写作：意义及困境》③ 等对神性写作均有所涉及与评论。以昌耀、海子为代表的孤寂的"大诗写作"表现出语言回归的本体意识、深刻的知性与生命情怀，其诗歌语言布满了思辨的张力与深沉。大诗写作，又是对知识分子的精神性写作的超验性特征的进一步发展，趋向"诗与真理、民族与人类合一"的大抒情，它作为 20 世纪 90 年代以来诗歌写作的某种典范，推动着 21 世纪以来的积极有效的当代诗歌书写与精神担当。

20 世纪 80 年代的诗歌重视表现意识的诗体创造的同时，也注意再现中的语言机智。再现的叙事话语自然清新、易读易懂，容易为广大读者接受，并呈现出秩序化、中心化的趋势。再现的叙事的口语写作在叙事性特征方面与戏剧性的冲突、矛盾相转化，在形式技巧中借用口语的语言机智、幽默诙谐，增加诗歌表现的感染力，语言机智则表现出了诗人的"聪明主义"，以及对语言独特的处理与设置能力。"为什么诗本来就遵循'聪明主义'？因为诗给我们的不是意义，而只是一种意义之可能。诗的意义悬搁而不落实，许诺而不兑现，一首诗让作者和读者乐不释手，就是靠从头到尾把话有

---

① 张清华：《"鄙俗时代"与"神性写作"》，《当代作家评论》2012 年第 2 期。

② 枕戈：《80 后之"神性写作"与"口语写作"》，《中国诗歌研究动态》，学苑出版社2006 年版。

③ 荆亚平：《神性写作：意义及困境》，《文艺研究》2005 年第 10 期。

趣地说错。读者不是在读别人的词句，而是想读出自己。因此，一首好诗是一个谜语，字面好像有个意思，字没有写到的地方，却躲藏着别的意思。谜底可以是大聪明，谜面必须小聪明，谜底似有若无不可捉摸，谜面才让人着迷。"① "口语"作为一种语言表达方式解构了"朦胧诗"以来的过度抒情（表现），但是又难免落入新的话语窠臼。诗评家罗振亚指出，20 世纪 90 年代诗歌叙事"对所指的轻视逃离使诗歌降格为情绪层的发泄，关涉日常生活具事、琐屑的指称性语言叠印则使诗歌远离了深度，削弱了可贵的思索和表现功能。对'此在'形而下的过度倚重，淡化了对蕴含着更高境界的'彼在'的关注，这势必因缺失对灵魂世界的介入和乌托邦性质而流于庸常平面，只提供一种时态或现在现场，而无法完全将生活经验转化为诗性经验。叙事含混罗嗦，绘声绘色缠绕枝蔓，臃肿枯燥，文本模糊，亏损了诗性的简洁和纯正"②。

"口语写作"的日常化、平民化、大众化、快感化专注于对平淡、庸常情绪的展现，导致当代诗歌不断丧失汉语的语言之思、知性之美。作为具有某种独特的知识与精神背景，并经过一定的文学训练的专业读者来说，他们有能力接受或者正确的理解现代诗歌的难懂性问题。"阅读诗，就是诗本身在阅读中表现为作品，是诗在由读者打开着的空间里产生了迎接它的那阅读，阅读变成读的能力，变成能力和不可能性之间，变成同阅读时刻联在一起的能力和同写作时刻联在一起的不可能性之间的敞开的交流。"③ 可见，专业读者的带有某种深度体验、认知能力的阅读，必然提升汉语诗歌的现代主义技巧的表现，同时在存在式的再现与表现的可能之间找到

---

① 赵毅衡：《刺点：当代诗歌与符号双轴关系》，《西南民族大学学报》2012 年第 10 期。

② 罗振亚：《九十年代先锋诗歌的叙事诗学》，《文学评论》2003 年第 2 期。

③ ［法］莫里斯·布朗肖：《文学空间》，顾嘉琛译，商务印书馆 2005 年版，第 200—201 页。

合法化的阐释前提。知识分子写作、神性写作、大诗写作，丰富了当代诗歌的表现形式，推动了语言、诗体的"表现"意识的进一步成熟。陌生化、幻想、灵感、直觉、超验、超现实的技巧运用，增强了读者的感受力、鉴赏力、想象力、理解力，有利于现代诗歌的表现意识的强化与传播。理解与阐释当代诗歌，需要读者有较好的"感受力"。桑塔格在《反对阐释》中对"感受力"的强调："我们通过艺术获得的知识是对某物的感知过程的形式或风格的一种体验，而不是关于某物（如某个事实或某种道德判断）的知识。……艺术作品提供了一类被加以构思设计以显示不可抗拒之魅力的体验。但艺术若没有体验主体的合谋，则无法实施其引诱。"① 现代诗歌的情绪暗示与幽暗意识，渐被读者感知与认同，它能够使诗歌产生较好的文本效果和传播力量。诗歌是时间的形而上学的沉思，这种哲理上的思辨与知性之美，推动了诗歌表现意识在较广泛的诗人群与读者群中的接受与认同。

重视当代诗歌的语言本体、现代表现技巧的运用与展示，就不得不进行现代诗歌的普及化教育，不断培养汉语诗歌重审美化、艺术化的诗体意识，这样才能有效维系、推动当代汉语诗歌的健康发展。"现代诗歌"是借助现代语言，使用现代修辞（隐喻、陌生化、通感、超现实主义等）表现现代人的价值与情感的可能、方式、生命的存在意识不断觉醒为主题的诗歌。当代诗歌在坚持诗意、诗性表现的前提与基础上突围，这必然也关乎写作的主观状态与价值立场，"表现"的意识往往要与现实"再现"保持某种距离，不断在"再现"与"表现"之间寻找某种平衡，扩充当代诗歌写作的有效性与丰富性。

当下汉语诗歌突围的路径之一，就是使诗歌由当下反讽中心主义叙事的再现重返对表现意识下诗体语言的关注与深度拓展。叙事

---

① ［美］苏珊·桑塔格：《反对阐释》，程巍译，上海译文出版社2003年版，第25页。

话语的中心化、秩序化，已经挤压、损耗了诗歌的表现，如何在汉语的"再现"与"表现"已经沦为或此或彼的对应关系之中找到某种诗艺平衡，无疑是当代诗歌最应重视的问题意识之一。可以肯定的是，当代诗歌的再现性写作已经到了必须正视的时刻，重新认识语言的表现意识更有待进一步深化与探索。

第二节 "表现"的困境

20世纪80年代以来的诗歌叙事，通过对事物的还原与再现，解构了"朦胧诗"重视意象与抒情的"审美"特征。但是，在发展中却逐渐呈现出口语化、琐碎化的审丑疲劳，走向复制化、单一化的写作趋势。这类消解诗性、损耗诗意的"非诗"再现型写作，拒绝诗之"表现"功能和语言上诗性、诗意的追求，诗歌创作出现了雷同与复制现象。其中，走向极端化、中心论的口语策略，过分强调再现与叙事，远离了诗的语言表现意识，远离了审美与思想的艺术追求，对当代诗写作产生了极具危害性的误导。

从语言与时代、文化的关系思考当下诗歌写作"表现"意识的缺失原因，可归纳为以下四点。

第一，不能正确理解诗歌的"难懂"，缺少诗学意义与诗体意识上的自我认同。笔者论文《当代诗歌：走向反讽中心主义》[1]梳理了当下诗歌逐渐走向以反讽作为策略的日常主义写作的优势及负面影响：反讽叙事的再现优势在于重视日常、介入生活，而最大的误区在于规避了语言的表现可能与诗意表现的话语意识，远离了诗歌作为艺术对开放性、差异性、多元性、可能性的探索。

法国象征主义理论家马拉美明确提出的"难懂"，是对西方现

---

① 董迎春：《当代诗歌：走向反讽中心主义》，《社会科学研究》2012年第3期。

代文学始祖波德莱尔的感应、象征一说的进一步发展，是现代诗歌重要的美学规范与追求。因为难懂，诗歌才有了阐释的空间。诗歌保持与生活的适当距离，有助于诗体语言对生命意识深处的勘探。"难懂"增加了汉语诗歌写作的深度与难度、高度。20世纪80年代中期以来，后朦胧诗、知识分子写作、神性写作、大诗写作等诗潮，坚持"诗"的表现意识，与"非诗"的再现保持距离，通过对"难懂"的文学性（诗性）追求对抗"再现"叙事的凡俗化、粗鄙化。

第二，现代诗歌的发展很大程度上得益于诗人自我存在的生命意识的彰显，表现意识的深度勘探有助于寻找生命的深度现实，更丰富地理解生活自身。再现的叙事，往往仅停留于现实生活对人性的干扰与影响，缺少深度的文化反思与文本力量。

当下诗歌写作仅仅关注社会挤压而形成的现实苦难，所折射出的缺少深度理解的生命意识，造成诗的表现意识与手法表达单一、雷同，进而阻碍了当代诗歌对生命意识探索的表现可能。坚持语言的深度、难度的写作自然不同于再现的中心话语。这种边缘化的、诗性的写作追求，有效地保持了诗人的孤寂状态和深度地勘探与思考自我。孤寂，蕴含着对时间的形而上学沉思，保持与现实生活的疏离从而体验内在的生命意识，把语言从日常的再现意识解放出来，导向内心的沉潜与培育可能。诗人在孤寂的边缘，实现语言裂变，思想生成，通过创造特定的意象呈现诗歌的表现价值。

第三，当代诗歌是现代主义诗歌的一种精神与自由理念的投射，现代性关怀与表现推动了当代诗歌的发展。过于关注现实的再现的中心化叙事，吻合了现实主义创作理念，但忽视了对现代主义文学空间的表现，缺少现代主义的语言技巧与形式探索，较少关注潜意识与深度自我。

现代诗歌无疑是现代主义艺术创作理念探索在前的文体与类

别。现代主义则指向精神表现的种种可能，诗之表现丰富了当代诗歌的精神哲学与文化可能。"文化是价值、激情、感官、经验的汇总之地，它更关注的是人们感知的世界，而不是现实的世界。"① 文学的大众化变成一个不可争论的事实，当下无论小说还是诗歌，或者说文学自身，都走向了利益化、大众化的文化趋势。从文体来讲，诗歌这种形式作为精英文学的代表，是当下文化作为上层建筑最为坚实的经典与组成部分。"让诗凭借语言成为艺术，让诗成为介质关联诗人与更深的生命体验、成为与读者对话与共鸣的艺术触媒，诗歌就是这么一种诗性、智性的艺术，慰藉生命，触摸灵魂。"② 现代诗歌对幽暗精神世界的勘探作为另一种生命事实与真相，导引人类精神生活的方向与可能。这种深度的心理、主观现实无疑是对再现话语的日常事实和现实的克服与提升。现代诗艺自由的表现技巧，让诗从现实返回内心，从再现的客观性、可接受性走向语言表现意识的诗性与神性。

第四，写作本身是一种书写机制，当下诗歌强调表现意识的现代书写提供多种可能，意味着在现代性的审美与价值维度不断践行先锋性的探索。

再现的叙事话语，不自觉地让诗歌滑入诗歌的散文化、事件化的写作境地，缺少语言的精致性、丰富性。而作为现代主义范畴的诗歌写作无疑与艺术、思想性紧密关联。"写作就把人物的实际言语当成了他的思考场所。"③ 再现写作的去精英化、反审美的创作观念，规避了诗之表现的多样性，逐渐失去了现代诗歌的诗意与诗性。写作本身则意为表现，它不断通过艺术性、思想性的写作认同

---

① ［英］特里·伊格尔顿：《理论之后》，商正译，商务印书馆 2005 年版，第 82 页。

② 董迎春：《论当代诗歌的孤寂诗写及诗学建构——关于诗歌本体论可能的探索》，《南京社会科学》2012 年第 2 期。

③ ［法］罗兰·巴尔特：《写作的零度》，李幼蒸译，中国人民大学出版社 2008 年版，第 50 页。

强化了写作自身的边缘性与对抗性，而诗歌写作尤其应该在当下文化中表现出这种鲜明的话语立场与文化认同。追求诗歌的哲理性、审美性、生命性、艺术性，是一种带有诗歌本体探索性的"是"的写作，又是一种否定、消极、虚无、绝望的"不是"的抗争性写作，同时也是一种差异的、增补的、审慎的文学体制以外的自由写作。

第三节　重返"表现"与诗体突围

西方诗歌特别强调知性美、思辨美、哲理美与艺术美，诗人在音节、节奏等表现形式上展开探索，让西方诗歌转向了表现的形式与肌质。西方诗歌深受柏拉图、亚里士多德以来的古希腊理性哲学影响，关注、重视叙事的再现，通过理性、知性去展开诗人的思辨色彩、诗意之美。但是，从根本上讲，诗歌的叙事性不同于小说的叙事，它最终的落脚点仍在诗歌的诗意与诗性。中国诗歌传统一开始就重视抒情的表现特征。"在心为志，发言为诗""诗言志""诗缘情而绮靡"，道、禅、意趣、意境等中国传统诗学理论，表现出空灵、诗性的审美话语，更侧重于感性的"表现"与意味，这也是中国传统诗歌与以西方理性为中心叙事话语相差异的特点所在。

20世纪80年代"朦胧诗"以来的当代诗歌传承了西方现代抒情诗传统，接受了象征主义、意识流等艺术观念与表达技巧，但是发展到了当下，由于"朦胧诗"的过度抒情和与政治话语的纠缠，使得其自身有意味的抒情逐渐失效与单一化，失去了多种表现可能。在这样的写作背景下，"第三代诗"中的"口语写作"从语言入手，不断地去审美化、解诗意化，提出了"拒绝隐喻"等诗学观念，使得诗歌从表现的透支中转向了叙事的清新、自然，其平民化、日常化带来与以往不同的亲切与清新，有效地修正了当代诗歌书写路径。20 世纪 90 年代末以伊沙为代表的反讽叙事，融入西方现代诗歌的知性与思辨，拓展了诗歌的文本效果。"在古今中外的诗歌中，'反讽'一直是一种重要的修辞策略，……'反讽'成为中心化、主流化写作趋势也意味着某种潜在危险。反讽作为一种成熟修辞，唯有对其积极引导，充分利用'反讽'的积极修辞表达效果，在精神与情操上不断强化诗人的责任意识、艺术信心、生命信仰、终极关怀，中国当代诗歌才有可能书写积极的、歌唱的、诗学的、语言本体的生命之诗。"① 反讽诗歌强调"再现"的现实介入意识，在一定程度上吻合了思辨、知性话语的认同传统。但是，过于强调"再现"的诗歌由于再现本身的可叙述性、奇观性、视觉感、易阐释性等特征，让诗歌走向了纠结"再现"的话语误区，暴露出单一性、单义性、去想象力、缺少深度现实理解能力的种种缺陷，使得汉语诗歌逐渐背离了以表现意识为本体的诗意追求。

当代诗歌书写主流中的再现叙事的拼贴化、碎片化的话语特征，加之绝大多数诗歌写作者缺少综合写作的知识背景与对深度现实揭示的能力，使再现叙事呈现出趋浅化、庸俗化、粗陋化、极端化的写作趋势，沦为现实主题"应景"的写作，延缓与忽略了当代诗歌语言的自然生长、自我繁殖、裂变与创造的可能。"叙事并不能解决一切问题。叙事，以及由此携带而来的对于客观、色情等特色的追求，并不一定能够如我们所预期的那样赋予诗歌以生活和历史的强度。叙事有可能枯燥之味，客观有可能感觉冷漠，色情有可能矫揉造作。所以与其说我在 90 年代的写作中转向了叙事，不如说我转向了综合创造。"② "叙事大规模'入侵'现代诗，产生了多种多样的类型与变种。认真评估新锐叙事的功能、性质和作用是十分

---

① 董迎春：《当代诗歌：走向反讽中心主义》，《社会科学研究》2012 年第 3 期。

② 西川：《大意如此·序》，湖南文艺出版社 1997 年版，第 3 页。

必要的。叙事性在新锐诗中取得最大的突破是已从技术手段、修辞策略，上升为现代诗的一种思维方式，它带来的最大益处，是大大提升诗人处理复杂事物的能力。但理想的状态，应是抒情性与叙事性的有机溶解，达到'鸡蛋清'状态。叙事，应成为一种'有限制的情境授权'。"① 相对而言，表现的诗歌的去完整性，在诗句之中留存许多可以联想的空间、韵味和意义的不定点。同时，它更强调一种情绪色彩的铺陈与表现，通过带有情感暗示的意象引导读者参与其诗的想象与联想，从而在写作者与读者之间找到某种深度的情感体验和审美认同。

从隐喻的意象，到象征的通感，再到直觉主义、超现实、超验主义的幻象，不断丰富着诗歌的重要的修辞技巧。从柏格森的直觉主义到弗洛伊德的精神分析中的本我、自我、超我的认知，把诗歌的表现从日常的经验世界拉向了神奇魔幻、天马行空的想象力的深度体验，通过梦话、呓语、幻想、冥思等艺术手段，完成诗歌的超验本我塑造，这个"本我"世界必然指向了艺术本体，指向了诗歌作为艺术重要表现形式的开放性、可能性、生成性和丰富性。"艺术作品中一切不具有功能的东西——因而一切超越单纯存在律法的东西——都被取消了。艺术作品的功能正在于其超越单纯存在的超越性……说到底，既然艺术作品不可能成为现实，那么排除所有的虚幻特征就更加突显了其存在虚幻特征。这个过程是不可避免的。"② 最终，诗歌获得了本体论、艺术性的回归，凝聚了诗意、诗性的幻象之美、诗性之美。诗歌的文本效果在相似性、连接性之间找到关联，既有主观的情绪性的现实投射，也尊重传统获得强化语言的途径。时空在主体的超验的想象、幻想中获得了某种情感基

---

① 陈仲义：《中国前沿诗歌聚焦》，中国社会科学出版社 2009 年版，第 157 页。

② ［美］爱德华·W. 萨义德：《论晚期风格——反本质的音乐与文学》，阎嘉译，生活·读书·新知三联书店 2009 年版，第 17 页。

础，创造了现实无法再现的诗意之美、魔幻之美。通过考察诗人运用的意象，把握诗歌的整体情绪，并展开合理想象，生成艺术的文学性（艺术性、审美性）和思想性（难度、深度、差异性、哲理化）。隐喻、象征、超现实、超验的情绪在"幻象"中获得了某种统一与穿越，聚集成当代诗歌表现、表意以及诗体回归的可能。

诗歌书写是众多艺术样式中最为本质的一种生命状态，它是人类现实、实用、理性、功能思维之外的另一种替补与僭越，它为生命主体提供探索精神世界的可能。从诗歌的诗意性、理想性特征来看，它更接近于将来时，这种"文体"意识，强化了诗意的创造、想象的表现可能。当代诗歌书写反映主观心理真实的同时，也为客观现实生活指明某种精神方向。诗人通过语言这个媒介不断沉思现实生活之镜，从对现实的特定关注中凝视、洞悉自我的存在境遇与深度现实，清醒而智慧地感受生命主体的精神在场。

诗歌意味着理想形态的自我生活建构的启示与可能。"'完成式'的诗歌形式被否定，作品在绵延不绝的'瞬间'中生成，打破了有限与无限之界限的'我'从此与诗、与物同在，载入不朽的史册，面向遥远的未来。"① 在诗歌阅读与创作实践中，许多诗人依凭超验与超现实的幻想能力，颠覆时空，在自我想象中找回现实的精神投射，捕捉现实不能描绘、展现的深度与可能性的生命体验，赋予读者神奇的审美空间。由此，当下诗歌书写作为现实生活的某种精神抚慰，不断消解现实的生命焦虑，实现艺术的净化与升华功能，通过艺术的创造过程，提升、凝聚对自由精神状态的体悟。

---

① ［法］弗朗西斯·蓬热：《采取事物的立场·序》，徐爽译，上海人民出版社 2009 年版，第 5 页。

第七章

回归语言本体，重续诗歌传统

　　20世纪90年代以来的当代诗歌书写一直处于话语转义的压力当中，新生的诗人不断产生影响的焦虑，他们试图通过种种先锋意识和激烈运动，彻底地告别前辈的文化传统，哪怕是合理的、沉淀的部分。例如，朦胧诗自觉对"文化大革命"颂歌、战歌的置换，第三代诗对朦胧诗透支抒情与意象的驱逐，下半身等身体书写对所有上半身写作的弃绝。即便在某种写作类型内部，比如口语写作的不同群体之间，也相互争斗、彼此分裂，使得诗歌写作变成了某种的行为和运动。

　　当代诗歌书写对传统的背离，一方面推动了当代诗歌的书写进程；另一方面其过分地执着于外部的争吵、解构，使得其自身愈发走向了语言之外的话语纠缠，从而远离、忽略了诗体意识，使得当代诗歌写作的有效性、生长性产生了巨大的分裂、衰微。因而，回归语言本体意识，重续诗歌传统，对当代诗歌书写具有重要的理论意义。正如法国诗人、文艺批评家保罗·瓦莱里说："诗是在最彻底的放弃或最深沉的期待中形成或被传达的；如果要将它当作研究对象，那么要从这里入手：在本质中，而远非在其周边。"[1]

---

[1] [法] 保罗·瓦莱里：《文艺杂谈》，段映虹译，百花文艺出版社2002年版，第250页。

第一节　诗、语言、思想

诗歌首先是诗，自然地与文化、政治等意识形态保持着一种自觉的疏离意识。诗歌语言的灵性与生长性，在于其对时空、历史等的超越。诗歌作为艺术既是对现实境遇的投射，同时也高于生活事实，不断通过艺术的、可能的灵性和诗性认识自我与世界，而其中语言发挥了媒介与指向的重要价值。

真正的纯诗写作、象征主义写作、超现实写作、超验写作，都是通过幻想、冥想、超现实的表现去消解现实的、日常的秩序与观念，从而在艺术的、思想的书写中摆脱人间的种种樊篱与羁绊，"我们的文化体系包含极大的多样性和复杂性，这种多样性和复杂性在诗人精细的情感上起了作用，必然产生多样的和复杂的结果。诗人必须变得愈来愈无所不包，愈来愈隐晦，愈来愈间接，以便迫使语言就范，必要时甚至打乱语言的正常秩序来表达意义"[1]。诗写作为一种情感暗示与思想抵达，重塑、建构了现世生活的高度与生存智慧。这种类型的写作，诉求直觉、灵感，挖掘潜意识的能量与超我形态，从而在纯粹的语言的想象中去超越现实与理性，在感性与理性中间直达命运内核与灵魂深处。"我渴望一种思想系统，可以解放我的想象力，让它想创造什么就创造什么，并使它所创造出来或将创造出来的成为历史的一部分，灵魂的一部分。"[2]

人是语言的动物，更是修辞的动物。我们诉求语言，进行思

---

[1]　［英］艾略特：《玄学派诗人》，《现代教育和古典文学》，李赋宁等译，上海译文出版社2012年版，第14页。

[2]　［爱尔兰］威廉·巴特勒·叶芝：《幻象·献辞》，西蒙译，作家出版社2006年版，第3页。

考、表达，从人类混沌、无序的世界中进入文明、秩序的理性社会。但是，当我们试图用语言去表达思维时，无形中又滑入语言自身嵌套的"逻格斯"，走向语言的秩序化与中心化，远离了语言生成的思想前提。显然，"这个建立在文字、被服从的话语、被信守的诺言、有效的图像、被遵循的习惯和常规等纯粹虚构之上的体系不正是一座魔力的大厦吗?"① 尼采、海德格尔、胡塞尔、德里达、福柯等20世纪西方现代哲学家从语言自身着手，首先要破解的便是这种中心化的语言"逻格斯"，通过差异、延异的思维和理念生成批判的、反思的现代语言哲学——"解构"观念，不断颠覆、消解语言的否定、消极成分。而当代诗歌中的孤寂书写，正是从与外部世界的疏离中走向了对内部潜意识自我的审视与探析，其基础便是现代语言哲学——解构思维，在幻想、冥思的语言娱戏中捕捉对"自我"的重新认知及生长可能。

现代诗歌中重想象与直觉的诗学观念切近、抵达了现代思维与生命探索的存在，吻合了人类思维生长的另一种可能。直觉与灵感是诗思的前提、诱因、动力与可能。"我想象这位诗人才华横溢、诡计多端，在他尚未完成的作品的想象世界假寐，为的是更好地等待猎物，即他自己的力量到来的时刻。在他茫茫深邃的眼中，其欲望的全部力量，其直觉的全部活力都绷得紧紧的。"② 诗人的直觉性、灵感性、想象力和幻想性，增强、深化了当代诗歌的表现可能，为人类观照现代社会、现代自我提供了一种恰切的哲理、思想视角。

每首诗都应该成为一件好的艺术品，是使读者产生想象、审美的文学空间。"每首诗都是一个谜，但诗的目的并不是让读者猜出谜底，而是让阅读者感觉到诗（至少他面对的这首诗）。虽并非无

---

① ［法］保罗·瓦莱里：《文艺杂谈》，段映虹译，百花文艺出版社2002年版，第63页。
② 同上书，第34页。

底之诗，它的谜面就是谜底，而这谜面与谜底都是他没有料想的。"①"一首诗就像一尊雕塑或一幅画那样，不需要超出它自身之外的任何解释。"②现代诗歌，让词语消失形态，它们在诗人的笔端完全是平衡的，一方面成为诗人表达的媒介，通过语言的诉说去呈现诗人的情思；另一方面又以超验、超现实的、想象性的、形而上的姿态，呈现出诗歌的新奇、陌生化、结构与肌质之间交汇的联想空间、张力美、诗意、神性之美。"艺术的根本魅力其实质表现为——在永远捉摸不定的时空，求得了个体生存与种属繁衍的人类为寻求万无一失的理想境界而进行的永恒的追求与搏击的努力（我视此为人的本性），艺术的魅力即在于将此种'搏击的努力'幻化为审美的抽象，在再造的自然中人们得到的正是这种审美的愉悦。"③中国诗歌的传统更着重于这种直觉、空灵的诗性之美，同时也重视其意趣、禅意的表达，处处显出诗人的超然、闲逸，以及智慧、境界和思想。"一首诗也许是一个内在的紧迫性留下来的东西，自我希望在其中表达自身，通过写作让自己进入存在。最终，让另外的自我，也就是读者为之着迷，进而形成信念。它也可以是同样难以捉摸的东西——那是每个经验里都有的幽灵，它希望自己被看到、感觉到、被确认为某种意义。"④

因而，当代诗歌书写无法凌驾于词语之上，诗人必须从习俗的、惯常的、约定的、因袭的语言秩序中恢复驾驭"词语"的活力与动感，参与诗思的营构与表现。西方现代诗歌重视间离、陌生化、互文、刺点等知性、哲理的诗学主张。"现代派诗人反对浪漫主义诗歌直接宣泄情感的方式，主张把思想还原为知觉，为情绪寻

---

① 赵毅衡：《反讽时代：形式论与文化批评》，复旦大学出版社 2011 年版，第 265 页。

② 冯至：《十四行集》，明日出版社 1942 年版，第 3—4 页。

③ 昌耀：《命运之书》，青海人民出版社 1994 年版，第 300 页。

④ ［美］马克·斯特兰德：《论成为一个诗人》，哈罗德·布鲁姆等《读诗的艺术》，王敖译，南京大学出版社 2010 年版，第 306 页。

找‘客观对应物’，将情与理融入具体可感的形象之中，以激发读者相应的情感体验，实现感性认识到理性认识的飞跃。"① 东方美学着重融合、不隔、空相；西方美学更着重于冲突、救赎，是隔的。东方思维是和的美学观念，西方话语是罪的灵魂反思；前者追求神人的通联，后者重在冲突中诉求神启。这两种不同的文化观念、思维、话语、意识，是当代诗歌书写的认知前提，也是庚续传诗歌传统的思想资源。因而，当代汉语诗歌的写作，在重视古典传统与诗学观念的前提下，同时不再拒斥西方现代诗歌表现技巧对当下汉语诗歌写作的积极影响。诗篇直觉、灵性、诗性、拟人化的处理所造成的适当的"隔"有助于表现现实境遇对诗人内心的挤压，也意图刺激、导引读者，从诗篇本身的艺术性体验与联想当中，返回现实境遇，返回现代社会对人性的摧残而形成的各种焦虑、创伤的认知前提。某种意义上汉语诗歌是西方现代诗歌的一种延伸，其中的现代意识决定了汉语诗歌不可能完全进入"不隔"的境界，平衡于隔与不隔之间丰富了汉语诗歌的表意可能，深入现代观念的纠缠、反省，成为当代诗歌当下更为主要的写作探索。

语言的诗体意识赋予词语以物的灵性，显然当代诗歌追求的正是这种灵性、诗性。在萨特看来，兰波的写作便是一种神奇的"语词炼金术"，它能够赋予语词一种"活性"，使"词"转化为有生命的"物"。这是所谓"纯诗"写作的最高境界，得此境界之诗人"一劳永逸地选择了诗的态度，即把词看作物，而不是符号。"② 诗是一种艺术形式，通过灵性的语言（词语）展现诗思、诗意组成文学空间，最终裂生为某种艺术的主题（思想），"诗歌的话语不再仅仅对立于一般的语言，而且也有别于思想的语言……在这种话语

---

① 肖曼琼：《卞之琳的诗歌创作与诗歌翻译》，《湖南师范大学学报》2012 年第 4 期。
② ［法］萨特：《什么是文学?》，《萨特文选》，施康强译，人民文学出版社 1991 年版，第 95 页。

中，没有人在说话，而在说话的并非人，但是好像只有话语在自言自语。语言便显示出它的全部重要性；语言成为本质的东西；语言作为本质的东西在说话，因此，赋予诗人的话语可称为本质的话语"①。当然，这种主题是研究者、评论者的有意阐释，而诗本身更着重于对情绪的呈现与对读者的导引，这才是真正意义上诗的效果与实质所在。"我们要追寻的是那些并不总是存在的词语以及那些虚幻的巧合；我们要让自己处于无力的状态，试图将声音与意义结合到一起"②，诗原本是拒绝主题（思想）的，但结果却最终走向了主题（思想）。这就是当代诗歌书写中艺术、审美的悖论，在话语的描述当中自然而然地走向了诗、思、道的统一与同一，不断启示当代诗歌的写作。

诗、思、道（思想），最终在语言的深处同一与交融，对当代诗歌书写的语言探索，对我们切近、体悟这三者之间整体融合的艺术、思想境界无疑起到了积极的作用。"失去了精神维度的文学让本能充满了人类的躯壳，这种现象预示着精神之光毁灭后的文学沙漠时代的到来。"③ 正如海德格尔写道："诗在道说之要素中活动，思亦然。如若我们来对诗作一番沉思，我们立即就会发现自己置身于思活动于其中的同一要素中了。在这里我们不能直截了当地确定：诗是否根本上就是一种思……诗与思的本真关系由何来决定，这种我们十分随便地称之为本真关系的东西根本上从何而来，这些问题都还是晦暗不明的。然而，不论我们怎样来理解诗与思，总是已经有一个相同的要素接近于我们了——那就是：道说（Sagen），无论我们对此是否有专门的留心。"④ "在歌中，是出现在一种完成

① ［法］莫里斯·布朗肖：《文学空间》，顾嘉琛译，商务印书馆 2005 年版，第 23 页。

② ［法］保罗·瓦莱里：《文艺杂谈》，段映虹译，百花文艺出版社 2002 年版，第 31 页。

③ 韩伟、姚凤鸣：《重塑中国文学的思想性》，《西北师大学报》2012 年第 2 期。

④ ［德］海德格尔：《在通向语言的途中》，孙周兴译，商务印书馆 2004 年版，第 180 页。

了的吟唱着的道说中的奇迹；在我们的运思中，则是出现在一种几乎不可确定的、又绝非吟唱的道说中的值得思的事情。"①

当代诗歌书写中语言哲学观、刺点技巧、神性写作等话语探索，对当代诗歌诗体意识的回归提供了重要的启示。西川在谈到诗歌语言时，指出了诗歌写作需要"创造力"的特征，他说："中国古代文学要求获得现代汉语的有效转换。现代汉语也要求对于世界文学的有效转换。在语言实践中，有效翻译、有效阐释、有效转换，三者是一者，而我们时代的创造力必须参与其中。"② 既然建构语言本体意识的重心，还在于当代诗歌积极有效的书写，这就不得不去重点考察当代诗歌坚持语言本体意识写作的诗歌文本。面对当代诗歌书写偏离诗歌传统中的语言意识，中断诗与思之间的关联及整体表现的现状，重新重视现代诗歌的语言表现技巧，强化中外诗歌传统中的语言本体意识，拓展当代诗歌的书写可能，就显得极为重要。

第二节　语言：诗的通道与可能

真正的写作往往离不开孤寂的探索，孤寂的写作状态更利于诗人通过语言切近探索的道路。当代诗歌的孤寂书写，在海子、昌耀的大诗写作中表现为某种古典的、东方的情怀，而中国新诗发生时的"象征主义"诗人卞之琳、穆旦等在语言上的含混、通感探索，给当代诗歌书写提供了某种表现的意识。这两种传统，或者说汉语写作者作为古典的、东方的本土经验写作顺延、融并西方现代诗歌的知性传统，对当代诗歌书写提供了较好的"表现"可能。具体表

---

① ［德］海德格尔：《在通向语言的途中》，孙周兴译，商务印书馆 2004 年版，第 187 页。
② 西川：《大河拐大弯》，北京大学出版社 2012 年版，第 12 页。

现为既借鉴西方现代单纯的"知性"，也不断吸纳了中国古典诗人的"表现性"，推动和拓展了当代诗歌种种书写及"表现"的文学空间。

所有的作品都在写作中完成。在许多诗人看来，诗歌写作的经验就是多练笔，在多写中练就、发现某种诗体表意的经验与能力上的提升，不断深化、沿袭，直到形成艺术签名与自我风格，这成为当代诗歌书写的重要经验。"在写作方面，如果训练一个人的写作，仅从有形的语言入手，我们很清楚后来写出的东西都会很八股的。那如何对待无形的语言呢？应该让作家摆脱掉许多有形语言的束缚。"① 在直觉、灵感的牵引下，语言的灵性、神性便盎然于笔端，诗歌像精神食粮，给予作者坚持写作的勇气，也让读者在阅读中找回生命的思维信心，语言与思想形如基督，神似弟兄，最终与诗三性合一。它们的关系或此或彼，你我感染，相互扶持，共育诗华。阐释意义走向了体制，阐释的过程也许更切近诗的本质与文学性。然而，当代诗歌的理论与批评研究，相对缺少语言本体意识上的书写，许多作品都指向写了什么，诗歌研究者、批评家也指向诗歌写了什么的常识研究，"没有任何'文学史'（如果仍然要写这样的文学史的话）能够仍然是正当的，如果它像以往一样满足于把各种流派串连在一起而不指出它们彼此之间的鸿沟的话，这种鸿沟揭示了一种新的预言观：即写作的预言观"②。在这样的学术体制化、批评理性化的常识牵制下，我们远离了诗歌的传统认知与语言意识的觉醒可能。"所谓的文学史资料几乎没有触及创造诗歌的秘密。一切都在艺术家的内心进行，似乎我们在他的生活中可以观察到的一切事件，只对其中作品有着表面的影响。更重要的东西——缪斯女神

---

① 郑敏：《结构—解构视角：语言·文化·评论》，清华大学出版社1998年版，第254页。

② ［法］罗兰·巴尔特：《写作的零度》，李幼蒸译，中国人民大学出版社2008年版，第188页。

的行为本身——与他的经历、生活方式、遭遇以及一切可以在一部传记中披露的事情无关。历史能够观察到的一切都是无意义的。"①

珍视语言本体的当代诗歌书写自然走近了现代意义上的文学观念，让文学从政治、文化、宗教等意识形态的压力中重新释放出来，这种回归语言的本体意识的诗歌书写，不但走向了文化意识的建构，而且完成了文学自身的对等意识与独立的文化立场的确立，回归语言的本体，即使审美这一特征重新在现代文学中占有重要的地位。以李心释、臧北为代表的诗人的创作走向了超现实主义、魔幻现实主义、超验主义、象征主义、后现代主义为一体的语言本体意识的诗歌创作，继承了朦胧诗、知识分子写作、神性写作、大诗写作等诗歌传统，在语言/思想之间不断熔铸自我的生命意识，不断探索出生命与思想的种种可能，其创作上的文化意识、生命哲理走出了地域的文化的局限，融入了世界性的写作高度与发展态势，推动了当代汉语诗歌书写的多种可能。

20 世纪 80 年代末，以伊沙的反讽叙事为代表的口语写作影响了 20 世纪 90 年代以来的当代诗歌书写，但是其极端化、粗俗化的写法最终发展成娱戏狂欢式的、嬉皮无赖式的。而学术体制的认知误区也无疑是大体制的一个缩影，价值信仰迷失和受众的平庸之恶与依赖性的听从、盲从，无疑是种种判断力、鉴别力衰弱的原因。"口语不等于诗的语言，生活经历也不等于诗的内容。这中间一个不可或缺的环节是'诗的转换'。"② 显然，以语言作为媒介的口语必须走向艺术本体的诗的语言的转换，或者说，在诗的情绪与传统的统领下，口语的写作才赋予诗的转换，从而获得诗性、诗意。没有自由、自主的艺术精神与文化意识，最终使得恶魔小鬼出来招摇撞骗，沾染、玷污诗的艺术，不断置换思维、灌输糟粕。当代诗歌

---

① ［法］保罗·瓦莱里：《文艺杂谈》，段映虹译，百花文艺出版社 2002 年版，第 33 页。

② 郑敏：《结构—解构视角：语言·文化·评论》，清华大学出版社 1998 年版，第 104 页。

话语的理论阐释也较容易陷入各自为政的旋涡，这是当代中国文学、文化批评最应该反省的问题与现状。以语言为意识，以文本为养料，或许能够创造与裂变当代诗歌书写的新的可能。

第三节　语言：现代表现的诗意可能

当代诗歌书写承续两个传统：一个是中国古典诗学意义上的抒情的、诗性的传统，特别是具有东方传统美学特征的道禅文化意识、语言意识对当代诗歌书写的积极有效的介入、推动，比如古代的禅诗写作对当代诗歌中现代禅诗的影响；另一个传统是来自西方现代诗歌的影响。中国最早出现的许多现代诗人均有出国留学经历和翻译身份，他们在不同的文化互动中不自觉地接受了他者诗歌形式与文化传统的影响，从西方带来了现代诗歌的种子，无论是徐志摩、闻一多等人的新月派，还是李金发、卞之琳等人的象征主义，这些诗歌群体作为西方现代诗歌的回声与延续，在其内部不断与现代诗歌传统发生了某种精神传承与思想关联。

稍加分析这两个传统，我们不难发现，语言意识的觉醒对现代诗歌之生成的巨大影响，比如中国会道禅的写作的语言理路，很大层面上来自语言意识，或者在语言的本体意识中，展开诗体的思想与表现可能。"'什么是诗？''诗人对谁说话？''为什么写诗？'尽管他们的努力有时显得草率而肤浅，有时是对西方思潮和风格不成熟的模仿，但无可不论的是，通过对与古典诗歌传统有着根本差异的诗观和诗艺的探索，现代诗人已迎进了一个新纪元。"[1] 相比之下，西方现代诗歌无疑是现代主义的，是表现的，其最终征服与创

---

[1]　［美］奚密：《现代汉诗——1917 年以来的理论与实践》，奚密、宋炳辉译，上海三联书店 2008 年版，第 30 页。

造的前提自然都指向了语言。19世纪中期以来的现代诗歌很大程度上的成就，是源于语言意识的觉醒，推动着现代文学的表现可能。"诗歌是'特殊语言构成的一个传情达意的艺术品'，那么，它在写作时就包容了极其复杂的心理活动能力，这种心理当然受到历史语境、个人经历的种种影响，政治形势、学术思潮、地理民俗、民族心态、经济环境，换句话说整个文化都会在诗人心理留下痕迹，但是，这一切都必须经由一连串'移位'（displacement）才能渗入创作，并受到计人个人的禀赋、气质、性格这一磁场的扭曲，受到具体创作时极微妙的心境变形，往往迂回曲折，才是本文艺术中留下极其含糊的'印迹'（trace）。"① 因而，语言意识的回归，让当代诗歌书写找到了最初的目标与未来的发展可能，同时也将指向语言发展、诗体本位的诗歌传统，并依次为本体的发展与深化提供新的路径。

考察西方现代诗歌的表现传统，如象征主义、魔幻现实主义、超验主义、超现实主义这类流派都隐含着一个朴实的写作信念，即回归语言，回归诗性，在真正的诗意之间找到某种表意的通道。"把作为语言的语言带向语言——这个道路公式不再仅仅是为思考语言的我们提供一种指引，而且也道出一个样态（forma），即一个构造形态，那居于大道中的语言本质就在其中自行开辟道路。"② 但是还需要一些形式与技巧上的细节化处理，在虚实之间、感应之间、文字的嵌合方面不断突破。"艺术的这种非理性性质表现在从创作者到消费者的全部过程之中：前者永远无法解释自己是如何创作出这种形式的，后者则永远无法对这种形式理解透彻。"③ 从看似纷乱的幻想性、幻象性写作，进入秩序的、整体的诗意表现，在经

---

① 葛兆光：《语言的魔方》，复旦大学出版社2008年版，第23—24页。

② ［德］海德格尔：《在通向语言的途中》，孙周兴译，商务印书馆2004年版，第263页。

③ ［法］茨维坦·托多罗夫：《象征理论》，王国卿译，商务印书馆2005年版，第245页。

验与幻象之间寻找平衡，同时不断突破与颠覆传统的、因袭的文学思维，裂变为某种文学的可能。"当一个人忙于做这做那的时候，他离开象征最远，但是当恍惚或疯狂或沉思冥想使灵魂以它为唯一冲动时，灵魂就在许多象征之中周游，并在许多象征之中呈现自己。"① 当代诗歌书写也必然存在某种否定的、负面的写作情绪，但诗歌本身却永远处于追求言不尽意的语言情思中。超验写作、超现实主义、魔幻现实主义、象征主义的语言本体写作，暂时远离口语写作的叙事性、再现性的话语特征。口语也是一种表达的方式，但并非中心与同一，诗歌不可能完全放弃抒情。"诗歌就如一个浩瀚的词语天地，这些词语之间的关系、组合及能力，通过音、像和节拍的变动，在一个统一的和安全自主的空间里得以体现。这样，诗人把纯语言变为作品，而这作品中的语言回归到了它的本质。"② 每一首诗歌都是一件艺术品。后现代的口语化可以偶尔尝试，但更重要的应该是对诗歌的表意、表现的思想可能的探索。

　　强调语言本体意识的诗歌写作，为当代诗歌书写提供了种种可能。"语言不仅被体验为共享的东西，而且是受历史的重负压迫和腐化的东西。因此，对于每一个清醒的艺术家来说，艺术创作意味着需要处理两个可能相互冲突的意义领域，以及它们之间的关系。"③ 本体意识，让语言呈现出反思的特征，并凝聚成语言的多种生成的可能，"高明的诗歌是深刻的怀疑论者的艺术。它以在我们的全部思想和感觉方面不同寻常的自由为前提。神明亲切地无偿送给我们某一句诗作为开头；但第二句要由我们自己来创造，并且要与第一句相协调，要配得上它那超自然的兄长。为了使它与上天馈

---

① ［爱尔兰］叶芝：《诗歌的象征主义》，杨匡汉、刘福春主编《西方现代诗论》，林骧华译，花城出版社1988年版，第228—229页。
② ［法］莫里斯·布朗肖：《文学空间》，顾嘉琛译，商务印书馆2005年版，第23页。
③ ［美］苏珊·桑塔格：《沉默的美学》，黄梅等译，南海出版公司2006年版，第60页。

赠的那句诗相当，动用全部经验和精神资源并不为过"①。可见，重视语言本体意识的诗歌创作往往在持有怀疑精神的前提下，不断动用自我经验并驾驭表现技巧，凝聚共同的、整体的诗意与诗性之美，"一首诗的文、句，不是一个可以圈定的死义，而是开向许多既有的声音的交响、编织、叠变的意义的活动。诗人写诗，无疑是要呈示他观、感所得的心象，但这个心象的全部存在事实与活动，不是文字可以规划固定的"②。诗歌的张力、想象力、变形化、陌生化等现代元素创造了文学空间，而直觉作为诗的前提，特别是在产生直觉后迅速调配、凝聚的能力也构成了诗歌写作必须正视的表达前提。

　　回归语言的本体意识有助于敞开艺术的沉默地带而非给出晦涩与苍白，展示沉默的文学审美空间重在拓展当代诗歌书写及表现可能，这对当代诗歌书写同样具有重要的话语启示意义。"沉默是苦思冥想的地带，是思想成熟的萌芽阶段，是最终为言说争取到权利而经受的磨炼。"③"语言可用来抑制言语，表达沉默……诗歌（即运用文字）的任务在于清理为词语堵塞的现实——通过在事物周围营造沉默的气氛。艺术必须借助语言和语言的替代品，依据沉默的标准向语言本身发动全面的攻击。"④诗歌通过冥想、直觉不断抵达诗歌话语的沉默地带，呈现诗意、诗美的互动与相互启示的文学空间。诗歌的直觉思维和幻想特征，表现出某种非理性的性质，这为人类认识自我与世界提供了新的前景与可能。"当代中国诗歌写作的关键特征是对语言本体的沉浸，也就是在诗歌的程序中让语言的物质实体获得具体的空间感并将其本身作为富于诗意的质量来确

---

① ［法］保罗·瓦莱里：《文艺杂谈》，段映虹译，百花文艺出版社2002年版，第32页。

② ［美］叶维廉：《中国诗学》，人民文学出版社2006年版，第79页。

③ ［美］苏珊·桑塔格：《沉默的美学》，黄梅等译，南海出版公司2006年版，第25页。

④ 同上书，第67页。

立。如此，在诗歌方法论上就势必出现一种新的自我所指和抒情客观性。对写作本身的觉悟，会导向将抒情动作本身当做主题，而这就会期最直接展示诗的诗意性。"①

当然，诗歌的传统、习俗、惯例、意义也会走向语言的中心化、秩序化，形成一种文化抱负，"语言，是文化压迫另一种超级的蒙蔽。丰富多彩的现象世界被集体无意识规范为有限的符号，或者处理为若干概念、范畴、术语。这些符号、概念、术语与事物的起初面貌实际上存在着难以逾越的鸿沟"②。正是语言的这种理论色彩与话语特征，使得我们必须站在语言本体与认知前提的精神维度，不断展开语言的去蔽，从而实现语言的裂变与创造，最终完成诗歌表现的多种可能。

当代诗歌书写既要重视语言的本体意识，同时也要传续诗歌的中西方可以为我们所用的诗歌传统，从而真正实现现代诗歌的西方传统与重视语言意识的中国古典诗歌传统的融合。"诗歌现代化所要建立的中国现代诗就是郭老所预言的'新新诗'。这种现代诗当然要继承传统，但也有别于传统。同传统的诗歌化，它将更侧重内心世界的开掘。"③

语言本体的艺术指向了诗的敞开、多样性的生成可能，语言本身的逻格斯被暂时去蔽得以释放，"语言魔术被允许将世界打碎以实现魔幻化。晦暗和不连贯成了诗歌暗示的前提"④。诗歌在语言的沉思、力量的整合之中提供了写作者对自我与世界的生命观照，

① 张枣：《朝向语言风景的危险旅行》，陈超主编《最新先锋诗论选》，河北教育出版社2003年版，第458页。

② 陈仲义：《诗的哗变》，鹭江出版社1994年版，第64页。

③ 吴思敬：《时代的进步与现代诗》，谢冕、唐晓渡主编《磁场与魔方》，北京师范大学出版社1993年版，第25页。

④ ［德］胡戈·弗里德里希：《现代诗歌的结构：19世纪中期至20世纪中期的抒情诗》，李双志译，译林出版社2010年版，第15页。

"诗歌——在其之中，是诗人——就是这种向外部世界敞开的内在深处，向有生命之物无限保留地展开着，它就是世界，事物和不停地改变为内部的有生命之物"①。诗歌作为艺术在语言深处得以呈现，艺术自身的多元性、开放性在语言的敞开中生成了诗思与哲理，深化与强化了现代诗歌的表现方式，拓展了当代诗歌书写的精神维度与现代技巧。

语言的本体意识在当代诗歌书写中的回归，也强化了文本的传播效果，"阅读诗，就是诗本身在阅读中表现为作品，是诗在由读者打开着的空间里产生了迎接它的那阅读，阅读变成读的能力，变成能力和不可能性之间，变成同阅读时刻联在一起的能力和同写作时刻联在一起的不可能之间的敞开的交流"②。在语言意识的作用下，写作者与读者之间的沟通成为可能，他们彼此互动的书写与阐释，拉近了诗歌与受众的距离。同时，当代诗歌的传播也为各种艺术与思想提供了新的话语阐释空间。

---

① ［法］莫里斯·布朗肖：《文学空间》，顾嘉琛译，商务印书馆 2005 年版，第 158 页。
② 同上书，第 200—201 页。

第八章

现代诗歌的幻想性与艺术书写

　　现代诗歌是一种增补，语言亦是，诗歌的语言更是增补中的增补，它在修复裂变的缝隙中创造种种思想可能，这些可能是语言的、艺术的，更是思想、思维自身的，倘若没有这种裂变与创造，人类的思维大概会永远落入樊篱与表达的套路、思维的窠臼。读者唯有成为主体，才能理解现代诗歌要表达种种的"可能"。阅读是参与其中，犹如生活其中。这样的艺术表达方成为主体的真正体验、发现、审美、智慧。

　　然而，当下汉语诗歌的写作发展的吊诡之处，正在于写作者对幻想的巨大漠视与幻想表达能力的缺乏，只沉醉于对现实的临摹，与怀着惊奇与冲动的幻想，相去甚远。这种现状反映出当下文化的精神危机与生命的巨大虚无的气息。幻想属于真正的艺术家与艺术，同时也能够克服过于现实的人类精神空无与宿命论的生存危机感。唯其如此，艺术的幻象才爆发出鲜活的现实力量，感染、提升那类具有阅读、鉴赏、沉思、选择能力的读者。

第一节　幻想与想象

　　古今中外，关于想象的表述颇为丰富，它是作家重要的表达能力之一。

郭熙指出："真山水之云气，四时不同，春融怡，夏蓊郁，秋疏薄，冬黯淡。尽见其大象，而不为斩刻之形，则云气之态度活矣。"① 陆机《文赋》认为作文："其始也，皆收视反听，耽思傍讯，精鹜八极，心游万仞。"②《文心雕龙·神思》则强调："登山则情满于山，观海则意溢于海，我才之多少，将与风云而并驱矣。"③ 想象，是艺术表达的重要能力之一，它是人类从功利的现实维度进入精神自由的重要途径，也是打通现实与精神层面的情感纽带，促成审美表达的艺术可能。

在西方，"想象"则表现为主体的一种审美意识，"与逻辑、概念、历史、物我、区别暂时不存在的直接关系，而直接关注于对象世界本身"④。德国哲学家卡西尔强调："想象不再是那种建立人的艺术世界的特殊的人类活动，而具有了普遍的形而上学价值。诗的想象成了发现实在的惟一线索。"⑤ 显然，通过概念的表达仅是一种纯形象，这类形象可以靠科学来发现，而想象的结果则在艺术中展现。想象，正是这种审美活动的逻辑起点、过程与可能。

想象是写作者、读者必然具备的审美能力，没有想象力的诗歌无法成为真正的艺术作品。但是当下诗歌发展的误区在于，许多诗人拒绝想象力，提倡冷抒情，关注日常生活的零度叙事，这就引发当下诗歌表达上的困境，诗歌容易滑入扁平化、凡俗化、单一化、浅薄化的认知误区，与现代诗歌写作应有的表达可能渐行渐远，而

---

① （宋）郭熙：《林泉高致·山水训》，《中国美学史资料选编》（下），中华书局 1981 年版，第 13 页。

② （西晋）陆机：《文赋》，霍松林主编《古代文论名篇译注》，上海古籍出版社 1986 年版，第 95 页。

③ （南朝梁）刘勰著，王运熙、周锋撰：《文心雕龙译注》，上海古籍出版社 1998 年版，第 245 页。

④ 潘知常：《诗与思的对话》，上海三联书店 1997 年版，第 362 页。

⑤ ［德］恩斯特·卡西尔：《人论》，甘阳译，上海译文出版社 2004 年版，第 215 页。

艺术作品本身的艺术性的自我认同，在缺少想象与想象力表达能力的诗歌中被暂时搁置与忽视。

从读者角度来看，没有想象力的诗歌，无法形成作品接受中的联想空间，无法形成诗歌语言本身的内在张力。"要看透一个诗人的灵魂，就必须在他的作品中搜寻那些最常出现的词。这样的词会透露出是什么让他心驰神往。"① 诗歌作为艺术中的最为主要的文体之一，它与艺术、艺术性无法割裂的纽带就是由语言促成的受众展开联想的审美空间。放弃审美的主体价值，也就丧失了文学的自身意义。而想象、想象性正是深度审美体验能力的表现之一。

幻想，表现为一种想象的能力。汉语由于其自身的特殊性，存着某种隐喻结构。"中国的诗言语如何能被读作一种最经常是曲折蜿蜒的特殊隐喻，同时它的隐喻价值始终是含糊不清的。"② 在诗写中，幻想具体表现为冥想、沉思，通过语言去呈现诗意、诗性；对诗歌本体中诗性、文学性的追求，使诗歌的语言附上了诗歌本身所必需的内在张力与艺术性。缺少想象力的诗歌往往表现为语言平面化、呆板，缺少内在的节奏与韵律，缺少诗歌自身的神奇、新颖。当下诗歌对日常化、叙事化的过度强调，导致了现代诗歌书写想象力的匮乏，长此以往，现代诗歌就渐渐滑向了大众化、小趣味的审美陷阱，语言表达的技巧也仅局限在语言层面上的诗味，缺少诗歌的深度蕴含，无法打通语言与精神层面之间的艺术关联，无法生成艺术之诗的内心力量与艺术情操。诗歌就是一种想象与想象力的召唤，在可能中促使作者去想象某种画面，抑或有关生命的哲理的沉思，甚至纯粹语言自身的内在呼吸与节奏感……优秀的、经典的文

---

① ［德］胡戈·弗里德里希：《现代诗歌的结构：19 世纪中期至 20 世纪中期的抒情诗》，李双志译，译林出版社 2010 年版，第 31 页。

② ［法］弗朗索瓦·于连：《迂回与进入》，杜小真译，生活·读书·新知三联书店 2003 年版，第 254 页。

学都是一种创伤性、审美性的体验与追忆。

"写作"赋予了生命起死回生的可能。"我不为写作的乐趣而写作，而为了用文字雕琢光荣的躯体。从我坟墓高处细看这个光荣碑，感到我的出生好似一场必须经历的痛苦，为了最终变容而暂时显示的幻想。为了再生，必须写作；为了写作，必须有一个脑袋，一双眼睛，两只胳膊。写作结束，身体器官自行消失。"① 作为艺术的书写，现代诗歌所体验到的正如现实的痛苦，它所能启示的正是通往存在的种种可能。写作者无数次经历现实的情感和生命信仰之间的冲突，或以厌烦、冲突的心态了结现世的生命，抑或从此轮回转胎，借此疗救疼痛、冲突的内心。写作者在现实中或将其看作事件，或选择一种撕毁、离弃的生命态度。这种颤抖、痉挛的慨叹与冲动，在内心无数次升起，一次次向内心作出暗示。"诗人需要让鲜活的过去成为他不带褊狭地关照现在的工具，成为他用更少的话说出更多内涵的工具；他一定希望拥有圆通的技巧和才能，让过去的历史对他的诗预设的读者有所助益。"②

诗性、诗意的想象趋向诗意本身表达的更深层面、更深意识中，与幻想有着某种精神关联。幻想，从哲学意义上看，它表现为人类对未知世界的一种想象，而它的未知性，促成了诗歌本体生成诗意、诗性的可能，也即符合诗歌的语言本身的创造性。一个族群、一种文化，如果淡化了人类的幻想精神，就丧失了人类诗性思维创造、衍生其他文化精神的可能。当下的文化危机主要表现为技术文明、物质文明这类现实的、功用的、可操作的、经验的因素对人类模糊的、想象的、超验的、可能的思维的挤压。而前者，恰恰是人类丧失诗意、并在内心不断感觉到虚无的原因之一。哲学诗人

---

① ［法］让-保尔·萨特：《文字生涯》，沈志明译，人民文学出版社1988年版，第121页。
② ［美］理查德·威尔伯：《围绕霍斯曼的一首诗》，哈罗德·布鲁姆等《读诗的艺术》，王敖译，南京大学出版社2010年版，第100页。

荷尔德林说，"充满劳绩，然而人诗意地/栖居在这片大地上"（《在可爱的蓝色中闪烁着……》）①。荷尔德林作为浪漫主义的先驱，不断反思现代物质文明与技术文明的弊端，自始至终保持着一个智者、哲人的清醒认知，守护着人类必然呼吸与共命的可能的精神家园。相对现实而言，他显然是孤独的。但诗人的意义恰恰在于成为极少数与边缘化的文化符号，与现代社会作抗争游戏，正是这种清醒的抗争、文化上另辟蹊径和精神上深度的忧患意识，促成了荷尔德林式的浪漫主义的诗人情怀对当代价值的影响与重建，作为诗人，他并不寂寞。诗人为正走向自我中心化、欲望化、物质化、现实化的价值体系的当代人类提供了另一种自我解读的可能。从而，维系人类自童年、天性中对诗意、诗性的契合、感应，在超验、神性的自然面前，人类找到回归自我、内心的情感动力，就显得尤为重要。"无限的形式与无限的质料由此而互相关涉和统一，即通过那种契机无限的形式接受一种结构，强与弱的转换，无限的质料接受一种和谐的声音，明亮和轻微的转换，而两者在缓慢和迅疾中，终于在运动的静态中否定地相统一。"②

《文心雕龙·神思》写道："神用角通，情变所孕。物以貌求，心以理应。刻镂声律，萌芽比兴。结虑司契，垂帷制胜。"③"想象"在现实之"物"与艺术"象"之间产生了重要的联结作用，现实/想象的对立性，在幻想中完成了两者之间的关联，幻想是诗歌想象力深度发展的重要手段，表现为对现实焦虑的克服能力与可能，幻想在消解种种生活层面的缺失、顾虑的同时也生成了艺术作品本身所需要的联想与审美空间，形成语言表达的艺术之美、思想之美。

---

① ［德］海德格尔：《荷尔德林诗的阐释》，孙周兴译，商务印书馆 2000 年版，第 106 页。

② ［德］荷尔德林：《荷尔德林文集》，戴晖译，商务印书馆 2003 年版，第 238—239 页。

③ （南朝梁）刘勰著，王运熙、周锋撰：《文心雕龙译注》，上海古籍出版社 1998 年版，第 251 页。

第二节　幻想与书写

幻想，是对现实的一种克服，而诗歌的幻想与幻想性形成了对现实与日常生活的有效增补。"人不过是一具激情骨架，而此骨架本身只不过是对于一种虚无的幻想：人是不确定者。"① 对任何一个时代，人们总有许多埋怨、忧患，但是恰恰是这类批判与反思的意识推动了人类的文明进程。任何艺术体制都是一个系统，系统则意味着稳定、坚固，而文明则代表着开放、可能。任何艺术体制倘若没有质疑与批判，它就会落入圈套与因袭，而人类的文化则需要通过消解、激活，从而对现实的种种体制进修修补。只有当体制与文明联结时，体制才成为文明，文明也走向体制。诗歌像四处奔走的幽灵触碰着历史的痛处。没有一种体制是完全文明与完满的，唯有被不断批判与质疑方有可能走向文明的创生与生长，唯有容于断裂、果决、开放、多义，才能成就人类文明的某种现实典范。在一种不断解构、幻想之中，点燃更为坚固、强大的希望。诗人作为知识分子不断对社会发言，批判，质疑，捣毁固有的、因袭的结构和板结系统。他们播撒友爱和对人类苦难的同情之心，是历史的偶然组成的生命事件，也是内心最为饱满、强大的存在憧憬。

诗歌本身无关政治，但诗歌却无处不是现实境遇的内心回声。再孤寂的幻想都是人间心灵所思、所想的现实投射。艺术一方面以"纯粹""美好"成就自身，一方面也以"嘈音""复调"丰富、灵动地表现自身。写作者的清醒作为这个时代知识分子的某种表征，独立维系着自身最宁静的内心。而幻想正是对内心陪护、侍奉的最

---

① ［法］罗兰·巴尔特：《写作的零度》，李幼蒸译，中国人民大学出版社 2008 年版，第74 页。

好动力、途径与果实。诗篇赐予了与生活疏离的可能，创造了唯美的心灵空间，让读者不自觉地融入诗景、诗思中去，在艺术的种种想象、联想中完成最终的文本生成。

幻想，是诗歌练习的一种方式。保持大脑里的语言思维也是缓解、疗救生命的孤寂与忧伤的有效途径。一个优秀的诗人固然需要禀赋、才情，但也无法拒绝孤寂式的沉思和漫游式的遐想。当思想的元素、激情被点燃成诗歌的韵味、诗意的火种时，一首关乎美好、深沉的诗篇便就此诞生。正如那热闹、喧哗的声名带给许多人的动力、欢喜、荣耀、满足感一样，诗人更渴望心灵的清醒和思想的智慧。诗人，从柏拉图的理想国里被放逐之后一直到浪漫主义时代，在某种程度上缺失正面的、美好的形象，而与颠覆、纵欲、反叛、忧郁、过于堕落、敏感的含义相关。但诗人的确也成就了人类思想版图中另外一幅图景，如西方的但丁、歌德、艾略特，中国的屈原、李白、苏轼、海子一样，代表着某种深刻、智慧、诗意与热爱。诗人西渡说："在一个消费时代，写作，尤其是诗歌写作，是一种孤独的劳作。在这里，表达的自由是通过被遗忘的方式争取到的。面对时代的嘈杂和喧嚣，它是一声不那么响亮却坚定的'不'。虽然微弱，却是我们拯救自身的一个有限的机遇。对那些寄生于写作的人们，它永远是在字斟句酌的严格约束中，表达对生命的刻骨铭心的爱。"① 作为多年的习诗者，诗人对诗歌的热爱同他们对黑暗力量和游戏规则的拒斥同样强烈，他们在诗歌中获得了反思与欢喜的可能。语言提供了最好的心灵居所，供诗人通过语言抵达人类的富有幻想特征的精神家园。诗人用语言对话，同时也在语言中与思想、艺术的情怀相拥而眠。这是现代诗歌语言启示给诗人的荣幸与生命智慧。

同时，诗歌的"现在时"／"未来时"的转换增添了当下汉语

---

① 西渡：《灵魂的未来》，河南大学出版社 2009 年版，第 261 页。

诗歌的结构张力。这是对现实语境的自我写照，也可能是心灵在场的无限遐思——把支离破碎的生活碎片通过形式、结构聚成世界的主题，"中性的内心性取代了心绪、幻想取代了现实、世界碎片取代了世界统一体、异质物的混合、混乱、晦暗和语言魔术的魅力"①。诗人通过"幻想"抵达了生命的在场，将现实的生活碎片凝聚成语言之美，从而启示着生命种种存活路径及其可能，最终靠近人类家园的合理的、健康的、正面的心理暗示与吁求，又通过幻想完成了自我心灵的救赎。奥地利诗人特拉克尔说："在濒临死亡的存在的那些瞬间里，感觉到：所有的人都值得去爱。当清醒的时候，你感受到世界的残酷；其中有你全部不可推诿的过错；你的诗歌只是一个不圆满的赎罪。"②

　　写作者，运用语言远离了疲惫的现实生活境遇，同时也以语言作为艺术、思想嫁接的媒介与世界和解、沟通，呈现出深度诗歌的现实转化与社会影响。曾获诺贝尔文学奖的法国诗人圣-琼·佩斯如是说："诗歌不仅是一种认识手段；诗歌首先是一种生活手段，而且是完整的生活手段。既然诗人曾存在于史前穴居人之中，诗人也必将存在于原子时代人之身，因为这是人的个性中不可分割的部分。诗的向往，就其实质来说是精神的向往——正是它产生了宗教，而且诗歌的权威永远在人的燧石中激发出神的火花。当神话学崩溃的时候，有关神的传说正是在诗歌中找到了避难所，也可能找到了未来的保证。……忠于自己职责的当代诗歌——其职责正在于理解人类的奥秘——正孜孜不倦地进行探索，而这些探索的发展是

---

①　［德］胡戈·弗里德里希：《现代诗歌的结构：19 世纪中期至 20 世纪中期的抒情诗》，李双志译，译林出版社 2010 年版，第 15 页。

②　［奥地利］格奥格·特拉克尔：《特拉克尔诗集》，先刚译，同济大学出版社 2004 年版，扉页。

与人类的复归相联系着的。"① 诗歌就是拥有这么神奇、神性的诗意力量，它能够打通现象与内心、维系美好与信心、联结生命与信念、关乎虚无与友爱。最终在幻想的、超验的艺术书写中，呈现人类情感的积极动力与正面意义。

第三节　幻想与艺术性

诗歌与道义、信仰相关，是一种抵达孤寂的形而上学（"死亡"）思索，能够触摸内心的真实的自我灵魂，由内而外地激起更多的生命空间予以思想的回声与艺术共鸣。这并非沉寂、沉默的东方美学，也不仅是西方的纯理性的哲理趣味，而是在当代东、西方文化"一元化"时代（奥地利哲学家基尔克果所说的"或此或彼"的关系）一个习诗者如何面对自我、面对他者的世界性关系的审美判断。这些可以与诗相关，也可以与诗无关。也许是一首"冥想"的"小诗"，也许是一次情感练习与存在思辨，还或许是在深度幻想型的潜意识中，对深度现实的把握能力与艺术信心的培育方式。它变成精神食粮，深深烙在诗篇与内心深处，"冥想"见证了诗性、庄严、热爱与静默，一首小诗的诞生，就是某种心灵事件的刻骨铭心的眷恋与深情。

从幻想到幻象，形成了诗歌表达的重要路径之一。诗歌是语言的艺术；语言是表达情思的媒介。汉语诗歌有着语言本身的特殊性、意趣性，讲究诗歌的蕴含、韵味的美学理念，诗歌要完成的最终是一件艺术作品。而现代诗歌中生成诗意、诗性的最为重要途径，在于诗歌提供一种想象或者联想的艺术空间，宋代梅尧臣说：

---

① ［法］圣-琼·佩斯：《诗歌——在接受诺贝尔文学奖仪式上的演说》，冯征译、王家新、沈睿主编《二十世纪重要诗人如是说》，河南人民出版社 1992 年版，第 91 页。

"状难写之景，如在目前；含不尽之义，见于言外。"① 写作者、习诗者在诗中写出了某种精神的困境，既有现实的投射，也有幻想的成分。诗意在这种现实与错乱中让读者展开想象。

审美空间称为张力，诗歌的张力是通过语言呈现的。而现代诗歌的语言一方面表现诗歌的意象之美，一方面又指向意象之间组合成句（诗行）而产生的艺术光晕。显然，意象构成了诗歌表达的书写媒介、沟通读者与作者之间的情感纽带、阅读与阐释诗歌的思维钥匙。而意象在现实中被称为物象，经过艺术处理后称为意象，但当其从一般差异性、新奇性的意象上升为更具艺术魅力与美感的层面时，就指向了"幻象"，这也是诗歌幻想性深度体验的艺术结晶。孤独的形而上学的诗学体验成就了现代诗歌，"现代抒情诗如同一个宏大的、还尚未为人所知的、孤独的童话；在它的花园中有鲜花，也有石头和化学颜料——有果实，也有危险的毒药；在它的深夜，在它的极端温度下存活，是艰辛的。谁如果能倾听，就会在这抒情诗中感受到一种坚硬的爱，这爱希望自己永远是新鲜的，由此更倾向于朝着混乱或者朝着虚空而不是向我们说话。被幻想的暴力肢解或者撕碎的现实作为废墟景象出现在诗歌中。在其之上是强造出的非现实。但是废墟和非现实都承载着抒情诗人之所以写诗的秘密"②。

幻想，作为艺术沉思和书写的路径，有助于写作者打破现实/想象、实有/梦幻之间的对应关系，从艺术审美的立场上处理、加工"物象"，在艺术的维度上不断强化自身的合理性与艺术美感。保罗·德曼在他的名著《阅读的寓言》"符号学与修辞学"一章中提出下列理论："文学及一切有文学意义的文字和语言都具有双重结

---

① 叶朗：《中国美学史大纲》，上海人民出版社1999年版，第300页。

② ［德］胡戈·弗里德里希：《现代诗歌的结构：19世纪中期至20世纪中期的抒情诗》，李双志译，译林出版社2010年版，第199页。

构。它们是'换喻'结构和'隐喻'结构。和换喻结构相应的是理性的逻辑思维，语法，故事的陈述，评述插话，因此它给作品提供了故事的时、空细节和具体的秩序和情况；而隐喻的结构则是带有浓厚的作者个人和读者个人的主观色彩的想象与象征的产物。和隐喻结构相应的是朦胧的修辞格，想象力所萌生的隐隐约约的含义，因此隐喻结构为作品和文字带来神秘性、象征性、不可定性。"① 幻象提供了一条经济的、有效的情感路径，让读者体验艺术的韵味与神奇之美，打破现实与艺术之间的隔膜，让现实上升到艺术的层面，形成两者之间的或此或彼的相互映照、虚实相间，颠覆既有的、传统的文学思维，传达艺术作品理想的想象之美、意境之美。

幻想，离不开孤独、独处的创作情境。"孤独"作为诗的悖论与永恒的主题，既是醒目的艺术触媒，也指向活生生的否定事实。诗歌作为语言的艺术，仿佛在凝重的黑暗中尚存点点希望，它通过悄悄诉说与缅想，最终切近生命中的欢喜与坦然面对各种裂隙。诗歌是一种逃离的艺术，写作者在诗中强调生的力量与信心；幻想也能够识别痛感、遗忘，以及重拾缓缓流逝的眷恋、梦想。"诗不只是此在的一种附带装饰，不只是一种短时的热情甚或一种激情和消遣。诗是历史的孕育基础，因而也不只是一种文化现象，更不是一个'文化灵魂'的单纯'表达'。"② 写作一首诗似乎毫无准备，却是写作者多年来的深思熟虑。正如涓涓不息的生命溪流，看似平静与独立，实则来源于精神上积年累月的心理压力、紧张感，以及远远脱离与滞后于人性的时代的不安和仓皇的逃离意识。让诗成为缺撼现实的增补，最终凝聚成幻想的艺术结晶。

幻想有助于形成艺术之美，强化艺术的接受效果。"中性的内

---

① 郑敏：《结构—解构视角：语言·文化·评论》，清华大学出版社 1998 年版，第 198—199 页。

② ［德］海德格尔：《荷尔德林诗的阐释》，孙周兴译，商务印书馆 2000 年版，第 46 页。

心性取代了心绪、幻想取代了现实、世界碎片取代了世界统一体、异质物的混合、混乱、晦暗和语言魔术的魅力"①，写作者的身份与天地神人的汇通、缀联，显然相去甚远。诗人在诗篇中不断地重复识别"自我"的回声与镜像，创造艺术与思想的过程，成就了习诗者的创作信心与自我身份。"身份不是孤立存在的，人如果面对的完全只是自己，可以对自己幻想成任意身份，那么身份就可以随意变化，但是只有精神分裂者在自己心中用不同身份传送并接收符号。"② 显然，习诗者、诗歌、时间、死亡均在"偶然"的运思中获得创作过程中所携带与衍生的"意义"。偶然，可能是一种激情，最终熔炼为静默的诗篇。"文学的写作仍然是对语言至善的一种热切的想象，它仓促朝向一种梦想的语言，这种语言的清新性，借助某种理想的预期作用，象征了一个新亚当世界的完美，在这个世界里语言不再是疏离错乱的了。写作的扩增将建立一种全新的文学"③，写作者、习诗者在这种精神的邂逅中升华自我，通过与"星河"的追随者对话，从不安焦虑的疲惫现实中暂时获得生命的宁静与信心。

诗歌就是这样一种迂回、神奇的艺术（对写作者而言），它在书写中完成反思与自我塑造和提升，而读者亦同样在诗篇中操练心灵，产生情感共鸣。因为自在的、邂逅的灵感，"幻想"最终将促成某个思想主题的诞生。好诗更是这现世中一剂良药，修复和强健我们的内心与体魄。此刻的"时间"将成为永恒，孤寂也因此而生动、自然地走进读者渴求的内心。幻想克服了现实的焦虑，成为深度现实，介入当下，不断让艺术凝聚、裂变出新的思想可能。

---

① ［德］胡戈·弗里德里希：《现代诗歌的结构：19世纪中期至20世纪中期的抒情诗》，李双志译，译林出版社2010年版，第15页。

② 赵毅衡：《反讽时代：形式论与文化批评》，复旦大学出版社2011年版，第77—78页。

③ ［法］罗兰·巴尔特：《写作的零度》，李幼蒸译，中国人民大学出版社2008年版，第55页。

幻想，作为人类的某种艺术动力，在人类的文明、文化演变中逐渐结成某种思维成果，成就人类认识自我的某种可能。在诗歌写作中，幻想表现某种艺术生成的动力与机制，并且打破现实/想象、实有/梦想之间的隔阂，通过艺术的内在逻辑深化现实的经验与体验，从而突破、修补人类思维上的某种局限。幻想性的诗歌写作，促成了诗歌意象由一般的新奇性、差异性向诗歌的较理想、深沉的接受效果提升与转化，从而赋予文学的某种艺术之魅及神奇、神性之美。

重建诗歌的幻想及幻想性，有助于修复当下现代诗歌写作过于注重口语、日常性对诗性、诗意所造成的伤害及创作、认知误区，有助于恢复人类意识深处的诗性、诗意的自觉的文化诉求。当下现代诗歌写作中的幻想精神必然成为某种积极深刻的艺术形式，深化、提升现代诗歌的表达能力与深度，从而真正推动当下汉语诗歌的理论建构与创作实践。

第九章

"诗"与"非诗"：当代诗歌两种书写

20世纪90年代诗歌的身体书写，以"身体"作为一种角度，侧重考察20世纪90年代诗歌在具体书写中对"身体"的各具特色的呈现、理解和阐发，进而对其在20世纪90年代的诗学诗艺、文化想象和现实介入等诸多方面所作的种种努力及其努力的结果，作一番尽可能详尽的梳理与考辨。对身体书写不同的处理，事实上，也看出20世纪90年代持不同价值立场的诗人所秉持的差异性的书写态度。笔者欲在20世纪90年代诗歌文献与史料整理的基础上，认真梳理其有关身体书写的种种有价值的探索及其探索中存在的诸多问题和缺失；这种种书写也体现出20世纪90年代诗歌与文化之间的互动关系，不断揭示诗歌背后的多重文化意识。身体写作的不同设置与立场，折射出来的也是20世纪90年代文化的不同价值追求与精神探索。

第一节　知识分子/民间立场

20世纪90年代是一个无比丰富、复杂的文化时期，这一时期诗歌写作表现为"无主潮、无定向、无共名"①的话语特征，比其他时代更为复杂多变。80年代的精英主义、文化热潮仍在民间依稀可寻，而90年代主体上消费浪潮、市场转向也随之而来，后者摆脱了以前政治文化的影响，不断从政治话语向市民社会话语转型，各种新的电子媒介、新媒体成为90年代的消费景观，推动了文化的发展，显得无比丰富与开阔。这个"十年"的诗歌不仅意味着一个世纪的结束和21世纪的到来，同时也意味着各种观念的纠缠与交汇，在诗歌书写的表现与文化之间的关联上显得更为复杂深刻。这就不得不使我们重新对20世纪90年代诗歌进行谱系式的分析和可能性的剖析，挖掘其话语潜藏、遮蔽的意识与意义，重新思考20世纪90年代诗歌的独特内涵及90年代文化的历史功绩，以及对当下理论建构的文化启示。

自90年代末"盘峰诗会"的论争以后，诗歌界把"90年代诗歌"写作归为两条路径：一部分是以"知识分子写作"为代表的"神话写作"，他们在继承"朦胧诗"精神气质的基础上，在诗艺、思想层面不断深化，推动这一路径诗歌的进一步发展；另一部分是以"民间写作"为代表的"反神话写作"，他们主要以日常的、凡俗的、欲望的书写关注个体存在状态，以此消解、颠覆80年代以朦胧诗为代表的抒情话语。从学理层面看，这两种区分基本从整体描述了90年代诗歌的生长图景，也从话语角度呈现两种不同的精神追求与文化倾向。

"知识分子写作"追求"身体"的超越性、审美性等精神维度，但时常存有抒情、隐喻失效的情形，部分诗歌仍旧纠缠于"政治形态"，导致诗歌审美的缺席与艺术性的减弱；相比之下，"民间写作"更擅长用"身体"颠覆、解构"朦胧诗"高蹈化、精英化的精神立场，介入现实返回生活，对"朦胧诗"起到了一定的补充与

---

① 陈思和：《中国当代文学史教程》，复旦大学出版社1999年版，第13页。

纠偏作用，但也出现审丑化、滥用身体的趋势，使90年代诗歌发展走向了一种写作误区。

90年代的诗学趣味和文化意识，既生动地反映了90年代文学/文化的景观，同时也道出了当代诗歌探索的种种可能。我们无意对其中某种书写加以贬抑，而意在通过对写作误区和当代诗歌语言本体意义上的探讨重新认识90年代以来的当代诗歌发展的重要意义。

90年代文化的消费化、物质化、欲望化、市场化的转型，身体不断承受来自现实境遇的挤压，而身体本身也变成一种消费的形式，这就使得90年代诗歌的身体书写表面呈现出一种紧张的、虚无的文化意识。

90年代以来的叙事（再现）、叙事性写作解构了朦胧诗的抒情（表现）与审美性，同样呈现出口语化、琐碎化、复制化、单一化的趋势。致使"表现"的功能愈来愈淡薄，许多诗作弃离诗歌之所以成为诗歌的诗体旨趣。诗意与诗性作为表现的表征，是衡量文学性的重要尺度，而当下的诗歌出现了疲软与消极的创作态势。从诗学层面来讲，非诗的写作倾向走向极端化的口语策略，过分强调叙事式的再现，显然误导了当代诗歌的写作，远离了"表现"的推动与艺术上、审美自身属于文学精神的积极影响。

90年代诗歌仍然表现出一条难能可贵的线索，就是对精英文学、文化的认同态度，这在知识分子写作、神性写作、大诗写作等坚持的"神话写作"得以清晰呈现。同时，这些作品的文学性、经典化的过程，也构成了90年代文化的重要精神遗产。"如果没有诗，我说，他们甚至永远不会成为一个哲学的民族。"[1] 不断建构诗人的文化身份，从多种复杂的现代社会的身份选择中，确立清醒的自我，这也是当代诗人必然作出的选择之一。"现代人面临持久的自我危机：文化的各种表意活动，对身份的要求过多，过于复杂，

---

[1]　［德］荷尔德林：《荷尔德林文集》，戴晖译，商务印书馆2003年版，第77页。

身份集合不再能构建自我，它们非但不能帮助建构稳定的自我，相反，把自我抛入焦虑之中。"① 写诗需要冲破理性的束缚，让潜意识中的想象力发挥作用，并使其通过语言表现出来。而这个语言是非理性的语言，这也是艺术的价值与意义：它们是对生活的增补，而非简单的装饰。要从诗的非理性的想象中找到语言的地位与神性，回归语言，重视精神，这无疑是 90 年代知识分子写作、神性写作、大诗写作的重要话语实践与探索，诗人们不断整合汉语经验，融入生命意识，积极抵抗文化中的虚无性，从更高精神层面思考"向死而生"的生命哲思，经由观照与反思，从而走向选择的自由，找寻人的生命尊严与人性价值。具有虚无主义倾向文学作品的思考意义与价值指向——向死而生——探视人性的深度事实，形成感应世界的通联与相近。奥登（W. H. Audeu）认为："一个平庸诗人与伟大诗人不同之处是：前者只能唤起我们对许多事物既有的感觉，后者则能使我们如梦初醒地发现从未经验过的感觉。"② 从审美意象到审智意象，从意境到智境，从肉眼到内省，这种凝视更容易让我们走向通感与象征的超现实主义，从而获得一种不同于现实经验和日常生活的认知与体验，从经验走向超验的审智观照。超现实书写表现了现代人的困境与对现实的敏感与突围，并使生活现实走向深度现实与生命真实。

民间写作、口语写作、反讽叙事、知识分子写作、神性写作、大诗写作，集中反映了 20 世纪 90 年代诗歌写作的整体特征。其中也时有交错、相互影响，这些写作虽然体现出不同精神气质与诗学指向，但仍旧存在一条非常清晰的线索，即语言以为本体、精神为指向的诗歌写作追求，在推动着当代诗歌的探索、发展的进程，表现出 90 年代诗歌自觉的诗体意识。

---

① 赵毅衡：《符号学原理与推演》，南京大学出版社 2011 年版，第 354 页。
② 洛夫：《诗魔之歌》，花城出版社 1990 年版，第 142 页。

　　民间写作在纠缠于消费意识形态主导的大众文化的同时，也不断通过极端化、粗俗化的身体书写抵抗官方主导的消费文化、政治文化，身体作为消费景观，成为以解构政治为主导的意识形态的文化武器。口语写作、反讽叙事，也与民间写作互为关联，表现出一种解构与颠覆的思维。通过差异性、多元化的身体书写，知识分子维护精神性话语，不断修补朦胧诗以来的精英话语，加以叙事性、经验性，丰富并推进了90年代以来的诗歌进程，其身体的书写趋向精神性、艺术性的思考，表现为以启蒙为主导的文学话语，传承精英文化。神性写作则是诗歌与哲学宗教相结合、破除种种人为边界的诗歌话语，其身体走向了直觉的、灵感的、感官的、超验的艺术创造，相对于知识分子写作，神性写作更具有文学探索上的难度和高度，它是艺术、文化、宗教同一的精英文化。"真理有如一种植物，在岩石堆中发芽，然而仍是向着阳光生长，钻隙迂回地，伛偻、苍白、委屈，——然而还是向着阳光生长。"① 大诗写作，又是知识分子的精神性、神性写作的超验性的进一步发展，是"诗与真理、民族与人类合一"的大抒情，它成为20世纪90年代诗歌写作的一种典范，也成为世界现代诗歌重要的组成部分。

　　"诗歌是语言的最高形式，它真正的意思是每一个词语都渴望成为诗。诗人的职责就在于响应词语的这一要求，并以自己全部的才智和心灵服务于词语的这一要求。而口语从本质上说，是与词语的这一要求背道而驰的，它仅仅是以功利的方式对语言的使用，属于人类消费行为的一种，在性质上是对词语诗性的消耗。在一种从80年代逐渐流行起来的'口语写作'的诗歌写作倾向中，词语的诗性消耗殆尽。"② "口语"解构了"书面语"，但是诗学建构的虚无

---

① ［德］叔本华：《作为意志和表象的世界》，石冲白译，商务印书馆2009年版，第200页。
② 西渡：《写作的权利》，陈超主编《最新先锋诗论选》，河北教育出版社2003年版，第321—322页。

主义倾向，却是对诗歌本体的一种伤害："'朦胧诗'在一个非人的世界里发现了人，人的价值和人的尊严；'新生代'诗人则剥落普通人的诗意和神圣感，人在诗中成了一个不断分裂无法确定意义和价值的存在。"① 这样的"语言论转向"理解显然稍显粗暴，"由于西方当代的结构主义与解构观（后结构主义）都从语言观入手，进行哲学理论的革新，和反西方传统玄学，自80年代以后我们的诗歌界也兴起诗歌语言热。但由于缺乏对当代语言理论严肃认真的研究，有些'先锋'作品肆意扭曲语言，这种以自己的意志任意玩弄语言的创作恰恰违反了结构与解构的语言观。……这绝非什么后现代主义，而是极大的误会"②。诗歌话语的意义应在于"诗性语言"与"日常语言"两者之间的某种平衡，而不是舍弃其一。但这种对语言整体与结合的理解，却一直没有被当代诗歌史研究学者与诗歌评论家关注。显然，当代诗歌话语的发展方向应是这两者的结合，它们是一个不可分割的话语整体，唯有这样的语言实践，才有可能构成完整的"艺术话语"。

20世纪90年代以来的当代诗歌，参与了90年代文化的发展，它们在互相影响与表现中推动90年代以来的诗歌理论建构。诗人们通过对身体的不同设置，折射出他们不同的文化意识形态。90年代诗歌写作的两个"路径"，最终必然在"诗体"维度上才能产生真正意义上的诗歌作品，导引并推动当代文化积极、健康地发展。

第二节　"诗"与"非诗"

20世纪90年代诗歌继承了80年代诗歌写作的两种主要趋势：

---

① 王光明：《现代汉诗的百年演变》，河北人民出版社2003年版，第551页。
② 郑敏：《诗歌与哲学是近邻：结构—解构诗论》，北京大学出版社1999年版，第245页。

一类是第三代诗中后朦胧诗的写作，在诗体意识下，自觉进行诗的语言、技巧的探索，重视象征、隐喻等修辞技巧。另一类是第三代诗中口语写作，这类诗歌拒绝隐喻，重视日常口语与语感，在写作中逐渐表现出非诗的倾向。正如曾方荣所言："这的确不是诗的年代，似乎也是一个不需要诗人的年代。一切都物质化、市场化了，商品就是上帝。精英与大众失去了界限，精英文化的荣光不再。对于曾具有独特个人深度和个人魅力，曾属于社会精英、顶尖知识分子的诗人，大众悄然拒绝，至多保持一种疏离、漠视、敬而远之的态度。"①

诗/非诗，这两种书写表现出话语的差异性，体现出不同的诗歌理念与生命态度。"诗歌不是没有时间性的，诚然，它要求成为永恒，它寻找，它穿过并把握时代——是穿过，而不是跳过。"② 重视诗体的写作，应尤为重视隐喻等修辞策略的运用，重视诗性、诗意的表达，坚持孤寂式诗学与话语层面的探索。孤寂的形而上学不仅是对现世焦虑的克服，也充满着萨义德式的"晚期风格"（the late style）特征。它是一种命名，同时也是面向艺术终极探索的一种路径。"我想要探讨对这种晚期风格的体验，它包含了一种不和谐的、不安宁的张力，最重要的是，它包含了一种蓄意的、非创造性的、反对性的创造性。"③ 这种"晚期风格"显然与现世、年龄无关，而是一种话语、诗歌的行动。诚如当代诗人王家新在《文学中的晚年》中所说，这里谈的"晚年"不是一个年龄概念，而是文学中的某种深度存在、精神或者境界。按新美国历史主义理论家海登·怀

---

① 曾方荣：《反思与重构——20世纪90年代诗歌的批评》，湖北人民出版社2007年版，第8页。

② ［德］保罗·策兰：《保罗·策兰诗文选》，王家新、芮虎译，河北教育出版社2002年版，第177页。

③ ［美］爱德华·W.萨义德：《论晚期风格——反本质的音乐与文学》，阎嘉译，生活·读书·新知三联书店2009年版，第5页。

特的话语转义理论，隐喻思维指向了"神话写作"，在诗体意识上表现为"诗"的写作，隐喻、象征成为"诗"的重要策略。而关注日常叙事的写作，纠缠于消费性，旨在通过日常的、凡俗的叙事话语颠覆隐喻的、象征的神话写作，我们将其称为"反神话写作"，表现出"非诗"的写作倾向。

　　陈仲义在他的《日常主义诗歌》一文中说："诗歌进入 90 年代，在存在这一主题层面上，呈现两种引人注目的样貌，一种是充满泛宗教情怀，在人性与神性迭合部，指向人的精神结构：'光'的照耀，'大鸟'飞翔、'天籁'、'金属'，如同稍早的'村庄'、'麦地'，一起汇合成灵魂的施洗；另一种是于琐碎的日常事物，发散私我的生命情怀，从随处可见的'形而下'事物表象，挖掘遮蔽的诗意。"①

　　由此，"神话写作"与"反神话写作"两种书写构成了 20 世纪 90 年代诗歌发展的差异路径与不同倾向。在一部分论者看来，90 年代诗歌的整体特征主要表现为以叙事为特征的非诗的反神话写作倾向。这是当代诗歌史呈现出来的话语特征，我们将其称为"明"的书写。而另一种则是如前文分析的知识分子写作、神性写作、大诗写作等话语表现出重视隐喻、象征的神话写作，这部分相对于喧嚣、吵闹的诗坛，显得更为边缘、孤独，但这条书写线索依然始于 80 年代的后朦胧诗写作，这是一条被忽略、潜在的、"暗"的思想轨迹。这两种区分，事实上在一定程度上纠正了我们对 90 年代诗歌书写整体看成"叙事"话语的一种更具意义的梳理与探讨。

　　对当代诗歌的语言研究非常重要，多年来，我们还是在语言之外徘徊，特别受到苏联现实主义文学的影响，加上读者对西方现代诗歌表现技巧缺少了解，导致了当代诗歌写作非常混乱，出现了把诗歌等同于大众文化再现论、反映论的文艺观等现象。这就使得我

---

① 陈仲义：《日常主义诗歌》，《诗探索》1999 年第 2 期。

们今天的诗歌写作出现了许多误区，表现为低俗化和娱乐化的写作倾向，忽略了诗歌作为艺术中最为精英的部分，忽视了诗歌对当代文化与人文精神建构的积极影响。非诗的反神话写作显然受到90年代消费文化、物质主义的潜在影响，这种非诗的写作成为90年代文化的重要表征。因此，90年代诗歌的身体书写与同期文化的互渗值得我们反思。以世俗、审丑为特征的"肉身"指向了"消费话语"，与市场化所导致的文化虚无主义合流；而重视隐喻、象征的神话写作追求"身体"的"精神性""审美性"，建构诗体意义上的"审美话语"，以此抗衡、修复90年代文化中的虚无主义倾向，走向了文化上的忧患与担当意识。

自20世纪80年代以来，当代诗坛与学界不断抛出诗歌语言问题，如"朦胧与晦涩""拒绝隐喻""口语化""语言本体""诗歌叙事""及物写作"等等，这些问题发酵至今，其诗学意义也愈显重大，越来越成为中国当代诗学建设中的重要命题。我们将中国新诗看作是世界现代诗歌的一部分，这个"当代"并非文学史分期意义上的当代诗歌，更接近于现代诗歌的语言的研究。当代诗歌语言研究是中国当代诗学建设的基础，同时也是其核心组成部分。诗歌正是触摸我们内心的精神钥匙。在精神贫困的年代，神话写作让我们找回生命最初的感动、温暖、诗意与亲切。孤寂书写既要注重语言的诗性，也关注思想的智性，这是两者之间不断调节与平衡的过程，也是让诗凭借语言成为艺术，让诗成为介质关联诗人与更深的生命体验、成为与读者对话与共鸣的艺术触媒，诗歌就是这样一种诗性、智性的艺术，慰藉生命，触摸灵魂。坚持孤寂书写，虽然存在生活与精神冲突的矛盾，但出于对艺术与思想的双重敬畏，诗人必将修炼成一个坚定的理想主义者、一个有道义感与深度意识的艺术家。生活与感情是私我的，是局部的，而艺术、思想是属于大我的，普适的，孤寂书写成为触摸无力焦虑内心的必然通道，成为当代犬儒化、大众化、口语化、非诗年代的另一种坚实、果决的诗学本体追求与信念。

90 年代的神话写作，在幻想、孤寂的语言状态下实现了诗体、哲学与神性的融合，丰富了当代诗歌写作与文化建构，为积极健康的诗歌发展提供了重要的写作路径。

第三节　"诗歌"作为"文化"

20 世纪 90 年代诗歌在经历了喧哗、吵闹之后，也愈加沉潜、自觉，越来越重视语言为本体的书写，表现出某种自觉的诗体意识。身体成为非诗的反神话写作的表现内容，但其往往忽略对诗性、诗意的关注。而以知识分子写作、神性写作、大诗写作为代表的神话写作群体则更加重视身体的在场体验，充分调动感知的精神感应，深入到当代诗歌的语言深处，为 20 世纪 90 年代诗歌提供了一条极其重要的书写路径。"我对于自己的意志的认识，虽然是直接的，却是和我对于自己身体的认识分不开的。"[①] 20 世纪 90 年代诗歌既是一种受到同期文化影响（主要体现在口语写作）的文学样式，同时，也更重视、探索诗歌的语言本体，积极有效地融合现代生存经验与诗体转换可能之间的平衡，让身体不再仅仅成为一种再现的理论武器，刻意向不合理的现实境遇开战，而是一个具有深度直觉与灵感的感官，在诗体意义上不断进行裂变，生成新的思想可能，同时也实现向现代社会、现代意识、现代经验、现代人格的全面转型。

彭富春从身体美学的角度提出了研究身体的重要意义："伴随着后现代社会的来临，身体问题在思想领域得到了前所未有的重

---

① ［德］叔本华：《作为意志和表象的世界》，石冲白译，商务印书馆 2009 年版，第153 页。

视。这理所当然地关涉到作为感性学或者感觉学的美学,因为身体不仅是感性世界中的一个重要层面,而且还具有感觉的机能。"① 显然,作为艺术重要样式的诗歌更是美学所要着重考察的对象,其中包含了诗歌的差异书写的身体也指向了不同的意识形态,既从身体出发,也是由身体作为起点关于非身体化的理解与可能,打破身体一直受心灵支配的理性主义的道德观念。在道德的形而上学的历史进程中,身体显然被符号学不断规训,并位于精神、心灵的附属地位。同时,身体又在某些时刻被刻意地神学化、政治化,一个只有神灵庇护的身体才能走向死亡,受各种主义、观念指导人生选择的身体很大程度上被政治的各种形式灌输、归顺、服从、依赖。而政治化的身体往往以隐形的、遮蔽的方式对社会进行渗透、意志化。这一点在 90 年代诗歌的发展中显得较为明显。

　　90 年代诗歌体现了同期文化的局部特征,当中心化、秩序化的非诗的反神话写作成为整体特征时,就暴露出同期文化发展的问题所在。"现代社会作为消费社会主要推动以人的身体为中心的消费。不仅一切物是为了满足人的身体的消费,而且身体自身也是为了满足人的身体消费。消费社会流行的大众文化在主体上就是身体的消费文化,它所奉行的娱乐至上原则在根本上是让身体快乐起来。"② 从 80 年代过于思想化、政治化的理念热情转向了对日常生活、物质主义的经济拜物教,而 90 年代消费话语导向的正是这种发财梦、金钱梦,而身体的种种乐趣与娱玩自然成为消费主义浪潮的重要表现,成为消费文化所关注的重要对象。"身体本身也是供给消费的(色情化的身体)。它是社会关系场域,自然也是消费关系的场域,但是,非常特殊,它既是消费者,又是被消费者,它是消费行为,同时也是消费关系,因而身体和消费政治的关系非常复杂。在后现

---

① 彭富春:《身体美学的基本问题》,《中州学刊》2005 年第 3 期。
② 同上。

代景观中，消费政治是主导一切的力量，它主导身体行为、身体伦理、政治身份的建构以及认同，在这个层面，身体是被塑造、被建构起来的；但是，它在某种层面上，消费政治又是极其身体化的，它又遵从着肉身需要（欲望）的逻辑，这一点上，后现代消费政治和启蒙、革命时代都不一样，在启蒙和革命时代，身体话语是没有什么发言权的，它是政治话语需要压抑和消灭的对象，而后现代消费政治对身体话语则是鼓励的，它甚至主动从身体话语中寻求突破、发散、多元杂糅和狂欢的力量。"[1] 显然，深受大文化背景影响的 90 年代诗歌无论从正面还是反面，都呈现了 90 年代文化对心灵的影响所形成的两种结果：一种极度夸大身体的享受，一种表现为物质对身体的现实挤压。这两种结果均说明了大众文化倡导的物质享受主义所形成的消费主义文化的消极影响。

90 年代以来的当代诗歌书写，也成为一种知性化、思想性的文化话语，它影响与参与了当代文化的重构与生成。"一个话语的形成不能完全占据它的对象、陈述、概念等诸种序列有权利提供的一切可能的空间，它基本上是空白的，而这个空白是由话语的策略选择的形成序列所造成。"[2] "话语，作为特殊的实践，又将这些规则现时化。因此，我们并不没法从本文进入思维、从闲聊转而沉默、由表及里、从空间扩散到瞬间的纯粹默想，从表面的多样性到深层的同一性。我们将始终停留在话语的范围中。"[3] 当代诗歌话语受到 90 年代末影视传媒、电子媒介过多的影响，越来越趋向大众化、娱乐化。各种诗歌表演、朗诵、诗会、活动也被文化化、景观化、效应化、新闻化。同时又深受第三代诗歌中口语写作的负面影响，将

---

① 葛红兵：《身体写作：启蒙叙事、革命叙事后身体的处境》，《当代文坛》2005 年第 3 期。

② ［法］米歇尔·福柯：《知识考古学》，谢强、马月译，生活·读书·新知三联书店 1998 年版，第 72 页。

③ 同上书，第 83 页。

诗歌推向反讽与叙事的中心化与秩序化的存在，影响了诗歌语言本体意识的创作。"反讽是语言策略，它把怀疑主义当作一种解释策略，把讽刺当作一种情节编排模式，把不可知论或犬儒主义当作一种道德姿态。"① 当代诗歌各个阶段均有"先锋"，以不同方式呈现了"先锋"的立场与姿态。"文化大革命"前后的"地下诗歌""朦胧诗"传承"五四"启蒙传统，表现出批判现实的文化立场。紧接着横空出世的"第三代诗"则反其意象语言来颠覆、破解前先锋的抒情话语。而 90 年代的口语写作中的下半身、低诗歌，则借"身体"之名，解放被政治化的身体、解放被禁锢的思想。

　　自 20 世纪 80 年代中出现的第三代诗歌所标出的先锋诗潮以来，当代诗歌的书写渐渐被西方的后现代主义的文化语境所影响，一些后现代思潮的理论与美学著作陆续翻译到国内，更推动了先锋诗人对既有理性秩序与文化机制的质疑与批判。德里达对西方逻格斯中心话语，即以理性为中心的话语提出了批判与反思，从西方的表音文字开始展开对语言的工具理性反思与理论建构，在对索绪尔、尼采、海德格尔等哲学家的反思与批判中，建构了他的"延异"哲学。即从语言上展开批判与反思，也构成了当代先锋诗歌重要的话语理论资源。德里达的"反讽"理论就是对这种语言工具理性的有力反叛与疏离。也就是说，语言虽然要服从一定的规则与系统，但是同时，这种特定的规则与系统实际上是不可能完全实现的，任何一个单一的用法或者定义都无法穷尽这个概念的所有方面。所以语言是一种"堕落"，这种堕落并不是一种颓废，或者是逃避，而是充分意识到自身的矛盾性和丰富性，清醒而自觉地获得对于事物本相的多角度描绘。诗歌只有从语言开始断裂，诗歌书写才有可能突破，诗歌话语才会呈现出新的艺术生命。

---

① ［美］海登·怀特：《后现代历史叙事学》，陈永国、张万娟译，中国社会科学出版社 2003 年版，第 98 页。

　　诗歌作为艺术话语，很大程度在于对"语言"自身的认同与实践。诚如韦勒克、沃伦所道："一首诗中的时代特征不应去诗人那儿寻找，而应去诗的语言中寻找，我相信，真正的诗歌史是语言的变化史，诗歌正是从这种不断变化的语言中产生的。"① 20 世纪 90 年代诗歌书写中的神话、隐喻写作仍然重视诗歌的语言，它们通过语言的设置与表现，推动当代诗歌积极有效的话语建构。语言必然与孤寂、沉默相关，这也是汉语诗歌的质地与诗意生成的必然前提与因素。法国社会学家让·鲍德里亚在《消费社会》中写道："我们不应该被'被解放了'的身体（但是我们已经看到：它是作为物品/符号被解放的，而在其欲望的颠覆性真相中、在色情及体育和卫生保健中它都遭到了查禁）的物质表现所蒙骗——它仅仅表达某种已过时的、与生产系统发展不相适应且不再能保证意识之统一的、有关灵魂的意识形态，被一种更具功用性的当代意识形态所取代，这一意识形态主要保护的是个人主义价值体系及相关的社会结构。它甚至还强化了它们，给予它们一种几乎是决定性的根据，因为它用身体的自发表现取代了完全内在的灵魂超验性。"②

　　诗歌作为最重要的文学艺术形式，是诠释社会与时代意义的重要的文化形式，成为文学生产、意识反映的重要晴雨表，"从实际运用中超脱出来的这种凝思，不单单是一种否定的超然态度。它伴随着一种世界观，这就是超出外在的现象追求潜在本质，追求那个支配着可见现象的基本法则"③。诗歌一方面以独立的诗体形式建构着文本的艺术创造，一方面又以意义价值推动着文化的生成与发

---

　　① ［美］韦勒克、沃伦：《文学理论》，刘象愚等译，生活·读书·新知三联书店 1984 年版，第 186 页。

　　② ［法］让·鲍德里亚：《消费社会》，刘成富、全志钢译，南京大学出版社 2008 年版，第 129 页。

　　③ ［美］鲁·阿恩海姆：《艺术心理学新论》，郭小平、翟灿译，商务印书馆 1999 年版，第 400 页。

展。"把文化视作与社会生活相关的一切表意行为的集合。与社会生活相关的表意活动范围极广，从文学艺术，到风俗习惯，到权力动作，到物质生产，都带有表意能力。这个巨大的表意活动堆集在社会上周转运行，需要一个释义标准体系来控制意义的解读。释义体系的核心部分即意识形态，意识形态是社会表意活动的元语言，它的任务是保证社会表意得到该文化认可的'正解'。"① 显然，20世纪90年代以来的当代诗歌作为同期文化的主要表现形式，参与了20世纪90年代文化的建构与互动，其中对身体的书写，特别是以民间的、口语的、下半身书写的身体的极端化、粗俗化的处理，使得身体的意义走向与90年代文化中倡导的消费形态的身体景观策略不谋而合，彼此相映，因而，对这种身体书写现象，我们不得不保持某种警醒与距离。

90年代诗歌对超验的身体的驱逐与忽视，也成为当代诗歌发展滞后的主要原因，其文化的表现意识强化了消费的身体景观的狂欢化、色情化的走向，误导、压制了90年代文化的健康积极的生长可能。许多诗人与同期文化也自觉地表现出某种疏离意识、批判意识，他们在进行诗歌创作的同时，也时刻保持着自我反思的写作态度。"带着历史强加于个人之上的不可擦抹的创痛，迎着消费主义时代无边的诱惑，诗人（也是这个时代的个人）所经历的内心生活（或内心经验）将是暧昧的、复杂的，甚至是分裂的。而诗歌本身所关注和所寻求的，是与物质的社会活动不同的精神领域，是人的内心世界，是穿过种种有限的、暂时性的因素的掩盖、束缚，去寻找人的灵魂的归属和位置，去用诗的语言建构一个与现实的生存世界相对应和对立的诗的世界……"② "在某种意义上说，抵抗金钱的诱惑甚至比抵抗政治权威的压迫更为艰难——后者即使失败，起码

---

① 赵毅衡：《苦恼的叙述者》，四川文艺出版社2013年版，第3页。
② 周瓒：《透过诗歌写作的潜望镜》，社会科学文献出版社2007年版，第29页。

还有一种'悲壮感'值得咀嚼回味。"①

谢冕说："现在似乎是需要我们再一次发出呼吁的时候了：让诗回到它本来的位置上来，让诗首先是诗，是情感的，是思想的，是高贵而永恒的，是作用于人的心灵的，是能够疗救人的精神而始终引导人向前方行进的！让我们再次郑重强调，诗就是诗。"② 洪子诚也写道："有许多人（尤其是年轻人）'投身'于诗，在诗中找到快乐。他们为了探索精神的提升和词语的表现力而孜孜不倦。这一切，就为新诗存在的价值提供了最低限度的，然而有力的证明。说真的，在当今这个信仰分裂、以时尚为消费目标的时代，这就足够；我们还能要求些什么呢？"③ 显然，从文化的角度来讲，当代诗歌应该是文化的重要形式与内容，参与并推动了当代文化的理论进程。

回归汉语经验的语言表现，回归诗学经验的身体认同，回归文本经验的诗体意识，回归人类经验的文化意识，这也许是21世纪诗歌共同面对的诗学命题。这有待于更多的写作者、研究者去重新发现、重新认知、重新阐释、重新建构！

---

① 陈平原：《当代中国人文观察》，人民文学出版社2004年版，第28页。

② 谢冕：《世纪反思——新世纪诗歌随想》，《河南社会科学》2004年第3期。

③ 洪子诚：《在北大课堂读诗》，河南大学出版社2005年版，第266页。

下篇

文本

第十章

海子："大诗"与超验

　　大诗，一般指印度古代文学中的长篇叙事诗，比如伽梨陀娑的《罗怙世系》和婆罗维的《野人和阿周那》等几部较早的作品，以及后来的一些著名的长篇叙事诗，它们内容多取材于史诗传说，辞藻和描写颇为讲究，在梵文文学中影响很大。大诗，既体现为诗歌对世界观照的精神高度，也指偏重于叙事性质的长篇叙事诗。中国当代的大诗写作，主要集中于第三代诗人，比如海子、骆一禾等的诗歌创作中，他们是对"后朦胧诗"的超越与突破，是一种"思想性写作"。"大诗写作"，是对以"后朦胧诗"为主导的"思想性写作"的提升与推进，这种"思想"显然是诗歌、艺术、神话、哲学、宗教、真理、文化、审美、伦理等多维度的"综合"，他们在"后朦胧诗"的"思想性写作"基础上，跨越民族，走向人类，将诗与真理融合在一起，是一种充满了普世价值的更趋向灵魂高度的歌唱，因此，笔者将其称为"普世性写作"。

　　以"抒情诗"为主的 20 世纪 80 年代的诗歌话语分为两条"情感线索"：一条是由"朦胧诗"的积极抒怀（以隐喻为主）转向"第三代""口语写作"（以转喻为主）"冷抒情"；另一条是由"朦胧诗"积极有效的抒情（以隐喻为主）再现为"后朦胧"、海子

"大诗"等综合型特征的写作（以提喻为主），抒情仍是其主要特征，但赋予了更深沉的哲理思考。

第一节　　"昌平的孤独"：为"大诗"作准备

孤独产生了诗歌。"由于诗人的探索本身的性质，他在他作为第一个发现者所进入的那个新世界里是孤独的，他感到的唯一安慰是人们归根结底要靠真实的东西生活，虽然他们也使真实沾染上了虚伪；但是唯有诗人能够使生活充实起来，在这种生活中，人们能够找到真实的东西。"① 爱情对于诗人，是一个恒新的主题。海子大部分的孤独来自对纯真爱情的向往。海子写道："北方门前/一个小女子/在摇铃//我愿意/愿意像一座宝塔/在夜里悄悄建成//晨光中好突然发现我/她眺起眼睛/她看得我浑身美丽。"（《北方门前》）海子对于爱情曾经是多么向往，可他终究要回到现实的境域中，"宝塔回到城市/车祸丛生//宝塔摸摸脖子/脖子莫非是别人的通道//木鱼儿，木鱼儿/大劫后的鼻音"（《木鱼儿》）"宝塔"面对的仍然是死亡的气息。海子曾经到西藏朝圣，带着圣洁的气息和情怀去品味"高原红"。"木鱼儿"，作为"佛教文化"的象征难道不是海子后来精神新生的一个道具吗？海子也经常在自家里坐禅，但这些并不能消解诗人精神世界中的困惑，他企图发现与超越。

海子对爱情的看法，在《四姐妹》中表现得最为彻底。诗人西川说："海子一生爱过四个女孩子，但每一次的结果都是一次灾难，特别是他初恋的女孩子，更多的与她的生命有关。"② 诗人的爱永远

---

① ［法］吉约姆·阿波利奈尔：《新思想和诗人们》，杨匡汉、刘福春主编《西方现代诗论》，花城出版社1988年版，第107页。

② 西川：《怀念》，崔卫平主编《不死的海子》，中国文联出版社1999年版，第24页。

充满着悲情，也许这样的刻骨铭心之痛也成就了诗人本身。"夜里我头枕卷册和神州/想起蓝色远方的四姐妹/我爱过这糊涂的四姐妹啊/就象我亲手写下的四首诗。""四姐妹"，在海子心里依然"光芒四射"，海子对她们没有埋怨，只是有些自怨自艾般的叹息，他多么希望"女神"出现："我的美丽结伴而行的四姐妹/比命运女神还要多出一个/赶着美丽苍白的奶牛/走向月亮形的山峰"，"四姐妹抱着这一棵/一棵空气中的麦子/抱着昨天的雪，今天的雨水/明日的粮食与灰烬/这是绝望的麦子/请告诉四姐妹：这是绝望的麦子/永远是这样/风后面是风/天空上面是天空/道路前面是道路"（《四姐妹》），爱的叹息在空中回荡，若茫茫月下、空空山中的回音。这样的诗境情不自禁地会让我们想起奥维德笔下的回声女神那"比命运女神"还要多出的"一个"，岂非回声女神 Echo，她分明是"牧羊人"海子自身，姑娘们则成了促使他不断新生的"女神"。海子继续写道："到了二月，你从哪里来的/天上滚过春天的雷，你是从哪里来的/不和陌生人一起来/不和运货马车一起来/不和鸟群一起来"（《四姐妹》），海子对世界真相的质询和《圣经》有着至关重要的关联。在这里，海子沿袭了《圣经》里先知声音的语调："I tell you the truth"，"四姐妹"不仅是四个海子曾经相处的女子，更是对于现代人精神危机中的一种最直接的召唤。

在《旧约》中我们经常可以听到"雷"声，那是上帝对"先知"说话，而在《新约》中，上帝对其独生子"耶稣"的话也是从"雷"中发出的："你是我的爱子，我喜悦你。"（《马可福音》1：11）而海子真正令人感动的正是他在从"母体"的文化中不断寻求"精神的突围"，对于母体文化的爱同样基于对西方基督文化中具有悲剧和史诗风格的"太阳"崇拜。此刻的意义在于他作为中国的布道士，向我们的传统作了一次最深远而又意味深长的道别。他"不和运货的马车一起来"，而是与普通人的生计与困苦一同来到这个人世间，没有半点利益和功利的人生目的，甚至注定了他今后的救赎比他对于母体文化的转型更加艰难。"不和鸟群一起来"——周族的祖先后稷是和"鸟群一起来的"，"诞寘之寒冰，鸟复翼之。鸟乃去矣，后稷呱矣：实覃实吁，厥声载路！"《诗经·大雅·生民》。这些诗句彰显了中国传统对于伟大事物诞生时的宏象的描述，而且与"鸟"或者说类似于"鸟"的吉祥物相关联，意在指出包孕在中国传统"母体文化"中的"龙"未尝不是"大鸟"的一种。显然，海子歌颂的是一个能够品尝苦难的人，认同耶稣就是认同承受苦难的勇气。"我不能放弃幸福/或相反/我以痛苦为生"，正是由于这种体悟，使得海子由"失落"爱情的苦痛转化为追问生命与受苦的真实意义，终于，在诗中狂暴地喊出了"不能忘记，你是受天父差遣而来的！你本来是为受苦难的"。而此阶段的"抒情诗"（"小诗"）无疑为之后的大诗写作在情操与高度上的练习提供了某种精神准备。

从西川编的《海子诗全编》目录中可以发现，海子的长诗主要创作于1984—1985、1986—1988两个阶段，第一阶段包括《河流》《传说》《但是水、水》三部，第二阶段即指海子著名的"太阳七部书"，即《太阳·断头篇》《太阳·土地篇》《太阳·大扎撒》《太阳，你是父亲的好女儿》《太阳·弑》《太阳·诗剧》《太阳·弥塞亚》。我们讨论海子的长诗，一般指"太阳七部书"，而这个阶段主要集中于海子1983年毕业后工作的"昌平时期"的创作。可见，"'太阳七部书'是中国诗歌史上一份独特的精神和文本建制。它是海子彻底深入生命内部和诗歌内部后所留下来的生命体验和精神体验记录。它是在心灵的基点说出的透明、洁净的灵魂话语，是对人的生命存在根本处境的觉醒与道说，是人类精神苦难的本质表达。那也是一种在本体性的黑暗中揭发那黑暗的大行动。其最终指归也许是光明的，但那揭发者往往在仿佛目击到那光明的一刹那而崩溃——生命幻化为单子融入到永恒光明的以太中。它表征着人类心智活动的某种极限。敢闯这极限的人最后要么大有一种背对存在一去不返的决绝心理，要么寻找到了皈依的'窄门'"①。生活上的"孤独"有利于海子把哲学思想层面的"艺术孤独"融进自己的诗歌探索当中。

无限的虚空意境呈现心灵的孤独与疲惫。"孤独是一只鱼筐／是鱼筐中的泉水／放在泉水中……拉到岸上还是一只鱼筐／孤独不可言说"，这是海子的《在昌平的孤独》。昌平，被苇岸说成"天明地静"，却被海子形容成"孤独"。在昌平的孤独，一半缘于爱情与欲望的孤独，一半缘于艺术上对"大诗"的不懈追求与洞悉世界真相的内心孤独。

第二节　"以梦为马"：激情与良知

海子诗歌创造了"长诗"特有的"纯粹性"特质，它既体现出某种宗教式的纯粹性，也体现出诗人情操的纯粹性，它把诗人的生命肉体与诗的本质融合在一起组成诗的语言、生命的语言，"但是水、水／心上人的爱情／像斧头是森林流血也是我的膝盖流血／像鱼儿是自己流血也是我的鱼叉流血／像生育是你流血也是我流血"（《但是水，水》），在这里，水血交融，仿佛都不再是一种实物存在，而是由一种精神至上的"纯粹性"融成的汉语之血、激情之血、良知之血，诗意之血。再如《太阳·断头篇》中写道："我拖火的身体倒栽而下／天降洪水和一切灾害而下／我乱割群鱼江河血肉水泊而下／我驮负着光线胡乱杀戮而下／我粗尾击天而下／我断头为尸而下／我是个太阳烧裂尸体而下／充满行动而下／叫裂肝脏而下"，

---

①　胡书庆：《大地情怀与形上诉求》，河南人民出版社 2007 年版，第 9—10 页。

海子的激情已经走向了"断头战士"(《太阳·断头篇》),他以诗人的高度支配着天才式的激情。

诗人于1987年写作长诗《土地》时所发生的这种转变,突然间给予我们崭新的天地,海子从抒情出发,经过叙事,到达史诗,他急切地渴望建立属于中国特殊情感体验的诗歌气派:东起尼罗河,西达太平洋,北至蒙古高原,南抵次大陆。然而,这个渴望飞翔的人注定要死于大地。他勇敢地向前,并引导我们向前,他自身的身份位移也日渐明显。"一切写作之物,我只喜欢作者用自己的心血写成的。用你的心血写作罢,你将知道心血便是精神。"① 对于海子,写作是一件神圣的事情。而对于已经领悟和即将感受海子诗歌魅力的读者来说,海子是一个在世俗的年代里追求超越天堂梦想的神话,并且他以亲身的生命形式作了一次最伟大的思想践行:"尸体是泥土的再次开始/尸体不再愤怒也不是疾病/其中包含着疲倦、忧伤和天才"(《土地·王》)。

尼采在《查拉斯图拉如是说》中写道:"人类的伟大处,正在它是一座桥而不是一个目的。人类之可爱处,正在它是一个过程与一个没落。"② 海子就拥有一双人类之眼,他是一个壮志凌云的斗士,一个无比彻底的文化圣徒,诗歌王国的"诗歌之王"。

海子,属于他"伟大的"中国诗歌。海子开拓了具有中国气派的诗歌传统,是基于普世意义的激情赞歌,"我们会把幸福当作祖传的职业/放下手中痛哭的诗篇"(《太阳·大扎撒》),从这一意义来讲,诗人又是与西方文化融合的产物,尤其是他那特有的精神认同与体悟,给我们这些细小的在世俗的境遇中行走的人以清醒的警示和一种崭新的认知世界形式。

考察海子的自我意识,可知他是伟大的人类精神与普世伦理的

① [德]尼采:《查拉斯图拉如是说》,尹溟译,文化艺术出版社1987年版,第40页。
② 同上书,第9页。

践行者，拥有形而上的激情，一如诗中所唱："火是相同的/不管这次是为谁吐出大火/不管烧毁的是谁/火总是相同的。/火总是它自己。""一卷经书疲倦了/自己成了自己石头大座/吐火的是我吗 一卷经书自问/一卷经书自问又繁殖 是我吗/骤然变成了七卷 经书不辨真伪/吐火的 逃到天上/地上荒无人居，石头疲倦/七卷经书不辨真伪……"（《太阳·弥塞亚》），《太阳·弥塞亚》一般被认为是海子长诗"太阳七部书"中的最后一部作品，他的太阳全书实质上也就是这样一种形而上学的激情与诉求。显然，"写作这部'经书'时，这位以激情突入为主要方式的诗人其实已经慢慢对自己的激情作着穿越，这一穿越到作品的最后可以说已经'完全'实现。至此，诗人仿佛主观地抵达了'一种明澈的客观'"①。

臧棣认为："海子也许是第一位乐于相信写作本身比诗歌伟大的当代中国诗人。许多时候，他更沉醉于用宏伟的写作构想来代替具体的本文操作。"② 海子的诗，可能就是诗歌"真理"的另一种呈现形式。海子在用诗里的每一个凝聚着冷静和爱的文字表现着他对"激情"与"良知"强烈的投入与认同过程，体现出诗人走向普世伦理写作的雄心与抱负。

海子在深刻领悟到"麦地"文化后深感无奈，做出一种艰难的选择。可是这样的选择没有让海子徘徊于世俗生活，而是成就了永恒。母体文化对于海子本是必不可少，"村庄里住着/母亲和儿子/儿子静静地长大/母亲静静地注视"（《村庄》）。然而，"围猎已是很遥远的事/不再适合/我的血/把我的宝剑/盔甲/以至王冠/都埋在四周高高的山上"（《农耕民族》）。20世纪80年代末的文化危机开始暴露，人们很快融入了主流意识形态倡导的消费意识形态的功利主义的消费文化中，然而海子要拒绝的恰恰是这种文化上的短

---

① 胡书庆：《大地情怀与形上诉求》，河南人民出版社2007年版，第222页。
② 臧棣：《后朦胧诗：作为一种写作的诗歌》，《文艺争鸣》1996年第1期。

视，要坚守的是自己作为一个知识分子诗人所肩负的诗歌伦理理想，"我选择永恒的事业/我的事业就是成为太阳的一生"（《祖国》）。

海子的《秋》写道："秋天深了　神的家中鹰在集合/神的故乡鹰在言语/秋天深了，王在写诗/在这个世界秋天深了/该得到的尚未得到/该丧失的早已丧失。"与海子关系较密切的诗人骆一禾与海子有着相似的"大诗写作"追求，他写道："在天空中金头叩斗鹰肉/我看到了现在/闪电伸出的两支箭头/相反地飞去，在天空荡中叩斗/火色盖满我的喉咙，一道光线。"（《眺望，深入平原》）但是，他们二人写作在精神气质与文本效果上有着较多的差异。海子诗歌过于紧张与密集，这可能也是导致海子个体生命悲剧的重要原因之一。"海子、骆一禾的写作，充任了这垮掉的时代硕果仅存的老式吹号天使角色。他们对人类诗歌伟大共时体有着更自觉的理解。对神圣价值缺席的不安，使之发而为一种重铸圣训、雄怀广被的歌唱。海子显得激烈、紧张、劲哀，有如冰排的冲击、有如烈焰的呼啸；骆一禾则诚稳、宽徐，有如前往麦加的颂恩方阵。"①

海子清楚地明白："人类是一根系在兽与超人间的软索——一根悬在深谷上的软索。"②"人类，你这充满香气的肮脏的纸/天空无法触摸到我手中这张肮脏的纸/这就是我的胜利"（海子：《太阳·大扎撒》），海子注定以疼痛的生命形式才能完成历史性与真理性的感悟与认同。我们在阅读他的诗歌的每一行文字时，不难感受他的基于人性的"大爱"和对于"以梦为马"般"太阳"事业的热爱。麦地文化，代表了中华农耕文化，是母体文化，"兄弟之爱"则源于西方宗教。海子"大诗"的创作，正是基于这两种文化的交

---

① 陈超：《编选者序》，谢冕、唐晓渡主编《以梦为马》，北京师范大学出版社1993年版，第5—6页。

② ［德］尼采：《查拉斯图拉如是说》，尹溟译，文化艺术出版社1987年版，第9页。

融和诗与真理合一的话语实践。

海子在 1987 年 5 月创作的《五月的麦地》写道："全世界的兄弟们/要在麦地拥抱/东方、南方、北方和西方/麦地里四兄弟好兄弟/回顾往昔/背诵着各自的诗歌/要在麦地里拥抱"，"麦地"这一意象构成了海子独特观照世界的精神背景。"麦地这一意象成为一种生命的蕴藏，成为一种孳生于此的生命现象对自己的根源的感恩之情的疏导和集结。麦地中回响着大地无声的召唤，同时又是自然对人类宁静、慷慨的馈赠，麦地本身带有温和的母性意味，有着富饶、祥和与博爱的性质，而它的金黄色泽则无可置疑地具有一种高贵和庄重的美质。"① 海子的"麦地"精神，融成"长诗"对母体文化的热爱，比如《但是水，水》中较多地写到了"水"，这一意象很好地体现出中国传统文化中的阴柔、含蓄之美，"它既是女人、母亲、母性、大地等的象征，有时也喻指生命之水或灵魂之水"②。

海子从"抒情诗"的创作转向"长诗"的写作，给沉闷的诗坛刮来了一股清新的风气，也给中国诗坛带来了"太阳"般光芒的"酒神精神"，这类长诗主要体现为"太阳七部书"的创作。显然，对于在"麦地"里的海子而言，"太阳"的精神是热烈的、赤诚而又超验与果决的，那恢宏的史诗气度给已然贫困的精神界带来了些许动力。海子像一只火红的"太阳"照耀着我们："天空运送的 是一片废墟/我和太阳 在天空上运送/这壮观的 毁灭的 无人的虚墟"，"天空即将封闭/身背弓前的最后一个灵魂/这位领着三千儿童杀下天空的无头英雄/眼含热泪指着我背负的这片燃烧的废墟/这标志天堂关闭的大火/对他的儿子们说，那是太阳"（海子：《太阳·弥赛亚》）。

海子一直宣称他的诗是"民族与人类的融合"。我们发现，20

---

① 李振声：《季节轮换："第三代"诗叙论》，复旦大学出版社 2008 年版，第 95 页。
② 胡书庆：《大地情怀与形上诉求》，河南人民出版社 2007 年版，第 16 页。

世纪 80 年代整个中国对于"他者"的"西方文化"有一种复杂的纠结情绪。历史的实践让我们明白,"他者"技术和制度带给了中国新的可能,我们的生存质量也因此而向前推进。但海子是清醒的,他没有在这样沉重的"礼乐"文明下被"同化",相反却以近乎迷狂的精神审视和认同这样日新月异的生命重构,以他身份中特有的"东方性"融合外来文化中"他者",为新的生命形式唱赞歌:"这是新的一日/阳光从天而降穿透了海水。太阳/在我的诗中,暂时停住你的脚步。"(海子:《太阳·弥赛亚》)

　　海子的诗歌理想就是写作一种"伟大的诗歌",即"伟大的诗歌,不是感性的诗歌,也不是抒情的诗歌,不是原始材料的片段流动,而是主体人类在某一瞬间突入自身的宏伟——是主体人类在原始力量中的一次性诗歌行动"①。海子要表达就是这样一种超越"民族与人类、诗与真理融入"的普世性的伦理关怀。1989 年 3 月 26 日,是个令中国诗坛震惊的日子。在那个紫色的黄昏,一棵新鲜而富有生命朝气与活力的"太阳"在"给我粮食/给我婚礼/给我星辰和马匹/给我歌曲/给我安息"(海子:《无题》)的"麦子"长成的庄稼地里真正"安息"了。一个由农村走向城市的诗人死了,一个由安庆走向北京的诗人死了。"考量人类漫长的过去所留给我们的经典,似乎可以得出以下相辅相成的两点:首先,伟大的艺术表现出对人的生命存在本身的既直接又深切的关注。在这里,艺术是人类精神命运的内在承当者。其次,审美与信仰是所有伟大的艺术所蕴含的两种精神母质(这里所说的信仰不一定指涉明确的宗教诉求,毋宁说主要是指一种强烈的终极关怀意识,或曰一种'形而上质')。也可以说换一种表述方式:伟大的艺术之所以伟大,是因为它深刻地蕴含了审美与信仰两种人类精神母质"②,海子的长诗写

---

① 海子:《一份提纲》,《海子诗全编》,上海三联书店 1997 年版,第 898 页。

② 胡书庆:《大地情怀与形上诉求》,河南人民出版社 2007 年版,第 1 页。

作呈现出诗歌创作上的"大地情怀与形上诉求"，他用鲜红的生命形式为诗歌擎起了一柱云雾般难以释怀的伤感和忧伤，海子的死，为中国当代诗歌话语涂上生命中最鲜艳的一抹血红。

第三节 大诗：普世性写作

提到海子，不得不提起朦胧诗后期的"史诗"写作。海子毫不讳言他的"伟大的诗歌"与杨炼、江河的关系。[①] 由杨炼、江河等人发起的现代史诗书写，到昌耀与海子的大诗写作追求，其中的审美与文化关注点已经由寻根走向了人类的普世伦理追求。因而，从这个意义讲，大诗写作，在诗歌伦理上表现出当代诗歌书写对既有诗歌秩序与美学原则的"断裂"，这种"断裂"的话语实践，试图创造诗歌在新的文化语境中的精神"神话"，表达一种积极的建构态度与实践精神。

海子诗歌不仅是一种个体神话，更是诗歌话语的艺术神话。而"神话"的"断裂"意味着诗学建构的某种精神高度，也意味着这种话语的某种宿命，即诗学建构与意识形态之间对应关系的断裂。海子生活的时代主要表现出"反讽"的文化背景，诗歌表现为一种叙事特征，其背后渗透着保守主义立场已经被虚无主义立场所取代。虚无主义在诗歌创作上就体现为"反讽"，显然，反讽与提喻之间的断裂，也成为海子张扬"诗歌精神"的重要意义。

海子的诗歌整体上来讲，是"提喻"式的写作，并且在其长诗写作中体现得更为明显，他向"隐喻"话语冲击，但最终没有能够完成他的诗歌理想。海子的"死"，预示着诗歌"神话"的终结，但是，海子的努力毕竟建构了诗歌难度书写的境界与高度。海子的

---

① 海子：《伟大的诗歌》，《海子诗全编》，上海三联书店1997年版，第898页。

诗歌之所以在二十多年之后的今天仍然有着重要的影响，说明了其诗歌的独特魅力与精神高度。"神话"从本质上讲也是一种"象征"与"隐喻"思维，从这一意义上讲，相对20世纪80年代末渐成为诗坛主流的"反讽"话语写作而言，海子"大诗"写作为我们呈现了具有"神话"特征性质的"隐喻"写作可能。

80年代初的"长诗"写作，更多的是文化寻根意义上的思考，是一种转喻式的写作，它经历了一个线性的发展趋势，即从杨炼、江河等具有文化寻根意识的史诗写作到"第三代诗"极有影响的"新古典主义""整体主义"等带有史诗性质的隐喻为主的写作，最后发展为较年长且多年来一直从事诗歌写作与探索的老诗人昌耀与"第三代诗"海子倡导与践行的"大诗写作"（以提喻为主）。

昌耀在《昌耀的诗·后记》写道："我是一个'大诗歌观'的主张者与实行者。我并不强调诗的分行……也不认为诗定要分行，没有诗性的文字即便分行也未尝不配称作诗……诗美流布天下随物赋形不可伪造。"① 海子写道："诗有两种：纯诗（小诗）和唯一的真诗（大诗），还有一些诗意状态。"② "我的诗歌理想是在中国成就一种伟大的集体的诗，我不想成为一个抒情诗人，或一位戏剧诗人，甚至不想成为一位史诗诗人，我只想融合中国的行动成就一种民族和人类结合，诗和真理结合的大诗。"（海子简历）相对于昌耀，海子对"大诗写作"的实践与理论思考，要显得更为丰富。

当代文学史中有关"大诗写作"少有论述，即使是专门的当代诗歌史也是如此，但是，20世纪80年代晚期这一诗歌写作现象却真实存在，并标出了诗人的精神追求与书写高度，它是一种融合综合素养与精神背景的高度、难度写作。杨炼早在《智力空间》中就

---

① 昌耀：《昌耀的诗》，人民文学出版社1998年版，第423页。
② 海子：《动作（〈太阳·断头篇〉）代后记》，《海子诗全编》，上海三联书店1997年版，第888页。

对这种"综合素养"与"精神高度"提出要求："智力的空间作为一种标准，将向诗提出：诗的质量不在于词的强度，而在于空间感的强度；不在于情绪的高低，而在于聚合复杂的智力高低；简单的诗是不存在的，只有从复杂提升到单纯的诗：对具体事物的分析和对整体的沉思，使感觉包含了思想的最大纵深，也在最丰富的思想枝头体现出像感觉一样的多重可能性。层次的发掘越充分，思想的意向越丰富，整体综合的程度越高，内部建设运动和外在宁静间张力越大，诗，越具有成为伟大作品的那些标志。"① 显然，"长诗"和"大诗写作"是有难度的写作，海子的长诗写作也意味着某种"伟大作品"诞生的可能。

海子、昌耀等诗人坚守"大诗写作"话语实践，坚守诗歌的诗意与诗性本体精神，让诗歌回归到民族的文化与文学传统，回归了大艺术、大生命、大世界、大灵魂的写作高度。他们的写作情怀无疑开启了的"大诗写作"方向，使中国当代诗歌有了某种与西文诗歌对话的可能。"大诗写作"作为当下诗歌写作的一种存在形式，仍旧以一种积极的思想力量推动当下诗歌写作的历史进程。

---

① 杨炼：《智力的空间》，谢冕、唐晓渡主编《磁场与魔方》，前引书第 126 页。

第十一章

昌耀："大诗"与超验

大诗写作作为当代诗歌书写的现象之一，以海子、昌耀等诗人的创作为代表，他们传承了当代诗歌中的现代史诗写作传统，重视身体的在场与诗、真理的合一。通过身体的感知转向超现实、超验的审美体验，打破物/我、身体/灵魂等二元对立的边界，大诗写作成为直觉式灵感、形而上学的体验的触媒，不断书写物我两忘、天人整合的心灵史诗。

第一节 "大诗"谱系形成

"大诗"，一般指印度古代文学中的长篇叙事诗，比如伽梨陀娑的《罗怙世系》和婆罗维的《野人和阿周那》等几部较早的作品，以及后来的一些著名的长篇叙事诗，它们内容多取材于史诗传说，辞藻和描写颇为讲究，在梵文文学中影响很大。"古代印度大诗的显著叙事特征是叙事篇幅巨大，动辄上千颂；叙事结构复杂，环中生环。古代印度称一切原创性文艺作品为'诗'（kāvya），在梵语文学史上，'诗'泛指纯文学或者美文学，有'大诗'（mahākāvya）

和'小诗'（khandakāvya）之分。"① "大诗"，既体现为诗歌对世界观照的精神高度，也指偏重于叙事性质的长篇叙事诗。中国当代的"大诗"写作，主要集中于海子、骆一禾等第三代诗人，是对"后朦胧诗"的超越与突破，因而这些写作也是一种"思想性写作"。

海子倡导"大诗"，不得不提起朦胧诗后期杨炼、江河的"史诗"写作。② 从杨炼、江河等人的"现代史诗"书写，到昌耀与海子的"大诗"追求，其中审美与文化的关注点已经由文化寻根走向了人类心灵的勘探与追求。如此说来，"大诗"的意义就表现为对既有诗歌秩序与美学原则的"断裂"，这种"断裂"的话语实践，试图创造在新的文化语境中的诗歌"神话"，是一种积极的建构态度与实践精神。

20世纪80年代初的"长诗"写作，更多的是一种转喻式的文化寻根意义上的思考与写作。从杨炼、江河等具有文化寻根意识的史诗写作到"第三代诗"中极有影响的"新古典主义""整体主义"等带有"史诗"性质的隐喻写作，最后发展为海子、骆一禾、昌耀等倡导与践行的"大诗"的话语实践，他们走向隐喻、神话的思维与转义。

海子写道："诗有两种：纯诗（小诗）和唯一的真诗（大诗），还有一些诗意状态。"③ "我的诗歌理想是在中国成就一种伟大的集体的诗，我不想成为一个抒情诗人，或一位戏剧诗人，甚至不想成为一位史诗诗人，我只想融合中国的行动成就一种民族和人类结合，诗和真理结合的大诗。"（海子简历）昌耀在《昌耀的诗》后记中写道："我是一个'大诗歌观'的主张者与实行者。我并不强

---

①　蔡枫：《印度大诗的叙事特征》，《汉语言文学研究》2011年第1期。

②　海子：《伟大的诗歌》，《海子诗全编》，上海三联书店1997年版，第898页。

③　海子：《动作（〈太阳·断头篇〉）代后记》，《海子诗全编》，上海三联书店1997年版，第888页。

调诗的分行……也不认为诗定要分行，没有诗性的文字即便分行也未尝不配称作诗……诗美流布天下随物赋形不可伪造。"① 相对昌耀，海子在"大诗"实践与理论的思考上，显得更为丰富与具体。

有关"大诗"的论述，在当代文学史上较少被关注，即使是专门的当代诗歌史也少有涉及。但是，20 世纪 80 年代中晚期，海子、骆一禾等积极倡导"大诗"的理念与实践，这标示了诗人的精神追求与书写高度，也表现出高度、难度写作的综合素养与哲理观照。

杨炼早在《智力空间》中就对这种"综合素养"与"精神高度"提出要求："智力的空间作为一种标准，将向诗提出：诗的质量不在于词的强度，而在于空间感的强度；不在于情绪的高低，而在于聚合复杂的智力高低；简单的诗是不存在的，只有从复杂提升到单纯的诗：对具体事物的分析和对整体的沉思，使感觉包含了思想的最大纵深，也在最丰富的思想枝头体现出像感觉一样的多重可能性。层次的发掘越充分，思想的意向越丰富，整体综合的程度越高，内部建设运动和外在宁静间张力越大，诗，越具有成为伟大作品的那些标志。"② 显然"大诗"是一种难度与高度兼备的写作，海子的"大诗"写作也意味着某种"伟大作品"诞生的可能。笔者综合学界论述海子作品中提到的"大诗""大诗写作""长诗写作""大诗主义"等说法，将其统称为"大诗"。

我们统一称海子的"长诗"写作为"大诗"，一是区别于传统或同期的长诗写作，它渗透更多的文化与思想意蕴。二是海子自称"大诗"，是一种创造性的、更具世界眼光的写作，其理念代表着一种诗歌精神，渗透着诗人的历史担当与文化理想。

"大诗"研究专著方面的成果包括：胡书庆的《大地情怀与形

---

① 昌耀：《昌耀的诗》，人民文学出版社 1998 年版，第 423 页。
② 杨炼：《智力的空间》，谢冕、唐晓渡主编《磁场与魔方》，北京师范大学出版社 1993 年版，第 126 页。

上诉求——对〈太阳〉七部书的阐释》,该书以诗性语言探讨了海子晚期"太阳七部书"的写作,应该算是第一部系统探讨海子"大诗"的理论专著,它将海子的研究从传统的"抒情诗"(小诗、纯诗)研究推向了"大诗"(长诗)的系统观照与反思。著者坦言:"我对诗人(海子)'生命叙事'的一点解读终归带有较多的主观猜测成分,很难说真正触及了的内在心理实质。"因为海子"大诗"的复杂性与未完成性,导致了研究的艰难与滞后,尽管如此,这部著作仍是海子研究走向深入的一个重要"节点"。西渡的《壮烈风景:骆一禾论、骆一禾海子比较论》一书,上卷探讨了海子挚友骆一禾的长诗《世界的血》《大海》等写作,揭示其成长为天路英雄的精神历程,展示了其诗歌的"壮烈风景"。下卷则通过骆一禾、海子的比较研究,认为他们二者在艺术气质、精神构造、思维特征和诗歌理想方面均有"互文"相通的一面。"在写作意识上,他们都拒绝接受'古典—现代—后现代'的线性文学史观,而共享着一种共时性的、统摄性的文学史观,这种文学史观使他们都表现出某种程度的反现代主义的倾向。在一个时间本身被价值化的时代,他们一起重新发现了浪漫主义的精神和美学价值,并以之作为诗歌写作最重要的精神根柢。"[1] 在此基础上,西渡还指出了"中国诗坛长期以来把骆一禾、海子视为孪生之子的批评误读","研究海子创作的得与失,分析其非理性倾向在其诗歌写作中正、负两方面的作用,特别是其负面的作用"[2]。这些都为"当代诗歌写作与批评"提出了警示性意见。

据"中国学术期刊网"所做筛选,较早以海子"大诗"作为写作现象与范式来探讨的论文,是笔者 2005 年发表的《面对大诗与疼

---

① 西渡:《壮烈风景——骆一禾论、骆一禾海子比较论》,中国社会出版社 2012 年版,第349 页。

② 同上书,第 353 页。

痛的海子》①。2006 年以后，"大诗"研究陆续出现在硕士学位论文及相关著述中，其中以张敏《"大诗"建筑的庙宇 ——海子诗歌的宗教精神》② 为代表，他指出，从海子的诗学观出发，挖掘其承载宗教精神的载体，即诗歌主体"王子"和诗歌本体"太阳"所包孕的宗教精神。海子的诗学理论是其独特的艺术创造，诗人在其中倾注了宗教式的狂热与迷恋。"太阳"是诗歌"王子"建筑的精神庙宇，这个神——日神并非某一个具体的人格神，不是上帝也不是梵，他只是海子宗教情怀的一种寄托。论者从海子的诗学观和作品论两部分展开对海子的"大诗"做了一次宗教精神的历险与探寻。当然，还有一些论文重点针对海子的"长诗"作出分析。比如，李永艳的《论海子的"大诗"理想及其幻灭》③，他以"大诗"作为研究对象，分析了海子"大诗"的理想、形成及其失败的原因，指出由于生命体验的缺少与现实生活的脱离导致了海子长诗大厦的虚空与无法完成。笔者的《大诗写作：普世性写作》④ 则梳理了 20 世纪 80 年代"朦胧诗"中杨炼、江河等的长诗写作对海子"大诗"的写作影响，并重点指出"大诗"的理念形成不同于史诗、叙事诗的写作，而更强调东方哲学与文化抱负对人类思维的影响与可能。而对"大诗"精神的强调，则在邹建军《学院诗歌批评的建立与大诗的产生》⑤ 一文中予以凸显，论者指出"诗是人类精神世界的一个窗口，更是一个民族灵魂的镜子"，他以痖弦《深渊》、洛夫《石室之死亡》等作为探讨对象，但此文并未提到海子、骆一禾，以及 20 世纪 90 年代昌耀等人倡导的"大诗"。2007 年，青海诗人曹谁写作《大诗主义宣言》，跟西原、西

---

① 董迎春：《面对大诗与疼痛的海子》，《中学语文》2005 年第 1 期。

② 张敏：《 "大诗"建筑的庙宇 ——海子诗歌的宗教精神》，硕士学位论文，西南交通大学，2006 年。

③ 李永艳：《论"大诗"的理想及其幻灭》，《西北农业大学学报》2010 年第 1 期。

④ 董迎春：《大诗写作：普世性写作》，《广西民族大学学报》2011 年第 3 期。

⑤ 邹建军：《学院诗歌批评的建立与大诗的产生》，《理论与创作》1994 年第 3 期。

棣等诗人共同发起大诗主义运动，创办民刊《大诗刊》，曹谁提出
"大诗主义"的"三合主义"：合一天人、融合古今、合璧中西。相
关论述见曹谁写作的《大诗主义宣言》《反大诗主义宣言》《大诗
学》。① 他们对海子、昌耀等倡导的"大诗"观念进行学术梳理，其
文本实践的理念与精神追求，可以说是"大诗"话语在 21 世纪"80
后"诗歌中的一种继续与传承。

诗人黄翔也有过"大诗"的提法，他的夫人秋雨潇兰曾在给笔
者信中写道：

也无疑可以说："对南方来说，黄翔主要是中国的；对中
国来说，黄翔首先是世界的。"他的精神意识独具他那一代人
罕见的东方人文特征和色彩（包括西方人文东方化），却不因
"地域和种族"自我封闭。他的世界是敞开的，这是一个"自
我本体的精神的宇宙"。

由于心性相通，我们共同认为：这个世界不应该是"贪
欲"的、更不是当下中国的"贪官的世界"，而应该是属于诗、
诗人和"诗化人生"的世界。两者相比较，21 世纪当今一代新
人究竟应该作何选择和选择什么?! 一个民族是否只能纵容
"人欲泛滥"却不能容忍东方"精神文化"有存身的一席
之地?!

顺发给您几篇黄翔另一类型的"诗"——散文（他的鸿篇
巨制式的"大说"也是"诗""大诗"）。②

可见，秋雨潇兰所提供的作品《在意大利的天空下》（《星辰起
灭》上、下卷之一）《绝对虚无》（《总是寂寞》之一）《太阳从黄

---

① 曹谁：《大诗主义》，参见 http：//www.baike.com/wiki/大诗主义。
② 见笔者与黄翔和秋雨谦兰通信（2008－11－20）。

昏中升起》（《匹兹堡梦巢随笔》之一）《叩击中国古老的门环》（《女性"精神肖像"系列之一》）《缪斯之城依萨卡》（《星辰起灭》上、下卷之一）等，充满了诗人对自我和世界的深刻的在场体验，在超验、直觉的精神世界中勘探生命的奥秘与可能。这个当代诗歌隐喻与神话思维的写作传统，成为当代文学的一个重要精神来源。

海子、骆一禾、昌耀等诗人坚守"大诗"话语实践，坚守诗歌的诗意与诗性本体精神，让诗歌回归到民族的文化与文学传统，回归大艺术、大生命、大世界、大灵魂。海子与昌耀的写作情怀无疑开启了当代"大诗"的写作方向与思想追求，它既不同于西方现代哲学与理性诗歌，也不同于传统东方梵诗中的叙事写作，如海子所言，他们综合了这种种思想，站在人类的心灵和东方文化的高处，践行着"大诗"的理念与追求，使中国当代诗歌具备了某种与西方诗歌对话的素质与可能。"大诗"因此成为当下诗歌写作的一种尝试，并作为一种积极的思想力量推动了当下诗歌写作的历史进程。

显然，海子诗集的文学文本、研究的各种理论选本、专著理论选本、各种带有勘探和补遗性质的传记及评论文本，无疑推动了海子作为文学符号在学术界内外的影响，也推动了其在 20 世纪 90 年代以来对中国诗歌界的影响。当代诗歌除了对"史"的文化意识与发展阶段的认知之外，在诗歌内部仍然存在一条突破时代语境的发展线索，即走向语言诗体意识的写作，海子的写作正是语言本体意识中的超验与感应的象征写作，这点也是海子区别于其他长诗写作的价值与原因所在。

第二节　昌耀的孤寂诗写

昌耀一生主要生活在青海，地理位置上的边缘化使得他与诗歌界联系较少，自然也与所处时代的主流诗歌话语保持了某种距离。诗人通过超验的感知去唤醒潜藏的生命意识，通过身体的在场与还原，找到与心灵、精神对话的可能。"如同每回已有过的感应，我及时听到了你能带给我走出危亡、给我信念与无穷幸福感的极为深邃的允诺……这意味着生命已突破停滞的十字状态而垂直地延续。而那横向的蹀足已完全消失。"[1] 主客体的精神感应，通过身体的感知铺展开，物我、主客两忘，最终挖掘深处潜藏的生命意识，走向超验的、超现实主义的表意可能。

作为诗人的昌耀一生坎坷，命运多舛，20 世纪 60 年代被"严管"流放以及后来生命中种种苦难际遇，提升了他的诗歌写作的成就，他通过诗歌这个内心媒介自觉清醒地审视诗人自我的"命运"，并从中体验生命的终极意义。独特经历使得昌耀诗歌显得时而深沉大气时而铺陈豪放，有如汉赋般的独白，荡气回肠中展示粗犷、苍茫的西部深处的细腻与柔情。在他看来，"语言，出于人类生存本能需要而创造并被感应的音义编码。语言，其本质是示人理解及铭记于心。然而，有一类语言它径自就是善，自有着不可被轻侮、小觑的风仪或高致，唯在不期然之中被良知感受并铭记"[2]。"我重新开始的旅行仍当是家园的寻找。很久以来，每天破晓，总有同一只鸟儿飞来河边，以悦耳的啼鸣向着幽冥中一只沉默的鸟儿呼唤，我当作是对我的呼唤。但我并不沉默。灵魂的渴求只有溺水者的感受可为比拟。我知道我寻找着的那个家园即便小如雀巢，那也是我的雀巢。"[3]

"予告汝于难，若射之有志。"（《尚书·盘庚篇》）。昌耀的诗歌不断体现出对这种对人类命运的质询与沉思，在大抒情、诗与命

① 昌耀：《昌耀的诗》，人民文学出版社 1998 年版，第 343 页。

② 同上书，第 386 页。

③ 同上书，第 231 页。

运的融合中体现出大诗写作的另一种精神气场与艺术高度。

他写道："哀莫大兮。哀莫大于失遇相托之爱侣。/留取梦眼你拒绝看透人生而点燃膏火复制幻美。"（《圣桑〈天鹅〉》）"想起春天呜咽的芦梗是翠生生的指关节。/我深知从芦梗唇间吹奏的呜咽是古已有之的呜咽……已经饱受生命之苦乐的芦梗将无惧霜风"（《踏春去来》），"吹啊，吹呀，以整个身心……/燃烧的长途列车燃起了焦黑的黎明……/我的胸口在燃烧，手心在燃烧/我的呼吸在燃烧/理想者的排箫还在吹呀，吹呀"（《焦庚》）。"到底是雪降了。胖胖的雪体袒陈四处正在酣眠之中，有着长途奔波抵达终点后的那般安详。外界正是如此宁静、甜润而美……雪孕是一件必行而艰难的事。我自当逐一去体验我本应体验的一切。"① "肉体会听命于灵魂……在我前面潴留的浅水波纹细细荡起，令视觉白花花一片。我感觉身边睡卧的爱人在梦里拈花含笑踏行清波如履自动扶梯逐次升高，发髻之后有一缕蓝光似烟，透射出思维深邃的彩福……"② 这些自然的意象本与身体无关，但是此刻诗人以超现实的直觉审美融合主客体，打破物我的边界，赋予"雪"以身体的形态与美的形式，让"雪"成为一个灵魂的澡洗者，导引诗人进入诗歌的幻境，从而"体验我本应体验的一切"。"生命敏感的区域：是时间……我惊异生命是这样不依不饶地矗立起自己的时间雕像，永远保留着穿透一切经验的那一神性感觉。"③

昌耀因为晚年疾病的折磨而对生命、死亡有了更深的体验，此时的身体既存在于生理层面，也为精神、内心的感应提供了某种介质。在他看来："我看重的'意义'，亦是我文学的理想主义、社会

---

① 昌耀：《昌耀的诗》，人民文学出版社 1998 年版，第 253—254 页。

② 同上书，第 263 页。

③ 同上书，第 338 页。

改造的浪漫气质、审美人生之所本。"① 他一方面正视无法克服身体的局限，一方面又必然要通过特殊的内心体验呈现生命与精神意识。身体的还原打破了边界，也让诗歌的超验变成勾连生理/心理、物质/灵魂之间的通道，破除内心与外部世界之间的壁垒与间隔。

"世事太冗赘，却又太相似，九九归原，终无一新鲜"②。昌耀勇于面对苦难，敢于探究人的深度自我，他以严肃而清醒的写作状态，在对诗意、诗性与人类命运之间的互联性的沉思之间，表现出一种独特的精神气场，表现出"大诗写作"的理想与情怀。在他看来，"并不强调诗的分行……也不认为诗定要分行，没有诗性的文字即便分行也终难称作诗。相反，某些有意味的文字即便不分行也未尝不配称作诗。诗之与否，我以心性去体味而不以貌取……诗美流布天下随物赋形不可伪造。是故我理解的诗与美并无本质差异"③。正如笔者在探讨"大诗"的文章写道："海子、昌耀等诗人坚守'大诗写作'话语实践，坚守诗歌的诗意与诗性本体精神，让诗歌回归到民族的文化与文学传统，回归大艺术、大生命、大世界、大灵魂。"④ 可见，"只有'同声相应。同气相求'的人才能感受到那种刺心的音乐与美丽：在那样的人里，痛苦总是整体性的，不只属于个人"⑤。

昌耀也写出了许多精致而深沉、同样不失"大诗情怀"的"抒情诗"。正是诗人这类"小诗"（海子称之为"抒情诗"）的练习为他《慈航》等重要"大诗"作品提供了有效的情感基础。真正的诗人都是孤寂的，诗人通过诗歌展现了人类的这种精神困境。"孤

---

① 昌耀：《昌耀的诗》，人民文学出版社 1998 年版，第 405 页。

② 同上书，第 390 页。

③ 同上书，第 423 页。

④ 董迎春：《大诗写作：普世性写作——论海子的诗歌写作》，《广西民族大学学报》2011年第 3 期。

⑤ 昌耀：《昌耀的诗》，人民文学出版社 1998 年版，第 401 页。

寂"作为艺术的原动力而存在，它赋予诗人不同的感知和体验，同时，亦是以人的存在本真状态逼真地呈现于命运，"静寂：永恒的体验——非意志所能左右的一场戏剧之终结"①。在昌耀20世纪90年代的诗歌中，我们发现诗人从来没有忽视这种主体对外部世界的身体的超验的认知、体验、质询、抵达灵魂深处的可能，显然，这种冥想、沉思的状态是通过身体处于孤寂的心理状态时完成的。

一个真正的诗人，是诗写者，同时也是思想者，他的诗应是对语言、情操、哲思、大我与神性的融合，这种精神感应自然也转化为诗人的哲学深度与命运思索。昌耀写道："仿佛只在冰床安息他才得以从容品味蓬勃之生机。/他已梦见夜的沃土细雨润物蘑菇孳生/粉红的菌和肉感的菌柄钻破晨光之曦萌。/漏泄的泉水正像融凝的蜡油汩汩积聚。/注入生命的节律像甜蜜的炼乳"（《暖冬》）。诗人的"孤寂"写作还表现为某种精神之美、意义之美。"对孤寂的形而上学思考，可以把中国诗歌从一味的意识形态纠缠中摆脱出来，回到诗歌的本位，同时，也是对当下成为主流的口语中心诗歌写作的一种有效补充。孤寂作为当代诗写及理论建构已经日益显示出他的巨大理论价值与诗学意义。"② 孤寂作为一种内敛的、深沉的情绪引发读者情感共鸣，召唤读者在精神可能上的反思，孤寂的大诗写作成了打开精神之门的一把有效的钥匙，导引我们在意义的道路上积极探索。

生命自身的局限性也不无意义地暗示了生命本身就是虚无与悲剧。诗人早已看到自己可怕的面目，但是诗歌却成为一条积极的救赎路径，让我们在悲剧性的命运事实面前，通过诗歌书写克服、消解人类的精神困境与苦难体验，显然，这一切都离不开身体的感知

---

① 昌耀：《昌耀的诗》，人民文学出版社1998年版，第247页。

② 董迎春：《论当代诗歌的孤寂诗写及诗学建构——关于诗歌本体论可能的探索》，《南京社会科学》2012年第2期。

与发声。

昌耀的大诗写作体现了人类哲人的某种孤寂感、虚无意识。在他看来："唯有凡高、尼采、唯有接舆而歌者流不羁的幽灵。忍受着自己思想之挤压、煎逼的精神果实，终于如沸煮后的鸡卵冷却剥离物化。"① 昌耀的孤寂感体现出大诗写作的情怀与热情，身体与精神的关联在诗歌写作中得以实现，这既是对诗歌表现主题的深化，也是诗人对诗歌本体的积极体认。"我坐在室内，当寂静一人伏案书写，/会听见潮水涌来如秋气肃杀而下。/当推问四壁，却是一片悄如。/我坐稳，那声息仍复汹涌而至势必将我淹殁。//时间的流水作业，总是/让新的生命一茬接着一茬从虚无中生长……我常常躺卧不宁，体验一种波动感，发自臀部以下而达于脊梁以远，/好像地壳一时成为软化的糖块。/危机四伏……/而我今夜依然还是一只逃亡的鸟"（《人：千篇一律》），"痛快的时刻，一个烤焦的影子/从自己的衣饰脱身翱翔空际。/我，经常干这样的把戏，/巧妙地沿着林海穿梭飞行"（《享受鹰翔时的快感》），"我开始寻找一条小小的弄堂。/寻找一位被岁月埋没的诗人。/他在蜗居推演八卦研讨命运开凿淘金之河"（《头戴便帽从城市到城市的造访》），他走向了对孤寂、虚无的审视与反思。孤寂是存在的本义，如将关注点集中于如何克服而不是刻意遗忘，那么孤寂就走向了友爱，走向了关于世界存在本质的友爱。"死亡有时确实在等待着我们，人们有可能深刻地意识到它在等待着。时间的特质因此改变了，就像光线中的变化一样，因为现在竟如此彻底地被其他时节所遮蔽：复苏了的或正在远去的过去，无可限量的新的未来，想象不到的超越时间的时间。"② "一个闯荡人世而完全不知深浅的家伙/或有可能被上帝

① 昌耀：《昌耀的诗》，人民文学出版社 1998 年版，第 222 页。
② ［美］爱德华·W. 萨义德：《论晚期风格——反本质的音乐与文学》，阎嘉译，生活·读书·新知三联书店 2009 年版，第 1 页。

蠲免道德体验的痛楚/但你是一个没有福分的人，/因此许多固执而虚妄的观念继续将你侵蚀，/有如氢氟酸液在玻璃刻下粗重的纹路。/你自命逃避残忍。/因为你继续追寻自己的上帝。/那强有力的形象以美妙的声音潮水般袭来/冲洗灵魂，让你感受到了被抽筋似的快意。/这就是信仰吗？那么信仰仅在信仰的领悟。"（昌耀：《僧人》）"他所有的冷峻、坚毅、沉雄不露，超脱一切私利和计较的宽博胸怀，令世俗的虚浮尘嚣一触即溃黯然遁离。"①

　　昌耀的诗歌，奇峻大气，境界高远，质朴浑厚，灵魂脱窍，在天地神人的对话气息中，感受生命的痛楚与心灵的超验融合，走向大地的快意与热烈，诗人通过此番西部豪迈的书写，表现出一个意境诗人带给读者的审美体验、灵魂震撼。这也是大诗写作除形式上的宏大气势、磅礴场景之外所凝聚的精神内核。

　　孤寂的大诗写作开始由对死亡的正视、审视转向到对死亡与时间的超越，抵达存在主义的重要哲学核心："向死而生。"昌耀写道："不是所有的人都走到昆仑、念青唐古拉、巴颜喀拉、冈底斯。/不是所有的人都有缘分在茫茫原野邂逅。/莽苍之中难得一遇的行旅/就这样渴慕地遥向对方靠拢随之臂远离以至永世永生。/不是所有的人都能领有冰湖坼裂。/他再次回转头去望湖暗自默：/——我来是为了说一声我又该去但我仍会再来。"（《冰湖坼裂·圣山·圣火》），在孤寂中体验虚无，身体的感应也成为大诗写作的艺术触媒与终极关怀，它为当代诗歌创作提供了一条清晰、深刻的思想路径。

　　昌耀以孤寂式的质询和沉思践行了诗人内心与大我灵魂的关注与体悟，呈现了诗人大我的精神姿态与艺术情怀。"一首诗可能是相当可人和漂亮的，但它是没有精神的……精神，在审美的意义上，就是指内心的鼓舞生动的原则。但这原则由以鼓动心灵的东

---

① 昌耀：《昌耀的诗》，人民文学出版社 1998 年版，第 422 页。

西，即它用于这方面的那个材料，就是把内心诸力量合目的地置于
焕发状态，亦即置于这样一种自动维持自己、甚至为此而加强着这
些力量的游戏之中的东西。"① 昌耀诗中的"孤寂"既是诗人对自我
命运质询的抚慰，也是通过诗歌表达出"斯人"（诗人）的生命
宣言。

　　诗歌在很大程度上关注的仍然是诗歌本体的、文学性的诗学观
念与艺术主张。20 世纪 60 年代昌耀就自觉开始创作，通过诗歌抒
发、消解内心的孤独，不断进行自我命运的反思，有幸地回避了过
多的政治束缚。他的写作显然是边缘化的、非主流的，他孤独地处
于青海"一壁"，但这不影响诗人内心的深刻情怀与浩渺视野。"茫
茫原野还是行走着三套马车/博大的寂寞在每一声秋里扩散/虚无正
如初始/一层黄沙落/二层黄沙落/三层黄沙落/慷慨总还是马车夫的
慷慨/对秋扼腕只余风前的秋客"（《秋客》），这就使得他的诗歌
一开始就是诗人与自我、命运的对话，是基于诗的本体意义上的写
作，"大漠孤烟直，长河落日圆"，这类诗歌表现出来的孤寂体验与
命运思考，无疑穿越了时空，在命运的"大河"中抵达了诗人这一
身份的生命认同与意义在场。"我丝毫不觉疼痛，直到这段苍老如
同阴沉木的脚跟透出红嫩而圆润的光泽，直到整个脚掌如同一件陈
列在现代艺术殿堂的精美圆雕。……我的骨骼是钙的化合物，当我
留心保护自己的骨骼免遭断裂，这种由百分之六十五以上的矿物质
构成的实体也就有了自我意识。岩石也有了意识。生命与非生命体
也就在这一同构中相通了。"（《苹果树》）诗人从物的观察经由身
体的超验知觉，最终打破、消解物质/精神、现实/理想之间的界
限，通过身体达到了物与心灵的契合、感应，通过心灵的主观情感
投射，强化了诗歌的象征主义的艺术光晕。

　　昌耀不仅属于那种清醒的个人，也属于这个贫困的时代。"一

---

① ［德］康德：《判断力批判》，邓晓芒译，人民出版社 2002 年版，第 158 页。

代有一代文学"（王国维语）。站在高处藏在深处的往往寥寥数人，一个时代有几个"标出"的诗人及经典，就成为那个时代诗歌重要的精神遗产。因此，坚持思想与审美的价值立场，使得昌耀、海子等的诗歌在今天读来仍然具有清新而感人的热度——以诗歌本体的力量激起读者的共鸣，催人深思、令人警醒。"烘烤啊。大地幽冥无光，诗人在远去的夜/或已熄灭。而烘烤将会继续。/烘烤啊，我正感染到这种无奈。"（昌耀：《烘烤》）诗人面对世界的无序和现实的挤压所带来的心灵投射，一种撕裂而无力的生命局限、无力感呈现面前。

第三节　大诗写作的话语启示

昌耀对诗歌的积极书写与探索，丰富了 20 世纪 90 年代诗歌的精神性、思想性、艺术性、理论性，主要表现为以下几点话语影响与理论启示：

第一，孤寂成为诗人诗歌重要的精神内核与创作动力，他通过孤寂进行形而上学的精神沉思，表现出一个哲理诗人所达到的艺术高度。

昌耀代表性作品诸如《慈航》《断章》《一首长诗和三首短诗》《听候召唤：赶路》等均体现出孤寂感、苍茫意识，"就在意识的最为郁闭的深境自燃，/显示宝蓝的花朵：祥瑞、平和、无虑无思。/感觉那是半睡眠的守夜色，/缥缈在镜像与虚无"（《话语状态》），诗人不自觉走向对"虚无"的积极审视。"当我的眼光探入生活，这一切的最终是什么？虚无。当我上升到精神，这一切的顶峰是什么？虚无。"[1] "虚无"具有极强的引力，导引诗人进行孤寂诗写，

---

① ［德］荷尔德林：《荷尔德林文集》，戴晖译，商务印书馆 2003 年版，第 43 页。

用诗的形式表达对生命的沉思。

中国当代哲学很大程度上受到西方后现代哲学的影响，20 世纪 80 年代末期的诗歌写作滑入了以反讽的中心主义的话语圈套中。反讽作为一种修辞使思想的力量逐渐被消解，致使诗歌走向了犬儒化、游戏化的写作误区。反讽背后所体现出来的"虚无主义"变成一种否定而消极的力量影响当下诗歌写作。而昌耀的"孤寂"（虚无）显然是积极的、肯定的诗艺与生命追求，是一种对"虚无"的否定、克服、消解、转化。昌耀诗中的"孤寂诗写"让诗烙上坚实、果决的思想和艺术力量，与同期诗坛"反讽叙事"为中心、主流的"口语写作"保持了自觉疏离。

第二，通过身体的感知转向超现实、超验的审美体验，打破物/我、身体/灵魂等二元对立的边界，大诗写作成为直觉式灵感、形而上学的体验的触媒，不断书写物我两忘、天人整合的心灵史诗。

在昌耀看来："我崇尚现实精神，我让理性的光芒照彻我的角膜，但我在经验世界中并不一概排拒彼岸世界的超验感知。悖论式的生存实际，于我永远具有现代性。"[1] 他的"大诗"追求精神价值和超越于日常的、现实的、物质的、世俗的经验，走向了内心的、审美的、象征的、神启的"表现"，丰富并推动了 20 世纪 90 年代诗歌的"表现"诗学，回归诗体本身。"借助艺术创造求所超脱，释解焦虑。艺术当与宗教同源。举凡经典之作，若非伐罪者愤怒的檄文，必是皈依者的祷祝或亡魂的忏悔、神灵的启示"[2]，这就使得昌耀的大诗写作同时走向普适的、神性的话语特征。

第三，淡化长诗的叙事而凸显生命沉思，使诗艺追求走向了更具有普适性、精神性的大抒情，大诗与真理之间获得了某种通联，表现出大诗写作的某种精神实质。

---

① 昌耀：《昌耀的诗》，人民文学出版社 1998 年版，第 231 页。

② 同上书，第 328 页。

昌耀对尼采的艺术观念深有体悟。他在《悒郁的生命排练》一文中写道："尼采说：'梦……倘若有一次延续而完成，那就将是景色和幻象的象征联结，代替那叙事诗的语言。……梦中，我们消耗了太多的艺术才能'。但我却在起床后弯身穿鞋（被失窃的鞋）的瞬刻，忽又记起忘失殆尽了的被消耗的诗的创造，并记录在案：不妨看作是一个人的几世真身——中止的生命排练。"①

第四，注意诗的技巧：从现代史诗的隐喻写作走向大诗的提喻写作。

20世纪80年代初期的"长诗"写作，更多的是一种文化寻根意义上的思考，一种转喻式的写作。从杨炼、江河等具有文化寻根意识的史诗写作，到"第三代诗"中极有影响的"新古典主义""整体主义"等带有史诗性质的"隐喻"为主的写作，最后发展为昌耀与海子等倡导与践行的"大诗写作"（以提喻为主）。显然，海子、昌耀的书写情怀所开启的"大诗写作"方向，使当代诗歌有了某种与西文诗歌对话的精神高度。"大诗写作"作为当下诗歌写作的某种可能，成为一种积极的思想力量推动当下诗歌写作的历史进程。

当代诗歌的孤寂式大诗写作展现了某种古典的东方情怀，同时在语言本体的探索与实践中传承了"象征主义"的语言传统，丰富了当代诗歌表现意识，使得古典的、东方的本土经验写作得到顺延，并融合西方现代诗歌的知性特征，对当下汉语诗歌写作提供了较好的"表现"典范。中国古典诗人的"表现"，吸纳了西方现代"知性"的写作理念，推动了汉语写作种种"表现"的文学空间书写。因此，以昌耀、海子为代表的孤寂诗写，表现出较强的语言本体意识和知性与情怀，诗歌语言布满了思辨的张力与深沉。大诗写作通过语言呈现了诗歌的知性特征与可阐释的情感共鸣，情感与知性的统一，表现出诗歌话语走向成熟的同时，又融入了深度体验，

---

① 昌耀：《昌耀的诗》，人民文学出版社1998年版，第314—315页。

通过语言探知诗人自我，获得启示，并对读者提供了某种终极性、神学意义上的自我的确认与关怀。

以海子、昌耀为代表的大诗写作克服、修正了当代诗歌过于重视叙事、口语的写作现状，不断在反讽潮流中试图建构精神和艺术话语，最终推动并丰富了 20 世纪 90 年代以来的当代诗歌书写。大诗写作，又表现为知识分子的精神性、神性写作的超验性向前发展的"诗与真理、民族与人类合一"趋向的大抒情，它是 20 世纪 90 年代诗歌写作的一种典范，也是世界诗歌重要的组成部分。

第十二章

洛夫：禅诗与超验

当下诗歌书写的突围，除了追求精神的歌唱性（"内歌唱"），在诗歌形式及表意方式上，中国传统"禅诗"也为当代诗歌书写提供了一面镜子。当下有一批诗人开始在传统禅诗上寻找诗歌书写的意境与表意可能，同时关注西方现代诗歌的表现技巧。

"现代禅诗"传承了中国古代传统禅诗的精神、气韵，同时也融合了西方现代诗歌的表现技巧，我们暂且将其称为"现代禅诗"。台湾诗人洛夫多年来的诗歌实践与探索为当下诗歌书写提供了某种话语启示。近几年，大陆与台湾诗歌交流越来越多，洛夫的"现代禅诗"亦被大陆学者和诗人们所关注，并影响了大陆当下一批诗人的创作。以洛夫为代表的"现代禅诗"成为当代诗歌书写的一种有效的路径。

第一节　禅与禅诗

中国古典美学中的道、禅一脉似乎向我们彰显了"华夏美学"最为明显的东方性、传统性的话语特征，它游离于工具层面、儒家的实用性伦理主张之外而直接抵达内心，成为人们关注自我的一种精神视角，不断旋启内心的诗意智慧与生命哲理。道、禅相联系，成就一种诗歌与美学特征。禅，作为一个独立的生命范畴在不断演变中构成了中国古典美学的重要情趣，这对后来文人化、审美化的诗写内容与形式产生了重要影响。

"禅"作为一种精神情趣，其开端与"佛学"相关。"恒如中夜时，昼日所见闻，皆是身外事，身中常空净，守一不移者，以此空净眼，注意看一物，无问昼夜时，专精常不动，其心欲驰散，急手还摄来，如绳系鸟足，欲飞还掣取，终日看不已，泯然心自定。"（《楞伽师资记》），这种禅宗空观的开端存在两个譬喻，其一是夜半清净，白天之见皆为"身外事"，要"身中常空净"；另一是要有"空净眼"，才能心灵专精，如绳系鸟足，可随时把欲飞的"它"牵住。"如果没有大乘佛教的般若空观，如果没有这个'空'，佛教的纯粹感性和关于这一感性的直观态度就不可能形成。……意境之意，与其说是言意之辨之意或者意象之意，还不如说是与六根中意根相对的思虑之意，而第六识即是依靠根起作用而形成的意识。这在禅籍当中是有重要根据的。"[1] "在禅宗的发展历程中，作为空观的禅观被中国人所着意吸收，早期的空观被极度纯化而形成了禅宗的现象空观。直观方式悄悄取代了譬喻方式而成为中国佛教尤其是禅宗的主流感性经验。当禅宗渐次趋于文人化，禅的经验也就被赋予了更多的诗的性质。"[2] "而佛禅的'意解'，一方面联系着庄玄的得意忘言、得鱼忘筌传统，更进一步的则是强化了'意'的直观和流动的特性。"[3]

可见，这种本土化的佛学，与中国传统的老庄那种清寂无为的

---

[1]　张节末：《禅宗美学》，北京大学出版社 2006 年版，第 180 页。

[2]　同上书，第 242 页。

[3]　同上书，第 280 页。

思想相合流，或者说，正是这中外融合的美学思想资源，成就了中国独特的禅宗美学与神韵。禅、禅宗讲究佛眼、法眼、智眼、道眼、慧眼，从而形成直观、直觉的思维方式用以触摸、认知事物本质，禅宗之眼深刻影响着传统诗学发展，如宋代惠洪说："诗者妙观逸想之所寓也，岂可限以绳墨哉？如王维作《画雪中芭蕉》诗，法眼观之，知其神情寄寓于物，俗论则讥以为不知寒暑。"（《冷斋夜话》卷四《诗忌》）这种美学精神与审美态度已经深深地烙印于诗文的书写实践当中。

禅诗的话语形式则表现为对一种空灵、清寂的诗风的传承与实践，追求精神的意趣与风流，通过诗人自我与自然、社会、他者、世界的生命对话，从而以自我的退场来建构生命的在场。在一种孤寂与淡静的精神情怀支配下，书写生命个体的精神所悟与生命体验。

老子向世人启示了"道""气""象""美""妙""味"的东方美学范畴，庄子则在"得至美而游乎至乐"的"神游"与"逍遥"中，外天下、外物、外生，从而追求无己、无功、无名的真人的空虚心境。然而，到了魏晋南北朝佛学东进，文人从思想的"清静无为"开始转向自觉的"文"的时代，在艺术中不断追求"传神写照""澄怀味象""气韵生动""同自然之妙有"的精神情趣与生命智慧。唐宋时期的孟浩然、王维、苏轼等诗人的创作就把这种智慧完全投注在诗歌的书写当中，诗写形式构成了他们生命信仰与精神吁求。司空图说："诗家之景，如蓝田日暖，良玉生烟，可望而不可置于眉睫之前。"（《与极浦书》）

禅的意趣与审美态度最终与"意境"学说合流。晚清著名美学家王国维1908年发表于《国粹学报》上的《人间词话》中标举的"境界"说让中国美学有了新的鉴赏尺度与思想突破。王国维受叔本华、康德等哲学家和佛教思想等影响形成的艺术观，事实上与中国传统的禅宗美学有着某种关系。这种思想情趣上的纽带成为"现代禅诗"写作的意趣与表现的精神要旨。王国维的"意境说"，强调"意与境偕"，在写景上，区分了"隔"与"不隔"的艺术境界，有真感情、真性情的书写，是"无我之境"的物物相混的齐物与空观，"境界之呈于吾心而见于外物者，皆须臾之物。惟诗人能以此须臾之物，镌诸不朽之文字，使读者自得之"①，"境非独谓景物也，感情亦人心中之一境界。故能写真景物、真感情者谓之有境界，否则谓之无境界"②。境界，是"具眼"者纯粹直观的对象，是"不隔"的景，是"遗其关系限制"之理想化，是"须臾之物"③。显然，有真感情才可灌注自然与生命之生气，感情亦有境界。

禅宗美学一路，是对中国文人智慧与生命思想的东方化认同与确立，而禅与诗的结合，则更有力地推动了东方禅宗美学的发展，"闻声悟道，见色明心"（《古尊宿宿语录》卷十六《云门匡真禅师广录中》"室中语要"引古禅语），"禅宗美学的核心问题是境界—意境"④。

禅的大致发展线索构成了华夏美学的重要理路与精神气场之一，也为禅诗的出现提供了思想资源与智慧观照，同时禅诗的写作也深化了禅宗美学发展。因而，禅的意境说，构成禅诗表达的最基本艺术策略，指向了淡然闲逸、空灵玄妙的精神意趣。

新诗百年，"现代禅诗"的写作似乎是缺席的。"现代禅诗"不仅指时间层面的一个诗学概念，更为重要的是作为一种精神气韵，它完成了对中国传统的禅的诗意与智慧的生命再现，如何在不同于古典文学的新诗的语言与思想话语中得以表达，这成为"现代禅

---

① 王国维：《王国维文集》，线装书局 2009 年版，第 32 页。
② 王国维：《人间词话》，延边人民出版社 1999 年版，第 355 页。
③ 张节末：《禅宗美学》，北京大学出版社 2006 年版，第 186 页。
④ 同上书，第 180 页。

诗"的一个重要命题。作为"现代诗歌"的一种写作范式，禅味、禅趣、禅思、禅意的体验和对语言所追求的"意境"与"理意"，似乎在中国新诗写作中是缺失的。我们在李金发、废名、卞之琳、穆旦等诗人的作品中可以隐约捕捉到中国传统禅宗美学的机心与情结，但是，相对于其他丰富的诗歌的流派，禅诗在现当代的传承与革新似乎缺少应有的重视。

禅，在于般若，在于智慧，在于禅机，在于空观。"现代禅诗"是以"禅"的语言、情趣、智慧、境界为表达要旨的现代主义诗歌，这在"诗神远游"的英美意象派诗人庞德、艾略特、"跨掉一代"的诗人金斯堡身上都能找到痕迹，而在中国更是有着悠远深久的文化传统，从某种意义上讲，禅宗美学构成了华夏美学最活泼、最生动的有别于西方重实证、理性的美学形态。禅宗美学一开始就是诗性与诗意的，最直观地内证自我智慧。"现代禅诗"不仅追求中国传统美学禅的"意境""理意"，还重于道、禅智慧的语言建构与对陌生化的语言追求，"禅宗至少在最初阶段是反语言的，其态度要比庄子和玄学更为激励。换言之，禅宗比任何哲学学派都更看重直观和直觉，更具有现象学的倾向"①。

2006 年，四川著名诗歌民刊《独立》推出了"现代禅诗专辑"，刊发了《现代禅诗系列理论随笔》八篇和"现代禅诗作品专辑"。同年，国内公开发行的大型丛刊《今日先锋》也推出了诗人南北的"南北现代禅诗选"。2009 年 8 月，南北等诗人创办民刊《现代禅诗探索》。"现代禅诗"逐渐成为大陆诗歌书写策略与精神旨趣的重要突破路径之一，不断与台湾"现代禅诗"写作水平相靠近。以洛夫、周梦蝶等为代表的以现代诗歌创作为主的诗人融注西方现代诗歌的表达技巧和中国传统禅诗的诗意与智慧追求，为现代汉语诗歌书写提供了一条重要的书写路径。

---

① 张节末：《禅宗美学》，北京大学出版社 2006 年版，第 179 页。

　　大陆学者沈奇、孙金燕等人对"现代禅诗"做了深入研究，使得"现代禅诗"逐渐成为当代诗坛的研究中心，沈奇通过洛夫的小诗、禅诗研究，提出了"现代禅诗"这一概念，沈奇认为："百年中国新诗，要说有问题，最大的问题就在于丢失了汉字与汉诗语言的某些根本特性，造成有意义而少意味、有诗形而乏诗性的缺憾，读来读去，比之古典诗歌，总觉少了那么一点什么味道，难以与民族心性通合。洛夫以禅助诗，最得益也是其最成功之处，正在于此——助之简，助之净，助之清明灵动，助之澄淡涵远，助之素言淡语得言外至味。"[①] 孙金燕认为："在向西方现代主义诗歌、中国古典诗歌参照系统双向开放，自觉结合东方智慧与西方艺术的过程中，中国现代主义诗歌以强烈的现代意识与悖离性创造，实现了西方诗歌的东方化与古典传统的现代化，保证了中国新诗向世界艺术潮流的成功汇入以及个性的确立。"[②]

　　本文将以洛夫的"现代禅诗"为例考察"现代禅诗"的诗写特征与艺术趣味，以及"现代禅诗"创作对中国当下诗歌书写的贡献与影响。

第二节　洛夫："现代禅诗"的书写者

　　洛夫，是汉诗写作的代表性诗人，在"现代禅诗"的写作上也为我们提供了丰富、智慧的现代诗写形式。他通过"现代禅诗"的创作实践，不断推动着汉语诗歌与西方现代诗歌的交融，创作出许多具有汉语之美、诗性之美的现代诗歌。正如沈奇所说的："在洛夫诗歌世界中，我们不仅能获得强烈的、我们中国人自己的现代生

---

①　沈奇：《"诗魔"之"禅"——评〈洛夫禅诗〉集》，《华文文学》2004 年第 4 期。

②　孙金燕：《试论禅思与现代主义诗歌的悖离与整合》，《诗探索》2010 年第 1 辑。

命意识、历史感怀以及古典情怀的现代重构，更能获得熔铸了东西方诗美品质的现代汉语之特有的语言魅力与审美感受……让现代中国人在现代诗中，真正领略到现代汉语的诗性之光。"①

佛禅的思想智慧已经构成了洛夫诗歌的诗意形式与表现主题。《五灯会元》中写道：佛祖释迦牟尼在灵山会上，拈花示众，此时，众人皆默然，唯迦叶尊者破颜微笑，世尊说道："吾有正法眼藏，涅般妙心，实相无相，微妙法门，不立文字，教外别传，付嘱摩诃迦叶"，《水墨拈笑》同样写道："不经意的/那么轻轻一笔/水墨次第渗开/大好河山为之动容/为之颤粟为之晕眩 所幸世上还留有一大片空白/所幸/左下侧还有一方小小的印章/面带微笑"，由此观之，禅宗不借助语言而非常强调直观内证。洛夫还重新诠释《大悲咒与我的释文》，他写道："佛言呵弃爱念，灭绝欲火，而我，鱼还是要吃的，桃花还是要恋的。我的佛是存有而非虚空，我的涅槃像一朵从万斛污泥中升起的荷花，是欲，也是禅，有多少欲便有多少禅。"② 可见，佛、禅的思想对洛夫诗歌的影响之重大。

考察发现洛夫的诗歌从语言、美学等维度具有以下四个特征，体现出其对"现代禅诗"不同层面的美学追求。

第一，闲逸恬静的空灵之美。

禅诗强调空的心境与诗境，追求宁静、空灵、清净、寂寥的人生境界。艺术变成生命诗意与理趣的空中回响。洛夫写道：怎么也想不起你是如何瘦的/瘦得如一句箫声/试以双手握你/你却躲躲闪闪于七孔之间//江边，我猛然看到/自己那幅草色的脸/便吵着也要变成一株水仙/竟不管头顶横过一行雁字/说些什么//你一再问起：/"千年后我瘦成一声凄厉的呼唤时/你将在何处？//我仍在山中/仍静立如千仞之崖/专门为你/制造悲凉的回响"（《回响》），艺术要

① 沈奇：《重读洛夫》，《淮南师范学院学报》2002 年第 3 期。
② 洛夫：《洛夫禅诗》，天使学园网路有限公司 2003 年版，第 211 页。

追求的就是空谷、雪意、山雨、隐者、鸟声……"柴门闲闲地开着/无人进出//满山的秋雨……/无人进出/柴门闲闲地闲着"（《石涛写意》）；"入山/不见雨/伞绕着一块青石飞/那里坐着一个抱头的孩子/看烟蒂成灰//下山/仍不见雨/三粒苦松子/沿着路标一直滚到我的脚前/伸手抓起/竟是一把鸟声"（《随雨声入山而不见雨》）；"山鸟/隐隐从峰顶掠起/如着火的意象/从一册唐诗中飞出/它的韵味/决不可能在/城市灯火里寻到"（《夜登普门寺》）；"山雨滂沱的日子/校书/坐禅/饮一点点庄子的秋水/或隔着雨窗/看野烟在终南山结着发辫"（《走向王维》），这一切组成了洛夫式的禅意与理趣，凝聚了空灵的诗性张力与审美空间，这种禅境并非都源自山林从而远离人间，有的则出自生活，关键在于诗人所葆有的一颗禅心；"壶正半空/徐延柱猝然掠空而起/好熟的诗句啊/犹似长安酒楼飞落的/一条儒巾//意正半浓/汉城大学弹琴的女生/掩嘴而笑/再笑/山外的灯火更远了"（《半夜阁夜饮——汉城诗钞之五》）；"院子的门开着/香片随着心事 向/杯底沉落/茶几上/烟灰无非是既白且冷/无非是春去秋来/你能不能为我/在藤椅中的千种盹姿/各起一个名字？"（《有鸟飞过》）；"每层有每层不同的景色/每层有每层不同的风声/每层有每层不同的空白/每层有每层不同的寂寞/雨夜的长安真好/酒馆里/淡淡的灯火下/那位打瞌睡的男子据说也是个诗人//这时，塔顶突然有了动静/疑是玄奘的脚步声/上去一看/原来是行青苔/悄悄向窗外爬去"（《雁塔》）；"人人每天都要刷牙/而国会麦克风的牙齿从来不刷/任细菌扩散"（《绝句十三帖》）。可见，洛夫的"现代禅诗"，亦注重以焦虑、虚无、孤独、迷茫为实质的现代生活维度展开思想沉思与精神突围，"禅意和诗意，其实是洛夫在心中永远不息的精神指引的明灯，只要生命依然存在，它们就会在互动互碰中迸发出耀人眼目的光芒，从而使人们在审美的愉悦中获得对人生和生存的信念。这恐怕也正是洛夫内心深处的一种坚定不移的信念"①。"现代禅诗"的书写犹如一种治疗现代精神疾病的医学仪器给诗人带来了片刻恬静与安宁，这种日常生活的审美化，即是诗人的"禅心"所在，对禅境与禅思的追求，为现代个体生命提供了精神突围的生命方式之一。

第二，沉默语言的诗性之美。

禅诗需要一种空境、一种智慧，而这种空境、智慧的获取源于禅诗语言包孕着禅境与智慧的内在喻指。《昙花》写道："反正很短/又何苦来这么一趟//昙花自语，在阳台上，在飞机失事的下午//很快它又回到深山了/继续思考/如何　再短一点"，"不错，每个汉字/都在这里找到了残破的家/据说它将以最坚硬的核/巩固我们/即将沦为虚墟的灵魂……"（《碑林》），对语言的思辨与沉思，让我们返回我们的母语——"汉字"，重新反思与建构"现代禅诗"书写的路径与可能。

《金龙禅诗》写道："晚钟/是游客下山的小路/羊齿植物/沿着白色的石阶/一路嚼了下去//如果此处降雪//而只见/一只惊起的灰蝉/把山中的灯火/一盏盏地/点燃"，"嚼""惊起"，这两个关键词语串联、嵌入了读者的感官，凝聚诗性，点染虚实相应的诗性之美与艺术空境。在诗歌之外留下了许多"空白"，这是禅诗的"沉默"话语，也是"有意味的形式"的审美空间，"晨起/负手踱蹀于终南山下/突然在溪水中/看到自己瘦成了一株青竹/风吹来/节节都在坚持//我走向你/进入你最后一节为我预留的空白"（《走向王维》），作者利用"终南山""王维"等语汇身临其境地将自我情感投射于具有联想性的艺术空间，这样的"语言"蕴含着中国传统禅诗所留下来的艺术"空白"，可谓"不着一字，尽得风流"。

洛夫的禅诗既具有现代诗歌的语言张力，又充满东方意境之美。这种"语言"在《洛夫禅诗》里比比皆是："在窗玻璃上呵一

①　叶橹：《诗禅互动的审美效应——论洛夫的禅诗》，《华文文学》2007年第5期。

口气/再用手指画一条长长的小路/以及小路尽头的/一个背影//有人从雨中而去"（《窗下》）；"一匹银杏叶/从街边蝶飞而来/躺在掌心/像剪下来的一小片黄昏"（《惊见》）；"被一根长绳轻轻吊起的寒意/深不盈尺/而胯下咚咚之声/似乎响自隔世的心跳/那位饮马的汉子刚刚过去/绳子突然断了/水桶砸了，月光碎了/井的暧昧身世/绣花鞋说了一半/青苔说了另一半"（《井边物语》）。

《无题四行》一首，如日本的俳句，或尼采式的格言，充满着语言的思辨色彩，把生命的自我体验融注语言创造，语言成就诗歌，也生成了思想，启示了外物与外生命的可能，从而让语言亲证思想、成为思想："诗能抓住下坠的灵魂吗？/我站在语言的悬崖边呼救//看到你们在诗中行走如踩钢索/我便得意地笑了"；"注视镜中的白发怔忡不语/我发现额上的灰尘何止三千//月历虽是一幅复制的山水/时间却不容亵玩"；"当你们想说服我以皮鞭，刀子，毒鸩/我哑默如墙//只有美丽的雀鸟/才喜欢对着猎人的枪口唱歌"；"清晨的雾中/一株山茶向我伸出白净的手//看到一只毛虫钻进了花心/突然发现爱竟是如此锥心刺骨"（《无题四行》）；"有人问大海：/我们如何分辨恐怖和存在//就像海水与盐吗？/大海不答，哗然掀起一阵巨浪"（《无题四行》）。这类禅诗，大多借用"口语"入诗，显然，诗歌使用何种语言并不重要，真正重要的在于切合语境，让语言回到思想自身的西方现代语言哲学的理路上来。

洛夫艺术上追求的空灵之美还体现为对虚无的短暂性生命事实的反思，这类诗歌体现了现代诗歌的理意与思辨之美（beauty of intelligence）。诗人写道："把生说成激流/把死说成浅滩/把情爱/说成骷髅眼中飞出的蝴蝶/知识是饵/逻辑是钩/你们是风中发臭的鱼/我要说的大多没有什么意义/因而有的不立文字/有的无题/昨日我是真理/今天我是谎言/这一生/说黑不黑/说白——一下子就到了黄昏"（《书虫之间》）；"时间之伤继续发炎/其严重性/决非念两句大悲咒所能化解的"（《时间之伤》）；"她死去时/黄昏正跌跌撞撞下得楼来/今晚，我准备用一屋子的黑/想她"（《纸鹤》）。可见，洛夫所表达的理意、智慧之美和中国传统的超脱、归隐的方式与旨趣也存在差异，而诗人不断融注现代人生、现代生活为存在本体在场之思，他的"现代禅诗"是对中国传统美学的深化，其彰显的艺术之美中都凝聚了思辨、思想之美。

第三，禅魔互动的审美之美。

什么是禅？如何通过诗的形式来呈现禅诗的意境呢？"现代禅诗"又是如何在传统禅诗与现代诗歌之间找到关联？这些问题在洛夫的诗歌中都得到了较好的探索与呈现。

洛夫写道："妄念未寂，尘境未空，嘴里的鱼骨吐掉还是留在喉咙里？吐掉我便一无所有，那就留在喉咙里，像一切恶业留在肉身中。大慈大悲，鱼骨，血，桃花，是色亦是空。酒是黄昏时回家的一条小路，醒后通向何处？"[①] 诗人在自己的诗歌中不断思考"禅"的含义，通过现代诗歌的形式赋予传统禅诗以精神品质，他一直迷恋于沉思这样的艺术命题。《禅的味道》写道："禅的味道如何/当然不是咖啡之香/不是辣椒之辛/蜂蜜之甜/也非苦瓜之苦/更不是烧肉那么艳丽，性感/那么腻人/说是鸟语/它又过分沉默/说是花香/它又带点旧袈裟的腐朽味/或许近乎一杯酒/一杯淡茶/或许更像一杯清水/其他，那禅么/经常赤裸裸地藏身在/我那只/滴水不存的/空空里"，可见，此处的"禅"凝聚了现代生活的气息，甚至充满了反讽与解构的色彩。他在《大悲咒与我的释文》写道："鱼还是要吃的，桃花还是要恋的。我的佛是存而非虚空，我的涅槃像一朵从万斛污泥中升起的荷花，是欲，也是禅，有多少欲便有多少禅。觉得乱心，如风动水，但涅槃不是我最后一站，人生没有终

---

① 洛夫：《洛夫禅诗》，天使学园网路有限公司2003年版，第211页。

站，只有旅程。"洛夫在《隐题诗》的卷首说过这样的话："诗，永远是一种语言的破坏与重建，一种新形式的发现"①，在长诗《漂木》的创作中，诗人为避免"再次陷入《石》（《石室之死亡》）那样的紧张与晦涩"而"调整语言的习惯用法"②。"'超现实主义'能调动人的潜意识写诗，特别注重梦境与幻觉的探索，主张诗人要从理性的控制下解放出来，这本不失为艺术创作的另辟蹊径的一个新领域。"③ 这种融入西方现代诗歌表现技巧的"调整"也蕴含了艺术创造的新可能。

　　洛夫通过"现代禅诗"这一书写策略，呈现出来的不仅是传统的禅的智慧与思辨，更多的还通过禅与他自身早年受西方现代主义影响的"魔幻之美"相结合，形成了其诗歌独特的艺术主张与审美态度。在诗人自己看来，"魔"即"禅"，"禅"即"魔"，"禅""魔"互证，方是其诗美的核心。④ "洛夫着眼于禅的悟性与超现实主义的心灵感通的契合点，发挥不涉理路、不落言筌而又含有无穷之意趣的审美效果。"⑤

　　"禅"属于中国传统美学，"魔"则属于西方现代诗歌理路。洛夫写道："说是水，她又耕成了田/说是树，她又躺成了湖/说是星，她又结成了盐/说是鱼，她又烤成了饼/说是蛇，她又飞成了鹰"（《论女人》）；"你们问什么是诗/我把桃花说成夕阳"（《谈诗》）；"且以风雨听/以冷听/以山外的灯火听/那幽幽忽忽时远时近的溪水/夜色中，极目搜寻/那声呜咽响自何处/什么地方都找到了/就是忘了横梗胸中的那一颗/圆圆的卵石"（《鸟来山庄听溪》）；"有时就这么盘蜷过冬/孵一枚小小的/太阳之卵/另些时候

---

① 洛夫：《洛夫访谈录》，《诗探索》2002 年第 1—2 辑。

② 同上。

③ 同上。

④ 洛夫：《洛夫禅诗》，天使学园网络有限公司 2003 年版，第 36—37 页。

⑤ 洛夫：《超现实主义的诗与禅》，《江西社会科学》1993 年第 10 期。

则沿着弄蛇者的笛音/爬升/及至舞成/一朵蔷薇"(《蛇子骚动》);
"在海边/我盛了满瓶的水/月亮正随浪峰升起/举起瓶子/隔着一层
薄薄的玻璃/看到嫦娥在裸泳/吴刚迎面劈来一斧头/瓶破水溅,湿
了/一沙滩的月光"(《梦之一》);"太阳为何坚持循血的方向运
行/窗外除了风雪/仅剩下挂在枯树上那只一瘦/再瘦的纸鸢/鹧鸪声
声,它的穿透力/胜过所有的刀子/而广场上/那尊铜像为何从不发
声/他说他不甚了了//他就是这男子/胸中藏着一只蛹的男子/他把手
指伸进喉咙里去掏/多么希望有一只彩蝶/从呕吐中/扑翅而出"
(《裸奔》)。

　　《绝句十三贴》中写了许多充满偈语的诗句:"玫瑰枯萎时才想
起被捧着的日子/落叶则习惯在火中沉思";"墙上一根钉子有什么
可怕/可怕的是那/钉进去而且生锈的一半";"夏虫望着冰块久久不
语//啊,原来只是/一堆会流注的石头";"一尾被钓起的鱼/身在半
空仍嘀咕不休:这是我一生中最重要的选择,不可能出错",这种
带有魔幻、变形、移植等元素的表达技巧,让"现代禅诗"摆脱了
传统禅诗中凝固、单一、呆板、某种似曾相识的写作套路,呈现出
陌生化的艺术之美。

　　第四,清远高卓的人格之美。

　　洛夫的"现代禅诗"呈现了对清远、高卓人格的不懈追求。汉
初公孙乘《月赋》写道:"月出皦兮。君子之光。鹍鸡舞于兰渚。
蟋蟀鸣于西堂。君有礼乐。我有衣裳。猗嗟明月。当心而出。隐员
岩而似钩。蔽修堞而分镜。既少进以增辉。遂临庭而高映。炎日匪
明。皓璧非净。躔度运行。阴阳以正。文林辩囿。小臣不佞。"[①] 将
皎洁的月光与君子的人格相比,是中国传统诗学中常见的比德传
统。洛夫写了许多的"有赠",而能入他法眼的赠诗对象显然是在
思想与艺术之维都能够令人尊敬的"真人"。通过对他们的"风

---

① (晋)葛洪辑,程章灿译注:《西京杂记全译》,贵州人民出版社1993年版,第143页。

流"、雅量、智慧、闲逸的赞美，形成洛夫作为诗人自我的情操与灵魂指向。

他写道："一位白衫黑裙的女生/问诗，问佛，问深山一盏灯/问洛阳街怎么走/搭讪二三，还好对付/临去顶多赠她一点点禅/一朵苦味的笑/至于那些心狠手辣的催稿者/不言不语，两眼/瞪着你那瘦小的手指/一根一行/十行勉强凑成一首/佛法无边，诗的字数无限/要给就给他们双掌吧/你一面念大悲咒/一面挥剑/十指齐掌而断/喏，拿去/外加几滴血的标点"（《截指记——赠周梦蝶》）；"而这一位则寂寞犹如一只海豹/滑入水池只为搜寻自己的影子//他绝望地浮出水面/嘴里衔着一株腐了的藻草"（《赠张默》）；"抱着太阳遍寻自己的脚印/这人确曾叶过，花过，也虫蚁蛀食过"（《赠周鼎》）；"他画了一个月亮/又在下面/画了一株老松/再加上一笔越远越淡的/钟声//可是他就不知道/家该画在何处"（《石涛写意》），笨拙、自然一直是道、禅美学的人格追求与返璞归真生命状态的再现。相对于雍容华贵、声名显赫的张扬，自然原本的人格更容易激起生命的认同感，"我是最初的/我是最土的"（《根》），洛夫在对生命个体对话的过程中不断塑造诗人自我的人格之美。他说："作为一种探讨生命奥义的诗，其力量并非纯然源于自我的内在，它该是出于多层次、多方向的结合，这或许就是我已不再相信世上有一种绝对的美学观念的缘故吧。换言之，诗人不但要走向内心，深入生命的底层，同时也须敞开心窗，使触觉探向外界的现实而求得主体与客体的融合。"[①] 诗人通过对这些令人刮目相看的怪人的素描，以及与智者的心灵对话，来探讨生命的精神意趣与内心智慧。

综上所述，洛夫"现代禅诗""其易于接通汉语传统和古典诗质的脉息，以此或可消解西方意识形态、语言形式和表现策略

---

① 洛夫：《我的诗观与诗法》，《诗的探险》，黎明文化公司1979年版，第15页。

对现代汉诗的过度'殖民'，以此将现代意识与现代审美情趣有机地予以本土化。"① 洛夫曾于 20 世纪 60 年代说过："超现实主义的诗，进一步势必发展为纯诗。纯诗乃在于发觉不可言说的隐密，故纯诗发展至最后阶段即成为'禅'，真正达到不落言荃，不着纤尘的空灵境界。"② 而从 20 世纪 80 年代开始，他自觉追求"一种沉稳淡定的心境，禅意因之而每每于有意无意之间盎然溢出"，通过现代诗歌中的"超现实手法造成的那种虚实相生亦真亦幻的惊奇之感"③。借助传统诗歌美学使中国现代诗起死回生，"中国古典诗中蕴含的东方智慧（如老庄与禅宗思维）、人文精神、生命境界以及中华文化中的特有情趣"④。可见，洛夫的"现代禅诗"，一方面承接了中国传统禅宗美学的现象空观与审美意境；另一方面又利用西方现代诗歌的表现技巧，推动了"现代禅诗"创作实践与当代诗歌发展。

第三节　现代禅诗：超验之可能

当代诗歌自"朦胧诗"开始，经过"第三代诗""后朦胧诗"的发展，一直强调对诗歌语言的重视。但是，由于绝大多数诗人只抓住中国诗歌的传统形式或者西方现代诗歌的技巧，不能很好地平衡二者的关系，导致当下汉语诗歌写作走向了某些书写上的误区，也出现了许多问题。特别是自 20 世纪 90 年代以来，"口语写作"的"叙事"作为诗歌的主要表达策略，其过于关注现实、当下、日

---

① 沈奇：《口语、禅味与本土意识——展望二十一世纪中国诗歌》，《创世纪》1999 年第 1 辑。

② 洛夫：《洛夫禅诗》，天使学园网路有限公司 2003 年版，第 219 页。

③ 余光中：《余光中说洛夫〈午夜削梨〉的超现实手法》，《名作欣赏》2005 年第 11 期。

④ 洛夫：《洛夫访谈录》，《诗探索》2002 年第 1—2 辑。

常、生活而忽略了诗性（文学性）、张力、诗意、哲理的表达，尽管仍旧有不少在这方面探索并取得优秀成果的诗人，但是诗歌仍然表现出"反讽中心主义"①倾向，"中国当代诗歌写作中，'反讽'的运用似乎日益陷入狂欢化的泥潭。在只见'反讽'不见'诗'的境况中，既缺乏对诗歌本体建构的必要关心，也缺失了关于历史与现实的精神想象。现代禅诗的发生，或可成为当代诗歌反讽狂欢的反拨"②。

以洛夫为代表的"现代禅诗"既传承了传统华夏美学中空灵玄妙的禅宗美学特征，同时吸收西方现代主义的表达技巧，为当下汉语诗歌写作突围提供了一种新的道路。具体而言，表现为以下几种诗写追求：

第一，笔者认为当下汉语诗写者应从禅宗美学、传统禅诗中吸取养料，在语言及精神气质层面，不断消化禅宗美学的精神要旨，努力成为一个有情怀、有境界的诗人。"有境界则自成高格"（王国维语），"现代禅诗"同样需要这样的"境界"来传承、融通中西方现代诗歌的书写传统。

第二，西方现代诗歌强调对直观、偶然性的体验与把握，禅宗美学也同样强调直观、智性认知世界，它有助于我们更好地认识世界。"对中国古典诗学的建构产生了相当大的影响的禅思，它把握世界本体、宇宙自性的一整套思维观照方式，同样也将对中国的现代诗歌创作产生深刻影响，而考量到禅思与现代主义的种种契合，

---

① 参见笔者《海南大学学报》2009 年第 6 期，此文首次提出了"反讽走向逻格斯主义"这一提法，有效地从话语的层面指出了当代诗歌写作的口语中心化、集中化的写作趋势，同时，这种写作由一开始的幽默、讽刺形成反讽的修辞效果不断滑向玩世不恭与口语游戏，不断暴露出口语中心化趋势及写作的问题与负面影响。

② 孙金燕：《现代禅诗的发生：当代诗歌反讽狂欢的反拨》，《贵州社会科学》2010 年第 8 期。

它对中国现代主义诗歌创作的影响可能将更为深沉。"① 不断学习西方现代诗歌的表达技巧，对现实进行移转、变形、陌生化、调整，凝聚魔幻之美。让语言充满情绪暗示，点染超现实的色彩。诗人情感的主观投射，不合现实的超现实想象，以极其颠覆的联想（幻想）颠覆空间原本的秩序，这些都深化了现代诗歌的表现力量与艺术魅力。

第三，在中西方美学中寻求到某种知性、智性的平衡，"现代禅诗"为两者之间找到了较好的汇通与融合的语言节点与精神指向。诗歌代表着人类的不同于形象思维、抽象思维的第三种思维，是一种以表现直觉、灵感为主要特征的思维形态。中国传统的禅宗美学，代表着东方的发散性思维，西方现代诗歌则以超现实、变形、通感、陌生化等修辞手段来颠覆、消解西方自柏拉图以来的"逻格斯中心主义"（理性）的意识与思维，而禅宗与西方现代"延异"思维的相通，显示出人类思维的某种可能，对当下汉语诗歌书写具有不可或缺的理论启示。

第四，让诗歌成为诗歌，重返意境、意趣之美。这既是诗歌书写对自我文体的确认，也是通过这种"确认"承担起诗人远离政治、实用功能等特征的现实关怀。这是诗人之眼、自然之眼、特别之眼对自然与艺术的抽象本质、"通其古今而观之"（王国维语）的审美态度与情趣操守的审视与观照。对诗人这一身份的确认，更让诗人在语言这个层面自我迷恋与展现创造。诗人通过语言媒介来工作，如禅宗的"反语言"能够生成不同的艺术思维与生命智慧。从这一意义上讲，"现代禅诗"在很大程度上可以成为汉语诗歌语言创造、诗性建构的一个有效途径。

---

① 孙金燕：《试论禅思与现代主义诗歌的悖离与整合》，《诗探索》2010 年第 1 辑。

中国传统的禅诗空灵、玄妙的诗歌意境，代表着中国传统诗学与东方美学的精神内核。洛夫的"现代禅诗"传承中国传统华夏美学中禅宗美学特征，同时也吸收西方现代主义的表达技巧，成为当下汉语诗歌写作突围的路径之一与发展可能。

第十三章

西川：知性与超验

20世纪90年代知识分子写作与同期渐成为主流的口语写作表现出迥然相异的诗学与语言态度，知识分子写作更重视文学传承、诗意展现，对民间一味追求的破坏性、颠覆性的口语写作保持了警醒态度。活跃在90年代诗坛的口语写作，其一次性情感与意义表述，阻碍了诗歌的深度追求与价值探索。以西川为代表的知识分子写作针对雷同化、复制化的现象，承担起文学的重任，极力从语言与思想深处探索当代诗歌写作的责任与可能。

第一节　知识分子写作：作为一种写作类型

诗评家欧阳江河在长文《1989年后国内诗歌写作：本土气质、中年特征与知识分子身份》指出"1989"这个特殊的时间节点所引起诗歌界写作的差异性。在这个转型时期，由于"延续"的"诗学传统"影响，个人"措辞"很难体现出"与众不同的禀赋、气质、想象力以及语言方式、风格类型的历史性成熟"，欧阳江河这种具有前瞻性的洞见也慢慢形成了"个人写作"中不同于"零碎的、即兴的、非连续性的、不具有文学史的意义"的诗写范式。① "知识分子写作"，也由此背景慢慢形成一种自觉的写作意识，天然地与诗体意识的写作发生关联，延续、维护传统诗学中的想象力及言说方式，这些理念让知识分子写作与同期诗坛主流的民间的口语写作表现出不同的审美与文化追求。

作为知识分子写作代表诗人西川在 1988 年出版的第 1 期《倾向》中提到"知识分子精神"，他认为，"知识分子诗人"更强调语言的文学性和写作的独立性。② 他们更看重处理个人与世界的复杂关系，更强调写作内容与生活细节的联系，重视知识分子的担当意识。同样作为知识分子诗人代表的王家新指出，时代的沉痛感、历史的苦难与自我"承受"渐渐转为"个人内在声音的挖掘"③。在 20 世纪 90 年代的历史背景下，这些公共言说、时代精神慢慢规范为知识分子诗人对"个人与世界的复杂关系"的言说方式。④ 在话语追求上，知识分子既体现对诗体传统的维系，同时面对各种话语挤压也不断进行着话语转型，把诗艺的写作与精神的担当统一起来，而这一切均来自现实的境遇体验，并转变而成为某种文化立场与姿态。身体的感受和直观的书写，在知识分子诗人这里也同样成为观照自我、文化、生命的某种认知路径。

以韩东、伊沙等诗人为代表的口语写作，企图通过身体的在场颠覆、解构文学的崇高化与精英情结。但他们忽略了语言的诗艺与思想的内核，导致了诗歌的情绪化、单义化的文本局限。他们并未正确看待知识分子写作对时代、文化的忧患意识与担当意识，忽略

---

① 欧阳江河：《1989 年后国内诗歌写作：本土气质、中年特征与知识分子身份》，生活·读书·新知三联书店 2001 年版，第 53 页。

② 西川：《大河拐大弯》，北京大学出版社 2012 年版，第 134 页。

③ 王家新：《没有英雄的诗》，中国社会科学出版社 2002 年版，第 185 页。

④ 陈均：《90 年代部分诗学词语梳理》，王家新、孙文波编《中国诗歌九十年代备忘录》，人民文学出版社 2000 年版，第 396 页。

了知识分子诗人的深度写作、思想写作的合理价值。考察知识分子诗歌中对"身体"的表现方式也是对口语写作中的身体滥用、失效的写作现象的一种学理化的比较与省思。

知识分子写作的内心性、时代感慢慢在知识分子的"身体"上升华为一种价值立场与生命思维。提出"身体"的意义就在于该符号指出了其与同时代口语写作中经常出现的"身体"写作的不同能指。身体，作为考察 20 世纪 90 年代诗歌的一个意义符码，不同的写作群体对其不同的精神设置，决定了他们的审美态度和价值立场。知识分子的"身体"写作并非偏离诗歌的语言本体，并未失去诗歌作为艺术的情感性、精神性指向。作为知识分子写作群体中的柏桦在 20 世纪 90 年代的《未来》《恨》《冬日的男孩》等诗作充满了对"身体"的揭示，通过对生理层面的身体关注试图对受官方规训的意识形态和政治层面的挤压进行剥离与解构，比如："这恨的气味是肥肉的气味/也是两排肋骨的气味/它源于意识形态的平胸/也源于阶级的毛多症……看她起义，从肉体直到喘气/直到牙齿浸满盲目的毒汁"（《恨》）；"歇斯底里的女性时刻/布下缺席的阴谋/到处嚼出即兴的斗争/生理的赶不走的抱怨"（《冬日的男孩》），柏桦的这类诗歌通过身体现象与生理现实杂糅着种种政治化的意识形态术语，进行互文式的反讽，从日常形而下的经验抵达形而上的精神呈现，在暧昧、混杂带有颠覆、解构的性话语实验中让个体意识到身体（个体）的卑微与缺席状态。其他知识分子诗人如西川、王家新、张曙光、孙文波等人时常从个人身体出发，从而建立个人与世界的复杂关系，形成精神、时代的文化认同感与认知视角。

第二节　西川：身体、精神的"思想综合"

考察 20 世纪 90 年代知识分子写作的代表诗人西川的诗歌，我们不难发现他的"身体"书写，以及身体背后所容纳的精神能量与诗学价值所体现出的综合性、提喻性的话语特征，而这种类型的写作成为一个精神尺度影响同期其他知识分子的诗学探索与意义追寻。

在《十二只天鹅》中，西川以隐喻与象征的手法展示身体性景观，诗人借舞台上天鹅的表演，联想到现实语境，将视觉转化为听觉（"鸣叫"），毫无遮蔽，充满着绝对的纯粹性、幻想性，诗人不断地在直觉、灵感中将自我的情绪投射在天鹅的身上，从天鹅的形象中物化成自我的形象，主客体不断对话，并在精神上彼此契合，最终创作出具有超验色彩的象征主义作品。诗人善借外物，通过赋予它们人性和灵性，与其进行精神层面的对话，在沟通与联系中，不断完成诗的肌质、结构。同样，他在《夕光中的蝙蝠》中描写蝙蝠的特征，赋予诗以黑暗的象征主义情绪，从个体的身心感应出发，由"蝙蝠"引发联想，实则意在指出生命的创伤与"哀悯"状态。

西川、海子、骆一禾被称为"北大三诗人"，他们之间的诗歌也隐现着某种互文关系，语言彼此影响，精神相互启发，凝聚着一种对传统语言本位的诗歌意识的认同与探索。

西川曾以两首诗悼念好友海子、骆一禾："万物发展它们幽暗的本质/迎来你命中注定的年头：这一年大理石的面孔/露水丰盈，被你触摸/而你的死却不是死而是牺牲/而你的静默却不是静默而是歌唱//改变了！肉体所能做到的仅此而已/灵魂了结了恨而肉体浑然不知"（《为海子而作》），诗中的身体的生理层面与精神层面显然是分开的，表现出精神性身体高于生理性身体的地位，以示身体的形而上学的精神性特征。"把风吹雨打的经验化为崇高的预言……/一种虚幻的时代精神。/在乌鸦和秃鹫的夜晚，我把头发/交给乌鸦，我把眼睛交给秃鹫/我把心脏交给谁？"（《为骆一禾而作》）通过与挚友骆一禾的对话，西川表达了"我怀念你就是怀念一群人"。由于 80 年代末的思想冲击与 90 年代市场经济的商业化影响，90 年代以来的许多诗人不再写诗或改行换业，80 年代的开放与自由的精神传统从此成为历史记忆。骆一禾、海子与西川曾经被称为诗歌的"北大三杰"，诗意、激情的校园象征着那个时代的思想性、精神性，但一切都烟消云散，令人扼腕长叹。西川这两首赠诗似是写给两个友人，但事实上在于召唤一种失落的诗意精神和思想传统，通过活着的自我与现实世界之间达成对话，"牢记沉默是自我修行/或者如古老的宗教所说/要等待另一个轮回，等待另一个你/来触摸它们，解除它们的囚禁"，最终吁求与珍藏的正是这种文化道统与诗意理想。通过身体的视角激发彼此之间的心灵共鸣，从而让自我的身体与超验的内心进行无限丰富、浩瀚的精神对话。

西川在长诗《芳名》中也多次展露身体器官和生理现象，他写道："一个没有阴毛的男孩推门进入你的青春，你的脸上泛起红晕//你因长出乳房所以你是女人。/你因偶然的沉思而显得陌生。"但是，绝大多数知识分子写作避开了身体器官的过度展示，他们在指涉身体符号时，也在思考如何突破身体的单一化、低俗化的写作倾向，试图让身体与精神形式对话关系。西川写道："批判的锋芒招来了灾难/像肉体中的暴乱招来了大雨……/思想像一把刀，仅仅一闪/便使我的灵魂大汗淋漓"（《写在三十岁》），"鸽子乳白色的胸脯在风中闪光/我聆听着一曲/来自心灵深处的音乐/服从它的指引，在黑暗中缅想"（《黄昏三章》），"是些什么颜色的鸟/带着它们的秘密/和遗忘飞离//夏天树叶的声响/秋天溪水的声响/比不上夜鸟的叫声//我却看不到它们的/身体，也许它们/只是一些幸福的声音"（《夜曲三章》），"而今夜的钢琴曲不为任何人伴奏/它神秘，忧伤，自言自语"（《午夜的钢琴曲》），这些诗中密集地充斥着穿越身体符号的精神暗示，用以完成精神性、形而上学的质询与沉思，诗人通过不同的物的置换，赋予它们以灵性，通过身体符号的

精神转化，识别自我灵魂。他在直觉的、灵感的、诗性的、超验的
语言中捕捉思想的光晕与热度，从而在身体写作中突围，抵达身体
与灵魂交互影响的思想关系与精神联系。

　　民间的口语写作，在其出现初期的确激活了诗坛透支的、繁杂
的文学语言，其积极与借鉴意义毋庸置疑。但是，知识分子自觉疏
离的口语写作，是一种对某种极度标准、重复、雷同、单一的写作
现象的警觉，特别区分出他们身上并未失去的时代感与价值感，包
括对诗歌语言这一本体的守护。但是，"口语"在一切优秀诗人这
儿都到很好的运用，"口语"表达易于让缥缈、幻想的诗的思维与
现实、日常的经验的可理解性之间找到一条较好的联系与对接，让
诗歌的文本力量得以加强。恰到好处的"口语"的鲜活性、明朗性
增添了诗歌的亲切与可理解性，让诗歌便于创作与传播。

　　西川也同样善于使用"口语"，善于捕捉那些诗意的瞬间与细
节来进行"诗的转换"，将读者从日常导向精神世界，这些口语叙
述的瞬间与细节最终指向诗性与诗意的诗的方向。他认为对"细
节"的处理能力是"诗人才华"的表现重要标准。[1] 西川也重视利
用叙事来捕捉生命"细节"，追求诗人的"综合创造"。[2] 这种综合
创造体现在诗歌技巧上，也体现在精神的多层面关注上。90 年代早
期他陆续完成的《写在三十岁》《一个人老了》《动物园》《停电》
这类"口语"色彩浓厚的诗歌，不断将日常经验与生命细节进行
"诗的转换"，实现、推动了知识分子诗歌的精神内含与意义指向。
显然，西川对"口语"认识表现出辩证与理性的自觉意识[3]，口语
在一定程度上赋予了西川诗歌沉思的知性之美，其追求的诗意与诗

---

　　① 西川：《关于我的诗歌——西川答谭克修问》，《诗潮》2005 年第 5—6 期。

　　② 西川：《90 年代与我》，王家新、孙文波主编《中国诗歌九十年代备忘录》，人民文学出
版社 2000 年版，第 265 页。

　　③ 西川：《关于我的诗歌——西川答谭克修问》，《诗潮》2005 年第 5—6 期。

性，在叙事背后得到较好的渗透与关联，其叙事也因戏剧性的再现使诗歌的诗性得以保存，使当代诗歌的写作愈发显示出诗性张力与哲理高度。

西川的口语诗歌是抒情、叙事、戏剧相融合的一种综合的、整体的写作，其精神品质仍是知识分子的忧患意识、精神情怀。20 世纪 80 年代兴起的口语写作发展到 90 年代的民间写作与下半身写作，津津乐道地进行"身体"的器官展示，企图借用粗俗化、色情化的方式解构"朦胧诗"以来的语言误区，从而呈现消费化时代人的解放与生命意识，但这种努力往往造成读者对口语写作的反感。显然，西川的口语中的身体书写是建立在精神维度上的诗学探索。

"综合性"的写作情怀一直贯穿于西川的写作当中，同时还形成了他自己的个人写作风格，形成诗人独特的自我签名"西川体"①。综合性的写作，包括了语言的诗艺展现和文学精神的综合展现，诗的抒情、叙事、戏剧等表现手法推进与深化文学空间与审美思维。文学之思由身体的在场与精神的认同并行，实现知识分子诗人由时代感和文化自觉转化为对诗艺的精神性、思想性的追求。

西川由此提到了诗歌的宗教性，提到诗歌与自然的关系和诗歌的三种"等级之差：一是机智、二智慧、三真理"，这是对诗歌的传统与本质的坚守，也显示出诗人与同时代"叫嚷"的诗人的差异，他为纯诗（"一如面对宗教"）而写作。他写道："你的肉体是一支笔/你的灵魂是一把灰"，"太关注精神了以至忘记了情欲/目标太坚定了以至漠视了时代"，"我的身体是我灵魂的住宅——/每一个物体都是一座博物馆"［《回答启明星（90 断章）》］，西川等一批诗人在综合性、提喻性写作背景下的写作实践与诗歌理想，② 以哲学高度清醒地

---

① 王家新：《中国诗歌：90 年代备忘录》，人民文学出版社 2000 年版，第 265 页。

② 西川：《西川体的"艺术自释"》，徐敬亚主编《中国现代主义诗群大展 1986—1988》，同济大学出版社 1988 年版，第 362 页。

认识到当下诗歌写作的无效现状：一方面是对朦胧诗写作中冗长意象的审美的"作诗规则"的警惕；另一方面是市场消费时代以来的"破坏欲""廉价的叫嚷和种种琐屑的倾诉"的口语写作的反拨，他们对同时代同期诗人那种"狂欢"与"中心化"的"口语写作"进行自觉疏离，坚持语言的探索精神和艺术的良心。

西川的诗歌意象要比朦胧诗那些过于政治化的意象丰富，即便是一些熟悉常规的意象，在西川那差异的诗歌情境中，也被赋予了丰富的哲学意蕴。西川坚持："在这个心灵浪迹天涯的时代，请让我讲述家园。"而这样的家园，代表着某种艺术趣味与诗歌良知的家园，是精神的家园，亦是心灵信仰的家园。"在我灵魂的深处／攀登者所攀登的是鸟类的阶梯／在我灵魂的深处／泅渡者所泅渡的是星光的海域／多少人走在相同的道路上／最后在一个相同的地点／决定开口言说以赢得那海市蜃楼／率先归于泥土的人们／又不仅仅是泥土，它们又是／黎明的露水、黄昏纯净的笛声……近了！一座花园越过万顷波涛／而呈现于心灵的视野；／／瞬间的安慰既已足够，／不需要更多的美，使灵魂难于平静。／多么正确的高度，圣心登临的高度！／俯身大海，不必再为命运而拍手叫好，／却得以为歌唱而歌唱，为静默而静默！"（《远游》）这座"花园"因为某种"正确的高度"成为心灵的皈依福祉，"鸟是天空的语言／歌唱中蕴含寂静"（《鸟》），"而在我们注定的消亡中／唯有远方花枝绚烂，唯有那／光中的马匹一路移行，踏着永生的／花枝，驮着记忆和渴望"（《眺望》），在写作精神上与他具有内在相似性的诗人王家新写道："我们的经历，我们的存在和痛苦在诗歌中的缺席，感到我们的写作仍然没有深刻切入到我们这一代最基本的历史境遇中去。"[①]"消亡"不再被看作结局，而是希望的前提，那"光中的马匹一路移行，踏着永生的／花枝，驮着记忆和渴望"，而这种"记忆与渴望"，显然

---

① 王家新：《〈回答〉的写作及其他》，《莽原》1994 年第 4 期。

是诗人"我"对"世界"存在关系的思考，是两者之间的"沉思性""对话"。"浩瀚的星空使我们沉思，/在蟋蟀如清风的歌唱里，/沉思我们的一无所有，/我们丢失在门廊里的另一半生命"（《远游》），"沉思"构成诗人存在的必要前提，因为"沉思"，才成就了诗歌的深沉与深刻，"沉思我们的一无所有，/我们丢失在门廊里的另一半生命"，"当我戴着生命的丝缰向你询问/生命的意义，你已不能用嘴来回答我/而是用这整个悲哀的傍晚"（《挽歌》），"所以要掘墓你就赶快动手吧/别等到月亮在你身上打开缺口/敲响你体内的暖气管/改变你血液的颜色/使你爱上那墓中的骷髅"（《月亮》），"我与千万个灵魂同居一室/像退隐在心灵的火把下/寂静，否定的因素，说呀——/我打开一本书，一个灵魂就苏醒"（《书籍》），通过对身体相近意象的呈现，一种宗教式的悲悯情怀油然而生，令人对纯粹的综合性、思想性的精神写作产生崇敬之情。

西川诗歌较好地实现了身体与意义的在场，将生命与艺术融为一体，借用口语、抒情、叙事、戏剧等写作策略，在语言深处找寻诗歌的精神，借助诗歌梳理个人与世界的复杂关系，完成生命启示与文化担当。

第三节　思想综合：诗的信念与情怀

西川对自己的诗歌写作提出四种"度"："衡量一首诗的成功与否有四个程度：一、诗歌向永恒真理靠近的程度；二、诗歌通过现实世界对于另一世界的提示程度；三、诗歌内部结构、技巧完善的程度；四、诗歌作为审美对象在读者心中所能引起的快感程度"，"取得古典文学的神髓，并附之以现代精神。请让我有所节制。我向往调动语言中一切因素，追求结构、声音、意象上的完美"①。他对诗歌写作提出了"向永恒真理靠近""现实世界与另一世界暗示"的精神性，以及"诗歌内部、技巧完美""读者"认同的"审美性"的"四个高度"，西川这些体现了诗人在写作上的艺术才情与综合性写作抱负。通过考察西川诗歌，发现他的隐喻已经不同于"朦胧诗"的隐喻，不仅意象群具有"整体性"，而且在精神背景上显得更为阔远与深刻。在他看来，"天才的写作依赖爆发力，依赖个人才华，而大师的写作依赖静力，是多年生成"②。他不断平衡从内涵到外延、诗歌写作的内在情操与外在形式之间的关系，在"精神性"与"审美性"这两个向度上，诗人不断赋予诗歌以知性光芒与智力高度，他的写作是一种由局部（"我"）到整体（普世情怀），或由"诗歌"（整体）到"信仰"（局部指出了生命个体的可能）的过渡，从转义思维上对应了"提喻"，本文将他的综合性、思想性写作的理念称为"提喻写作"。这种综合性的身心交汇、艺术与思想并行的话语，由一般隐喻转向提喻的话语转义，表现出诗人创造性、哲理化的写作理念。其基础与指向还在于知识分子身上的担当性、时代感蕴藏于内心的一种精神力量所自然表现出来的诗的文本与思想的话语特征。

西川诗歌与同类知识分子诗人表现趋近的诗学追求，显然有代表性的意义，他在诗学上有效地践行了知识分子诗人写作中对语言的诗艺展现，以及在精神性、思想性上表现出来的文学精神。

第一，通过身体感官的超验体验，寻找精神深处的灵魂力量，把诗与信仰有效综合。

西川拒绝虚无意识，力图重建精神信仰，不断体现出某种"超越性体验"，正如诗评家陈超写道："西川的超越性体验，却

---

① 西川：《艺术自释》，《诗歌报》1986 年 10 月 21 日。

② 西川：《关于我的诗歌——西川答谭克修问》，《诗潮》2005 年第 5—6 期。

较少对'无望'感的激烈表达。他拥有疗治灵魂的个人化的方式，他心向往之的'圣地'是明确的——纯正的新古典主义艺术精神。这使西川几乎一开始就体现出谦逊的、有方向的写作，但这决不意味着他在诗艺上的小心翼翼、四平八稳；他的诗确立了作为个人的'灵魂'因素，并获具了其不能为散文语言所转述和消解的本体独立性。"① 在西川看来："叙事并不能解决一切问题。叙事，以及由此携带而来的对于客观、色彩特色的追求，并不一定能够如我们所预期的那样赋予诗歌以生活和历史的强度。叙事有可能枯燥之味，客观有可能感觉冷漠，色情有可能矫揉造作。所以与其说我在 90 年代的写作中转向了叙事，不如说我转向了综合创造。"② 身体是许多诗人进行文学思考、诗学探索的生命符号，一方面作为写作者的感、知觉产生的生理基础；另一方面表现为人的精神指向。通过身体的精神性探索，最终为生命提供某种思考的可能。

第二，叙事性、抒情话语、戏剧特征综合在诗的超验体验中，拓宽了诗的表现维度与精神内涵。

20 世纪 80 年代是中国当代诗歌发展最为重要的十年，20 世纪 80 年代不同阶段代表诗人的诗歌表现出来的"提喻"特征，呈现了这些诗人的综合型写作水平。知识分子在传统的抒情、表现意识基础上，不断融合再现的、日常的、叙事的、经验的诗歌话语，这与 20 世纪 90 年代以来诗歌以"叙事"为特征的民间写作显出不同的诗学价值取向。20 世纪 90 年代坚持知识分子写作的西川，不断融入叙事、戏剧等表现形式，通过身体的超验性体验与想象，实现知识分子写作执着于精神性追求的话语特征。

---

① 陈超：《深入生命、灵魂和历史的想象力之光——先锋诗歌 20 年版，一份个人的回顾与展望》，《山花》2006 年第 3 期。

② 西川：《大意如此·序》，湖南文艺出版社 1997 年版，第 3 页。

知识分子综合型诗歌写作体现了一种原创精神与知性趣味，着重于诗学本体的诗性与审美追求。西川诗歌对当代诗歌写作有着极其重要的理论贡献，延续了已经"断裂"的诗意精神，是让诗走向诗和诗学建构的必然"转义"，推动当代汉语诗歌与西方诗歌的对话与融合。

第三，诗歌、审美、宗教的综合，推动了 20 世纪 90 年代以来的当代诗歌写作的精神深度与哲学关怀。

荷尔德林说："诗有两个邻居，一个是吟唱，一个是思想，作诗居于两者之间。"① 西川诗歌的沉思性还发生在与大师的直接"对话"中，这类"对话"诗歌，提升了西川的精神气质与哲学高度，这类作品不仅注重诗艺的审美和表达技巧的展现，同时也关注诗歌的精神深度，让文学布满了某种宗教氛围，深化了诗歌的话语深度与艺术可能。联系当下的文化语境，这种神学思考针对 90 年代消费文化所体现出世俗性、消费性的精神指向与思维转向，令我们看到诗歌写作的另一种精神出路与思想可能。

西川以执着的、虔诚的写作态度推动了 90 年代以来诗歌的精神传统与诗体意识的建构。"不在显赫之处强求，而于隐微处锲而不舍，这就是神圣。"② 他转向对"上帝"的神学思考，有效地置换了"朦胧诗"的"政治型写作"，开始把诗歌从单纯的政治文化反思中带入到信仰层面的精神关注，诗的信念与情怀导引着知识分子诗人的探索与追求，西川的诗歌话语是"思想综合"的精神性写作，是对信仰的重建，这也将知识分子写作的现实关怀推向了当代诗歌书写新的理论高度。

---

① ［德］荷尔德林：《荷尔德林文集》，戴晖译，商务印书馆 2003 年版，第 2 页。

② 同上书，第 6 页。

第十四章

谭延桐：神性与超验

神性写作作为当代诗歌书写的现象之一，继承以海子、昌耀为代表的诗人语言与思想融合的传统，重视身体的在场和诗与真理的合一。通过身体的感知转向超现实、超验的审美体验，打破物/我、身体/灵魂等二元对立范畴的边界，追求对直觉和灵感的表达，不断书写物我两忘、天人整合的心灵史诗。

第一节　神性写作的起源

2003 年 8 月，"首届中国当下神性写作者作品展"于各大中文论坛举行，参展作品有七个，作者分别为马永波（《炼金术士》）、乌瓦（《小行板》）、亚伯拉罕·蝼冢（《九拍》）、钢克（《羔羊经》）、刘泽球（《赌局》）、梦亦非（《空：时间与神》）、芦花（《自戕》）。展览附录了蝼冢的诗学长文《神性写作》（2002 年），基本指出神性写作的精神气质与宗教关怀。

2004 年 7 月，"第 2 届中国当下神性写作者作品展"于各大中文论坛举行。作品亦为七个，分别是芦花（芦哲峰）的《黎明》、史幼波的《月之书》、亚伯拉罕·蝼冢的《铜座》、钢克的《鬼把戏》、苏菲舒的《西南方的地窖》、梦亦非的《苍凉归途》、龙俊的《癔》。

2005 年冬天，由白鸦、陈肖等在诗歌报网站首先发起关于"神性写作"的讨论，就神性写作诗歌的定位、诗歌的当下性、为诗歌语言松绑、诗歌深层识别系统、诗歌的道德底牌、诗歌的气场等话题进行商榷。随后白鸦在网上发表《神性写作诗歌研究——兼与蝼冢、梦亦非、陈肖诸兄商榷》（曾在《诗歌报月刊》连载刊出）、陈肖发表《从"神性写作"说起》、蝼冢发表《就〈神性写作诗歌研究〉回复白鸦》、白鸦发表《白鸦就〈神性写作诗歌研究〉对蝼冢的回复》，他们从各自的观点出发，对神性写作进行了深入、广泛的探讨。紧接着菩提萨埵、徐飞飞、S 城写作、施玮、花语、东鲁散人、杜牧羊、陈言、北溟、暮颜等数十名诗人参与到讨论中。讨论持续了三个多月，波及"诗生活""新诗论坛"等多家论坛，由此"神性写作"引起了中国汉语诗坛的广泛关注。

2006 年 5 月，中国神性写作者同盟成立。9—10 月，"第 3 届中国当下神性写作者作品展"举行。参展的七个作品是，海上的《巢梦》、修罕·陈肖的《水域》《哀歌》、湖北乌云的《彷徨八部》、霄无的《地狱之旅》、镭言的《瑜伽》、徐慢的《蜉蝣》。11 月 1 日，中国神性写作者同盟官方论坛——藏象网建成，并开放论坛和档案馆。①

以上参考了网络所提供的神性写作资料，其中神性写作的作品的整体性、精神性、宗教性、文学性的追求与其理念是否相符还有待于进一步考察。事实上，神性写作的发生、精神、传统、整体性与统一性、哲学、宗教的追求还可以向上推至 20 世纪 80 年代的整

---

① 以向神性写作的发展由来、现状等内容，参见"神性写作"百度词条：http://baike.baidu.com/view/806578.htm。

体主义、现代史诗、大诗写作等诗群代表与诗人作品。正如互联网关于神性写作的文字资料这样写道："综观第三代的写作，我们可以看到，杨炼、海子、骆一禾、欧阳江河、廖亦武，以及整体主义，构成了神性写作最直接的资源和前期经验。海子、骆一禾激发了神性诗学的各种问题，把意识形态，生命，死亡，本体，本文，处境，写作的意义，不写的意义都激发了出来。直接遗产就是'神性写作'的诞生。探讨神性写作思想史的写作就是'神性诗学'。"① 神性写作在第三代诗人作品里得到了很好的传承与发展，在90年代他们不断创造了艺术性、思想性、哲理性、宗教性的兼备的诗歌作品，与同期主流的、中心化的、秩序化的、单一的、再现的、叙事的诗歌话语相差异，有效地增补了专注于日常写作、口语写作的诗歌所缺失、忽略的诗体探索、诗意追求，丰富了90年代以来诗歌的写作类型，提升了当代诗歌书写的诗体意识与精神价值。然而，90年代诗歌中的神性写作，常常被文学史教材、当代诗歌作品研究忽略，这就需要我们重新审视当代文学史，不断编织、建构更富有意义、更为丰富的当代诗歌史。

2007年，亚伯拉罕·蝼冢耗费"五六年的空余时间"完成、出版《神性写作——关于该写作原理与方法论的研究》，进一步深入了"神性写作"这一概念，但成书中的某些观点与先前发生了些许变化，他写道："写作本文时，很多观念已经发生变化，但是，那时的一些想法可以和现在对比；也无所谓对错，只是思考的范围和深度可能发生变化。比方，我说诗人死了。这显然和全文不统一的论调，也是间接地承接了一些思潮，而没有从自己定义的神性写作是绝对宇宙精神的再呈示这一基本论点出发，它暗含了一个绝对的

---

① 参见"神性写作"百度词条：http://baike.baidu.com/view/806578.htm。

命题，诗意是永恒的。"①

由此可见，神性写作的主要观点："诗意的本质是一种宇宙真理，诗的理想就是最大程度和范围内表现这种真理的存在。无论是诗的架构还是诗的内容，形式是宇宙规律的再现，内容是哲学和宗教统一于最高的诗艺——绝对宇宙精神，绝对宇宙真理。因此，诗意也是永恒的。"② 他们强调诗歌、哲学、宗教三位一体的诗歌创作意识。这样的诗歌观念，就不得不使人联想到90年代现代史诗、新历史主义中昌耀、骆一禾、西川等诗人所创作的与此诗学意识相近的诗歌文本。

在荷尔德林看来："神性的在自己本身中相区别的一，这奋进的理性的美的理想照耀着，理性的要求就不是盲目的，知道为何，它的用向。"③ "只有惟一的美存在；而人性和自然将统一于惟一的包容万有的神性。"④ 伏尔泰在《无知的哲学家》里写道："整个自然界，一切的行星，都服从永恒的法则，而竟有身长不过五尺的微小动物，胆敢蔑视这些法则，为所欲为，我行我素，这是何等奇怪。殊不知这身长不过五尺的动物能在其思想中包罗万象，因而他的尊严是不得以他的身材之大小来表达的，这只是俗人的计量而已。人类不离有其身体，亦只生存一颗行星上面，然而在他的思想中，日月星辰仅供其玩弄就是了。以寿命计，他是有限之物，而以能力计，他是像神灵那样无限的。"⑤ 即便倡导以民间写作为主的诗人杨克也同样认为："诗歌精神哺育我们活到今日；虽说这个活法

---

① 亚伯拉罕·蝼冢：《神性写作——关于该写作原理与方法论的研究》，汉语资料馆2007年版，第4页。

② 参见"神性写作"百度词条：http://baike.baidu.com/view/806578.htm。

③ ［德］荷尔德林：《荷尔德林文集》，戴晖译，商务印书馆2003年版，第79页。

④ 同上书，第86页。

⑤ ［英］康蒲·斯密：《康德纯粹理性批判解义》，韦卓民译，华中师范大学出版社2000年版，第13页。

很辛劳，但它让我们独特地寻找智力的空间。诗歌创作是绝对个人的，是具有宗教般信仰的；尽管许多以当诗人为荣的人冲淡了诗歌精神，但是，真正的诗者总是潜伏在智慧的源头。"① 显然，人类的精神世界离不开宗教，这是精神世界发展的制高点和终极旨向，宗教意识作为一部分伟大艺术所共同追求的精神境界，同样贯穿于诸多诗人的诗歌写作中，诗与宗教，成为一体的精神追求。

前文梳理了神性写作的发展历史、提出概念的时间、不同时期的主要作品、前后阶段的一些差异性的观念等相关问题。如前所言，神性写作作为一种精神、传统、艺术性、宗教性的诗写追求，它在90年代的"民间"自然生长，但其形成的精神合力与诗体意识却成为一股不可小看的诗潮，它在民间各自为政，不同的诗人进行各自探索，但相似的精神、艺术理念却让他们的作品形成了某种相似的诗歌、哲学、宗教趋同的精神气质与哲学高度。张清华《"鄙俗时代"与"神性写作"》②、枕戈《80后之"神性写作"与"口语写作"》③、荆亚平《神性写作：意义及其困境》④ 等对神性写作均有所涉及与评论，但目前尚无完整地探讨神性写作诗潮的谱系、发展的系统研究。

在陈先发、杨键、谭延桐、李青松、海啸、鲁西西、杜涯、赵红尘、魏克、王黎明、姚辉、史幼波、发星、耿翔、江雪、道辉、王锋、徐柏坚、单永珍、杨建虎、王琪、阳子、南子、维色、讴阳北方等一批诗人的文本中，我们不难体认"神性写作"或"宗教化写作"倾向作为一种美学趣味的客观性存在。⑤ 张颐武认为，"神性

---

① 杨克：《90年代实力诗人诗选》，漓江出版社1999年版，第171页。

② 张清华：《"鄙俗时代"与"神性写作"》，《当代作家评论》2012年第2期。

③ 枕戈：《80后之"神性写作"与"口语写作"》，《中国诗歌研究动态》，学苑出版社2006年版。

④ 荆亚平：《神性写作：意义及困境》，《文艺研究》2005年第10期。

⑤ 张颐武：《中国改革开放文化三十年发展史》，上海大学出版社2008年版，第215页。

写作"或"宗教化写作"是从诗歌精神向度上对"书面语写作"的一次重新"命名"。持"神性写作"或"宗教化写作"倾向的诗人通常追求词语的圣洁色彩和崇高意味，注重内心宗教感或神性的情感体验，对生命和事物的世俗性价值持内在否定态度。这批具有"神性写作"或"宗教化写作"倾向的诗人在诗歌美学的意义上归属于浪漫主义诗人的范畴，他们的诗篇往往以超现实的境界和具崇高性质的情感力量打动读者。

第二节　神性写作

笔者重点不在梳理神性写作诗潮的发生、发展史，而重在分析此流派书写的精神个案——谭延桐的诗歌，以个案研究带动整体观照，最终深化我们对 90 年代诗坛的理解。"谭延桐的诗歌属于那种真正的'实力型'创作，总是在不显山不露水的自然状态中，让人感受到'冰山'的分量，领略到诗美的独特意义之所在。进入宗教意义上的写作，并非人人可及，而谭延桐做到了。他的诗歌文本表现出了一种卓越的精神品质、文化品格和语言魅力。"①

90 年代，谭延桐的诗歌多次出现了蒙难、祈祷、上帝、羔羊、魔鬼、蛇、天堂、晚祷、戒律、地狱、福音、灵魂、天使、圣洁、撒旦、祷告、牧羊人、尸体、哭泣、哀悼、天国、恩典、鸽子、死亡、基督、神祇等等这类具有基督教神学色彩的语汇，组成了一幅耶稣基督的受难图，这些词汇与他身体的蒙难与献祭有关。这些意象是对身体的另一种超验的、精神性的描述。"在当代诗坛，谭延桐先生的诗独树一帜。读谭延桐先生的诗，会让我们明了为什么诗

---

① 十品：《精神弥撒》，《广西文学》2002 年第 9 期。

被称为文学的皇冠，为什么诗是一种超凡脱俗的语言晶体。"① 考察谭延桐的诗歌，我们会发现，他的整个艺术立场仍旧是超验主义的写作，身体是他精神书写所关注的思想视角，也是诗歌表达的重要内容，更主要的是经他的想象、幻想、直觉、灵感式的启悟把身体/精神的边界打破，不断赋予自然生灵以生命、灵性，形成彼此对话的关系。神性写作变成一种自我的触摸与沟通，身体/灵魂、社会/自然、现实/精神，这些对立的范畴经过身体，最终抵达诗人的诗心和超验性的生命感知，通过身体感应有效地走向精神契合。谭延桐在谈自己的写意散文时说，实现散文的双重超越：题旨的超越，离不开与人性、智性、神性的凝视；艺术的超越，离不开与天性、诗性、乐性的沟通。② 他的写意散文无疑与他的诗歌文本形成互文关系，诗、散文、哲学、宗教、思想、文化在他的文字中有效地关联、沟通、感应、契合在一起。"谭延桐的诗歌具有自明的空间、独特的美学意义和超越性，是中国当代诗歌中最优秀、最完美的诗歌文本之一。"③

　　2001 年 12 月，笔者有幸结识了谭延桐，并多次听他谈诗论道，他把自己的诗歌称为超验主义诗歌，他在诗的语言与生命的终极体验中，实现了诗与哲学的关联，这些诗歌布满了某种富有力量的神性"声音"，布满来自神学的智慧与虔诚并且又与艺术有效融合、辉映在一起，显然，这种神学背景下的艺术写作充满了灵性、神性。他写道："我的胸膛里住一颗理想主义者的心脏，我的血液里藏着一颗神秘主义者的灵魂；一些幻想的鸟儿飞来飞去寻找着它的宿地，一些秘密的花儿开开合合收藏着它的芬芳。"④ "我总是沉浸

①　冰虹：《超凡脱俗的晶体》，《文艺报》2002 年 9 月 14 日。

②　谭延桐：《笔尖上的河》，中国文联出版社 2000 年版，第 238 页。

③　孙基林：《山东诗人扫描》，《诗刊》1999 年第 11 期。

④　谭延桐：《笔尖上的河》，中国文联出版社 2000 年版，第 1 页。

在一种对于神奇、对于神力、对于神品、对于神韵的幻想和依赖之中。"① 诗人的这种幻想性、理想性的神性写作，让他在直觉与灵感的导引下走向神性、宗教性的体验与感知，从而使作品布满神性的色彩与光晕，显现出神性写作的纯粹性、可能性。

本文以谭延桐90年代出版的诗集《夏天的剖面图》为例重点考察他的神性写作，把谭延桐的诗歌作为神性写作的重要精神个案，着重分析神性写作中所涉及的身体意象，重点考察身体背后的艺术指向与精神意义。重新阅读并再次感受他诗中的精神趣味与艺术情怀，特别指出这种书写与同时代的再现类、叙事类的诗歌的精神实质的差异性，其独特的文化签名承担与传承了的当代诗人的责任感与生命信心。

谭延桐在90年代的代表作《大瀑布》中写道："他们纷纷跳崖，不得不跳/最坚韧的思想一折两段，成为/河床向大海邀功的资本/和游客廉价的盛赞//我和所有游客一样/无力劝止，找不到一句安慰的语言/只是习惯地望着，望成/无聊的意趣和罪恶的坦然/这可怕的习惯啊，和绝壁何等相似/横在世界腹部，今天和明天之间/我看不清你的高矮/你摸不准我的深浅/一切，都在似是而非中翻跹//大瀑布，你的身影顷刻幻化成我的泪水/滔滔而下，砸起万千液体的火焰/我的心灼得焦痛//血冲撞着，冲撞成剑的图案/我要杀人！是的，我要/把像我一样麻木无能的身躯斩尽杀绝/让剑光照亮浑沌的天！//剑早已锈迹斑斑/我只有揣起我的意念，在绝望中/死去，涅槃，这死而复生的凡胎呵/在呐喊触及不到的地方，苟延残喘/愤怒，除了愤怒还有什么/毁灭了吧，在这最诡秘的夏天/让太阳鉴定——/哪是天使，哪是撒旦//在絮语？谁在喋喋不休/欺骗天真无邪的时间/这时候最不需要饶舌，这时候的一切声音/都只能酵

① 谭延桐：《笔尖上的河》，中国文联出版社2000年版，第52页。

化虚情假意和滑稽荒诞/平静此，平静些，再平静些吧/走近这义勇的血，看看/这些漂着白骨的寓言//这天空和大地的伤口/被史书涂抹成了人间彩练/捆绑着众人的脚步/走也难，不走也难……"，"大瀑布"的客观指称俨然变成了对"我""身躯"的灵魂抚摸，诗人与身体进行深度的精神对话，诗歌意境投射着诗人的主观感受、想象、直觉，甚至终极关怀所意味的神性思考，它"跳崖""横在世界腹部""冲撞成剑的图案"，最终要"让剑光照亮浑沌的天"，区分"哪是天使，哪是撒旦"，"走近这义勇的血，看看/这些漂着白骨的寓言//这天空和大地的伤口/被史书涂抹成了人间彩练"，"这个寓言""伤口"获得了神启、灵性的光芒，"我看不清你的高矮/你摸不准我的深浅/一切，都在似是而非中翻跹//大瀑布，你的身影顷刻幻化成我的泪水/滔滔而下，砸起万千液体的火焰/我的心灼得焦痛"，诗人打破自然/精神的边界，在神性思考中反思、追问沉思的自我，最终又将自我交给神性的"大瀑布"，在内心对话中完成了纯美的情操练习，让身体的诸种想象与体验提升为诗歌神性的"光辉"，从而形成了诗歌、哲学、宗教合一的书写气场、哲学高度。

　　他曾在《和基督对话》中写满了精神感应、宗教诉求，诗人在日常的生命体验中也曾遭遇过信念的摇摆、精神的迂回，而"基督"无疑成为一个他者，变成精神的主体，不断地嵌入、容留在诗人的内心深处，在他的体内完成心灵的"炼狱"，最终与神和解，并获得了神的眷顾与恩典，诗歌因此而变成了形而上学的内心体验的路径，在神学的精神性指引下，实现了诗歌哲学宗教的统一与融合，为生命提供种种思想可能。他继续写道："笑了的是神，把秋天/和秋天的姊妹照亮了的/是病愈后的一瞬"（《一瞬》），"完完全全的存在，让我沉醉，心颤。/荡漾起来的不仅仅是空气，鼎沸的/不止是血液，涅槃的/又何止是日月和花瓣。/此刻，我驰骋在音乐丛生的原里上/忘却了语言。//一万只鸽子飞了起来/衔着带露珠的清晨和上帝的诗篇；/一万副翅膀，擦亮了生锈的天。/……我痴痴地望着，品着/这些静态的天籁，凝固的瞬间/迷失，坠入诗的深渊。//赤橙黄绿青蓝紫，光的肌肉/每一种颜色里都掩埋着矿藏，隐居着能源。/它们足以唤醒每一棵树木/足以拯救每一片蓝天"（《呼吸着，溶化着》）。"火，这神话的圣母/我凝视着你不朽的瞳孔/进入我的内心，进入/一种高矗的猎猎招展的生命/聆听骨骼与血液/固体的歌声与液体的歌声//就在此刻降临了/灵魂的救恩，惊天动地的身影/便认识了山寨、磐石、高台和角/沐浴到神的慈爱与圣灵的感动"（《精神的影像：鹰》），"个性是从海水里捞出来的血/骨骼像永生的神鸟，或鸟的羽毛/追逐着神话的脚步，也伴随着/你生命的宗教"（《花的哲学》）。诗意的情怀、哲学的高度、神性的精神，建构了谭延桐完整自我的精神谱系，不断呈现出神性写作的文本和精神力量，他在与上帝、神的对话中，不断强化诗的宗教关怀意识；身体始终统一在生命意识里，而且这个绝非仅是形而上学的身体，而是与灵魂交互相映的深度体验的身体，最终为人生指向了另一条思考路径，呈现了丰富的、至高的生命意识。

他写道："干涸的河床像一柄利剑/插在湖泊的心脏上，湖泊死了/奔湖泊而去的人，和夏天一样绝望/他的身体像一块木炭，任时光焚着/不知道要焚到什么时候，不知道/能不能照亮天堂……没有人愿意为湖泊立碑/只有那个为湖泊活着的人，直想大哭一场/可是泪水早已献给了河流，那个/曾经和自己一起奔跑的生命/最后一滴泪，并没有能够挽留住他的歌唱"（《夏天的剖面图》），"一想到火焰，我就和明亮和温暖/融在了一起，我就找到了燃烧的内涵/彻底地熔化，我情愿/熔铸成一句千古的誓言/让天高起来，装得下所有的豪情/让地阔起来，到处是没有栅栏的肝胆"（《天上人间》），"想读出一切的，是风的手指和眼睛吗//雪溶尽的时候，正是风/返老还童的时候；风/不停地催促着自己：去煽动一场大火/让火焰烧死那些没用的树叶，让火光/译出快要绝世的文字"（《思想里的风》），"大海的舞台拒绝委琐的歌手/做海浪的听众最需要诚恳和朴实/它是博大的，自然的/念之诵之的是，最本质的心地/从这儿出发，心里满载着/蔚蓝的梦境和雪白的梦呓"（《溅到岸上的音符》），"天上的花朵是为月亮开放的/乌云却摘走了他们。地上的星辰/是为春天闪烁的，冬天/却劫持了他们。纷纷/去向不明，一次次的遥望/是一次次大写的祷告"（《花朵是地上的星辰》）。他的诗歌不断地从风花雪月、植物草木等各种自然现象中，进行主观的心灵投射与情绪暗示，赋予万物以灵性、神性，从而强化了诗歌的诗性、哲理性，而其中的身体也成为感官媒介，沟通、契合主客体之间精神联系的纽带与艺术触媒。

谭延桐同 90 年代许多诗人一样，在物质化年代里也遭受到来自现实的心灵挤压，身体也呈现了现代性的焦虑、创伤与挣扎。然而，这种现实挤压却蜕变为诗歌发生的前提与动力，让他在日常与经验的时代语境中，不断深化、思索现代人的命运与精神重建的可能。而哲学高度、宗教意识，让诗人漂泊的身体有了精神的依靠。

他写道："幻想像一个马达，装在了你的心上/你被它带动起来了。在从来没有见过的/格局中，你被时间（抑或是你自己）/撵到了雷电丛生的夜空里/你似乎看见，从你的闹剧里复制出来的/闹剧，正在许多岛上上演"（《故事卷土重来》），"你的车脚下，不是我的错/我不知道你的车在辗我的时候/是谁在辗你的车//其实，被辗的只是一块石头/并不是我，因为/我不是我（不是那个我）"（《观众席上的我》），"最厉害的是时间的牙齿/谁的生命也经不住他的咬噬，因而/我要用时间的牙齿造锯/锯死那些阴影、锈迹和垃圾……给时间拔牙，削减他的威力/让多多的生命免遭危难，让我的锯/长出锋利的黄昏，刁难你的风雨/咬烂妖魔的埋伏"（《造锯》），"你走来走去，像迷失了方向的/羔羊。风不知道你的心事/

不知道那个画秋天的人，此刻/正是秋天里最荒凉的颜色，正是/树梢上最后一片叶子"（《凋敝》），"你偏要做无米之炊，把自己/当成一粒米，投到一口想象的锅里/看着自己上下翻腾，与水战斗/与隐形的牙齿相互咬噬//那口大锅煮着你/越煮你越像诗句/你要把你喂给太阳，让太阳/更加精神，像你的幻想一样超凡脱俗"（《无米之炊》），"时光淹死在嘴里/打捞出来的是他的叹息/有什么用呢，这意料中的情节/像八百年前的故事//人们开始埋怨你，不该/打开门窗。你拉出上帝和眼泪/来证实：是风先拉你而到，是风/踢开门窗，然后扬长而去……/风来了。没有一个人相信/那瘦瘦弱弱的样子能印证你的陈述/面面相觑，把你/觑成了过街的老鼠"（《事情的转移》），"在你变成哑巴之前，来吧/至少有一阵风可以做你的马/它会帮你找到一个地址/把自己托付给它"（《鸟儿飞过来》），"比虚无更虚无的翅膀/闪了一下，又闪了一下/终于滴了血。鲜艳无比的液体/并没有淹死他的心脏"（《笼罩之下》），"我搬动着我的身体，从昨天/到今天，像把一个笨重的容器/搬进新居。这逼迫的搬迁/使我疲惫不堪，而我来不及哀叹/我只能在这里借住二十四个小时/这短暂的一瞬，只够喘上一喘"（《我搬动着我的身体》），"哭出来吧，把心中的幽怨/还给耳朵，耳朵的井里/装得下足够的/泪水做成的音乐//你没有眼泪。弦上滑动的音符/是你的血，滚烫滚烫的/血，像红红的水银/记录着人间的苦乐"（《二胡》）。谭延桐的诗歌除了赋予物以灵性的宗教关怀，对现实境界也不断进行着形而上学的沉思："万物变得如此富有精神和力量，又如此相爱和轻灵，我们和所有生灵至乐地为一，犹如千万种不可分割的声音汇成一支合唱，飞越无尽之太空。"[1]

诗人同时重视诗歌语言本体的写作理念，一切哲学、宗教的意识与关怀必然脱离不了诗性、诗意语言这一文本前提，他不断赋予

---

[1] ［德］荷尔德林：《荷尔德林文集》，戴晖译，商务印书馆2003年版，第70—71页。

语言更多的智性和敏感度，增加诗歌丰富的、强烈的思想内涵与表现力量。他写道："从这里飞过的鸟儿/再也没有回来，打这里刮过的风/再也没有暖过。人们把这里叫做/废墟"（《一块碑倒在了伤口上》），旷野与废墟无处不在，这也成为当下的精神境遇。"你整个的身体，变成了一只耳朵/仍然听不出歌曲的内涵。/没有风，没有月光，像瞎子摸象一样/摸到了那声感叹"（《失传》），"此刻，墨水正吃着稿纸/吃着我洁白的供奉。墨水和稿纸——/我的血浆酿成的水，骨头制造的纸/在矛盾中等待着，等待着声音/和形象，像雷电一样/劈开混沌，让我明白/旁若无人的它，是上帝还是魔鬼"（《将来》），"他捧着桃花，泣不成声/他想起了很多很多时光/可惜，那些时光比桃花落得还早/他跪着，像是向大地倾诉/又像是向苍天祈祷//再也没有起来，他/手中的桃花，做了风的舞女/他的手臂成了传说中的枝条"（《时光比桃花落得还早》），"他溶进了黑夜，船溶进了远天/依稀认得，那块黑布/在船桅上鼓得像剑/被风磨着，被淬着，一闪，一闪"（《黑布》）。

第三节　身体、诗与真理合一

将"身体"作为一个有效的考察视角去探讨神性写作，同时成为抵达神性写作的有效的生理基础与精神前提。可见，以谭延桐为代表的20世纪90年代的神性在诗歌的文学性、在思想的哲理性、在艺术的神性追求中取得了较好的统一，这种以文本、诗歌为主的写作意识也重视哲学、宗教的认知高度，推动了20世纪90年代以来的当代诗歌书写中的精神性、思想性的追求，丰富、弥补了汉语的诗性之美、神性之美。

考察谭延桐90年代的诗歌，可将神性写作的身体书写特征总结为以下两点：

第一，侧重于与宗教相关的走向精神性的身体，赋予诗歌的神性启示与智慧光芒。

21 世纪初，诗歌界诞生了轰轰烈烈的神性写作的诗歌运动，2004 年形成规模化的神性写作诗潮特别来自网络写作的盛行，凝聚了一批坚持诗与真理、审美与宗教整合的创作群体，谭延桐是其重要代表之一。刘诚在《第三极文学运动宣言》一文指出："神性写作即向上的写作，有道德感的写作和有承担的写作；神性写作是对生活忘情价值的悲壮坚守，是人类根本利益的精神护法；文学要成为参与时代精神重建的正面力量，以极端强硬的态度，对当下文学商业化、解构化、痞子化、色情化、贱民化、垃圾化、空洞化、娱乐化的倾向说不。"①

谭延桐的神性写作同骆一禾、海子、昌耀等许多诗人一样，推动、丰富了神性写作的精神内涵。"美的第二个女儿是宗教。宗教是美的爱。智者爱美本身，无限而包容万有的美；民众爱美的孩子，众神，它们以丰富多彩的形态呈现在民众面前。"② 在谭延桐诗中，这种宗教意识主要源自于基督教，诗歌书写布满了身体蒙难与赎罪的情怀。

第二，通过身体的直觉、灵感、冥想、沉思，进入超验主义的象征，不断赋予身体以精神内涵，身体不仅是生理意义上的身体器官，更是打通艺术、思想边界的重要催化剂和内心触媒。

神性写作的宗教关怀必然离不开诗歌本体对语言的要求，其诗歌、哲学、宗教三位一体的意识，必然首先指向诗歌的语言意识，否则神性写作就会降格为游离的、曲解的、抽象的、单调的道德说教与精神劝诫。

---

① 刘诚：《第三极文学运动宣言》，《神性写作诗学理论》专号，2008 年 5 月。
② ［德］荷尔德林：《荷尔德林文集》，戴晖译，商务印书馆 2003 年版，第 76 页。

　　在谭延桐看来，思想的火焰首先要表现为语言的火焰，这样的诗歌燃烧的激情与光芒才能感染受众，引起更多读者的情感共鸣。他写道："他宁愿相信火焰，火焰是他唯一的神灵。一想到火焰，他就激动不已，热血沸腾。极少有人懂得这种'燃烧'的含义，懂得的人是幸福的；也极少有人懂得这种'幸福'的含义，懂得的人是燃烧的……为神灵活着。"①

　　综上所述，神性写作的神性追求与诗歌哲学宗教合一的写作情怀，提升了20世纪90年代诗歌的艺术与思想高度，拓展了主流叙事无法进入的精神地带，在有效的精神与心灵对话中，使诗歌自觉地回归语言本体意识，拓宽了诗歌的表现领域与思想可能，呈现出20世纪90年代的思想光晕与独特魅力，从而获得读者的强烈的精神共鸣，重塑文本意识、生命意识，共同创造的诗体表现意识。

---

① 谭延桐：《笔尖上的河》，中国文联出版社2000年版，第102页。

第十五章

余怒：叙事与超验

　　纵观20世纪90年代整体的文化背景，消费文化开始成为支配社会大众文化的重要形式之一，这就使得第三代诗以来的民间写作开始愈加关注日常性、消费性。余怒作为第三代诗人中较晚成名的诗人，他的诗歌书写同样与这种写作群体特征相关联，他通过后现代式的反讽、错位、消解、解构等话语方式有效地介入20世纪90年代以来的诗歌写作，但又不自觉地与主流的口语写作保持距离，对自我进行形而上学的探索与追问。

第一节　身体叙事

　　余怒在20世纪80年代的诗歌写作像许多文学青年一样处于学徒状态："1984年7月，高中毕业，考上上海电力学院。9月，进入该院企业管理系。大量阅读莎士比亚、列夫·托尔斯泰、罗曼·罗兰等外国作家的作品，后兴趣转向萨特、尼采、卡夫卡。读书达到如饥似渴的程度。继续创作旧体词。开始接触朦胧诗，阅读北岛、顾城、舒婷的作品。1985年3月，写下第一首新诗，题材是爱情诗。阅读国外现代主义诗歌。"① 但是到了 90 年代他的诗歌开始不断表现出成熟的诗艺，逐渐形成了与众不同的自我风格。"出于对诗坛流行趣味和创作惰性的深恶痛绝以及对自己以往创作的怀疑和不满，开始进行藐视规则的写作"②，诗人摆脱了诗坛主流写作中的口语写作模式，摆脱诗人对日常性、凡俗化的过分关注，开始自觉走向了形而上层面与语言本体层面的探索，这样的诗学自觉使诗人跻身于第三代诗中后朦胧诗人的代表之一，成为 20 世纪 90 年代诗歌的重要个案，但在文学史上并未给予过多关注。

1992 年，诗人取笔名余怒，并自费印行小报《混沌》。1993 年开始在诗学论文中进一步提出了自己"混沌"诗学的概念。"混沌"，作为西方现代诗学的重要诗学主张，从波德莱尔、马拉美等象征主义诗人这里，影响了中国现代文学新诗出现期的"象征主义"写作，但因为意识形态对文学的影响，使得中国现代诗歌偏离了诗歌本体的现代写作，逐渐沦为政治文化的表意工具。余怒对混沌诗学的重视，可以看出其对诗艺本体追求的艺术主张与清醒的写作态度。

1994 年，余怒因患皮肤病每日必须在烈日下暴晒四个小时。这样一个特殊的经历与心理体验，让诗人有足够的时间对生理的、心理的创伤进行思考。考察一个诗人的成就，往往会从诗人惯用的意象进行分析，试图挖掘与阐释诗人独特的审美、思想趣味，这是认知诗人艺术性、思想性的一个重要途径。通过对余怒诗歌的考察同样发现他在意象使用中的一个焦点，那就是对身体的关注。身体意象作为一个独特的视角，不断呈现出诗人对艺术和生命的思考。他通过对身体的形而下的密集观察，深刻地揭示了形而上的身体可能与意义。显然，诗人的身体性写作与大众化、消费化的身体并不相

---

① 余怒:《余怒诗选集》，华文出版社 2004 年版，第 516 页。
② 同上书，第 517 页。

同，而是在喧嚣、嘈杂的 80 年代末 90 年代初的身体消费浪潮中退回到对身体的诗艺与思想的双重审视，最终通过身体对象（意象）的沉思，去考察、反思当代诗人被命运（存在）、时代所遮蔽的思想（精神与内心）。

1997 年，余怒获得台湾民间第一届"双子星新诗奖"。1999年，诗集《守夜人》收入台湾诗歌评论家黄粱先生主编的《大陆先锋诗丛》，由唐山出版社出版。2004 年北京华文出版社"金华文库"出版《余怒诗选集》。这个集子很好地展现了余怒 90 年代诗歌创作的过程、成绩，对诗人从 90 年代第一首诗到世纪末的最后一首诗皆由"身体"为对象进行了诗学、艺术、文化和生命的综合思考。

余怒诗歌所写到的身体或者与身体相关意象诸如模糊的手指、一副四肢在爬树、刮骨、未经消毒的童身、她戴上它的牙齿呼吸它、苹果正好遮住羞处、遗址是一汪血水、这是我的错觉、玉殒香销、只剩下残缺的裸体、耳朵穿墙而过、半只耳朵陷进木头等纷繁复杂的身体意象，表达诗人对身体器官和与身体相关的感知以及生理现象的文化审视与哲理探索。"身体是我们身份认同的重要而根本的维度。身体形成了我们感知这个世界的最初视角，或者说，它形成了我们与这个世界融合的模式。"① 其中既有现实的实指，也有精神的"强指"，正如余怒自己写道："强指……是将两个或多个表面看来无甚关联而实际上在某些方面有着内在相关性的事物强制性地牵扯到一起，使它们产生一定的联系，指鹿为马或鹿马不分。"② 他的诗歌既源于身体的本能反应的生理现象，也呈现了穿越身体在精神层面的企图与思想抵达。在形而下的身体考察中，最终指向了

① ［美］理查德·舒斯特曼：《身体意识与身体美学》，程相占译，商务印书馆 2011 年版，第 13 页。

② 余怒：《余怒诗选集》，华文出版社 2004 年版，第 472 页。

对自我、个体、感性的普世性哲学思考。

90 年代以来的诗歌很大程度上忽略了语言的本体写作意识与文化意识。"诗是一门语言的艺术；话语的某些组合可以产生别的组合所不能产生的，我们名之为诗意的情感。"① 但是同样处于此时期的余怒自觉地担起了对语言的尝试，从《守夜人》开始，他在注重日常经验的发现的同时，也开始综合各种现代技巧探索诗歌的表现可能。"《守夜人》写作时间是 1992 年，对我个人来说，它有着十分重要的意义。因为它基本上奠定了我后来诗歌的基调，使我从抒情和自恋里摆脱了出来，寻找到一种冷静、内敛、荒谬的语言方式……《守夜人》是一个转折，但它还是我的一次自我发现，一次形式和个人潜能的发现。"②

余怒诗歌的写作无疑深受西方现代哲学影响，特别是从身体哲学的视角，丰富与扩展了余怒对个体、主体的存在的体验与对形而上学的内心的精神性的探索。身体哲学是西方现代哲学与文学的重要内容，它把人类对外部世界的认知延伸到对人类内部自我的积极审视，拓宽了人类意识与思维的深度与广度。在当下中国，身体更是一个敏感而忌讳的对象与话题，很大程度上不自觉地受到意识形态的影响，而对身体的处理与思考也表现出两种不同的态度：污名化与狂欢化。这种对身体的极端化处理，妨碍了我们对其积极客观的文化审视与思想资源的正面利用与深化。而余怒作为一个特例，他的诗歌既没有走向下半身、垃圾派的狂欢身体，也没有像许多对身体怀有偏见的写作者那样封闭身体的在场体验与意义可能的探讨。

文化指向传统与历史，但这并不是远离现实维度的思考。一个写作者必须具备对共时诗歌的处理能力，诗歌不是发展，而是生

---

① ［法］保罗·瓦莱里：《文艺杂谈》，段映虹译，百花文艺出版社 2002 年版，第 283 页。

② 余怒：《余怒诗选集》，华文出版社 2004 年版，第 474 页。

长，这考验着一个写作者的文化眼光与对传统的认知水平。"传统是具有广泛得多的意义的东西。它不是继承得到的，你如果要得到它，你必须用很大的劳力。首先，它含有历史的意识，我们可以说这对于任何人想在二十五岁以上还要继续做诗人的差不多是不可缺少的，历史的意义又含有一种领悟，不但要理解过去的过去性，而且还要理解过去的现存性，历史的意识不但使人写作时有他自己那一代的背景，而且还要感到从荷尔蒙马以来欧洲整个的文学及基本国整个的文学有一个共识的存在，组成一个共时的局面。"① 艾略特指出了"历史意识""文学传统"对作家、诗人的创作意义与影响。因而，任何作家、诗人都是在传统影响下进行写作。显然，"诗不是放纵感情，而是逃避感情；不是表现个性，而是逃避个性。自然，只有有个性和感情的人才会知道要逃避这种东西是什么意义"②。将传统融入本身的诗艺追求，融古化今，寻求智性的理趣。余怒在阅读与实践中，不断提升诗歌话语的综合水平与哲学深度。

因此，余怒不仅重视日常经验、时代境遇，也更重视向西方现代诗歌的表现技巧学习，熔铸汉语诗人的独特经验，在 90 年代诗歌书写中表现出较强的语言意识、诗体意识、审美意识和文化意识。

第二节　强指与超验

余怒诗歌对身体相关意象的处理与种种思考，指向了对存在的形而上学的体验与沉思。

---

① ［英］托·斯·艾略特：《传统与个人才能》，卞之琳译，上海译文出版社 2012 年版，第 2—3 页。

② 同上书，第 10—11 页。

第一，以身体作为感知，表达"存在"的体验与思考。

关注身体是西方现代哲学的重要转向，为探讨现代人的个体价值与主体性提供了新的文化视角。"'身体'这个术语所表达的是一种充满生命和情感、感觉灵敏的身体，而不是一个缺乏生命和感觉的、单纯的物质性肉体。"[①] 深受柏拉图关于身体/灵魂二元分法的影响，传统思维对身体处于一种恐惧与否定性的认知中，直接决定了理性主义哲学一直把身体放在低级、依属的话语状态。"被近代笛卡尔哲学与观念主义哲学所强化的柏拉图哲学传统蒙蔽了我们的眼睛，使我们看不到悠久的非西方思想中存在的基本事实：因为我们的生存、思考与行动都要通过我们的身体，所以对身体的研究、关注与改良都应当是哲学的核心。"[②]

自尼采、福柯等现代哲学家开始，他们重新审视与考察"身体"的历史，重新赋予身体新的认知和其所带来的人类思维可能，指向了对身体存在的丰富体验与哲学思考。"任何敏锐的反思性身体自我意识，所意识到的总是超过身体自身。"[③] 余怒的诗歌显然受到西方现代哲学家身体理念的影响，他在不多的几篇诗学论文中提到德里达、罗兰·巴尔特等哲学家对他的影响，以及对其诗歌写作的话语启示。

因而，余怒的身体不再是一种理性主义中心化与隶属化的身体，而是走向了对生命存在质询与探索。"在认识论上身体是知觉经验与理性的载体，在价值论上身体是实践的主体，在美学上身体是日常生活审美化的接受者，在医学上身体是诊治的对象，在体育

---

① ［美］理查德·舒斯特曼：《身体意识与身体美学》，程相占译，商务印书馆2011年版，第11页。

② 同上书，第28—29页。

③ 同上书，第20页。

学上身体是强化的客体，在精神分析学上身体是利必多的承载与释放源。"① 这种身体是活生生的现象与生命在场，他通过身体反抗被遮蔽、隐匿的存在语境，他写道："在天亮之前，我用月光洗脚丫/用你的泪水漱口、刷牙/用你的身体驱赶蚊蝇//饥饿时我就吃奶，我还会哭/我用一颗奶牙同你说话/同你亲嘴，同你撕咬、搏斗/把周围的空气搅热"（《秃鹫》）；"夜里喝得太多，蜥蜴烧伤我的脸/美酒飘动起来/看见尸体三座"（《一夜蜥蜴》），这个存在的世界显然充满了挤压、变形、监控、异化，因而，诗人要完成的正是消解、抗争、颠覆、解构，在这种否定性、消极性的诗歌话语中，呈现身体所处的真正存在语境，不断逃离身体的"苦海"，以及无形中所设置的种种枷锁和无形之"网"，这些随意"举例"的"世界"正如盛放的"罐头"，"看不到一滴水"，诗人在现代日常的都市生活中所体验到的正是类似的零散性、碎片化、挤压感、虚无性。"文学其实一直有对现实进行移置、调整、充满暗示地缩略、扩展性地魔魅化，使其成为一种内心表达之媒介、成为全体生命状态之象征的自由。"②

可以说，身体哲学的重要意义就在于主体从外部世界走向自我的清醒审视，认识外部世界的意义不过是从现实中找到内心的认同与回声，从而真正识别自我。诗歌成为时间的钟摆，启示着生命探索的种种可能。时间是最好的启示，是主体对现实境遇克服的最好的途径之一，时间不仅意味着客观时间、过去时间，也意味着主观时间、想象时间，诗人在这种时间错位的心理体验中最终抵达语言的居所。而诗人正试图打破生存现状，通过身体发出某种健康的、

---

① 毛崇杰：《后现代美学转向——日常生活审美化与身体美学》，陈定家选编《身体写作与文化症候》，中国社会科学出版社2011年版，第74页。

② ［德］胡戈·弗里德里希：《现代诗歌的结构：19世纪中期至20世纪中期的抒情诗》，李双志译，译林出版社2010年版，第62页。

肯定的心理诉求。

余怒就是在这种错位的、倒置的、否定的、消极的时代语境中，不断对存在的世界发出质询，在一种非惯常的、非线型的思维中表达现代生活的种种压迫与精神缺席所带来的现代焦虑与困惑，并在对外部世界的考察与审视中，试图确认自我主体的存在与可能。

第二，在身体的维度上，展开合理化的想象、幻想，然后生成艺术的幻象与幻境，表现受现实存在挤压的内心。

余怒的诗歌选择身体作为思考与文化的基点与视角，并从现代诗歌技巧着手，探析当代诗歌的书写可能，凝聚现代诗歌的语言之美、思想之美。"语言所包含的情感能力与它的实用性，也就是直接具有意义的特性混合在一起。在日常语言中，这些运动和魅力的力量、这些情感生活的精神敏感性的兴奋剂与平常和表面的生活所使用的交流符号和方式混为一体，诗人的责任、工作和职能就是将它们展示出来并使它们动作起来。"① 他不断丰富现代诗歌的表现技巧，比如借助多义、歧义等强化诗歌的表现可能。诗人认为："提供尽可能多的歧义。实用语言总是力图取消歧义，或减少歧义发生的概率，从而使意思变得明确、固定。而歧义正是人对世界的不同理解。"② "没有歧义，诗歌会一览无余；没有快感，诗歌就如同鸡肋。"③ "将意思打乱，抛弃逻辑和因果关系，又使之显得有'整体感'，还要有味道，这就是我的目的。我经常说：'语义乱'，而诗不乱。"④ 诗歌的歧义，是诗学意义上的暧昧表现，它让诗歌走向表现、表意的多种可能。这里面既有复杂的语言意识，也纠缠着丰富

① ［法］保罗·瓦莱里：《文艺杂谈》，段映虹译，百花文艺出版社2002年版，第181页。
② 余怒：《余怒诗选集》，华文出版社2004年版，第472页。
③ 同上书，第474页。
④ 同上书，第476页。

的生命经验，它们组合在一起造成了现代诗歌的间离、陌生化的艺术效果。众多身体意象密集地纠结在一起，显得无序而混乱，但是这成为 20 世纪 90 年代诗歌表现的一种特殊图景，颠覆了传统的再现秩序，进入印象式、魔幻化的艺术表达可能，让身体景观成为后现代社会的文化镜像的同时，其书写本身也是对现代人无序、混乱、价值迷失现状的心灵折射。"当诗人的一篇作品被当作语法难点或例句汇编来使用时，它就不再是一篇精神的作品，因为人们对它的使用与它产生的条件全然无关，另一方面人们还拒绝承认它具有给作品带来一定意义的消费价值。"① 诗人通过超现实主义、超验主义及强指的象征主义表达，不断将时空交错，杂糅着现代经验与乡土中国的文化事实，表现了存在对于心灵的某种挤压与内心的精神诉求。"埋着双耳/一个太阳有十个幻象//抓住了就抚摸/抓不住一声爆炸//一只指南针，一个私生子/手掌没看见，我俩夜里/骑着钥匙"（《钥匙深处》）。这是现代都市生活对于现代心灵的挤压，"自我"不过是无法把握的精神"幻象"，诗人试图寻找自己的精神归宿和破除迷宫的钥匙，然而一切似乎在现代社会仅是一种可能，一种无力的内心不愿轻易地呈现在时代面前与创伤性的生活境遇之中。

　　20 世纪 90 年代余怒在诗歌里表现出的这种内心的窘迫与无奈，折射出现代工业社会、后现代文明的时代语境对人的内心挤压和不断形成某种文化阴影。他的诗歌意象的变形、幻想、陌生化、间离等艺术效果，也吻合了当时精神迷失的文化语境。

　　第三，身体，从人的感官转向物的通灵、超验式的直觉体验，从而挖掘深度自我的文化意识。

　　现实的世界似乎是清晰的、理性的、规律的、整体的，但是这仅是语言描述与认知的局部结果，而真实的世界绝非语言所能解释，它的丰富性、开放性、多样性、生长性需要通过对语言的去蔽

---

① ［法］保罗·瓦莱里：《文艺杂谈》，段映虹译，百花文艺出版社 2002 年版，第 315 页。

而得以呈现，从而破解人类世界本身的混沌。而诗的直觉、超验性的审美体验往往成为认识世界、自我的另一有效途径。"混沌，但不混乱。混沌是世界（存在）的本来面目。诗人的任务就在于使这种混沌呈现出来。而不是枉用模糊混乱的笔法去书写诗歌，诗歌的混沌与笔法的混乱根本上是两回事。"①

　　诗人写道："他醒来/稻草人一身寒霜/白得如他的心境"［《从一夜到另一夜（选章）》］；"大理石向内收紧，像饥饿/光滑的肚皮//她来时已经正是正午，她形体不整/她与一面镜子//以各自的凹陷/互相打量"（《衰老》），在象征主义诗人的诗作里，语言变成人类认识世界的媒介与密码，诗歌的表现因此充满了种种可能，诗人依凭直觉、灵感、幻想、超验抵达诗歌的幻象，从而书写身体感官深处的深度事实与真相，完成人类思维与认知的过程能。诗人在强指中不断展现被现代社会所挤压的内心，走向生命意识回归的可能，并在超验主义、超现实主义、魔幻现实主义的表现技巧中获得某种表现及抵达。余怒写道："短语与病不分。声音和物体/堆在眼前//我在医院的长椅上坐着/在刚刚被我描写过的中午"（《中午的医院》）。语言仅是一种命名与表述，在超验的直觉与想象中，诗人天马行空、浮想联翩，打通了自然/社会、身体/精神、物/人、自我/灵魂等二元对立的隔绝，不断通过语言赋予物以灵性，回归本体意识，"我们要追寻的是那些并不总是存在的词语以及那些虚幻的巧合；我们要让自己处于无力的状态，试图将声音与意义结合到一起"②，他的诗歌不断赋予语言以诗意与思想的种种可能，最终创造出多重审美价值的诗歌艺术。

　　第四，身体，从形而下的感知走向形而上学的思辨，实现了诗歌语言与生命意识的哲理融合和相互影响。

---

①　余怒：《余怒诗选集》，华文出版社 2004 年版，第 472 页。

②　［法］保罗·瓦莱里：《文艺杂谈》，段映虹译，百花文艺出版社 2002 年版，第 31 页。

余怒诗歌最大的魔幻之处在于对语言的处理，然而他的诗歌语言在一定程度上阻碍了读者对其诗歌的深度接受，所以他像许多象征主义者一样，对读者提出了较高的知性与智力要求。"马拉美在法国创造了所谓艰深作者的概念。他明确地将必须付出的思想努力引入到艺术中来。……为自己选择了为数甚少的一群特殊爱好者，这些人一旦领略过他的作品，就再也不能忍受不纯粹、肤浅和毫不设防的诗歌。"①

但是，他对诗歌语言的探索无疑强化了诗歌书写力度，让诗歌充满一种特殊的光晕与表达效果，成为 90 年代诗歌探索与书写的另一种途径。

诗人写道："为什么他冻僵了/手中还紧握着一只钟摆/而在那边，阳光下/送葬的人们围着篝火"　[《从一夜到另一夜（选章）》]；"一个女人的青春几乎是圆的/当她醒来，在泳池里丢了一只手/黑发在花园里埋了一半//风一节节僵硬，感觉不出/甚至超过她的体重"（《埋葬》）。语言是多义、复义的，诗歌的暧昧化、模糊化的处理强化了诗歌的表现张力，语言也成为生成思想与哲理发现的通道与影响。"语言魔术被允许将世界打碎以实现魔幻化。晦暗和不连贯成为了诗歌暗示的前提。"② 他的诗歌继承了西方现代诗歌对语言重视的传统，并通过语言不断创造诗意、诗性表达的可能。"蚂蚁爬进客厅，声音洪亮/客人们剩下残骸/成了声音的标本"（《争辩的副作用》）；"家具被无故搬空，门窗/被封死，灯熄了/钟摆不见了/虫子掉到地上/他坐在角落里吃鹦鹉/突然发出声音"（《老人的寂静》）。这些对物的审视不是物的再现，而是表现，通过我与物的对话，让诗歌突破了二元对立的表达边界，不断呈现出

①　［法］保罗·瓦莱里：《文艺杂谈》，段映虹译，百花文艺出版社 2002 年版，第 202 页。

②　［德］胡戈·弗里德里希：《现代诗歌的结构：19 世纪中期至 20 世纪中期的抒情诗》，李双志译，译林出版社 2010 年版，第 15 页。

物的灵性，抒发作者深度心灵的普世关怀。

　　诗人的语言意识最终必然同生命的本体意识和对死亡的形而上学的理解与思考融合，"在语言那迷人的森林里，诗人们故意迷失在其中并陶醉于这种迷失，他们寻找着意义的十字路口、出人意表的混乱和奇异的相会；他们不惧怕其中的迂回、意外和幽暗"①。诗的语言不仅体现语言本体中的诗体意识，也是抵达存在的形而上学的一种手段。因而，后现代文化语境下更强调书写的意义，也正是对语言差异的发现、强调、深化与发展。

　　诗歌是生命灵性的体验，是对超现实世界的知性认知，诗的想象性、幻想性的诱因在于揭示现实之维、理性之维之外的世界事实与真相。诗当然不是混乱，而是表现，表现读者共同参与的想象、体味语言之外所不能表现、抵达的种种内心真实。

第三节　解构与超验

　　余怒的写作，丰富了90年代以来诗歌的表现意识，在身体的精神性指认上有了更加深入的体悟，他不仅关注身体，更关注被语言遮蔽的文化事实，通过对身体的书写，考察其背后的文化意识，具体表现为以下四点影响与启示：

　　第一，身体仅是一种考察视角，更着重于对身体的文化意识的去蔽与在场呈现。

　　显然，90年代以来消费浪潮的兴起和对物质化的过度迷恋，导致了身体被过度放大，肉欲化、生理化、审丑化、粗俗化的发展趋势明显。"我们的身体和对身体的想象与叙事在摆脱了国家的征用之后是否就已经真正属于我们了，身体既具有极深的文化意味，又

① ［法］保罗·瓦莱里：《文艺杂谈》，段映虹译，百花文艺出版社2002年版，第262页。

可能是最反文化的，谈论性并不必然意味着解放，它也许是权力在通过性进行运作的结果。所有这些问题中都有巨大的文化批判和美学建构的可能。"① 工业社会、物质社会对自我内心挤压而表现出来的身体境遇揭示了物质文化、消费化的极端发展的文化事实。余怒的身体书写保持了中性客观的处理方式，身体成为思想探索有效积极的文化视角，借以展开对文化的深度思考。正如他写道："加缪命名的'荒谬'。呈现日常生活中的荒谬性以及它与存在的关系。"② 余怒的诗歌里多次表现出这种现实日常身体所遭遇的生存压力与内心质询，通过存在的种种现实继续探索存在的种种可能。

　　第二，男性诗歌对身体书写的深度探索与话语实践，扩充了80年代以来女性诗歌对身体的表现场域，提升了身体的文化含量和对精神性与心灵化维度的关注与自觉回归。

　　"身体写作"由法国女性主义理论家埃莱娜·西苏提出，她说："女性通过身体将自己的想法物质化了；她用自己的肉体表达自己的思想……用身体，这点女性基于男人。男人们受诱惑去追求世俗功名，妇女们则只有用身体，她们是身体，因而更多的写作。"③ 20世纪80年代，身体开始成为中国当代女性诗歌的关注主题，她们通过对女性身体的书写，呈现了女性诗歌的黑暗意识，以及在形而上学层面表达女性诗人与男性相似的精神追求。显然，女性诗歌一方面在其书写上呈现了与男权中心话语存在的差异性；另一方面又摆脱了女性性别的局限，从而走向了所有诗人都共同面对的死亡的形而上学体验与对人类大我的命运的关注。而余怒的诗歌与90年代后期女性诗歌一样在诗歌共时、生长的话语实践中，不断回归诗体意

　　① 陈定家选编：《身体写作与文化症候·导读》，中国社会科学出版社2011年版，第15页。
　　② 余怒：《余怒诗选集》，华文出版社2004年版，第471页。
　　③ ［法］埃莱娜·西苏：《从潜意识到场景到历史场景——当代女性主义文学批评》，孟悦译，张京媛主编《当代女性主义文学批评》，北京大学出版社1992年版，第195—202页。

识和语言本位的诗歌传统，丰富与拓展了当代诗歌的书写范畴。"诗歌成为了一种行为，它非常孤独地将自己的梦幻游戏和魔力音调投入一个被摧毁的世界。它在最后一个意义层面上所表述出的，是抽象的角色和张力，是无法穷尽的多义性。"①

因而，此时的身体表现的主题与意识，渐渐影响 90 年代的诗歌表达，一方面是女性诗歌继续关注并逐渐纳入到诗学的本体高度进行书写；另一方面其他诗歌写作群体和诗人也开始从对外部世界的关注走向了对去性别化的身体的关注，身体的性别局限也逐渐被打破，并且不断丰富并提升了身体的心灵化、精神化的文化意识，从各自在场的角度，走向了真正意义上的身体写作。

第三，身体书写在形而下的外部观察与形而上的哲理探索方面，对 90 年代以来的诗歌写作产生了重要启示。

在余怒看来："先锋性不是一个流派的写作倾向和风格，而是一种写作精神。它不是集体的，而是个人的。它的内涵是叛逆、创新和超前，意味着对权威的怀疑、对旧事物的扬弃、对循规蹈矩的不满和创造的激情。可以说，这是每一个称得上诗人的人所须具备的素质——基本素质。它不是一时的，而是艺术的伴随物。"②

90 年代以来的诗歌话语表现为叙事性、再现性，但是这样的口语写作忽略了诗歌的表达技巧、语言意识、诗学传统和精神旨向。在诗人看来："作为对朦胧诗歌的一种反动，口语诗歌直接抵触现实的态度是值得肯定的，它把象征和抒情因素从诗中驱逐了出去，这类作品也将崇高、美、英雄等概念崇拜拉下了神坛，可以说，这种诗歌是更加人性的诗歌。然而，这种诗歌与我渴望写出的诗歌存在着差距。它仍然是'意思中心主义'者向众人布道的工具，像古

---

① ［德］胡戈·弗里德里希：《现代诗歌的结构：19 世纪中期至 20 世纪中期的抒情诗》，李双志译，译林出版社 2010 年版，第 115 页。

② 余怒：《余怒诗选集》，华文出版社 2004 年版，第 473 页。

老的言志抒情诗歌一样。只不过它显露的是与古老的价值判断相反的判断而已。我的作品同口语诗歌的区别在于口语诗歌致力于推翻现存的价值判断，而我放弃了，将那些东西放置到一边。"①

显然，余怒便是关注身体书写的众多写作者中的一个，他从形而下的身体观察提升至形而上学的精神诉求与哲理关注。他是仅次于海子的另一个将"身体"推向某种关注焦点的诗人之一。海子的身体主要表现在晚期《太阳·七部书》的写作，这些诗歌中的"身体"景观因为诗剧的形式而具有了展示性和献祭感，并多少烙上了想象的、审美的、神学的、悲剧的形而上学的宗教意义。而余怒的诗歌恰恰是日常身体与形而上的精神性之间的平衡，他侧重于提供经验的、日常的视角向形而上的、诗学本体的沉思维度。

第四，余怒的身体书写指向了表现的诗体意识，打破了诗与真相、身体与灵魂的对立，从而获得审美的、超验的文本效果与精神价值。

余怒诗歌属于纯诗写作、象征主义写作、超现实写作、超验写作，通过直觉、灵感、幻想、冥想、超现实的表达消解现实的、日常的秩序与观念，从而在艺术的书写中摆脱人间的种种樊篱与羁绊，诗人的诗写在此意义上成为一种情感暗示与思想抵达，也为写作者作为生命主体重塑了现世的高度与生存智慧。"在诗人们中间，一直存在着两种对立的语言观：借助语言言说和在语言中言说。前者将语言视为一个孤立的、静止的、外在于言说的工具；而后者将语言视为一个开放的、融合的系统，一个由感觉、意识、意义、经验、习俗、传统等诸因素构成的总和，一个历史性的存在。从命名开始的语言历程不仅逐步开拓了人类思维的广度和深度，而且使语言与人的思维密不可分。作为被'语言化'的人来说，言说只能是

---

① 余怒：《余怒诗选集》，华文出版社 2004 年版，第 483 页。

在语言中言说，思考只能是在语言中思考。"① 诗歌往往并不表达一个整体性的、明晰的主题，而是一种情绪的象征与暗示，在差异中完成身体的书写。

人是语言的动物，更是修辞的动物。"诗歌语言具有了一种实验性，从这实验中涌现了不是有意义来谋划，而是以自身制造意义的词语组合。常用的词语材料展示了不同寻常的意义。"② 当我们试图用语言去表达思维时，就会无形中滑入语言自身嵌套的"逻格斯"中心主义和语言秩序规范。"由于语言的性质本身，文学在他人那里引起的愉悦包含着大量误解和误会，这些误解和误会如此必要，以至于作者思想的直接和完整的传达。"③ 在余怒看来："拒绝完整。对于一个人来说，整个人体是一个整体，但对于一只手来说，一只手也是一个整体，对于手指，手指是整体。再者，我们每日所见、所想大多具有片断性、破碎性。破碎符合存在的真实。"④ 余怒的写作，诉求直觉、灵感，挖掘潜意识的能量与超我形态，暂时从幻想的、冥思的世界中游离、超越，从而在纯粹的语言想象中去克服与支配现实与理性，在感性与理性的平衡中直达命运内核与思想深处。

综上所述，20 世纪现代西方哲学中，尼采、海德格尔、胡塞尔、德里达、福柯等哲学家从语言自身着手破解的便是这种"逻格斯中心"，通过差异、延异的哲学思维去生成批判的、反思型的现代语言哲学——"解构"观念。而当代诗歌中的孤寂书写，正是从外部对世界的疏离关系走向了内部自我的审视与探析，其基础便是现代语言哲学，在幻想、冥思的语言娱戏中捕捉对"自我"的重新

---

① 余怒：《余怒诗选集》，华文出版社 2004 年版，第 480 页。
② ［德］胡戈·弗里德里希：《现代诗歌的结构：19 世纪中期至 20 世纪中期的抒情诗》，李双志译，译林出版社 2010 年版，第 4 页。
③ ［法］保罗·瓦莱里：《文艺杂谈》，段映虹译，百花文艺出版社 2002 年版，第 206 页。
④ 余怒：《余怒诗选集》，华文出版社 2004 年版，第 471 页。

认知与生长可能。

　　余怒与同为乡人的海子一起，构成了当代诗歌写作的两种可能。海子侧重于乡土、民族的经验与宗教、真理的融合，而余怒的重心在于对都市经验与语言本体意义的诗意创造，当然，他的诗歌写作也不自觉地烙上了 90 年代以来种种的文化印迹与影响，在再现与表现之间谋得较好的平衡，产生了重要的历史再现的认知价值，这种影响突破诸多局限，走向诗体意义上创造与诗学革新。余怒作为 90 年代诗歌的独特存在，在语言本体意识上不断探索当代诗歌的发展方向，最终融合现代的都市经验与乡土经验，不断进行形而上学的哲学本位的诗体探索，利用现代西方的表现技巧，从语言深处入手，最终与思想交融，进行了魔幻现实主义、超验主义、超现实主义等艺术探索，使得诗人的创作成为 90 年代诗歌书写中不可复制的精神个案，丰富了 20 世纪 90 年代以来的诗歌写作。

第十六章

李心释：语言与超验

　　如何给李心释的诗歌命名，这的确是一个难题。他身为语言学教授，曾经出版《"语言"的语言迷途》等语言学著作；他熟悉解构主义哲学观，在生活观念与诗中均试图实现自我生命体验的双重在场，将语言沉浸在虚无深处不断体验生命真谛的"空空和尚"（诗人曾经用过此笔名）。这份艺术简历，构成他进行生命省思的精神背景与艺术前提，通过诗歌远离世俗虚名之嫌。倘若没有与此相关的精神领域与哲学态度，我们自然无法考究他的诗歌动力、功力、活力与魅力。在一部分读者看来，他的诗歌或许令人感觉不知所云，间或以晦涩拒之。正如许多现代诗歌的探索者一样，李心释同样对读者提出较高的专业性、精神性要求。"马拉美在法国创造了所谓艰深作者的概念。他明确地将必须付出的思想努力引入到艺术中来。正是这样，他提高了对读者的要求，并且他还带着一种真正光荣的令人钦佩的智慧，为自己选择了为数甚少的一群特殊爱好者，这些人一旦领略过他的作品，就再也不能忍受不纯粹、肤浅和毫不设防的诗歌。"① 李心释着重于语言的诗歌书写，同时关顾生命意识与能动性的精神在场，他站在时代的高度以世界性的眼光写

_____

　　① ［法］保罗·瓦莱里：《文艺杂谈》，段映虹译，百花文艺出版社2002年版，第202页。

作，深知汉语思维自身嵌带的问题及汉语发展的危机感，积极地通过语言不断修复汉语诗歌的创作信心，不断在形而上学的思索中试图抵达某种艺术可能。

第一节 在语言深处深究虚无

如果对李心释语言学的专业背景、延异哲学观和空空的生命意识这种种精神背景稍加考察，我们发现他的诗歌其实就是关于何谓真正的生命事实的"难题"的思索，而"语言"成为沟通以上三种精神背景的媒介，让他能够在自我的精神在场与终极性体验中切近自我与世界关系的"难题"，并展开形而上思辨与探析。

近年来，诗人陆续完成了《致敬》《冬天的苦念头》《遭遇橡皮树》《乡村邻居》《路上的眩晕》《逛书店晚归》《灵塔》《我在这里呆过》《老茅》《天空》等作品，他的诗歌取自日常的生活或者工作的语言，这里面的"致敬""苦念头""眩晕"成为后现代心灵投射的支离图像，这个世界不再仅仅由日常支配，而是不断挖掘自我深处的潜意识。诗人更像一个历史学家在虚无之坟寻觅心灵的拓片、零散而寓意深刻的字符，组合成从日常导向形而上或者神性的精神语境，他的诗篇成为一个现实的场域供读者沉思、巡游、审视和辨析自我存在的空间。如他《致敬》中写道："高原的公路沿线/一匹马静立，低着头/疾驰的车经过它/像一个轻浮的笑话//一匹黑色的马，公路唯一的高度/静止的速度/比所有速度都快/是因为我把眼睛留在了它的身上"，作者要致敬的是语言的沉默，因为自我的清醒而促成了致敬的时效与深刻，在生命奔走的匆忙旅途中，静下来思考那融留的沉默的客观生活，保持清醒的意识与态度也成为生命探索的另一种可能路径，"我把眼睛留在了它的身上"，诗人再次强调主体对世界发现的必要性与必然性，如果自我是清晰的，那么语言就试图反思、颠覆自我世界的平衡，唯有不断破除自我的幻象，方可抵达内心的隐秘、诗意与可能。

　　所有的写作都在写作中完成。在许多诗人看来，诗歌写作的经验就是多练笔，在多写中练就、发现诗体表意的经验与能力提升的方法，不断深化、纯粹，直到形成自己的风格，这是当代诗歌书写的重要经验。瓦莱里的学生梁宗岱曾有如下一段代表性的论述："所谓纯诗，便是摒除一切客观的写景，叙事，说理以至感伤的情调，而纯粹凭借那构成它底形体的原素——音乐和色彩——产生一种符咒似的暗示力，以唤起我们感官与想象底感应……它自己成为一个绝对独立，绝对自由，比现世更纯粹，更不朽的宇宙。"[①] 李心释的诗歌带着深刻的空观，在语言的通道中不断触及、呈现思想的外壳，反映现代语言意识及哲学观对当代生活的积极影响，从诗篇中领略其对当下生活认知的启示与意义。"艺术是艰难的，而艺术家在这种艺术活动中经历着不确定……诗歌只是一种练习，但这练习是精神，是精神的纯洁性，是纯净之处——意识，这种可用以交换一切的空无的能力，在那里成了实际的能力，并在严格的范围内包藏着它的各种结合的无限性和它的运作的广阔性。"[②] 获得对世界的认知是艰难的，这同样成为李心释语言、生命、思想、哲学的综合性认知前提，他的诗篇展现了这种种语言观、生命观、哲学观、思想观的融合，为读者提供了自我反思的可能。诗歌成为诗人对现实焦虑、虚无人生的某种积极有效地肯定性的书写，再次呈现了诗歌作为艺术的重要样式对生活信心的修复与理解的可能。

　　当代诗歌书写需要体验能力、想象能力和自觉的语言、诗体意识，才可能达到诗意、思辨来形成较佳的审美、认知效果。"头巾"

---

① 梁宗岱：《梁宗岱文集·评论卷》，中央编译出版社 2003 年版，第 87 页。

② ［法］莫里斯·布朗肖：《文学空间》，顾嘉琛译，商务印书馆 2005 年版，第 73 页。

"菜刀""把手"……他脑海深处的语象，不断从日常经验导入形而上的精神遐想与探索之中。他写道："迎面一个中年妇女/包着头巾，过冬的暗花棉袄/手上动作深入本地/有黑色的血在她身旁循环/这样一直走着，可到黄泉/又一老者/男性是边上的树与房子的性别/干黑的皮肤褶皱/有无数生的厌烦的堆积/日复一日，毫无差别/惟一重大的变化就只剩一个了/曾是那大学教室里的青春/早早结在食物链上/等来的饕餮大餐却不是他自己"（《冬天里的苦念头》），"梯子不用于我们之间的通达/梯子是扭曲了的生活的精致化/融洽的关系/会像菜刀收集疼痛//菩萨坐在最高层/因为人们不让她有排泄/属泥土的才有心肠/为一只鸡的权利而斗争//我们同拥一枚巨大的青褐色丹药/取名曰天空/加入夕光的糖水/夜夜共享它的苦"（《乡间邻居》），"我说这片土地/犹似说这一张纸/写满后注定要翻过去/翻过去了也许不再有纸/而决无空白/这片土地我呆过/当我被翻过去了/土地还在/我，一个临时钉在地球上的把手/过往的时光将通过我/转动她"（《我在这里呆过》），诗人不断捕捉日常的诗意经验，并通过语言的存在之思，试图理解生命的困惑与虚无，语言因而有了敞开的多义性和丰富性。"敞开，即诗歌。这空间，在那城所有一切都返回到深刻的存在，在那里在两个领域之间有着无限的过渡……诗人当然无法进入其中，诗人进入其中只是为了消亡，在这空间中，诗人只有保持一致才进入裂口的深处，这裂口把诗人变成一张无人理会的嘴，正像它对待聆听寂静的分量的人一样，这就是作品，是作为渊源的作品。"① 在对语言本体的质询与探索中，在诗的经验与幻象之间，李心释的诗歌进行语言/思想的平衡与裂生尝试，生成了多种生命与艺术的表达可能，从而不断走向澄明之境的存在之思。

---

① ［法］莫里斯·布朗肖：《文学空间》，顾嘉琛译，商务印书馆 2005 年版，第 138—139 页。

　　法国文艺批评家保罗·瓦莱里在评价马拉美的诗歌时，指出语言（艺术）的不可完成的状态："艺术家逐渐脱离低俗和普遍的幻象，他的品行促使他去从事无形而浩大的工程。这种无情的选择吞噬着他的岁月，完成这个词不再具有意义，因为思想自身是什么也不会完成的。"① 不断破除生活的幻象，深入语言的迷津，又不断通过语言呈现艺术与思想的通道，最终为生命意识提供某种精神理路与艺术可能。"它要求思想具有最全面的素质，它永远不会完成，因为严格说来它永远不可能发生，这个工作试图建立一个人的话语，这个人要比任何真实的人在思想上更纯粹、更有力和更深刻，在生活中更激烈，在言语上更高雅和巧妙。这种非凡的话语以支撑它的节奏与和谐为特征，节奏、和谐应当与话语的形成十分紧密甚至神秘地联系起来，使得声音与意义再也不能分离，并且在记忆中无限地相互应和。"② 这自然成了李心释诗歌的写作理念与精神可能的探索动力与前提，在他的诗歌中除了获得一种语言的、思辨的、知性的、审美性的感悟，同时，还获得一种思想认知的震颤感和共鸣意识。可见，他的日常的诗性观察维系了诗歌语言本体的严肃性与终极性的思考魅力，不断抵达诗歌的精神世界。"精神，在审美的意义上，就是指内心的鼓舞生动的原则。但这原则由此鼓动心灵的东西，即它用于这方面的那个材料，就是把内心诸力量合目的地置于焕发状态，亦即置于这样一种自动维持自己，甚至为此而加强着这些力量的游戏之中的东西。"③

　　当代诗歌书写所表现出来的语言本位意识很大程度上传承于西方现代语言哲学中的解构一脉。李心释在生命、哲学的语言意识方面受惠于传统的佛学空观的潜在意识，他不断否定自我、破除幻象

---

① ［法］保罗·瓦莱里：《文艺杂谈》，段映虹译，百花文艺出版社 2002 年版，第 194 页。

② 同上书，第 182 页。

③ ［德］康德：《判断力批判》，邓晓芒译，人民出版社 2002 年版，第 158 页。

的诗歌写作的精神前提也自然受到现代语言哲学的影响。"凡是钻研诗歌者就避开了作为确实性的那种存在，遭遇到了诸神的不在场，生活在这种不在场的深处，并为这不在场负责，担当其风险，承受其厚意。钻研诗歌者应当抛开一切偶像，应同一切决裂，应当不把真实作视野，把前途视为逗留之地，因为他没有丝毫期望的权利；相反，他应当绝望。钻研诗歌者死，遭遇死亡如深渊。"[1] 他走向存在主义的存在之思，这一切自然与现代主义以来的对"虚无"的探究产生了关联，或者说，这种虚无的精神前提，让诗人在执着书写与跳出窠臼并行的语言意识中不断深化、强化自我个体的思考与精神性认同。

当代诗歌书写很大程度上不自觉地遮蔽了语言自身的生长态势与发展可能，过度的意象与抒情、过度的形容词和语气词的使用、过度的叙事与口语写作，导致了当代诗歌愈加偏离诗歌本应追求的事实与真相。在美国学者奚密看来："哲学取向上的基本差异使现代的'纯诗'观念有别于中国的传统诗学。现代'纯诗'观念不仅导源于同质性读者群的消失，而且甚至在更多程度上导源于公认的整体价值系统的缺席。"[2] 李心释的诗歌始终坚持以探索语言的可能性为前提，不断表现出诗歌必然、本质的诗体意识，使得他的诗歌同时表现出精简主义的倾向，这种精简性使诗歌走向了减法、凝练的原则，同时提供了多种自我语言繁殖的能力，重新让诗歌恢复到生命这一立场与维度，驱除繁复的、过度的语词障碍，直达语言的表意现场、诗意生成的肌质与多样性、丰富性的精神层面。在澄明的自我与可能面前展开存在之思，精简、凝练的诗歌表述获得一种语言思辨与知性组合的审美性体悟，不断使阅读产生思想认知上的

---

① ［法］莫里斯·布朗肖：《文学空间》，顾嘉琛译，商务印书馆 2005 年版，第 19 页。

② ［美］奚密：《现代汉诗——1917 年以来的理论与实践》，奚密、宋炳辉译，上海三联书店 2008 年版，第 18 页。

震颤感，日常的诗性观察维系了诗歌本体的严肃性、终极性的思考魅力。他写道："书店外面，夕照像头颅一样坠落／我出门的惊恐与悬空的文字／有节制地不毁坏日常生活／是胃里的黑暗催我起身／结账的服务员嫣然一笑／依旧如明码标价／／一条狗准时来围剿我／是的，我总是被一条而非一条以上的狗／围剿。跑到校门才有安全／因为狗害怕比它大的狗／校门吃进吐出一拨拨人／它消化什么不得而知／今晚的我要消化五本书、黄花菜加五毛饭"（《逛书店晚归》），"国内战争中死去的这些人／与一千年前的和尚共葬一处／想必亡灵自会去渡亡灵／灵魂和石像，对应于／早晨与太阳／回收现世的目光而成石像的光明／今年的梅花节上／一块墓碑无缘无故地裂了／对应于／一角升天了的塔檐"（《灵塔》）。李心释在当代以再现、叙事为主的口语写作话语统领诗坛的现状下，不无警示地提出"隐喻是写给读者的情书"的常识与诗观，可见其清醒的语言意识与诗思指向，并使其诗歌获得了较佳的文本效果，也让读者深入到生命之维的另一种可能观照之中。他写道："月亮只亮一张熟人的脸／一侧煞白，刚刚经历过我的数落／门前橡皮树葱茏的叶子却以大音量／要求我的生活跪拜／枝干里的神灵／视线被拨得像跳绳／六十年后的我加入，绊倒／再也不能起身／给一次闭目命名为'夜晚'吧／我明白／那些已逝的同类正在向我转述／别处的生活"（《遭遇橡皮树》），"留意脚，自然就深入土地／凭一片硕大的枯叶／大致能判定站立的纬度／／人群永远是细菌一样地分裂／腰带的视线比头上的可怕／只瞄准地图上的一个点／／或是在哪里预订了位置／留在脑海里的面孔／仍需一一标上序号"（《路上的眩晕》），"我是九月份来这里的／因为你／一年旋即榨成刚刚／却又匆匆把一生吞下慢慢化解／一个朋友／在语言里已经很老很老了／我用语言的历史／增进对他的感情／把他逼到死角／地图上的一个点／我的笔尖无数次在想象中落下／在他恰好于画架前／把墨抹上"（《老茅》）。在直觉与灵感的牵引下，语言的灵性、神性益然于笔端，一首首诗篇像精神食粮，供给作者继续创作的勇气，也让读者在阅读中找回生命的思维与信心，语言与思想形如"基督"，也神似"弟兄"，最终又与"诗"三者合一。其中的关系正是或此或彼，你我感染，相互扶持，共育诗华。阐释意义走出了体制，阐释的过程也许更切近诗的审美性与文学性。

第二节 语言：不可能的可能

当代诗歌的语言探索，表现出对汉语表述危机省察与不断自觉纠偏的文化意识，通过不断从日常的、经验的话语向诗性的、文学性的话语置换与书写去维护汉语自身的纯洁、隐喻的诗性结构。当代社会陷入种种话语圈套，诗人对经验的、日常的、交流的、功能的语言应时刻保持警醒意识与辨别态度："日常话语的机械化、自动化，语词造成虚假的修辞幻象或名实相离，语言总体上工具性、非人化的增强，等等。存在主义者认为这才是语言的危机，拯救之途是把诗与思的本质方式归还给语言，不断进行语言创新。"①

当代诗歌的语言，时常滑入对语言的娱戏与一次性消费行为，仅在语言的外部滑动、迁移，离真正走向文本效果的内部运动与探讨的话语实践，似乎还相差甚远。在李心释看来，有一类观念先行的艺术作品，就是要颠覆已有的或流行的艺术观念，摆脱已然程式化了的，存在于大众无意识中缺乏生机的陈规枷锁。20 世纪 80 年代诗歌观念的变迁似乎能充分说明这个问题，由此产生反叛意识浓烈的艺术作品，与其说是诗歌，不如说是一种诗歌行为。② 诗人在《隐喻是写给读者的情书》写道："修辞如果没有了直觉／不过是顾

---

① 李心释、宋宁刚：《对"汉语危机"论的反思》，《广西大学学报》2009 年第 4 期。

② 参见李心释博客 http://kkyuyanxue.blog.163.com/blog/static/7425795320130317320291/。

虑重重的代名词/不是废话连篇/却能判别隐喻的好坏/儒者教导不了别人/一个词语繁衍出另一些词语/这挑逗的本性谁都会感染。""隐喻是写给读者的情书",隐喻作为诗歌的常识与语言的本体追求,在直觉、灵感的内力作用下,使诗歌语言裂变出诗的灵性、神性。"诗歌的话语不再是某个人的话语:在这种话语中,没有人在说话,而在说话的并非人,但是好像只有话语在自言自语。语言便显示出它的全部重要性;语言成为本质的东西;语言作为本质的东西在说话,因此,赋予诗人的话语可称为本质的话语。"① 语言使读者在阅读中与写作者的情思融合,并在对语言的体味中切近生命意识,不断提升艺术思维的高度与难度,形成诗意的生命智慧,诗、思、精神三者之间的关系,或此或彼,彼此渗透、交汇、影响、融合,生发于语言,最终又回归语言,语言成为前提、媒介、效果的生成机制与可能。

诗学与诗歌传统之间的平衡策略,给当代诗歌书写提供新的选择。李心释的诗歌表现出对语言本体的回归探索,不断试图识别世界被遮蔽的秘密。在他看来:"在日常观念的世界中我看不到任何人的希望,写诗是为了反抗日常语言,反抗虚无,感受意义的言说,确立真语言。"② 他在《二手的我》写道:"金黄色的/光线/通过白墙壁/折到被午睡遗弃/的床前/目的是把一个人/变成/二手的我/再嫁祸给冬日/书架像个停车场/一本心仪的车/冲出堤坝/追踪我。"诗歌依旧帮助我们破除自我幻象,语言本体的修辞对"二手的我"的堕落、迷津进行驱逐与去蔽,忍受黑夜的孤独、寂寞和语言的纠缠,让自我努力超越于现实之外,但是完成写作又要落入凡间,从日常经验的"床前"展开现实自我的精神质询。"冬日",富有意味,既可能指向诗人当下的生活语境,也可能传送冬日生活之

---

① [法] 莫里斯·布朗肖:《文学空间》,顾嘉琛译,商务印书馆 2005 年版,第 23 页。

② 李心释:《诗观》,《广西文学》2012 年第 11—12 期。

遭遇的联想，于是诗歌经验之外的另一语义生成，至少"嫁祸"已把诗的情绪不断在字里行间中进行暗示并铺展开来。"书架像个停车场"，同样源于日常生活，但又在强指、近似的联想与隐喻中，不断体味两者之间的相似/非似带给文本的神奇效果。"一本心仪的车"，颠覆了语言的常规表达秩序，在"本"与"辆"之间把我们从经验拉向幻象，在诗意的捕捉中，寻访诗人自我的秘密。"冲出坝外"，完成了诗歌的语言表现，强化诗歌走向语言本体的"幻想"色彩。诗的语义、情绪的错位与变形，促使读者尝试对《二手的我》深度阅读与跟踪，从而让生活的真相慢慢浮现出经验的精神水面。"一个话语的形成不能完全占据它的对象、陈述、概念等诸种序列有权利提供的一切可能的空间，它基本上是空白的，而这个空白是由话语的策略选择的形成序列所造成。"① 诗歌作为一种话语促成了这一切的转化与生成，从日常的经验空间不断抵达可能性的诗性、诗思所凝聚的文学空间。

　　语言的不可能的可能状态推动了诗/思、诗人/读者之间的联系、相互理解的过程。"从某种意义上讲，人都是语言的奴隶，诗人是不安分的奴隶，并随时希望由奴隶变成主人。自觉的语言意识是摆脱语义奴役的第一步。"② 诗人离不开读者，正如诗歌离不开语言一样，在可能的语言中抵达艺术与思想所启示的生命之维，这就预设了语言不仅具备日常的交流功能，也非稳定语言结构的政治话语，而是让语言成为一种思维方式，赋予、强化、生成诗歌的多种表达途径。"一首诗歌是否是一个封闭自足的系统？只能说相对自足，因为即使诗是封闭的，但理解却是个开放的过程，读者面对一首诗歌

---

　　①　［法］米歇尔·福柯：《知识考古学》，谢强译，生活·读书·新知三联书店1998年版，第72页。

　　②　周伦佑：《语言的自觉与诗的自觉》，常文昌主编《中国新时期诗歌研究资料》，山东文艺出版社2006年版，第100页。

有两个权力，一是进入诗人创造相对封闭的系统中去体会其聚合的空间和组合的表现法，去体会语言的结构与张力；二是并不把这首诗读成一个整体即一首完整的诗，只取其中一词一句，把自己被激发的体验填充进去，而后读成的诗其实已是另外的一首诗了，不能归于作者，你也完全可以重写，那是你自己的诗。"[1] 可见，诗篇的完成绝非单凭诗人个体的创作，还需要读者的有效介入，让写作者与读者之间找到对话的意义与可能，重视语言思维自身嵌带的复义、隐喻等功能，最终深化为语言/生命的某种思维与意识。

第三节　语言本体与超验可能

新时期诗歌的发展经过了朦胧诗对战歌、颂歌的语言置换，经过了第三代诗人所标榜的先锋的语言、语感对朦胧诗意象与抒情语言的替代，经过了轰轰隆隆的下半身、垃圾派、废话写作等话语对上半身的语言解构。在李心释看来："现代汉语诗歌还像个孩子，承认这一点，或许还能看到希望：我们的传统已经纵容了一个孩子的撒野，或许正在等待她的主动自我矫正与回归。"[2] 导致当代诗歌发展不成熟的最大障碍还在于语言存在的问题，以及诗体意识的回归、审视、认知、超越方面的缺失，这些都牵制了语言艺术观、生命观的自然形成与深度凝聚。

当代诗歌书写一直没有离开对语言的探索，但是语言在当代诗歌表述中似乎又是剥离与单一、局限的，李心释的诗歌观念及实践，对当代汉语诗歌的写作提供了许多重要的话语启示。

第一，语言的本体意识、可能意识对当代诗歌书写的积极影响。

---

[1]　李心释：《索绪尔语言学视野中的诗歌语言分析》，《南京理工大学学报》2012 年第 5 期。
[2]　李心释：《当代诗歌的语言策略批判》，《扬子江评论》2009 年第 2 期。

受到西方翻译、网络语言、汉语拼音化等的影响，当代诗歌书写不自觉地滑入时代的语境，使得语言变成一种工具理性，不再是语言自身在表达，而是人为的声音在表达，语言的自我繁殖能力受到限制，束缚了当代诗歌的语言发展。"中国大陆新诗创作正出现在这个世界艺术诗歌的新起点时期。我们必须有自己的探索，不再重复西方的脚印，在此以前我们总是追赶西方的实验，现在我们应当找回自己诗歌的过去，包括古典诗词、美学，综合西方现代的诗歌的种种尝试，取其可取者，寻求有东方特点的自己的诗学和诗格。"①

李心释的诗歌表现出一种难能可贵、独特清醒的生命意识与文化判断力。"判断力为了自己独特的运用必须假定这一点为先天原则，即在那些特殊的（经验性的）自然规律中对于人的见地来说是偶然的东西，却在联结它们的多样性为一个本身可能的经验时仍包含有一种我们虽然不可探究、但毕竟可思维的合规律的统一性。"②虽然有人将李心释放在"第三条道路"等诗派的写作类型中去认识，但他无疑保持了艺术的清醒与思想的独立，因而，他的话语一方面从当代诗歌书写中吸取营养，但也不断警示当代诗歌放逐语言、弱化语言认知水平的写作陷阱和不断滑入语言的常规与政治的话语圈套。在他看来：20 世纪 80 年代文学界吸收了西方现代哲学和语言学中的语言本体论思想，似乎真的把语言当语言看待，其背后隐藏的仍然是文化与文学革命的思路……"'语言'在 80 年代初不过是启蒙主义旗帜下的一个工具。之后，第三代诗歌里'反崇高''反文化''反英雄'等文化主张扎根在'语言'头上，'诗到语言为止'，'语言'的地位已被提升至不能再高的位置，但它仍然

---

① 郑敏：《诗歌与哲学是近邻：结构—解构诗论》，北京大学出版社 1999 年版，第 277—278 页。

② ［德］康德：《判断力批判》，邓晓芒译，人民出版社 2002 年版，第 18 页。

是工具而已。"①

第二，当代诗歌史的情结编织与对诗性建构的重新认知。

当代诗歌史的书写大体上是对诗歌的写作时间与历史轨迹描述与梳理，而相对缺失了诗性、客观性的评价与鉴别。在李心释看来："在无法辨别谎言与真理的时候有太多的人保持着沉默，因为说话只徒增混乱。当代诗的疯长完全来自符号说谎的力量。所谓诗人，已是盗用叙述真理的语法来装饰自己的怪物，有太多奇思妙想不是来自头脑而是来自语词的主宰，诗人坚决不当意识形态的奴隶，却把奴颜婢膝献给了语词。诗界曾倡导能指的滑动，而警惕语词的老化、板结，他们借以产生诗意的东西不外是一场歇斯底里的自我献祭的狂欢。"②

当代诗歌的批评与研究，缺乏语言本体意识层面上的书写，诗歌研究者、批评家大多局限于诗歌写了什么的一般梳理与常识研究，相对缺少对语言境况的深度剖析。"没有任何'文学史'（如果仍然要写这样的文学史的话）能够仍然是正当的，如果它像以往一样满足于把各种流派串连在一起而不指出它们彼此之间的鸿沟的话，这种鸿沟揭示了一种新的语言观：即写作的预言观。"③ 在这样的学术体制化、认知理性化的常识书写范式的牵制下，致使诗歌写作与研究远离了传统认知与语言意识的觉醒可能。"所谓的文学史资料几乎没有触及创造诗歌的秘密。一切都在艺术家的内心进行，似乎我们在他的生活中可以观察到的一切事件只对其中作品有着表面的影响。更重要的东西——缪斯女神的行为本身——与他的经历、生活方式、遭遇以及一切可以在一部传记中披露的事情无关。历史

---

① 李心释：《诗歌语言的反抗神话》，《文艺争鸣》2012 年第 10 期。

② 李心释：《当代诗歌的语言策略批判》，《扬子江评论》2009 年第 2 期。

③ ［法］罗兰·巴尔特：《写作的零度》，李幼蒸译，中国人民大学出版社 2008 年版，第 188 页。

能够观察到的一切都是无意义的。"①

　　当代诗歌研究的历史意识应该注意诗歌这一文体的特殊性和差异性，美国新历史主义代表人物海登·怀特所指出诗性的修辞性的历史意识给我们提供了新的理论视角："就历史写作继续以基于日常经验的言说和写作为首选媒介来传达人们发现的过去而论，它仍然保留了修辞和文学的色彩。只要史学家继续使用基于日常经验的言说和写作，他们对于过去现象的表现以及对这些现象所做的思考就仍然会是'文学性的'，即'诗性的'和'修辞性的'，其方式完全不同于任何公认的明显是'科学的'话语。"②"伟大的历史经典之所以从来不明确'解决'某一历史问题，而总是向过去'敞开'以激发更多的研究，其原因就在于它们的比喻性。正是这个事实允许我们基本上把历史话语当作阐释，而非解释或描写，而最重要的则是将其当作一种书写，不是为平息我们要认识事物的意志，而是刺激我们进行更多的探讨，生产更多的话语，更多的书写。"③对当代诗歌史不断进行深入的"情节编织"，从语言的差异性、丰富性中找出诗体意识表达层面的经典作品，丰富与完善"当代诗歌史"的历史图景与理论研究。显然，"在古典时期，'诗学'并不指任何领域，任何特殊情感内容，任何首尾一致性，任何分离的领域，而只是指一种语言技巧的改变，即按照比通常谈话则更富艺术性、因此更具有社会性的规则来改变自我表达方式，换言之，即把一种由于其惯习的显明性本身而被社会化了的言语，投射于来自心

---

　　①　[法]保罗·瓦莱里：《文艺杂谈》，段映虹译，百花文艺出版社2002年版，第33页。

　　②　[美]海登·怀特：《元史学：十九世纪欧洲的历史想像·序》，陈新译，译林出版社2004年版，第1页。

　　③　[美]海登·怀特：《后现代历史叙事学》，陈永国、张万娟译，中国社会科学出版社2003年版，第299页。

灵的内在思想之外"①。

第三，诗歌这种跨越艺术边界、走向种种思想可能的努力，为当代社会观照自我提供了精神性的话语启示。

强烈的生命意识的灌注、积极的书写态度，有效地让诗歌成为抵达审美性、思想性的精神活动的形式之一，同时也回到了主体在生命—艺术异质同构的文化意识架构中。"在我写作的时候和直到我停止写作为止，我为之心折的不朽思想是一场白日梦。我认为不朽是存在的，但不是像这样的不朽。"②通过个体的书写，我们在日常/超验、生活/梦想、现实/艺术的对立中，不断融入、契合、感应、交汇。"写作就把人物的实际言语当成了他的思考场所。"③诗歌提供了最好的艺术形式，实现了现实梦想的生命化指认，不断把人从现实的、物质的、欲望的、世故的经验世界向超验的、灵性的、精神的、纯粹的现象界过渡。对语言的诗艺化、思想化的可能性探索与书写，成为李心释进入形而上学思考层面的媒介与基础。"面对世界准备（好）的身体，暴露给世界，承受感觉、情感、痛苦等，也就是说介入世界，交给并参与世界，在同样的情况下，身体也面对世界和世界上可被直接看到、感觉和预感的东西；身体可以对世界产生一种合适的反应，从而控制世界，掌握世界，将世界作为一种工具来利用（而不是辨别它），这种工具（按照海德格尔的著名分析）是触手可及的，而且从来都是被照此看待的，被它许

---

①　［法］罗兰·巴尔特：《写作的零度》，李幼蒸译，中国人民大学出版社 2008 年版，第28 页。

②　［法］让-保罗·萨特：《存在主义是一种人道主义》，周煦良、汤永宽译，上海译文出版社 2009 年版，第 39 页。

③　［法］罗兰·巴尔特：《写作的零度》，李幼蒸译，中国人民大学出版社 2008 年版，第50 页。

可完成的和它指向的任务看透，好像它是透明的一样。"①

　　诗歌的边界不断被打破，最终又回到生命这一最终的企及可能。"训练除了使我们了解、掌握各种写作技巧，最主要的是使我们知晓诗歌的边界何在。万物皆有其边界，何以诗歌独称无限？因此诗人在写作过程中必须清楚什么是应当抛弃的，什么是应当生发和完善的。但诗歌写作仅凭训练肯定不够，因为无论从语言、形式还是题材上说，诗歌写作都是一种冒险。训练使我们获得冒险的资格，使我们在知晓了写作边界之后跨越边界，使我们的写作不至于僵死或永远停留在学徒期。"② 诗歌作为一种书写，从现实切近了精神的在场，而灌注于诗中的仍是一个诗人长久以来的参悟与修行的生命理念与终极价值，李心释尝试抵达语言的内核，不断探索一种不可能的可能的存在之思。"作诗并不是在诗歌和歌唱意义上的一种诗。存在之思乃是作诗的原始方式。在思想中，语言才首先达乎语言，也即才首先进入其本质……思想是原诗；它先于一切诗歌，却也先于艺术的诗意因素……在诗歌的狭窄意义上，一切作诗在其根本处都是运思。思想的诗性本质保存着存在之真理的运作。"③ 诗人不断向现实发出探究生命真实的声音，语言为他提供了走近诗意人生的别样路径，在日常生活经验中不断破除幻象，获得精神性、纯粹性的审美视域与生命关怀相融合与统一的可能，实现诗/哲学、诗/灵性等的相互增补与启示。

---

①　［法］皮埃尔·布尔迪厄：《帕斯卡尔式的沉思》，刘晖译，生活·读书·新知三联书店2009年版，第167页。

②　西川：《大河拐大弯》，北京大学出版社2012年版，第168页。

③　［德］马丁·海德格尔：《林中路》，孙周兴译，上海译文出版社2004年版，第345页。

第十七章

马行：佛性与超验

《地平线上的诗歌》是马行的诗集，悠远广袤的"地平线"是对行走途中的"远方"的隐喻，作为始终不渝的存在信念，它构成了马行诗歌的精神背景；而"卡车"则相对于这种精神性、信仰性，更显出一种事物本然、实相的原生性、现实性将该诗体现出来。马行诗歌展示出两种相对的存在，即精神/物质、灵魂/现实、远方/近景、幻想/生活，并通过其反差、矛盾中的感应与融合，给予审美化、诗意化的升华，最终实现它们的和解与返归。"地平线上的卡车"，变成现实境遇的某种隐喻，犹如轮回生死，在"象征的森林"彼此感应，互为应和，通过心灵、意志的自我勘探与审美化、移情化的思想升华，完成了超验与感应的书写目的。这个世界变得"或此，或彼"，事物、风景，皆注入生命性，诗成为道说，也成为诠注生命的一种有效视角。

第一节 超验与意志

马行诗歌时常在超验中完成，这是一种诗性思维的体现，也是一种对现实矛盾、窘迫生活的否定性情感的净化与克服。恰如石油采伐途中的行走，艰苦且充满了危险。

对于行进中的孤独与乏味，马行致以诗意化的人格升腾与生命灌注，以此消解、克服种种无聊与无奈。在《第 27 号女工》写到的女工解手场景既真实自然，却也充满着悲悯与感伤，"戈壁滩啊赤裸裸/那年，她是一个比西安分配到地质勘探队的女队员/她的名字，比一支小野菊还要简单/第 27 号"，这些地质诗歌构成马行的视角，写出了奉献与理想，也饱有酸楚与乏味、时光流逝的沧桑与愁绪。他笔下的开卡车的姚师傅、阿尔金山之夜里的勘探工人邱小华、三十几个男人的帐篷中的副队长及他上海来的新媳妇，在芦苇荡晒着优美阳光的女队员江小梅、那些有名无名的稀少的小女人、刘月儿、政治指导员黄启华，他们构成了"地质人物"系列，"沙漠比我还孤单，只有勘探队的一辆辆大卡车/依然在奔波"（《沙漠》），在他们坚贞而顽强地行走途中，时刻充斥着无聊与孤单，正是这种朴实而真诚的情感实写，而让马行的诗歌充满了一种人性的道说与诗意升华的感受力、感染力。"大篷汽车的车厢里，持续着臭豆腐般的/闷热与笑声，而身边颠簸的群山，它们多么饱满/恍若乳房在颤抖"（《石油勘探队伍在行进》），这种审美与诗性的转化意识，让行进的石油勘探多了许多乐趣与诗意，这种大爱精神与荣光岁月，经由诗人的审美化叙述和超验性的感应与遐思，使诗歌从宏大叙事慢慢退回细节化的温情与热度，化解苦闷、孤独，感应多样的人生。这终极目标的行进，变成一种谦卑与融留，散发着眷恋与朴实的清新，静默中迎风而吹，"风往南，风吹动一支地质队，还有一个小院子：七间红瓦平房/八棵大白杨、一些刺猬、矮芦苇//风往南，风吹过少年的山东、青年的山西，再吹中年的陕西、青海、新疆……/风把一支支歌，吹成一朵朵野菊花"，"野菊花"俨然是对旅程归宿的隐喻，展现出地质人物的灵魂。

马行注定是那个艰辛旅程中的诗意劳作者、勘探者和无眠的人。诚如他写道："夜深了/那么大的天地间，夜空蓝得就像/一个无眠的人"（《野花小·6》），这种醒觉意识同诗艺的"意志"一道，让诗歌这个"工作"变成认知的必然之途，完成对内心、内在性的确认。"'意志'——这根本不是概念，而是一个名称，一个像上帝一样的原始称谓，是表示某物的一个符号，对于这个某物，我们有一种直接的内在确定性，但我们永远也无法描述它。"① 诗人的超验书写必然要实现思维与意志的自由选择，完成思维的颠覆与意识深处的发现以及"深度情感"的探寻。"把山河走遍，我还遇到了另外一支勘探队/领头的人似乎在哪儿见过，极像是明代的徐霞客，我不知他们在找寻什么"（《勘探奇遇记》），艰苦、危险的勘探过程，变成了一种朴实无华的叙述声音，静寂而充满智慧。这种和解与动力，建构起马行式的期待视野与美学体验。"拐弯的沟渠/领走了你//身后，一群鸭子/扑腾着翅膀上的泥点//是啊！并不是所有黄河水都要流向大海/几枝嫩苇，依然在巴丹吉林沙漠边缘的池塘里摇曳"（《离开黄河的黄河水》），扑腾的鸭子、几支嫩苇、巴丹吉的池塘，让交错的地理空间充满静默的灵性，如同经过细节化处理的"黄河水"，熔铸远离宏大抒情的知性审视。"我的脚印，大多丢在了路上……我的影子，印在了可可西里的冰川上……我的孤独，我的卡车，早已报废/我就这样，把自己一点点丢失了/现在，在这个略冷的北方小城，我只是剩下的/这部分：慢性胃炎，风湿关节痛，一把生锈的刀，一本掉了封皮的诗歌集，以及/一点点虚无"（《这些年》），这些年的行走与迈进，留下的疼痛与记忆，凝聚成诗集与反思。

"寻找"构成了马行诗歌的重要表现主题；"寻找"，既是一种

---

① ［德］奥斯瓦尔德·斯宾格勒：《西方的没落》，吴琼译，上海三联书店2006年版，第288页。

诗意转化的能力，又是一种哲理人生的返归。

他写道："找油的石油工人，依然在找油/这是我看得见的/命运/它有时是一吨海水，有时是一粒沙"（《这是风的方向》），在事物的经验层面理解人生，就无法消解现实生活的无奈与苦难，时间的等待、未来的渺茫，必然要冲出生活层，向艺术层靠近，这也是超验性"意志"体现。从物象到意象的审美化，指向了自我"意志"，"你要看到秋天到了/树叶黄了。更多的树叶将落未落/你要看到那河水啊！/只要落下来/依然是河水"（《你要看到河流·2》），对"河水"的审美化意志的主动选择，提供了另一阐释的路径。在时空交错的体验中，"河水"进入的文学联想与感知时空，意志化的审美与表达，变成马行的一把"钥匙"，他写道："黄河水大都流进海里去了//而大雁，还在飞/飞——仿佛一把秘密的钥匙，正在打开天空，又极像千年的那个诗人//转世而来"（《在黄河岸边遇大雁飞》）。马行凭借这把"感应"的钥匙，诠注"天空"与大雁飞过的秘密。浑圆的落日、薄暮中的夕阳、永远流逝的黄河、高处静寂的雪山、荒无人烟的戈壁滩、争吵的帐篷、那些羞涩但渐受环境影响的勘探女工，均成为他审美意志的审视对象。"我是第一百零八次来大孤岛/第一次来的时候，我爱上了这里的偏远/第二次来的时候，我爱上了这里的骏马/第三次来的时候，我爱上了这里的芦苇/第四次来的时候，我爱上了这里的飞鸟/……现在，我退隐江湖，不再说爱，我独坐大孤岛十万亩槐树林，看花开花落"（《大孤岛·17》）。这种凝视，是精神期待且心灵平等的对话，从审美对象中闪烁人性的光泽。我们将这种对现实、经验的疏离与克服称为马行式的超验思维生命感应。

这个过程与诗性的思维，是哲学化、审美化的意志成为生命有效的观照视角与情感态度。"意志作为真正的自在之物，实际上是一种原始的独立的东西，所以在自我意识中必然也有一种原始性的，独断独行之感随伴着这里固已被决定的那些意志活动。"① 叔本华的"意志"说便表现为这样一种审美人生对现实生活的克服态度，在冥想与感应中完成精神勘探与意识探险。而这种"心无外物"的神游、际遇，实现了瞬间的形而上的美学体验与哲理观照。

第二节　超验与象征

伽达默尔认为语言即思想。诗的语言作为一种话语，构成了诗人道说世界秘密的情感暗示与真相启示，具有一种召唤、唤醒的能量。

在现实世界中，生活语言的日常性、功能性变成思维的窠臼、樊笼，局限人们从现实层向艺术层的审美跨越，因而，经验的世界毗邻欲望化、物质化的现实，布满规律与秩序。"我们要追寻的是那些并不总是存在的词语以及那些虚幻的巧合；我们要让自己处于无力的状态，试图将声音与意义结合到一起。"② 对经验世界的克服，来源于艺术审美中的"意志"，这种意志的觉醒、动力，让世界道说具有了多种向度与可能。而描述这种可能的，正是"语言"；超验思维下所形成的混沌、模糊的语言，极具感染力与生命力，是一种意识流动与世界的本体认知，对现实人生极具反思价值。

马行写道："你要看到风/看到大风把黑夜拉得更紧/猫头鹰的耳朵，躲在窗户后面/倾听，村庄的/重低音"（《你要看到河流·2》），倾听与凝视构成感应的方式之一，而声音、图景则成了感应

---

① ［德］叔本华：《作为意志和表象的世界》，石冲白译，商务印书馆 2009 年版，第 396 页。

② ［法］保罗·瓦莱里：《文艺杂谈》，段映虹译，百花文艺出版社 2002 年版，第 13 页。

对象，也成为独特、内敛的隐喻语言，世界因此而成为凝视的目光、倾听的耳朵，也是临境、在场的"自我"召唤。"整个下午/我坐在昆仑山的石头上/一动不动//那些大大小小的石头，浅浅的野草/肯定以为我是一块/新来的石头"（《我坐在昆仑山的石头上》）。石头，不再是物质意义上的石头，诗语的繁殖功能，直指物象的隐喻与象征意义，使人们从石头的呈现中读出浩瀚宇宙与真相。"也许蓝天白云/那一排排的青砖平房/就是时间的中心，尘世的秘密/都城//在这里，大网刮起/随着视线越发模糊，我才明白，多少所见所闻皆是虚幻/而大风，才是沙漠的王，正按照苍天的意志/将每一粒沙，重新安置"（《毛乌素沙漠记》），"时间的中心"显然不是诗中的肯定性认同，诗人通过感应实现了对时间的真正发现，所见所闻皆是"虚幻"，感应赋予了精神化、实相化的语言回归，表现为与现实不同的道说姿态与价值立场，苍天意志读懂了风的虚幻，都城繁华之后，皆在沉睡，而"沙漠之王"构成了语言的"刺点"，直逼最脆弱、隐秘的情感地带。

"槐树林/静寂如月光//仔细地听，有鸟鸣，有风吹动树叶/仔细地听，尘世是虚幻的，孤独是真实的"（《大孤岛·10》），风声与虚幻，尘世与孤独，在倾听中感应风景中的灵魂独白。"傍晚，一辆手扶拖拉机/突突突地来了//不一会儿，它又突突突离去，只留下巨大的寂静，在一片草叶上轻轻抖动"（《冈底斯山谷牧场·3》）。这种寂静的声响与抖动同样需要倾听，天马行空的超验语言，揭示出另一种深度事实。它认识到的是一种与现实看似无关但极具关联、似乎无用但颇具能量的一种深度情感与生命体验。深度事实与现实事实构成了生命的双面统一体，是一种对另一种的遮蔽，又是一类对另一类的发现，互为关系，彼此联结。

超验思维下的感应诗语，道说本原与真相。"这儿风大，地碱/这儿与其他地方不一样/树根从不敢扎得太深，太深了触到盐碱层/

会死/树根也不能扎得太浅，太浅了整棵树/会被风连根拔起//这儿的树，才三四十岁/就老了"（《大孤岛·16》）。一个"老"字，写出了"大孤岛"的荒芜、残酷，召唤了悲悯与同情心，在对视的过程中，其实诗人要诉说的仍是尘世的秘密。"终有一天/大孤岛会长大的，会晃荡着双腿，摇摇摆摆地/走到大海里去……我希望大孤岛把十万亩槐林也带到大海里去//如果那样，每逢到了春天/大海上就会开满槐花"（《大孤岛·11》），大孤岛的"长大"过程，无疑是对现实苦难与孤独的转化与升华过程，充满了乐观、肯定的声响。

　　静默的冥想，空灵的诗语，让诗人成为人类秘密的发现者、观察者。写作，能够使之疏离既定的、因袭的日常思维，摆脱权力话语的束缚。"写作就是中断这种纽带。另外，这是使言语脱离世界的流程，使言语从把它变成某种权力的东西中摆脱出来，而正是通过这种权力，当我说话时，是世界在自言自语，是每日通过劳作、活动和时间在构建起来。"[①] 马行耽溺于沉思，热衷于冥想与感应，"从实际运用中超脱出来的这种凝思，不单单是一种否定的超然态度。它伴随着一种世界观，这就是超出外在的现象追求潜在本质，追求那个支配着可见现象的基本法则。"[②] 生发的、绵延的诗语，拆解了权力话语与惯性思维。显然，诗语渐显力量，既转化诗性，又召唤灵魂。

　　这种由超验的语言建构的文本世界就是艺术的存在家园，语言的隐喻性、象征性是现实存在的另一种投射，揭示隐藏的意识深处，形同触媒，召唤心灵从现实经验的秩序中进入绵延的、生发的自我意识与发现。

---

　　① ［法］莫里斯·布朗肖：《文学空间》，顾嘉琛译，商务印书馆2005年版，第8页。

　　② ［美］鲁·阿恩海姆：《艺术心理学新论》，郭小平、翟灿译，商务印书馆1999年版，第400页。

超验与象征的思维，是通过意志的艺术审美感应，慢慢识别世界中被遗忘、急待唤醒的事物与风景，为事物注入感应的灵魂，雕刻每一片风景、每一粒石头的姓氏与年轮，这种超验性感应关系，形成了马行式的情感地标和隐喻所指。"对我们实际存在着的东西只当它与超越存在发生关联时，或者说，只当它是超越存在的密码时，才是真正的存在。"① 生命是一种存在，而心灵的审美化的再现与展示，让这种"感应"克服了现实挤压，实现了另一种有效的情感认知与哲理观照。

"远方"实际上是一种心理距离，是对时间的召唤，同时表达着无望与焦虑情绪。"因为遥远，我总是看不清/此刻，夜空如幕布，我站在可可西里山上//思念像大海一样辽阔/举目望去，繁星闪烁，那个零下十二度的弯月/如尖刀"（《望星空》）。远方遥远，星空寂寥，像大海一样辽阔的"思念"充满恐惧与反讽，群星璀璨，举目空无，"零下十二度的弯月"，犹如一把"尖刀"，瞬间加重了不安与痛感，这种"物"与"心"的感应，构成一个"生命刺点"，深深地抓痛心灵。

昌耀写道："静极——谁的叹嘘？//密西西比河此刻风雨，在那边攀缘而走。/地球这壁，一人无语独坐。"（《斯人》）这种诗意、诗性与自我命运的互文性沉思、观照表现出某种"大诗精神"。昌耀在《昌耀的诗·后记》写道："我是一个'大诗歌观'的主张者与实行者。"② "海子、昌耀等诗人坚守'大诗写作'话语实践，坚守诗意与诗性，让诗歌回归到民族的文化与文学传统，回归大艺术、大生命、大世界、大灵魂。"③ 马行的诗歌虽以抒情为主，同样

---

① ［德］卡尔·雅斯贝斯：《生存哲学》，王玖兴译，上海译文出版社 2005 年版，第 73 页。
② 昌耀：《昌耀的诗》，人民文学出版社 1998 年版，第 423 页。
③ 董迎春：《大诗写作：普世性写作——论海子的诗歌写作》，《广西民族大学学报》2011年第 3 期。

也展现出大诗情怀，以及热烈而赤诚的歌唱精神，在静悄悄的移情与感应中得以传递。"大风把罗布泊刮得空空荡荡/大风还在刮/大风刮走了生/刮走了死/大风把我的灵魂刮到半空/大风还在刮/我不再是勘探队员/也不是诗人马行/我如此空荡/像风一样"（《被困罗布泊》），马行既是观察者、体验者，也是诗中的肖像与景观。荒烟无际，时间煎熬，残酷无情，空荡虚无，迫使诗人寻找自己的精神出路，马行也因此而变成地球这壁的"斯人"，形象地完成隐喻装置。"诗人于是致力于和献身于在语言中定义和创立一种语言……这个工作试图建立一个人的话语……以支撑它的节奏与和谐为特征，节奏、和谐应当与话语的形成十分紧密甚至神秘地联系起来，使得声音与意义再也不能分离，并且在记忆中无限地相互应和。"①

　　他写道："我们绝望，对着天空/我们欢呼，对着天空/我们与死神一起游荡，在无边的风沙中/我们与狼群一起奔突，在干旱的大地上"（《野花小·13》）。在勘探行进的路上，欢呼也烙上了恐惧与绝望，死神般的命运变成了对理想的嘲讽。"远方，远方/我多恨你//荒原，荒原/我多恨你//远方，远方/我也许不该这样把你写进/诗歌//荒原，荒原/你可知道，我在你那里挥霍了青春，也在你那里长大"（《野花小·14》）。青春不在，远方旧遥远，"多少次/我睁大眼睛，想看黄河/到底是谁/到底有怎样的/容颜/可它，却一浪推一浪，从不向我/回头"（《黄河》）。现实境遇、荒原意识，在诗人无助的笔端迅即又升华成一种人格力量，积极的肯定张扬了生命的乐观情绪与理想主义。"当我抬头望，天上的云彩那么亲切，雁阵正飞啊飞/而那领飞的大雁仿佛我的眼睛，我也仿佛看见，更远的路上——"（《在地质勘探的路上》），远方，升华为歌唱精

　　① ［法］保罗·瓦莱里：《文艺杂谈》，段映虹译，百花文艺出版社2002年版，第181—182页。

神、心灵之门。

马行的诗歌充满了歌唱性与灵魂性，这种积极的肯定性的生命关怀，赋予了他诗歌形而上学的理想光芒。"诗是在最彻底的放弃或最深沉的期待中形成或被传达的：如果要将它当作研究对象，那么要从这里入手：在本质中，而远非在其周边。"① 这也是马行打动与感染读者的能量所在。他既不避离苦难，也不鄙夷与嘲讽现实人生，以冥想与感应抵达真我的感知与审视。反观当下，反讽背后所体现出来的"虚无主义"变成一种否定而消极的力量影响诗歌写作，而马行却秉持一股"向死而生"的情感力量，终将宿命与"孤寂"（虚无）转化为积极而果决、肯定而坚实的理想期待，通过超验式的"感应"能量实现了对"虚无"的否定、克服、消解与升华。

第三节　佛性与感应

诗人像是象征主义的感应器，将超验式的感应与象征升华为审美化、哲理化的心灵态度，唤醒眠睡的世界，指向人类秘密的探索与自我寻找之途。

诗与哲学的融合，走向了宗教的神性认同。马行诗中因果轮回、万物皆灵的生命感应，使得悲悯、同情与佛性相融，启示了苍茫中的渺小、豪情中的谦卑。一花一世界，昙花与幻影之咏叹，构成了马行诗歌的质素与声响。"对于每个人来说，不论他属于哪一种文化，心灵的要素就是一种内在神话中的神祇。"② 由

---

① ［法］保罗·瓦莱里：《文艺杂谈》，段映虹译，百花文艺出版社 2002 年版，第 250 页。

② ［德］奥斯瓦尔德·斯宾格勒：《西方的没落》，吴琼译，上海三联书店 2006 年版，第 300 页。

着心灵的行走，诗人描绘了极富诗意且充满哲理的神性画卷。这些河流因此而有了名字，每一次行走、每一处风景都充满动力、热度，走向膜拜神祇。"你要看到姐妹/看到旧布里的姓氏、血、泪/你要看到河边散步老人/的黄皮肤。看到风。风吹黑发，也吹白发/你要看到对岸乳房/丰硕之后/是松缩"（《你要看到河流·1》），这些姓氏、血泪，注入感应的神性，在白发与黑发、丰硕与松缩的对比中认知真相，以此获得启示和玄思式的神秘体验，消解现实的不安与焦虑。

"空"是感应的前提，"佛性"为观照万物提供企及可能。"大雁飞啊，多少传说/多少远行的美人，至今未归//大雁过后，我头顶的天空/更空了"（《大雁飞》），大雁飞与勘探之路，互为映照，不过是"头顶的天空/更空了"的真相。"我们的上空是如此美丽，我们的前景如此美好而欢乐；这些心也曾为远方至乐的幻影而激情澎湃，我们的精神也曾快乐勇敢地冲向前方，突破屏障，而当我们环顾四周，不幸，那儿是一望无际的空虚。"① 在我们体内流淌着生命河流，从出发到结局，有限与无限，生与死，让"河流"闪现朴素真理，揭示凡俗真相。"你要看到的河流/你要看到弓起的腰身/你要看到河流身后，一片落叶/托起的沉寂/暮色极限/你要听听河边青蛙/腹中的音乐/你要像石头和泥土一样活着/再跪下"（《你要看到河流·1》），河流仿佛弯腰的老者，那片落叶不是"托起"而是驱动诗人的"佛性"，在"暮色极限"中感受庄严、静穆，以"跪下"的方式实现现实与苍茫的和解、融合。河流是旅程的隐喻、生命的象征，"千年一瞬""炊烟的秘密""燃烧的灰""生者的梦""逝者的坟""失去姓名的黑乌鸦""坚硬的空"……"你要看到的河流"不过烟云溃散，每个生者的梦必然回归大地，逝者如斯夫的喟叹，天涯咫尺的宿命感，消解了现实性、物质性，世人所见到的

---

① ［德］荷尔德林：《荷尔德林文集》，戴晖译，商务印书馆2003年版，第43页。

幻象如临眼下。"这是虚幻不实的一张油画/还是前世的故乡"(《冈底斯山谷牧场·4》)，这种"佛性"的转化与许诺，在一定程度上释放了现世的紧张感、幻灭感。

与蓝天白云最接近的天地无疑是远离人间的另一神性居所，佛国、圣地的一草一木、风雨雷电，都张扬着神性的光芒。"风在天上，天上有窗/有布达拉，有海拔八千米的珠穆朗玛，有大昭寺//水在天上，天上有雷，有闪电/有长江源//有黄河源//羊在天上，天上有可可西里/有小蒿草//火车在天上，她也在天上"(《天上》)。高原海拔象征精神高度，这里住着雄鹰、牦牛、草原、雪峰、山谷、羚羊、野花、朗钦藏布河、冈底斯山……，甚至孤独的夜晚、伸手可触的星空，一切都赋予了神性色彩。"总是看见牦牛身边，游荡着散淡时光/总是看见天空让出一条路，让雄鹰从世人的头顶上滑走/总是想起那朵淡黄小花，若有若无的命运/总是有一些恒久的孤寂和爱，冷到前世的温度，冷成我身边一座座的大雪山"(《在青海高原上》)。诗人从神性中读懂了孤寂与爱、圣洁如雪山的温度，即便带有自嘲，但顺延诗人的感应，撒播出的是灵性与佛心。"在她引领下/我终于走出了山谷//这里离天空太近，人不能急躁/也不能大声说话，站在朗钦藏布河边，她像尘世外面传说的女神"(《阿里行》)，唯有朝圣、静默心灵才能抵达神性的感应与融合。"牦牛往河那边去了/云彩都被雄鹰托到冈底斯山顶上了//这是异乡还是故乡，我的孤独如此空荡/除了一地野草野花，只有牧人丹巴的拖拉机，不停地突突突"(《在冈底斯山下的洛江小镇》)，故乡与异乡在孤独的形而上的超验感应中，获得了神性的赋予与馈赠，这"突突突"的声响在内心升华为一种素朴而庄严的敬畏感。

"佛心"或"佛性"是马行"诗性"升华与终极思考的精神高原。在对神性事物与风景感应中，马行寻找化解之心与融合之道。

"电闪雷鸣，大雨突至//我往回跑/那些回返的牦牛却不跑，依然不急不慢//是否，我该放慢速度/陪牦牛一起走"（《冈底斯山谷牧场·6》），漫不经心、静默庄严的事物，变成信仰的图景，热烈而真实，召唤着灵魂。他不断诉求，不断质询，就是在这个"慢"的途中，找到精神皈依，"格桑拉姆，格桑拉姆/你到底是谁//我从藏南一直来到藏北/也没有遇到神或佛陀，只有你赶着羊群/出现在我身边//你是谁的使者，又是谁让你遇到我/当你说自己名叫格桑拉姆/我抬头看了看，天上那些又轻又美的云朵，依然没有停下来"（《格桑拉姆》），"神或佛陀"与身边的"羊群"成为"使者"，充满佛性，照耀悲悯。"在那曲，那么大的草原，那么大的牧场/依次向前铺展/那么多的牛，那么多的羊，略有忧伤地站在那儿，一如我前世的/兄弟，姐妹//在那曲，久别重逢，令我热泪盈眶"（《火车行驶在那曲》），兄弟姐妹，久别重逢、热泪盈眶，信仰的字眼，像神性画卷找寻家园方向。

　　艺术的审美化化解内心的忧伤、克服现实人生的焦虑。"佛心"作为精神指针推动了这种诗化的审美感应，诗意化的艺术审视强化了佛性光辉。"举目望去，但见错那湖四周除了醉醺醺的大雪山，就是一朵朵慢慢腾腾/忘了归路的闲云"（《错那湖》），"醉醺醺的大雪山"，在诗人笔下布满神性，变成一朵慢慢腾腾的忘了归路的"闲云"，诗性的处理与神性的旨归，让诗布满了宗教色彩与感染力量。"前世前世，白云远远地来了/今生今世，住在另一个村庄的央金卓玛，赶着小羊也来了"（《杏花杏花》），白云、卓玛，在前世今中轮回，也是希望、憧憬，自然地回归自然，命运归还命运，一切均是风景，一切又如命运。"在黄河入海口/我看到太阳从海上升起，然后一路向西//多年后的这个傍晚，我在黄河源又看到了那个太阳恍如归乡浪子/正缓缓回到巴颜喀拉山中"（《从黄河入海口到巴颜喀拉山》），艰辛奔波地挺进，审美诗意的转化，神性的发现与建构，使诗人找到了皈依之路。"没有评判，没有诅咒，只接纳天地的广袤与美好，只接纳尘世的朴素与神性。我坚信：诗歌不仅是诗歌，也是无限可能的能量，更是天地之间关乎美与慈悲的伟大祈祷。"①

马行写道："在雪山的另一边，我还遇到一个王国/那儿的春天像现代童话，那儿的河流比玻璃还要明亮，由于那天我没带指南针/现在我只记得大体的方向，太阳升起的地方"（《勘探奇遇记》）。怀着感应的心、超验的情，马行向着"太阳升起的地方"挺进，雪山王国、现代童话的春天、比玻璃明亮的河流，将是他的精神"指南针"，指引他向着佛国圣地的勘探之路迈进。

身体感应，构成了马行诗歌推进的方式与力度，他善于默想与冥思。佛心与佛性为马行诗歌找到精神归处，从某种意义上，又提升了诗歌的纯净度与感染力。从各种感官出发，最终抵达心灵宇宙的位置与刻度，"身体是我们身份认同的重要而根本的维度。身体形成了我们感知这个世界的最初视角，或者说，它形成了我们与这个世界融合的模式"②。身体的出发又是另一意义上的回归，为马行诗歌找回了意义与旨归。

奥斯瓦尔德·斯宾格勒在《西方的没落》指出："时间这个字眼有一种魔力，可以唤起一种强烈的、早先称作'固有'的个人性的东西，它具有一种内在的确定性，我们正是用它来对抗那作用于我们每个人的某种'陌生疏离'的东西，后者就充斥于感觉生命的混乱印象中。'固有'、'命运'、'时间'，这些是可以互换的字眼。"③

---

① 马行：《地平线上的卡车》（扉页），山东画报出版社2013年版。
② ［美］理查德·舒斯特曼：《身体意识与身体美学》，程相占译，商务印书馆2011年版，第13页。
③ ［德］奥斯瓦尔德·斯宾格勒：《西方的没落》，吴琼译，上海三联书店2006年版，第117页。

　　马行的诗歌将命运、时间、内在性、个人性诠注成一种心灵求索之路，以此疏离颠覆被物质捆绑的现实，他要寻找的正是一种朴实的人类心灵、展示天地神人感应的象征世界。诗，作为一种发现，一种态度，拆解了夸饰的感性与专制的理性，在此意义上，马行的神性写作铺就了一条救赎之道，完成了诗的润泽与唤醒。

第十八章

臧北：刺点与超验

诗歌艺术在不同的历史发展阶段当中，必然会形成某种主导性的写作趣味与时尚。20 世纪 80 年代"朦胧诗"作为一种写作潮流匆匆过场之后，取而代之的是至今仍占诗坛话语主流的"第三代诗"中"口语写作"一脉。从诗艺上的"反讽"作为修辞策略的运用，使得这种诗歌话语仍然在当代诗歌的发展中扮演着极为重要的组成部分。反讽作为一种修辞现象，其最终的诗歌结构与形式的支点，还在于诗人通过"刺点"实现诗歌价值与意义。于诗歌本身而言，"刺点"是一种"聪明"的修辞方式，它能够为诗歌的语言、形式、内容、结构提供新的试验可能。

第一节 文本策略

法国哲学家罗兰·巴尔特生前最后一本著作《明室》讨论了摄影问题，在他看来，摄影并非复制现实，而是取景，照亮生活某个"关要之处"。而这"关要之处"往往成为摄影的焦点，一张相片中令人印象最为深刻之处。他用拉丁词"Studium/Punctum"描述这一焦点与整张照片关系，赵毅衡教授将其译为"展面/刺点"①。在他眼里，巴尔特刺点理论的意义在于，它强调了匀一艺术媒介很容易被视为文化正规，而正规的媒介赋予更多的意义解读。在艺术中，任何体裁，任何媒介的"正常化"，都足以使接收者感到厌倦而无法激动，无法获得超越一般性的解读，成为"匀质化汤料"（Homogenizing Soup）。此时，突破媒介常规的努力，可能带来意外的收获。艺术是否优秀，在很大程度上取决于刺点安排。② 刺点作为一种突破与超越"匀质化"的手段打破常规，提升"艺术"的吸引力与品质。诗作为艺术体裁与形式之一，在一个结构的描述所形成的语境（相当于摄影的"展面"）中，是否能够找到这个抓点、亮点，甚至痛点、反常点，具有非凡的意义。特别是流畅、明了的"口语写作"更看重诗句或者意象经变形、反常而形成的一种对读者别有意义的"刺激"，这是"朦胧诗"之后诗人不自觉地形成的一种诗歌表现技巧。"我们这个时代需要诗，但诗歌大智大慧的时代已经过去，在这个网络喧嚣时代，能给读者留下印象的，也只有这样突然宁静，踩住刹车的刺点诗。"③ 经由于坚、韩东、杨黎和稍后的伊沙、沈浩波等，刺点在今天不自觉地构成了鉴别诗歌"口语"与"口水"的界限。"诗歌的刺点往往出现于文本风格断裂之处，给人带来强烈冲击，具有独特意味或深度批判，要求读者积极参与思考。刺点在诗歌中的两种呈现及其意义分别为：突兀构成刺点，引发思索；对立构成刺点，悲怆油然而生。泛艺术化语境、文本中的裂缝和现代诗人繁复的生命体验等共同为刺点提供了存在的可能。"④

---

① 赵毅衡：《符号学原理与推演》，南京大学出版社 2011 年版，第 167 页。

② 同上书，第 169 页。

③ 陆正兰：《用符号学推进诗歌研究：从钱中书理论出发》，《四川大学学报》2010 年第 5 期。

④ 乔崎：《诗歌刺点：意义在文本断裂处产生》，《海南大学学报》2010 年第 5 期。

从某种意义上说，刺点写作在一定程度上成为当代诗歌价值与意义的评价标准。

从符号学、形式文论角度来考察中国的当代诗歌，"刺点能造成文本之间的风格差别，也可以造成同一个文本中的跌宕起伏"①。"刺点就是在一个组分上聚合操作突然拓宽，使这个组分得到浓重投影。"② 诗歌的"展面"仿佛是不动声色的描述与叙事，如同简朴、自然、亲切、平易的口语写作诗风，而"刺点"则是文本末端的反讽、自嘲、诙谐、解构，给读者以意外和惊奇，并且真实自然。

到 80 年代末以伊沙为代表的反讽叙事，把口语写作推向了一定高度，并成为民间写作的诗人主体。民间，是相对于官方倡导的广场意识或精英话语的另一种话语方式。他们以边缘民间和非中心对抗来消解官方的、中心化的诗歌话语，从而，民间写作群体的诗歌作品体现出某种文化政治学的特征。当代诗歌开始愈加关注诗歌的知性传统，来修复传统诗歌重意象与抒情的本体特征。伊沙的诗歌充满了机智与聪明，充满了阅读的新奇与快感，体现了刺点写作策略上的"聪明主义"。在符号学家赵毅衡看来，"'聪明主义'不是网络时代的机会主义：哪怕在书面诗歌时代，聪明也是好诗的标准"③。"因为写得小聪明，才能读出大聪明……划断了符号'匀质'的一个刺点。说到底，艺术不就是给人惊喜的一个刺激？"④

伊沙在《疼痛体验》一诗中通过身体解构了各种文化想象与过度阐释，"我在胆石症/满地打滚的绞痛中/理解了海明威/我敢断定/这个伟大的鸟人/他用猎枪/轰掉了自己的半拉脑袋/不是性无能/

---

① 赵毅衡：《符号学原理与推演》，南京大学出版社 2011 年版，第 169 页。

② 同上。

③ 赵毅衡：《刺点：当代诗歌与符号双轴关系》，《西南民族大学学报》2012 年第 10 期。

④ 同上。

只是因为疼"。伊沙在《上菜语言》一诗中，通过对身体词语和语境的置换，达到诗歌的诙谐幽默效果，"上次我们去饭店吃饭/要了一盘爆炒肝尖/服务员小姐前来上菜/说：'您的肝'/噢！我一下/捂住了肝部//上菜 继续上菜/最后一道/清炖牛鞭/大功基本告成/小姐笑容灿烂/说：'您的牛鞭'/噢！我一下……"。他在《灵魂的样子》中更加显得粗俗轻妄，解构身体的灵魂、灵魂性，"你是否见过我灵魂的样子/和我长得并不完全一样/你见过它 有点像猪/更像个四不像/你是否触摸过它/感受过它的肌体/我的灵魂是长了汗毛的/毛孔粗大 并不光滑/你继续摸下去/惊叫着发现它还长着/一具粗壮的生殖器"。诗歌变成了对身体器官的展现，对"灵魂"进行了消解，致使语言呈现一种暴力与狭隘化情形，让诗歌走向了伊沙式的生理观、审美观、文化观、哲学观，其中合理性与合法性也陷入了新的话语的中心主义与逻格斯的局限与束缚。事实上，"刺点"或者是意义上的反讽，或是叙事展面形成的意义聚交，在当下以伊沙的反讽叙事中充满了这样的修辞形式与技巧。轻巧恬淡的叙事当中暗藏剑峰、不经意之中获得陌生化、变形的阅读效果。"诗并不是映出生活现实的魔镜，诗给现实生活之平淡枯燥'放盅'；诗不是解除诱惑的法言，诗本身就是诱惑的魔咒。"[①]

但是，伊沙的反讽叙事往往停留在对日常生活、世故经验的插科打诨、荒诞不经的叙述层面上，执着于对历史与世俗经验进行消解、颠覆、破坏与解构，相对缺少更为深度的对生命的关注与质询的反思意识，缺少形而上学的精神内涵与能量，这种"聪明主义"往往变成了一次性、快餐性的消费阅读，远离诗艺、诗性、诗思、诗体的建构与发展可能。

如何突破这种一次性的"刺点"写作模式，突破书写策略上的小聪明主义，就必然要正视当代诗歌传统中的诗性、诗意的复义

---

① 赵毅衡：《反讽时代：形式论与文化批评》，复旦大学出版社 2011 年版，第 271 页。

化、多元性的语言追求。

第二节　"聪明"话语

20 世纪 90 年代以来的诗歌写作逐渐走了中心化、口语化的叙事模式，这也成为当代诗歌发展不可忽视的写作趋势。口语写作话语的日常性、凡俗化，促使诗歌写作形成简朴之风。反观这种诗歌书写趋势又不能简单地归结于散文化、口语化，诗人的机智与聪明之处在于他们恰当地运用反讽，通过诙谐、幽默的口语消解、颠覆 80 年代朦胧诗意象沉溺、抒情透支的现象，我们把这样的聪明主义归纳为"刺点"理论的合理运用。部分以臧北为代表的 70 后诗人与以伊沙等为代表的刺点写作有着相近之处，同样践行本体写作，追究意义的形而上的哲理关照，但同时，他们也承袭了诗之存在价值与意义的高贵性、肯定性，在"刺点"背后，仍旧重视语言的本体意识与对诗歌传统的呵护，诗歌充满了"道说"的诗艺与审美力量。

臧北的诗歌很好地发展深化了诗歌"刺点"的现代表现技巧，而且用得非常巧妙与深刻，通过语言呈现了诗歌的知性特征与可阐释的情感共鸣与知性统一，表现出诗人的话语逐渐走向成熟。同时，他又跃过语言的深度剖析，通过语言呈启诗人在场的存在体验并通过"刺点"语言获得自我启示，同时对读者充满了某种终极性与神学意义上的自我确认与关怀。比如他写道："来吧，我们来恋爱吧/来模仿邮差和收信人/来模仿风筝和风/来把爱从一个试管倒进另一个试管/来称称它的重量，嘿年轻人/来假装春天已经开始了/来把它埋葬在土壤里/来朝它撒泡尿，就这样/来朝它撒他妈的一泡尿等着它慢慢发芽吧"（《嘿，来吧》）；"太冷了/冬天/我们都躲在屋子里烤火/树不行/它弯不下腰/不能走进屋子/它在围墙外面/不停地跺脚/咳嗽/搓着双手/把雪从身上/抖啊抖/抖啊抖，整整一冬/我以为它冻死了/因而在春天/准备好了/绳索/和锯/它却忽啦一下/因为害怕而开满了/热烈的花"（《树》），语言在不经意间埋藏着深刻、深沉的分量。

臧北不同于伊沙等诗人对反讽"刺点"的运用，他是一种肯定的以隐喻为主的写作，诗变成一种理解，并通过理解抵达精神价值的路径，可见，臧北式"刺点"的存在意义在于强化而不是消解诗的价值与意义。

伊沙诗歌的知性写作，充满"小聪明主义"，把成熟的反讽叙事推向了汉语表达的极致，但是反讽在话语转义中的成熟性与终端性就得要求诗歌的转义必然要轮回到隐喻、提喻这样的肯定性写作层面上来，否则过于纠缠现实语境挤压的"反讽"会走向对表意单一的生活苦痛的揭示，自然缺少深度生命或者诗体意义上的诗歌探索存在的可能性。臧北的诗歌试图对这两者加以调和，既有现实挤压苦痛，也在信念、信仰的思想道路上获得体认、禅悟，为当代汉语写作中孤寂性的生命话语与诗体意义上的诗学话语找到了较佳的平衡方式。他写道："我把包遗忘在了餐厅里/包里有你的一切/出生证和死亡证/我多想给宇宙也发一张/出生证和死亡证/但我不能证明/他死了"（《遗忘》）；"他一生都跌在爱的泥坑里/爬不出来了/在他的晚年/他甚至没有晚年/他跟一个女人/孤独地结了婚/然后一个人挣扎到死/他信仰基督/但基督让他痛苦"（《回忆录》）；"他在复写纸上/复制自己/从礼拜一到礼拜七/礼拜一是看不见的心灵/礼拜二到礼拜六/那里有一切美的范式/礼拜七他复制自己的死/他要死两次"（《创世纪》）。臧北或在整首诗的叙事"展面"，或者在整体展面基础的居中，或者末句完成诗的抓点、痛点。对现代人的生存焦虑的思考从仅仅关注外部现实挤压的当下反讽叙事，走

向了对潜在的、隐形的、可能的、在场的内心的深度触摸与普世体
认，从而创造既是诗学、审美意义上的文学空间，同时也在对死亡
的形而上学思考中打通诗—哲学关联。当然，臧北的诗歌同样擅长
口语，并存在不同的抓点与刺点，这种写法不失为一种有效的诗歌
状态与形式探索。

在《有赠》这一系列的组诗中，臧北深刻地沉思了"爱情"，
紧紧地抓住了命运的刺点。他收获的不仅是爱情的深度思考，而且
也上升到整体性的生命观照。"我的天使他们老了/一个接着一个，
变成流星——/跟我一样治愈了青春/却又染上了怀乡病"（有赠·
之十二）。他的诗歌源于生活，不断地从疼痛的细节着手，将诗作
铺展成一个孤客漫游四方又处处充满思乡情怀的故事。正如《嫦娥
对羿的感情》《羿吃下了不死药》里所讲述的故事，在轻淡的叙述
背后往往深藏着诗人对爱情的向往与热情、无奈与创伤。诗人习惯
于借用古诗、典故、宗教、中外民间神话，以及完整性的叙事，形
成诗歌的互文性效果。

同时，臧北在诗歌的超验性、神性写作上提供了一种很切实际
的语言"刺点"写作方式，并展开沉思。他写道："我清洗身上的
污垢/可是越洗越黑/直到完全融入黑暗/我再也找不到自己/只留下
一摊水渍。"（《有赠·之四》）；"我曾经盛开过，像花朵/我的灵
魂是一阵风/骨刺是山的一部分/我带不走它们"（有赠·之十二）；
"我一想到你/心就会痛/所以我现在很少会想你/我只是想着过去/
我们在一起的那些时日/但是这又让我觉得苦/我只能一边想/一边
拿起一块冰糖放进嘴里/我的牙齿全都坏了/我想/不要多久我的心
也会坏的/它整天泡在糖浆里"（《有赠·之十五》）。身体、灵魂
与痛苦的清洗意识是臧北禅性写作的主导取向，这为其偏离时代
"均质化""正常性"刺点写作习惯提供了直接的"内因"，并且使
其本人与诗歌文本表现出哲思、睿智、诗性的特征。

　　从以上分析可以看出，臧北诗歌的意义指向性在于肯定性写作，即便反讽也是一种建构性的沉思，引导读者进入思考。不同于伊沙等主流的否定性的反讽刺点。通过考察发现臧北的诗歌"刺点"有以下几种表现类型：

　　第一，诗篇最后一句成刺点。一般刺点大多安排在诗歌的结尾处，这也是伊沙、徐江、沈浩波等诗人经常使用的技巧。臧北的诗歌同样经常在诗艺上作这样的处理，使得诗歌能够在平铺直叙的冷抒情中找到诗意的震惊与新奇效果。《上帝之歌》最后把"上帝"描述成"真实的你——一颗土豆，一片树叶，一支蜡烛"，在充满神性的、高高在上的、幻象的上帝与我之间赋予了从想象之物还原到生活之物的真实。《别离之歌》同样在结尾两句写道："你一会一脚踏空/你的爱，会从你的身体里面掉下来"，娓娓道来的"别离"中埋藏着酸涩与痛楚。

　　再如《有赠·之三十五》写道："昨天夜里我爬起来，/坐在屋顶上。/我嗅到一股熟悉的气味/从我的梦里飘出来。/是你来信——/你说你常常在半夜三更/爬起来哭上两声。/哦，我没有想到，/悲哀在你的心里存放了这么久。/吃晚饭的时候/我说出去走走。/一走就是几千里路。""它们把我的牙齿/打磨得白亮/像一头野兽的牙齿/现在一切就都简单了/就只剩下我和土/一个吃/一个被吃"（《雷宝卡》）。显然，臧北与当下很多诗人一样，擅于运用诗篇最后一句形成"刺点"的写作特征，很好地处理了诗歌写作"均一""正常化"的文本缺陷。

　　第二，诗中的并行刺点。并不一味地将刺点的运用置于诗歌的结尾部分或是末句，也可将刺点在文本中提前运用，这种"提前"能够为诗歌写作提供更多的处理空间。臧北诗中，刺点的多处运用是一种常态化的写作策略，出现于诗歌文本的中部或是更前，能够给予余下的文本空间再一次运用"刺点"的可能，从而构成并行刺点。这种并行的"刺点"为诗歌写作的理解点、阅读点、表现点提供了丰富的内容，扩展了诗的表现张力与审美空间。

在《孤寂》中臧北写道："日复一日，我在此/像个鳏夫，守着篱笆的影子/菊花水盂里的秋天，汽车，轮船/波纹里的秋天//不过是徒然/大火在天上，淹没了一架银色的飞机/但没有空难。老树开花了//万物，只听见一声响/仿佛镰刀，把谁从根割断//在卧室，打开电视/但没有一条消息/安慰我的孤寂"。本诗中刺点的提前体现为第一节的"波纹里的秋天"，使得文本更早地进入到智性层面思考。并且这种刺点的智性思考并非只有一处，第二节的"万物，只听见一声响/仿佛镰刀，把谁从根割断"与最后一节的"在卧室，打开电视/但没有一条消息/安慰我的孤寂"，同样是对刺点的智性思考与运用。这种两次或三次，甚至多次的并行刺点运用，极大地突破了诗歌"均质化"的状况，营造出从开始至结尾的突兀、惊奇文本的文本效果，从而赋予诗歌更多的意味与诗性。

第三，主题即刺点。每个时代的文化语境决定着居于时代语境之下艺术创作的话语主体导向，叙述主题与内容也会在时代语境之下，表现出话语的时代性与现代性。诗歌话语的特征亦是如此，在时代性、现代性的写作话语特征中有着均质、正规化的朝向。"刺点"作为一种打破均质、正规、正常化书写状况的方式，在文本当中，除了通过文本的内在结构的前、中、后的三个点体现之外，还可以以主题的突兀、对比形式直接体现出来，臧北的"刺点"写作往往体现出"主题"就是刺点的特征，而这个"主题"就是整首诗的"意义"实现，从痛处、存在感抓住阅读的共鸣点、智点。

在《拟古》"主题"的系列写作当中，臧北写道："把思想限制在具体的事物里面/做一个真实的人，而不是理念的幻影/我的琴弦只歌唱累世修行的灵魂/总共七根，就像我的七个朋友们"（《拟古·之十六》），"你隐藏着你的秘密的小耳朵/我也隐藏着我的昏花的老眼/我看不见我从哪里来/但心中却显现了未知的凶兆"(《拟古·之三》)。"拟古"的主题写作构思，也成为时代"刺点"的痛处。作为与现代、时代的对立面，在具体的诗歌写作当中，是一种返璞归真的写作思考，构成了与"时代"对立主题刺点。作者利用诗性与时代的对立之处，彰显了诗意、诗性对于现实和时代的建构和价值。

当然，臧北在以"主题"表达"刺点"的诗中，并不仅考虑时代的对立面，同样进行着深入时代语境的主题刺点。"他们的心就像一只晃悠悠的水桶/这让他们在纤细的钢丝上/很难保持平衡"(《小丑之歌》)，"把上帝那本没看完的书继续打开/全世界的鼾声我都能听得到/其中最温柔的一个，是你"(《瘌哈蟆之歌》)，"你可知道/我的体内生长着虚幻？/在那高高的葡萄架上/它垂下来——像正在被野狗蚕食的月光/小时候，我们住在桂花树的阴影里/我向你打听这些/神仙的姓名/我希望能遇见他们"(《虚纪之歌》)。与物质、科技、时尚等主流化、常态化的时代审美语境相比，"小丑""瘌哈蟆""虚纪"的反主流、反常态的思考与写作，就是以蕴藏于时代之内更为本质的主题完成刺点写作。通过表现时代与人类的种种症结，构成一个庞杂的文化语境，发人深省。

显然，"刺点"与变形、陌生化的表现技巧相似，表现出冲撞、摩擦的否定性、反常性特征，形成突兀对立的文本效果，旨在打破时代带给诗歌话语的均质化、正常性樊离；以"聪明"的形式，呈现着时代与文本复杂的"互文"关系。"每首诗都是一个谜，但诗的目的并不是让读者猜出谜底，而是让阅读者感觉到诗（至少他面对的这首诗）。虽并非无底之谜，它的谜面就是谜底，而这谜面与谜底都是他没有料想的。"① 在"刺点写作"中，"刺点"往往完成着发现谜语，并呈现谜底的作用。而在面临并解析一个"刺点"时

---

① 赵毅衡：《反讽时代：形式论与文化批评》，复旦大学出版社 2011 年版，第 265 页。

代，时代与诗歌文本所裹挟的诸多隐晦，将一览无余。

第三节 刺点：诗性与超验

当代诗歌的孤寂诗写表现出一种"聪明主义"，表现为反讽叙事在刺点这一现代表现技巧的运用上。恰当的刺点运用能够恰当地表现知性与情怀，让诗歌语言布满思辨的张力与深度。

"为什么诗本来就遵循'聪明主义'？因为诗给我们的不是意义，而只是一种意义之可能。诗的意义悬搁而不落实，许诺而不兑现，一首诗让作者和读者乐不释手，就是靠从头到尾把话有趣地说错。读者不是在读别人的词句，而是想读出自己"①。但是，这种知性上的"是"往往走向反讽、否定写作，这是自"口语诗歌"最大的写作误区，导致了21世纪以来诗歌写作的审美疲劳。坚持知性、思辨中对"诗"的肯定性诗性、诗意元素的保护与深化，是一种肯定的"是"的写作，是21世纪诗歌写作应有的走向之一。

第一，以叙事智慧保护诗性。

从对20世纪80年代以来的现代诗歌写作观照而知，口语叙事的诗歌事实是这个时代文本"均质化""正常性"的具体体现。然而，"均质化""正常性"作为一种主导性、线性的特征，在其周边围绕着诸多的"支流"与"小路"，这便如同象征、超验、戏剧性、陌生化等现代写作技巧所表现出的效果一样，极具创造性，不是单纯叙事所能达到的文本力量。"而刺点，就是文化'正常性'的断裂，就是日常状态的破坏，也就是艺术文本刺激'读者性'解读，要求读者介入以求得狂喜的段落。（观点主要出自罗兰·巴尔特'展面/刺点'，前面不动声色的铺开叙述，最后忽然笔锋一转，刺

---

① 赵毅衡：《刺点：当代诗歌与符号双轴关系》，《西南民族大学学报》2012年第10期。

痛读者神经，括号内容为笔者加）"①，"刺点是对文本常规的破坏"②。无论在哪个历史阶段，与其相适应的文本都具有叙事特征，当代诗歌文本也不例外，出现了很多以日常事件、日常口语为内容的叙事写作，并以其巨大影响力成为一种代表性的写作形式，但渐为中心化、同一化的写作趋势，造成了文本陷入"均质化""正常性"的写作窠臼。

在刺点对叙事文本"均质化""正常性"的破坏过程中，其突兀、对立、拉扯、断裂等构思与呈现便表露出机智、睿智的一面。这种机智可以中断或弱化叙事直线性的横聚轴发展态势，将叙述主线导向文本的诸多"支流"与"小路"，并任其自由发展，形成诗歌纵聚轴，或是发散式、多元的发展状况，创造诗歌写作或诗性，或高雅，或审丑的巨大宽幅，造就其现时与未来发展的多种可能，让诗歌的意义变得极为多样化。

诗性、高雅的诗歌宽幅是刺点中断或弱化叙事之后所达成的一个显而易见且极其重要的维度，自现代诗歌诞生之初便有此特征。相对于刺点创造的诗性、高雅的诗歌宽幅，审丑、粗俗的宽幅出现较晚，但是其发展却是后劲十足，甚至由极端化、粗俗化口语叙述发展成娱戏狂欢、嬉皮无赖的口水叙述。这种写作局面的形成是时代的价值信仰迷失，以及受众平庸之恶与依赖性的听从盲从，缺乏严肃写作的判断力、鉴别力所致。在当代诗歌这种媚俗、失效的口语叙述当中，"口语不等于诗的语言，生活经历也不等于诗的内容。这中间一个不可或缺的环节是'诗的转换'"③。当代诗歌在沿着叙事前进的同时，必须回到语言的本体，返回诗性的传统，在诗的情

---

① 陆正兰：《用符号学推进诗歌研究：从钱中书理论出发》，《四川大学学报》2010年第5期。

② 赵毅衡：《符号学原理与推演》，南京大学出版社2011年版，第169页。

③ 郑敏：《结构—解构视角：语言·文化·评论》，清华大学出版社1998年版，第104页。

绪暗示与诗歌传统的导引下，口语写作才完成"诗的转换"，凝聚诗性、诗意之美。在这种诗歌朴实的叙事回归当中，刺点就是很好的解决途径，并以语言为意识，以文本为养料，不断创造、裂变当代诗歌书写新的可能。

第二，口语简朴诗风与形而上观照统一。

从当代诗歌历史发展的普遍轨迹中可以看出，每种成为主流的写作形式，大致表现为前期、中期及晚期的体例征象。90年代以来以叙事为中心话语的口语写作，其简朴性、日常性、凡俗化整体诗歌语言特质，在"口语中心主义"的后期，将更多地回归诗性写作，超越单纯意义的日常记录，细想而知，90年代以来"口语中心主义"晚期的这种整体上的"回归性"，自始至终都伴随着此"主义"的发展、演进，不同的只是强弱与否、鲜明与否的问题。

可见，"口语中心主义"的写作后期，是一种跳出经验叙事的，注重超验的、幻想的、诗语与意义创造的成熟写作。与对当下日常事件、体验记录式的叙述惯性不同，晚期成熟的写作，以生命、激情、冲动、冥思、灵性等写作资源思考日常表现背后严肃、厚重、有意味的主题，并运用有别于"日记体"或"流水账"诗歌技巧进行写作。晚期或是成熟的诗歌所欲靠近的无疑是孤寂、哲思、死亡等人类晚期情感的表达，它们属于同一"存在性的本质"，接近世间万物的真实。"死亡有时确实在等待着我们，人们有可能深刻地意识到它在等待着。时间的特质因此改变了，就像光线中的变化一样，因为现在竟如此彻底地被其他时节所遮蔽：复苏了的或正在远去的过去，无可限量的新的未来，想象不到的超越时间的时间。伴随着这样的时刻，我们便抵达了对于晚期之特殊感受的各种境况。"[1] 在诗人晚期的写作当中，诗人所做的不应只是表面的叙事、

————————

① ［美］爱德华·W.萨义德：《论晚期风格——反本质的音乐与文学·导论》，阎嘉译，生活·读书·新知三联书店2009年版，第1页。

描绘与记录，而应以一种深潜的姿态沉入诗性之中，这是诗歌艺术对诗人所提的要求。

运用刺点之后的当下诗歌所表现出的写作征象，显示着 90 年代以来"口语中心主义"的后期阶段的发展趋向。在简易、简单、简朴的叙事语言当中，夹带着越来越多关于严肃、厚重、有意味的形而上学思考。从当下具有此种晚期风格的诗歌中可见，一处或多处"刺点"的显现，无不是写作者感性写作能力的体现，无不是对单纯叙事的超越，无不是一次有意义的形而上学思考。

第三，"主题刺点"强化了"诗"的实现与完成。

任何艺术的"均质化""均一化""正常性"局面的到来与形成，既显示着该种艺术形式发展的无力与疲惫的困境事实，同时也意味新的形式试验与创新可能的实现。诗歌作为一种艺术形式也是如此，在 90 年代以来"均质化""均一化""正常性"的"口语中心主义"格局之下，同样进行了关于诗歌写作形式与内容的各种创新试验。"诗是游戏，但它是一种认真的游戏，顶真到死的游戏。"[1]诗歌写作形式与内容试验的"主题"道说，揭示出诗歌所具有的实践与"游戏"性质。并从中分离出主体的形式与内容的构成面，依据得到的形式或内容，或是形式与内容相结合的三方面进行刺点写作的试验。

突兀、对立、中断构成的刺点理论，其本身就以一种试验形式出现，成为破解艺术"均质化""均一化""正常性"局面的方式。于诗歌形式与内容而言，刺点可出现于诗歌的前、中、后各种位置，一次或是多次出现，可涉及诗歌的一句话、局部、整体以至主题、结构等。于诗歌的试验而言，刺点是写作者诗艺、诗性、诗思、诗体建构习惯的轨迹体现，诗人写作过程的感性与理性、叙事与非叙事、经验与超验、诗性与非诗性一览无余。显然，可从刺点

---

① 赵毅衡：《反讽时代：形式论与文化批评》，复旦大学出版社 2011 年版，第 268 页。

在诗文本中的具体认知与实践，思考与归纳出关于当下诗歌的形式与内容试验可能。简单说来就是：形式，运用刺点与否，深浅、宽窄的程度如何；内容，是否超越单纯叙事，诗性、语言性如何。它们最终指出了诗的时代语境与文化意识，即诗的意义关照，这也是对否定性刺点意义的补充与转义。

文本的叙事是一种对行为、事件前后相继的直线性呈现，在"这条平坦的直线上"，文本少有起伏凹凸，甚至颇为沉寂，这是艺术均质化、均一化特征的一个内部体现。然而，平坦、沉寂并不是艺术的初衷与最终目的，诗歌艺术更是如此，它旨在以语言的形式为世界呈现并保留一切的惊奇、神秘与意义可能。在这一点上，刺点的断裂、突兀像针刺一般，不遗余力地穿插、刺破诗歌艺术的均质块状、平坦线性。每一次的叙事断裂、线性突兀，都让诗歌艺术远离消沉、静默，破裂出神奇、惊奇的语言魅力。因而，诗歌的刺点设置，于诗歌而言是一种对自身本体性的维护。

第十九章

韩文莲："时光的碎片簌簌坠下"

诗是一种道说。遮蔽世界的秘密急需发现与和解，诗，便提供了这种走向自由心灵的可能。从属性来讲，诗性本身就具有通感特点。在形而上的瞬间，世界的象征之林互为感应、彼此观照，共同培育灵性而实诚的生命场域。这个象征家族，人与事、情与物，皆注入了"灵性"的光晕，因为诗性与诗意的现实介入，诗性的世界暂时疏离现实与凡俗，在苍茫宇宙中将人性与审美融为一体，彼此融留。"在语言那迷人的森林里，诗人们故意迷失在其中并陶醉于这种迷失，他们寻找着意义的十字路口、出人意表的混乱和奇异的相会；他们不惧怕其中的迂回、意外和幽暗。"① 正是借助这种神性力量，游离惯常的现实与理性思维，充分调动诗的感官与意识，在超验与感应中完成诗意、诗性的书写。

在宁静的月光与北方冬夜，在苍茫的星空与璀璨的内心感召下，诗人韩文莲便是凭借这种敏锐的直觉感应，完成了从生活现象层向内心审美层的跨越与提升，在语言这个媒介与结晶的引领下，完成了不同于日常生活趣味与凡俗生存的超验书写。她的诗篇充满了灵性与沉思，在感应的内心通道中，捕捉生活的光晕与人心升腾

---

① ［法］保罗·瓦莱里：《文艺杂谈》，段映虹译，百花文艺出版社 2002 年版，第 262 页。

的种种瞬间，时而纯洁如少女之心，时而深情如高贵心灵，以简朴而内省的语言，为我们营造了一个孤独而又实诚、幻想而又空灵的感应世界。诗意而象征的通感书写，成为写作者的感应器官与道说方式。

第一节　超验之心

诗是韩文莲追寻自我的形式与仪式。这种“体裁”唤醒了诗人幻想而自由、超验而深情的情绪反应与内心感知。诗，“产生一种符咒似的暗示力，以唤起我们感官与想象底感应，而超度我们底灵魂到一种神游物表的光明极乐的境域”①。在冥想、想象中，每一片树叶、每一个风景、每一对话与事件，皆注入了“生命”的体征，因而呈现出灵动的、沉思的哲理之美、发现之美。

在超验之心牵引之下，诗歌拉近了自我与世界的秘密关联。自我是世界中的一员，世界因为自我而存在，自我又通过诗人敏感的生理器官而在现实中找到精神回声。“诗歌就这样成为声音的幸福，胜于耳朵的幸福。”② 因为超验之心，审美意志才得以生成，冥想、直觉、感应、沉思的过程，才让诗这种文体呈现出诗性的思维与能量。“万物变得如此富有精神和力量，又如此相爱和轻灵，我们和所有生灵至乐地为一，犹如千万种不可分割的声音汇成一支合唱，飞越无尽之太空。”③ 这种超验的审美态度，推动了诗的语言繁殖与增值，诗在这里展示的既是现实的回声，也是灵魂的歌唱。这种超

---

① 梁宗岱：《梁宗岱文集·评论卷》，中央编译出版社 2003 年版，第 87 页。

② ［法］加斯东·巴什拉：《梦想的权利》，顾嘉琛、杜小真译，华东师范大学出版社 2013 年版，第 169 页。

③ ［德］荷尔德林：《荷尔德林文集》，戴晖译，商务印书馆 2003 年版，第 76 页。

验，生发的不仅是语言思辨的日常哲理，更是升腾内心所形成的价值认同。诗从日常的肉身、生理感官向内心忠实诉求，慢慢融入对人类深层情感进行探险的文化意识与诗性思维。

诗从文体与体裁来讲，就决定了写作者通过直觉与超验，慢慢破解生活中被隐蔽的深度情感、深度体验与深度真相。经验细节的升华与诗意转化，完成诗的道说与认知功能。诗也是一种发现，一种对日常生活去蔽与呈现的发现之美、智力之美，这样诗意书写形成了诗与哲理的融合与会通。韩文莲写道："水边那条小路/像一根草绳/拴着芦苇和稗草/夕阳照下来/大雁和野鸭的翅膀/打着水面/你的天空也会感知/这方的心跳//如果风折了回来/在小路上盘旋/草叶和石子闪着金色/就像诗中的词句/穿越两座高山和三条河流/到达幽静的窗口//如果小路垂向夜幕/我还会寻找/星星浸着露水/就像眼睛对望着眼睛"（《水边那条小路》）。"水边那条小路"，既是行走之路，也是感应之路，现实的道说与呈现，都系在这条感应的"草绳"上，读出的是"芦苇与稗草"的命运，而沿途风景作为行走的装置与装饰，也充满了生命感应，压缩的心理时空布满发现之美与哲理观照。

"河流，在远处，也近得不能再近/快乐和迷惘压低了扁担/它的韧性，它的坚持，水桶不是画外音/想着临水而居的姑娘，提水的惬意/是浪花说开就开，抬脚说迈就迈/思想久了，肺管里的炊烟也摇曳成琴弦。"（《不能走近的河流》）无所不在的日常，闻所未闻的发现，赋予了生活场景另一种深刻的关注与深度思索，"河流"成为现实人生的某种精神投射与主观感应。这种超验的象征与通感书写，是对当代口语化与叙事性诗歌的规避与探索，这种直觉与诗性，维系了诗歌的审美价值与意义生成。

诗写发现的是一种深度事实、真实，一种不同于肉眼观看的内心凝视，灌注其中的也是一种深度情感，而这情感提供了诗歌不同于其他文体带给读者、写作者共同的丰富联想与情感体验。超验之心，通过当下的关注，呈现出诗意的另一种道说可能与诗性合法化的文化价值。韩文莲写道："黑夜撒开一张网/我推开窗子/迎面涌来的风/像鱼一样的鼓腮"（《涌来的风》）。"黑夜"这张隐秘之网，无疑构成对现实境遇的投射与寓言，"鱼一样的鼓腮"极具超现实主义画面感、现场感。从日常经验升腾的审美空间，形成了诗的独特美学与哲理观照。诗人多次写到"雪"，这与她所处的生活环境与创作阶段相关，"雪"成为她的观照对象与情感投射所形成的象征意象。"又下雪了/细雪如盐/撒在裸露的伤口/北风一针针/刺着碑文/飞檐的一角/颤了一下，把/沉重的翅膀/埋进一场雪中。"（《又下雪了》）"雪"变成"盐"的变形、陌生化过程，诗的幻象审美与存在感知颠覆了现实秩序的时空感，充满魔幻性与超验性。针针"北风"，刺着"碑文"，这无形的"沉重的翅膀"，在大雪中荡然无存，而"盐"与"碑文"这种毫无关联的转化与联想，沟通其间的桥梁显然是超验之心的一种混沌感应与魔幻连接，诗人借助幻想抵达诗的异质与陌生化。"诗人：凭借具有暴力性质的幻想爆破世界的工作者。这幻想闯入了陌生处，并因此而瓦解。"[①] 诗意化、哲理化的日常观照为人生提供了思辨与沉思的可能，也是诗人对现实观察的深度理解与命运关怀的方式，幻灭感、存在感无疑在深度的情感体验中理解了生命的真谛。韩文莲在《一只鸟飞来》这首诗也表达了生命"无常"的体验："一只鸟飞来/从消逝的秋天/如果熟了就是死亡/淹没在风里的/无奈的狂涛/宽广的大漠/都是一次彩排/再卖力的雪/涣散了，也难以缝合"（《一只鸟飞来》）。这只"鸟"捎来的仍然是"难以缝合"的创伤性的情感记忆、幻灭感应。诗从某种意义来说，就是对现实人生的慰藉方式。这种联想、

---

① ［德］胡戈·弗里德里希：《现代诗歌的结构：19世纪中期至20世纪中期的抒情诗》，李双志译，译林出版社2010年版，第50页。

幻想，让现实物象过渡为审美意象、超验想象，让诗意世界呈现出现实的另一种生存可能与探索价值。

在移情与幻想中，诗具有一种召唤与警示力量，这种疼痛感成为诗中的"刺点"，产生的刺痛感让我们从凡俗与忙碌无序的生活中聚集成意义定点，从而形成对生活的理解，以此慰藉与触摸人类孤寂的心灵。"推开玻璃门/薄纱的花窗帘/轻飘起来/像一片老大的花瓣/从阳光里垂落"（《夏日》）。垂落的过程，是人生的现实，也是生命的归宿，诗人通过审美而认知的内心感应，诗意化地处理了"疼痛"，并在"花窗帘"的感应与幻想中完成。诗意的感应之心，理解了理性、秩序的生活，又升华为某种诗性发现与哲理之思。"雪花飞过心的庭院/和你清凉的气息相接/天蓝得深邃/那些依稀的云/就要融化成泪水//日子累积着石头/一些黑暗涌进内部/在你的注视下不堪一击/此刻只有宣松的泥土/透着百花的香"（《午夜的星》）。诗心与感应，空灵与冥想，使得诗人的作品不同于现实人生的经验诉求，表现出一种对日常生活的超验审美与观照能力。"午夜的星"，既是生活瞬间，也是诗性世界，"一些黑暗涌进内部"，向现实世界绽放着"百花的香"。超验与幻想，完成了这种诗之所以为诗的文体特征与哲理发现。我们要追寻的是那些并不总是存在的词语以及那些虚幻的巧合；"我们要让自己处于无力的状态，试图将声音与意义结合到一起。"① 超验中的感应之诗，变成一种主观心理时间，叮嘱时代与人性的回归，通向体内与秘密，为现实生活找寻神圣的归所。"不在显赫之处强求，而于隐微处锲而不舍，这就是神圣。"② 诗人无意于纠缠计算与实用的现实态度，她与日常生活拉开距离，以精神追求为乐趣和出发点。"在空旷的风里/她用胆小的画笔/

---

① ［法］保罗·瓦莱里：《文艺杂谈》，段映虹译，百花文艺出版社2002年版，第31页。
② ［德］荷尔德林：《荷尔德林文集》，戴晖译，商务印书馆2003年版，第6页。

给幽暗的树林，教堂的尖顶和/列车长长的阴影，添上了一个个星星/整个世界都散发着，凉津津的甜（《二月二十九日》）"。"胆小"写出了诗人的敏感与内敛，而"幽暗的树林，教堂的尖顶和/列车长长的阴影"向"星星"的转化与联想，聚集了诗意眼光与神性之美，"整个世界散发着，凉津津的甜"，一个"甜"字，将超验的通感与象征写作推向了"通灵"的通感境界。韩文莲用超验的"画笔"描绘生活之美：这彩色的甜感也是诗人对精神工作的认同与欢喜，无时不激励迎难而上的孤独探索。

诗是即时的形而上学，也可以说是某种痛苦与孤独的形而上学，更是诗人对抗时代的某种精神感应器与价值立场。超验的书写是对现实人生极具效力的疏离态度与智慧生存。"人的本质就在于他的意志有所追求，一个追求满足了又重新追求，如此永远不息。是的，人的幸福和顺遂仅仅是从愿望到满足，从满足又到愿望的迅速过渡；因为缺少满足就是痛苦，缺少新的愿望就是空洞的想望、沉闷、无聊。"① 诗意的生存与哲理化的智力思辨，成就了对生活的去蔽式的发现与拆解，正是这种对现实的疏离态度与审美思维，成就了诗歌作为艺术和诗意栖居作为人类终极价值实现与追求的途径之一。这个"途中"的态度与思想构成一种生命哲学，穿梭于时空与人心，以性灵与思辨的语言，建构人类的情感与意义，实现诗的审美价值与文化特征。

从这个意义来讲，超验的心灵，就是诗体的自然追求，也是诗人从日常现实着笔、呈现，但又不同于日常生活的一种理想企及与心灵理想。

---

① ［德］叔本华：《作为意志和表象的世界》，石冲白译，商务印书馆 2009 年版，第358页。

第二节　孤独意蕴

　　孤独，从某种角度来讲，推助了文学的深度情感与对命运真相的发现与沉思。它意味深长，不可理喻，既是抒情展面，也是艺术刺点，生成诗人之想象与移情。孤独作为语言的动力与能量，不断勘探意识深处的河流、人心深度体验与内心识别的色彩。诗人的生理、身体孤独，往往促成了心灵诗篇的完成与实现。

　　韩文莲写道："没有褪落的一片枯叶/提醒这仍是冬天/背靠粗壮的白杨/我的孤独在有力地生长"（《早晨的阳光》）。孤独的生成，是诗心的眷恋、觉醒。因为孤独，识别的却是人性的宽度与热度。孤独与夜晚的心情、记忆息息相关："夜，折转过来/再一次切向天空/甩出无数颗小星星/有的在树梢，有的在水泊/一会儿张着诗人的眼/一会儿翘着童年的脚"（《夜》）。夜，作为感应地带，是孤独意蕴生发的精神居所，"折转"的过程，是诗心的发现与感应，形成诗人之"眼"。而这些"星星"，"翘着童年的脚"，让诗从高处又返回记忆，诗不是天马行空的行走，也不是人间回声的响应："屯西的小树林/常在孤寂的夜里摇响/小院缭绕的炊烟/不时掠过梦里的天空/两只绛红描花木箱/一排雕花框子的山水条屏/那些纹理和线条/都有了某些隐秘的秉性。"（《厢红二屯》）在超验与感应的推动下，炊烟、梦、木箱、山水条屏，这些物象触及内心，现象还原了的"纹理与线条"，浮现出吊诡的存在与在场启示："今晨，太阳又一次掠过窗前/我还在搬运搬了一晚上的石头"（《梦中，有一只大鸟冲过来》）。正如这种沉默又极具热度的"石头"，孤独的品质在冥想中得以人格化展现与形塑。孤独的沉思与升华，孕育了现实之诗与感应之诗的生成。这样的心灵诗篇，经诗人内心的感应器的情感熔炼与哲理沉思，解构了被生活幻相所遮蔽的深度事实与精神价值。

诗人并不避讳现实的无奈与窘迫，仍以友爱与宽容之心观照现实、理解自我，心灵诗篇的自然感应与内在沉思，慢慢为诗人找到生活的更高企及与精神价值："从正月十一傍晚到今晨/恐慌、踌躇、担心、泪水、麻木/忧虑、着急/这些家伙或扎堆，或独处/一个个穿过走廊/前来拜访//就像乌鸦爱上腐烂/阴雨爱上漏屋/暴风雪爱上冰冻的莽原/我也应该爱上你们/这些不请自来的客人"（《我也应该爱上你们》）。这种种"不请自来"的情绪，本来极具否定性、摧毁性，然而经过诗人的诗意化处理与内心凝视，慢慢化解了现实矛盾与种种人生悖论，在写诗过程中完成了心灵释放与内心净化。"诗歌的瞬间本质上是两个对立面的和谐关系。在诗人激情澎湃的瞬间，总还是有一点理性；而在理性的否定中，仍然存在着一点激情。各种连续的反题已经取悦于诗人。"[1] 写诗，就是这种化解与融合的过程，在经验与超验中启示生命的智慧与性灵。

在理查德·舒斯特曼看来，"'身体'这个术语所表达的是一种充满生命和情感、感觉灵敏的肉体，而不是一个缺乏生命和感觉的、单纯的物质性肉体"[2]。诗人的身体既是现实观照，也是内心通道。生理身体的不同感受，赋予了生命感觉的回归，即便从"物质性肉体"出发，又必然导向精神深处的内心沉思。"我们通过我们的身体来思考社会，同样，我们也通过社会来思考我们的身体。"[3] 诗是现实境遇的某种主观精神投射与人生隐喻。孤独本身与现实的

---

① ［法］加斯东·巴什拉：《梦想的权利》，顾嘉琛、杜小真译，华东师范大学出版社 2013 年版，第 246 页。

② ［美］理查德·舒斯特曼：《身体意识与身体美学》，程相占译，商务印书馆 2011 年版，第 11 页。

③ ［加］约翰·奥尼尔：《身体五态：重塑关系形貌》，李康译，北京大学出版社 2010 年版，第 33 页。

生理的身体体验相关，它通向形而上学的内部，构成内心隐秘真相的沉思。

诗的生成是一种形而上学的瞬间发现，是对时空压缩后的苍茫与过渡的生命咏叹。诗人面对的既是个体的"小我"感怀，也是人类"大我"的终极关怀："星星泼下流水一样的光芒/松树的针形叶子绿得温润/门旁的灯盏，散发着梦里才有的橘黄/尘封的窗户被撞开/那些泛白的封条摇晃在风里/那些陈年的木榻发出第一声咏叹"（《梦中，有一只大鸟冲过来》）。生活与梦想交相辉映，"泛白的封条""陈年的木榻"，俨然苏醒的心灵，闪烁"星星泼下的光芒"。"黑暗慢慢变轻/像过冬之后的土地渐渐松软/此时，适合妄想、伸展/小鸟一样/啄着过往的风"（《血流过黑暗》）。沉思与"妄想"，凝视与遗忘，缓解了"黑影"的焦虑与现实不安，"小鸟"怡然自得地"啄风"，无疑构成了超验审美与人生隐喻。这样孤独的意蕴，升华了情感之诗、哲理之诗。

"孤独"的写作由身心感应出发，从中体验一种更高的梦想与更真的质地。"身体的感受，就是悟性在直观这世界时的出发点。"①悟性、直觉，变成身体的"出发点"，而"诗"作为艺术中最为精英的艺术形式之一，它自然与哲学毗邻与连接。对孤独感的体验与反思，让孤独变成诗的元素与可能。从这种意义上说，诗也是对孤独的克服与消解。诗的存在就是一种发现美、言说美的过程，极具疗救的思想能量。"美的定义是容易的：它是让人绝望的东西……它拯救你。"② 找寻自我的孤独，让黑暗也发出敏锐与理想的回声。

韩文莲诗歌，将随处可见的"孤独"慢慢升华成一种生命气质，成就了她的心灵书写。

---

① ［德］叔本华：《作为意志和表象的世界》，石冲白译，商务印书馆2009年版，第149页。

② ［法］保罗·瓦莱里：《文艺杂谈》，段映虹译，百花文艺出版社2002年版，第200页。

第三节　绵延诗心

诗的存在，是诗性、诗意的展现，也是人类经验对孤独自我的克服与消解。诗，作为某种精神向度与寓言，启示着不同于技术、功利文化系统的对生命道说的另一种人心思考与文化诉求。诗的价值与意义也正在于对这种不可解的内心逼视中获得灵魂升华与精神探险。这种存在性与存在感，既是一种审美意趣、人格境界，也是一种发现眼光与思想能量，将绵延的诗心慢慢升腾为一种知性智慧的灵魂结晶。因此，绵延的诗心，正是一种诗意的审美态度，也是一种形而上的精神质地与思考方式。

韩文莲具有较深的中国古典文学功底，长期的古典诗词陶冶，使其诗语纯净凝练，并逐渐转化成诗人的一种内在节奏与韵律："梅树，蝴蝶，桂花/石人，石马，叠数级台阶/半副对联，三五只灰喜鹊/飞上飞下，山悠闲/云，信步。"（《某城》）

诗，是一种生命情怀的展示，也是一种极具仪式感的内心操练。近些年，韩文莲从古典律诗的秩序与束缚中游离出来，走向"现代诗"的创作。究其原因，应该是"现代诗"的魅力与个性所致，也源于诗人发现现代诗写的欣喜与对现代诗的高度认同。古典诗歌形成的审美趣味与文化经验，自然也会成为一种思维定式与文化负担。如果对古典诗歌怀有某种情结的话，古典书写往往渗透着一种以农业文化为特征的牧歌的隐逸的浪漫情怀，"现代诗歌创作是去浪漫化的浪漫主义"①。现代诗写与古典诗写，不仅是形式与语言上的差异，更关乎的是一种对"现代意识"、对跨越时空的自由

---

① ［德］胡戈·弗里德里希：《现代诗歌的结构：19 世纪中期至 20 世纪中期的抒情诗》，李双志译，译林出版社 2010 年版，第 16 页。

意识与返回人类心灵真爱的坚定认同及其所构成的严肃的表达主题与共通情感。诗歌又是一种寂静书写，在荷尔德林看来，"寂静就安居于这至乐之乡"①。而现代城市空间对乡土与静态生活的颠覆拆解，也构成"现代诗"关注的主要内容，"至乐之乡"是种审美距离，也是终极理想。对人类否定性的价值情感的体验与感知，成为"现代诗"的永恒表达主题。

诗性的存在往往通过回忆得以升华与完成。诗歌，正是对人类孤寂灵魂创伤性记忆的情感升华："回忆让九月年轻/连磨钝的牙齿/也咬得碎光阴的骨头/有人尝到了涩/有人咂摸出了咸/有人举起白酒，一饮再饮"（《回忆》）。逝者如斯，光阴似箭，白驹过隙，这"咬得碎光阴的骨头"呈现出现实的种种悖论，又给予差异性的情感认同与生命关怀。"一首短诗应该同时展现宇宙的视野和灵魂的秘密，展现生命的存在和世间诸物。……经历快乐与苦难的辩证法，它才能胜过生命。诗歌于是成为根本的同时性原则，最分散、最游离的存在从中获得统一。"② 通过超验的文体感应以及对现实孤独的形而上的关怀与触摸，韩文莲完成了对诗意的精神世界的勘探与发现，同时，其绵延的诗心与诗意态度，变成了一种差异性与独立性并存的生命价值，唤醒与缓和了现实人生的诸种分散、疏离，并为现实生活提供了诗意企及的智慧与可能。在这里，诗也因此而升华成差异人生的一种观照方式与价值路径。

韩文莲诗中无所不在的存在感、认同感，让诗意化的审视、审美保持了积极的能量与热度，并给予生活以警惕和启示："就在这一场雪和/梅的开落中/春预备着到来/又预谋着远离"（《我听到春的脚步》）。"雪"与"梅"，相互映照，彼此生发，形成不同的性

---

① ［德］荷尔德林:《荷尔德林文集》，戴晖译，商务印书馆2003年版，第47页。

② ［法］加斯东·巴什拉:《梦想的权利》，顾嘉琛、杜小真译，华东师范大学出版社2013年版，第245页。

灵意趣与人格特征，极具差异性与疏离意识，在不确定中完成诗的价值。诗的意义就是一种审美"行走"与哲理观照。这种绵延的诗心、诗情完成了诗的直觉与灵性的沟通，"它们"凝练为"他们"，凝练为"人"的情感与沉思："一场雪涂白了/周围的一切/使他们成了不断/厚实的雕塑/只有两行/伸向山顶的脚印/一边向上长，一边/断了后路"（《伸向山顶的脚印》）。自我解构的绵延的意识，雕刻出行者的肖像与果决。这样的诗写过程，也是重建生命尊严与信心的过程，诗人与诗的碰撞有如恋人久别重逢、知音相见恨晚的激动："要是十年前就有网络/有网络我就上网/上网就写博客/写博客就遇到诗歌/我该不是现在的我了/可惜啊，晚了十年/心底纯净才能写出纯净的诗/十年了，该积多少灰尘"（《晚了十年》）。诗歌的缺席，积攒了"灰尘"，这种相遇是诗之意志磨砺、蓄积能量的过程。诗写，兼具精神与心理自我移情、疗救的功能。诗歌语言的思辨与智性，将我们从孤独的言说中唤醒："唯有这块冻实的垄下/犁耕不到，消息传不来/一天比一天深/一天比一天幽暗/你是远离尘世的病人/我也是，痛时写点文字/白雪遮盖，风掩鸦声/关于你，关于厢红二屯"（《厢红二屯》）。诗人笔下的"厢红二屯"远离尘世，渐被世人遗忘，这类情感通过发现之眼与内心逼视在诗中唤醒，"我也是，痛时写点文字"，这"犁耕不到，消息不来"的沉睡角落在心灵的感应中醒来："在你的天空挂个月亮/沉沉的夜里/闪着淡蓝的光华/你只要一抬头/我心中的雪山就越发闪亮/你的目光里有一万把琴弦/我的银盘子，银弯弓/总被铮铮地弹着/无论你回头或兀自前行/我掩起雪的虚无和心的自尊/义无反顾地跟着/直到你领我走进爱的白昼"（《在你的天空挂半个月亮》）。纯净的少女之心，在沉思之夜一点点播撒诗的热度与能量，即便"虚无"与敏感的"自尊"也无法减少主人公的热忱与信心。"北风干冷，小刀子/攥着冥想者的手"（《一直没下雪》），诗中的导引实现了诗的本体价值。诗，就是这类发现与行走过程中的醒觉态度与灵魂升腾。

当代诗歌中的口语写作渐呈琐碎化、凡俗化的写作趋势，反衬出这种孤寂与迎难而上的沉思性、超验写作与之相异的话语风格。韩文莲诗歌的独特价值在于秉持了中国传统诗歌的歌唱特征，同时又回应现实境遇，以超验之心、孤独关怀、绵延的诗心诗情，与当下的口语化、叙事性诗歌保持适当的距离，为当代诗歌贡献了另一种思辨的智力写作与现代之美。诗性之存在意义，召唤了人类的某种栖居方式与理想，在被工业文明、物质文明破坏与挤压的现实世界，心灵的唤醒与秩序的重建变得颇具意义。

超验思维、感应之心，展示了诗的前提与可能。直觉、冥想，颠覆了日常秩序与传统意识，推动了诗的发现与认知的完成。诗之存在与实现还在于语言的能量与转义，走向审美化、哲理化的感应之诗，展示了人类的深度情感与心灵真相。诗出自初心，也缘于深情，这一切都融进了韩文莲对"时间"的追忆与对空间绵延的追问之中。

韩文莲的诗写，既表现为一种日常审美化的诗意态度，也是对现实不安所造成的情感创伤的一种创伤升华与观照。诗，建构了诗性的世界，她与诗篇一起收获内心成长的力量与信心，从忙乱与悖论的现实境遇中找寻初心，以及静寂的"至乐之乡"。诗意、诗性的道说，疏离孤独，净化内心，也找回诗与生活毗邻的生命交点与艺术可能。

第二十章

林宗龙："一抹超验的微光"

日常生活的琐碎与平庸往往会遮蔽个人对生命的省思与观照，诗人却是能够在日常生活中进行某种反思与批判的人。林宗龙将观察的眼光投入生活的细微之处，他的诗歌正是借助语言对已被遮蔽的日常生活进行去蔽的书写。

学者伍明春通过对林宗龙诗作《所爱》的细读，指出其诗歌写作对青春话语的艰难突围。伍明春认为："对于一位自觉自为的诗人来说，青春主题的有效、透彻的表达，应力避那种常见的青春期写作的冲动与浅薄，而是要不断地寻求对既有话语模式的突围。"①而评论家曾念长则提出林宗龙诗歌中的"阴性写作"，他选择了诗集《夜行动物》中几首诗作，同样以文本细读的方式进行了深入的分析，进而认为林宗龙的"写作是一种具有女性气质的写作"，诗歌中充满了黑夜意识②。以上两位学者对林宗龙诗歌的解读虽都指出了其诗歌中较为独特的一面，但是纵观诗集《夜行动物》，笔者认为林宗龙诗歌还有着在当下诗歌写作中更为可贵的一面，即他的

---

① 伍明春：《青春话语的艰难突围——评林宗龙的〈所爱〉》，《文学教育》2013 年第 4 期。

② 曾念长：《夜行动物一盏灯——林宗龙的诗及"阴性写作"的启示》，《诗探索·作品卷》2016 年第 4 辑。

诗歌从日常叙事走向形而上学的存在哲思，以超验与感应的诗写展现着他的诗性言说。

林宗龙将语言铸造成意义的壁垒，向外抵御日常生活所带来的精神困扰与命运忧思，向内探寻现实经验迈向超验体验的隐秘意识的无限可能。这类诗性言说，成为凡俗命运观照的一面哲思镜像，折射出现代性的忧患与疏离，从而呈现出一种现代性的迷乱。"这种现代性的迷乱之处就在于，它被挣脱现实的欲求折磨至神经发病，但却无力去信仰一种内容确定而含有意义的超验世界或者创造这一世界。这就将现代性的诗人引入了一种无从化解的张力动态中，引入了一种因现代性本身而成的神秘性。"① 诗歌一方面充满张力地展现生命形态的复杂；另一方面又呈现出对万事万物的神秘体验的表达。语言作为媒介，在审美与哲理的维度上，将诗与思合一，在即时的瞬间唤醒主体"人"的自由意识。对"时间"主题价值的质询与追问，诗意言说于他而言，是一种相异于理性人生的诗意审美态度，同时也是勘探隐秘心灵的另一种思想路径。

就其独特艺术和思想价值而言，他的诗歌具体表现为以下三个维度，而这"三个"维度又完整地统一于"诗性言说"这一文化与心灵的探索与建构。

第一节　孤独叙事

林宗龙的诗来自日常细节，从现实的经验展开，又聚集于形而上学的心灵追问。诗歌作为个体的一种存在方式，专注于对精神之路的求索与探寻。在日常叙事的深处，他的诗观照自我与日常的疏

----

① ［德］胡戈·弗里德里希：《现代诗歌的结构：19 世纪中期至 20 世纪中期的抒情诗》，李双志译，译林出版社 2010 年版，第 35 页。

离感和个体意义确认的可能。在一首诗里，不同主体的询问、对话以及自我言说，揭示出文本的多重意义。因而，在他的诗中布满了至少两种以上的声音。这种复调性，表现为对日常生活的直观与深度灵魂的双重勘探。

林宗龙写了“黑暗”“梦”“坟墓”“困兽”“墓地”“岛屿”“孤独”等，这些极具否定性情感色彩的意象暗衬出诗人“忧郁”而丰富的内心世界。这种否定性的体验，使他的诗从超验的意义上释放了诗学语言的诸多可能，丰富而多样化的意象表达不仅凸显了他丰赡的生命体验，也成就了诗的审美质地与思想意蕴。诗人在《梦的部分》中写道：“整个下午，奇怪的梦/都没有停止过……/我梦见我骑着一头麋鹿/在找一只粉色的羊……/父亲脱鞋的声音。/像一种习惯，他喜欢对着瓷砖地板/轻轻地敲着鞋跟，/我知道这个时候黄昏要来了……/好像是梦的部分，那群麻雀早已/和黑色融为了一体/……而坐在门口的小家伙，正一片片地/摘下鹅掌秋的叶子，像纸片一样撕碎/然后扔在地上。/他总是能快乐地找到/童年的玩具。”诗中的梦境是生活的意识流，既与日常经验相关，又与超验感应相关，它们组成“梦”的神秘空间。诗人试图识别各种色彩与形状的“梦”，“找一只粉色的羊”，父亲脱鞋与黄昏降临的联想，诗中的“声音”从日常细节转化为虚无的形而上学体验，“麻雀早已/和黑色融为了一体”，而“门口的小家伙”的玩耍情景赋予“梦”的苏醒意识：“他总是能快乐地找到/童年的玩具”，这些“梦”的碎片不断敞开自我，追寻真实的自我，组成主体的自由确认与自我反思，建构了诗人的生命意识与信仰维度。

诗人无疑对于日常生活的细节体验是极为敏感的。在《日常》中，林宗龙写到“清晨买完菜，妻子和我/会从荷塘路经过。……这容易让人忆起/远方的朋友，以及火车上/发生的事”，这些发生在记忆中的事因为一个小小的契机而复现于诗人的脑海，诗人“惊讶于这流动的宁静"，也"无比欢喜于/这简单的日常"。这是一种往昔与当下的对比，也是现实生活与记忆之景的对照。正是在这样敏感的观察之中，诗人通过体验日常生活的琐碎，赋予了其审美意义上的诗化观照。

在《下雨之夜》一诗中，林宗龙试图通过一些习焉不察的生活场景来表现人与人之间最深层的隔阂。"我能对你说些什么？……这些细微而深刻的存在触动了我。"生命中某些深刻的体验往往是不足为外人道的，这或许是语言表达的无力，但更多的是因为人们生来携带且无法逃离的孤独。"在这下雨之夜，/我看见他，穿着雨靴，在出租房外的香樟树底下/望着我，深吸完一口烟，然后穿过/那些狭窄而潮湿的巷子。/这些幻象我并没有告诉你，"无意义的言说只会徒增更多的孤独，反而沉默能够使内心获得少许平和。于是诗人将可以诉说的"幻象"隐藏起来，让这一切只在自己的内心发生，"然后若无其事地说：/'河中的鲟鱼，已经上了岸'"。诗人仿佛是洞悉人与人之间天然的隔阂之后，自觉地选择了孤独，从而将那些重要的私语留给了自己。

从人的孤独到物的孤独是诗人的内心向外界的投射过程。在《废地》中，诗人以敏锐的内心体味着外物的孤立，将还未建成高楼的废地弃置于野，凋零、颓废。"以符号的形式存在着"，没有人再去关注这曾经的故乡，关注废地上正在发生的一切，"这几乎是我见过的/最孤独的场景"。外在世界的凋敝照映至诗人的内心，激起了情感上的波澜，升腾而起的内在孤独与外物的颓势相呼应，增加了诗人的孤独体验。因而"诗歌成为了一种行为，它非常孤独地将自己的梦幻游戏和魔力音调投入了一个被摧毁的世界。它在最后一个意义层面上所表达出的，是抽象的角色和张力，具有无法穷尽的多义性。"①

多处出现的"孩子"犹如里尔克诗性言说中的"天使"，在诗人"我言"的自由抵达中，"孩子"的在场如同里氏的"天使"提供了人间的另一种纯一与神性。他在《我的孩子》中写道："你玩具里的一辆洒水车/正贴着地面滑行而过。/它穿过了失去的部分：/褐色的湖，和你父亲手里的沙子，/那很可能只是梦的一个碎片。/……我的孩子，你玩具里的洒水车/在天空滑过时，变成一只黑翅膀的鸟/它不被我们理解的荣光正准备打开。"孩子的纯真与童趣，建构了诗性言说的存在价值与主体可能，尽管这种"滑行"有它的消解与虚无性，"穿过了失去的部分""变成一只黑翅膀的鸟"，在诗意"天空"捕捉"人"的瞬间慰藉与沉思。林宗龙的诗不仅源于生活经验与现实场景的多层交替，也源于关乎内部自我的价值省思，表现为诗中从现实向"荣光"的诗意质询与心灵期待，"孩子"不过是诗人"自我"的另一诉说对象与精神期待。

这种"我言"必须是主体的返回与绵延的确认，其中自然烙上"孤独"印迹。"孤独是存在的本质，现代人不可摆脱的精神困境。如何克服它，而不是刻意遗忘它，孤寂的诗写为现代人提供了一条自我反思与升华的路径。"② 在孤独生活与孤独诗性之间，诗性言说实现了对否定性情感的升华与净化。他写道："我开始在树林间穿梭/在离海很远的陆地上/我有一双你看不见的孤独/我到过墓地也到过天堂"（《纯色鸟》）。"孤独"，自然无法言说，但是诗意的孤独却是对存在的忧思与智慧转化，"纯色鸟"寄托着诗人的超验幻想与自由意识，"鸟"的"穿梭"与飞翔，检阅了事实性的生命真相与局限："墓地"，这种幻想性的超验体验却导向了对"天堂"的

<hr />

① ［德］胡戈·弗里德里希：《现代诗歌的结构：19 世纪中期至 20 世纪中期的抒情诗》，李双志译，译林出版社 2010 年版，第 115 页。

② 董迎春：《论当代诗歌的孤寂诗写及诗学建构》，《南京社会科学》2012 年第 2 期。

神性直观。

他在《火车和船》中也写到此类"孤独"："我看着那艘船，/在其他事物的照耀下，/获得了人的形式，船桨涌起的水花，是无穷的/虚无里无穷的孤独；/渐行渐远的马达声，/在暮色里像人的痛苦/越来越微弱；/那是我用我的方式，/在歌颂例外的我。"诗人自然无法逃脱现实的种种困境，但也极力疏离与规避，"船"与"人"的彼此感应，行驶的"浪花"与"虚无"紧密相随。而诗人多次写到的"火车"则构成了人类精神困境的一种象征。现实中的火车是一种运输工具，将人从一个地方载到另一个地方去。作为工具的火车在诗中成为诗人内心世界情感的象征。孤独、痛苦的火车幻化成人形的船，因而有了"无穷的虚无里无穷的孤独"。诗人对火车采取了本体意义上的观照，赋予火车以灵性，使物与人产生对话的可能，并以此关照人类灵魂最为根本的孤独与痛苦。

诗人在《火车上的流亡者》中自喻"流亡者"，动态的火车将空间置换，使抒情主体"我"在直面死亡的阴影时开腾出对人的困境的悲悯情怀。"我坐上只有我的火车/像置身于一个巨大而安静的坟墓"，孤独阴冷，火车脱离其实体的意义，成为一种困境，因而可以"透过黑暗/看见我的同类和易逝的事物"，黑暗意义迫使诗人对自身过往产生怀疑，"高过一切你迷恋过的虚无"。诗人同时怀疑自己对"从空壳的船舱/走出来的人"的怜悯。人们陷入贫乏的生活而变得麻木，"没有多余的表情"。"毫无生机的人脸，/沾着工业的暮霭和尘埃"，以冷漠对抗机器时代的冰冷。但诗人的书写并未停留在简单的质疑与批判上，更为动人的力量在于，诗人试图在"废墟"上重建救赎的力量。"我未曾谋面的主，/收割着它们最后的光，/那曾经照在我身体上的神谕，/现在照着空无的万物"。他的诗性言说，成为一种独特"自我"的观照路径与现代意义，通过超验的内心自由化解日常的焦虑与困境，转化"痛苦"。如巴什拉所言，诗成为即时的形而上学①，给予"孤独"的"诗性言说"以价值确认。

林宗龙的叙事，不故作高深，直逼现实和现场，但又表现出即时的形而上学的哲理特征，形成其日常叙事的"复调"话语，表现出日常现象的还原和内心探险的多种可能。

第二节　超验追求

林宗龙的"诗性言说"，是一种超验与感应的象征主义写作，即语言的功能趋于象征的价值与幻想特征。"诗的媒介是语言。语言蕴含生命之思。"② 诗是一种道说，蕴含着丰富的人生启迪。"正是语言把我们投向了语言能指的东西，它通过它的运作本身在我们眼前隐匿自身，它的成功在于它能够让自己被忘却，并在词语之外为我们提供进入作者思想本身的通道，我们因此在事后相信我们是与作者不用说话地、精神对精神地联系在一起。"③ 诗性言说通过语言唤醒人的自由与丰富的内心的勘探可能。林宗龙诗歌的超验性，表现为语言的通感处理，以及对宇宙万物的灵性感应与悲悯情怀。"艺术上的'通感'特征，与诗的本质属性中的'通灵'自然契合，创作者通过身心（身体感官）的直觉、幻想不断与世界（客体）形成一种平等、平和的心灵对话关系，这种'关系'以'生命特征'为转义方式，其在诗艺形式上不自然地走向修辞意义上的

---

① ［法］安德列·巴利诺：《巴什拉传》，顾嘉琛、杜小真译，东方出版中心2000年版，第79页。

② 董迎春：《时代之诗的去蔽与可能》，《南方文坛》2016年第1期。

③ ［法］莫里斯·梅洛-庞蒂：《世界的散文》，杨大春译，商务印书馆2005年版，第9页。

'通感性'。"① 诗的通感特性与属性，正是诗歌超验的追求，表现为一种人与自然的象征和感应，诗人追求的正是这种诗性和灵性的语言在场。通感的修辞在诗写中注重人的直觉体验的表达，"直觉表述转换成各种感觉，并发生共时、叠加、转移的联觉与移觉交织反应之后，最终完成诗歌的幻象化、超验性的通感诗写"②。

　　诗人所写及的物成为一种脱离其实体意义的超验感应，"实物的不在场也比它们的在场具有更高的地位，在这里，实物也都只在语言中在场"③，诗中所写的物也只存在于词语中，语言为物的在场提供了心灵的确证与表征。正如林宗龙在诗中写道："神翻动着赠予我们的一切/在寂静的林间，/松果簌簌落下/真实而自我……整个秋天，松果簌簌落下/没有人来得及回应我的孤独"（《松果》）。神的在场昭示着万物的平等，诗人所体验的孤独也与他所在世界的物构成对话的可能。在另一首诗作《芦苇》中，诗人写道："铁轨附近的夜色里/湿地的芦苇，以及芦苇深处的软体物/我重新确认着它们/像在擦拭一件古老的物件/好像轻易地能触及灵魂的痛处/……我要靠近我从未靠近过的父亲/天黑时候/万物低垂的样子。"抒情主体所"触及的灵魂的痛处"是对个人生命体验的质询和追问，是试图接近乃至抵达外在万物的苦苦追寻，也是诗人尝试与万物对话的诗写。犹如荷尔德林所言："万物变得如此富有精神和力量，又如此相爱和轻灵，我们和所有生灵至乐地为一，犹如千万种不可分割的声音汇成一支合唱，飞越无尽之太空。"④

　　林宗龙的诗写同时也是一种孤独生命的神秘体验，他通过自己

① 董迎春：《诗体通感与通感修辞——诗歌符号学之视角》，《当代作家评论》2016 年第 2 期。
② 同上。
③ ［德］胡戈·弗里德里希：《现代诗歌的结构：19 世纪中期至 20 世纪中期的抒情诗》，李双志译，译林出版社 2010 年版，第 90 页。
④ ［德］荷尔德林：《荷尔德林文集》，戴晖译，商务印书馆 2003 年版，第 76 页。

对自然界万物的细致观察与敏锐感悟，体验到自然界其他生灵的存在。"神秘可以被描述为在家中却具有异乡感、熟悉变得陌生或陌生变得熟悉的情况下生成的想法或情感。"① 诗人时常追求这样的超验性并通过语言给予思想在场和确认，他写道："日落前，最后一抹超验的微光，/会在深邃的时刻降临；/……你所见的，在镜面一般的水中，/又能够确认出什么？/当远处的混沌如同黑暗/再次席卷而来，意识还会如此准确？/……你在静物画中/忧郁的形象，是否是你辨认出/自己时，它在底部因真实而变得生机/尔后，它复苏，然后本能地/接受身边的一切，包括看起来/不存在的部分"（《在晨曦醒来时失去的一切》）。这束"超验的微光"像深刻的思想布景一样，让身心沟通与融并，超验之心与身体通感在"深邃的时刻"慢慢化解"混沌"与"黑暗"，"忧郁的形象"与"不存在的部分"之间的打通、关联，正是诗性言说对凡俗生活的去蔽与自由确认。这种完全不同于经验的日常语言的诗性言说，正是超验的象征语言所敞开的丰赡意识与想象可能。

"我会穿过你曾出现过的/教堂和店铺/甚至会忘了你是谁/也许那是风的另一种形式"（《另一个性别的我》），这"另一个性别"是一种超验的心灵实体，布满文化与宗教意味的精神感应，也是对个体经验的深度真相的追索与肉身之"我"的幻想和漫游。去性别化，还原事物现象，直逼意识深处的秘密与可能。超验的写作，并非完全出自虚构与幻想，而是不断在相异于现实经验的质询中接近世界与个体真相。"它的尽头，是长长的迷宫一样的走廊/我见过你从这里/消失……/而我依然一知半解地爱着/那棵梨树的假象"，这个"假象"在日常中呈现，在诗意言说中被颠覆、消解。诗人以否定性的"反讽"形成文本"刺点"，反观了生命之真与存在之诗的

---

① ［英］安德鲁·本尼特、尼古拉·罗伊尔：《关键词：文学、批评与理论导论》，汪正龙等译，广西师范大学出版社 2007 年版，第 38 页。

"我言"意味。

　　作为一个对语言极度敏感而又清醒的诗人,现代性与城市空间的压缩,并未导致他诗意与自我的丧失,通过诗性言说的"我言"提供了另一种观照世界的视角与路径。或者说,因为自我的性灵展示,而赋予了人类"自我"的纯一性文化价值。里尔克的《豹》表现了对现代主体的生命困境与"自由"缺席的沉思。同样,林宗龙在《困兽之歌》中写道:"在围观的人群中,慵懒地伸着脖子,/它披着我黑色的外套,/眼睛里发出幽蓝色的火焰,/它朝天空嘶吼了几声,/我记忆的废墟瞬间涌了出来,/你就坐在一块大礁石上,/四周是无尽的海,但没有海浪声,/好像那些声音……只剩下无数个/孤立的小岛,像坟墓一样孤立着。/那些困住它的——即使你找到了源头,/同样也在困住你……我惊讶于/我竟然带着那只花豹象征性的嘶吼,/迎接着从窗户透进来的光。""我"与"花豹"皆是现代芸芸众生的一个孤独个体,"人群"则是对悖论语境的现实反讽。当现代社会的主体性被物质、消费与技术统辖的时候,人类的自由则沦为缺席、放逐与异化的存在事实,每一个体都是"孤立的小岛",而现实人生则是"无尽的海","像坟墓一样孤立着"枯寂与围困。"'孤寂'作为艺术的原动力而存在,同时,亦是以'人的'存在本真状态而逼真地关注命运自身,一个真正的诗人,是诗写者,同时也是思想者,他的诗是语言、情操、哲思、大我与神性。"① 诗人的超验直觉与超现实的幻想画面,展示了这种现代人心、人性观照之下的时代悖论。

　　在《消失的集合》中,林宗龙通过"超验"之心将日常生活与灵性启示联结,从而形成诗性言说的心灵与文化价值。他写道:"街上的人群,好像从蚁穴里爬出来/他们慌乱地看着彼此,/……父亲,当海水淹没了我寄居过的岛屿/那个幽蓝色一样忧郁的微

---

① 董迎春:《论当代诗歌的孤寂诗写及诗学建构》,《南京社会科学》2012 年第 2 期。

粒，/始终在你叛逆儿子的潜意识里/像钟摆一样回荡着，/它说：我们以此出发并作为终点"，诗意言说的审美性在于超验所形成的魔幻与超现实主义的象征情感与"我言"启示。林宗龙的诗总是能很好地平衡这种经验与超验之间所形成的语境张力，它们彼此感应与相互指认，在"象征森林"探求人类的精神族谱与灵性启示，这也与他在诗歌写作中对通感修辞的熟练运用不无关系。"通感诗写作为一种生命思维与哲学信念支撑着诗人与世界的联结与感应，诗人是'象征森林'中成员之一，他与世界的关系是彼此平等与对等对话关系。"① 人群、蚁穴、慌乱、彼此、父亲、岛屿、幽蓝、忧郁、微粒、叛逆、潜意识、钟摆……在"象征"的森林里，万物皆灵，互为彼此，这个"消失的集合"则是内心与现实的"超验"同一，而审美化的错指、强指，赋予了诗性言说的心灵秩序，以此唤醒彼此分离的情感与意识，诗语中空白与跳跃的文本间隙形成了诗的灵性注脚与"集合"特征。

超验与感应的象征主义写作，既是一种诗性言说的认知思维，也是人类心灵的通感与纯一，超验的语言提升了诗歌的沉思性与哲理观照。

第三节 神性书写

林宗龙的诗可以说是语言深处的心灵探险，荷尔德林所说的"诗歌是一种精神冒险的事业"，在他的诗中得到回应与确认，诗性、灵性与神性之间往往距离甚远，却又瞬间转化，不断净化与升华。"神性"的写作，是对诗性与灵性的推进与上升，不仅满布着

① 董迎春：《诗体通感与通感修辞——诗歌符号学之视角》，《当代作家评论》2016年第2期。

对人的悲悯与同情，同时也体现了诗与哲学的合一。正如海德格尔所言："作为存在者之澄明和遮蔽，真理乃是通过诗意创造而发生的。凡艺术都是让存在者本身之真理达到而发生；一切艺术本质上都是诗。"① 这种人类心灵的诗性言说，在他的诗中同时表现出一种温情的体验与柔软的批判，观照出哲思与神性的形而上学的心灵与文化价值，诗意的审美空间同时也变成对生命事实性真相与局限的终极之问。

现代性的困境与身体的缺席状态，加速了诗人对终极心灵的追寻。这种现实语境通过"我言"的在场，不断迈向神性的终极追问。"雨的另外形式是消失。/……香樟和覆盆子，消解的你和我，/沿着神秘航线的货船，/不相关联的外物，/……当弯曲的雨又继续沸腾起来，/我感觉到：重要的东西正在失去"（《雨夜》）。俨然如里尔克式的"严重的时刻"②，林宗龙看到的是世界的焦虑与虚无，看到了"重要的东西正在失去"。在他看来，"消解的你和我"，与"弯曲的雨"形式上也都处于缺席与消失状态，事物之间本无关联，但却有灵性和神性的组合与聚集，相互衬托与沟通，他充满温情而智慧的耐心"道说"，通过诗的哲理规避了"我言"的晦涩与难懂，沉思于这种诗性言说的"我言"形式与可能。

对现象的观察与呈现在林宗龙的诗中形成了一种形而上色彩的思辨。法国象征主义诗人瓦莱里为我们指出了诗所具有的思辨的一面，他认为"人们在观念中往往将诗与思维，尤其是'抽象思维'对立起来。人们说'诗和抽象思维'，就好比说善与恶、恶习与德行、冷与热。很多人想当然地认为，依靠智力进行的分析和工作，要求精神在意志和精确方面所作的努力与诗不协调，诗有别于其他的地方正在于天真的思想、丰富的表达以及优雅和幻想，这些特点

---

① ［德］海德格尔：《林中路》，孙周兴译，上海译文出版社 2004 年版，第 59 页。

② ［奥］里尔克：《里尔克精选集》，李永平编选，燕山出版社 2010 年版，第 61 页。

使人们一眼就能认出诗"①。林宗龙在《想起酗酒的卡佛》一诗中完成了一次与卡佛心灵上的对话，"我看见他酗酒后平静的双眼/他凝视着我身上发生的一切/等于一种悲悯覆盖一种悲悯"，诗人在卡佛这里似乎找到了一种情感的共鸣与对话的可能，将自我交托于一个精神上的偶像，而成就自我更为饱满的状态。在另一首诗《曙光》中，他写道："天亮了，比任何一个沉睡的事物/我始终如一地钟情于你，每一天像白露一样不确定地存在/弥漫在桉树周围的曙光/开始泛起神的恩泽"，"天亮了"正与上帝所谓的神性之"光"契合，此表达让整首诗进入了一种神性的话语体系，而"曙光"又呈现出某种不确定的、短暂的特征，词语在此营造出一种超验感应的氛围，在语言象征层面上开始出现了神性的在场，诗人所钟情的"曙光"泛起神的恩泽。最后他写道："是时候忘却思想的沉重/是时候自我如初，推开木漆的门，隐藏在/纷拥而来的人群当中"。"是时候"的强调意味与其营造的精神氛围使得整首诗获得更为强烈的宗教色彩，与里尔克《秋日》中的开篇"主啊，是时候了"形成一种互文关系，"忘却思想的沉重"，使"自我如初"，这便是诗人在灵性关照下对生命的审视。

　　自海德格尔抛出"向死而生"的命题开始，"死"这一重要的诗歌主题一直折射出作为个体的生命在时间和空间向度上紧迫的追问，这种追问在诗的意义上指向存在之思的探询，也为人类找寻自我及主体性提供了可能。林宗龙在诗歌中也多次投向对"死"这样的人类否定性情感的意义追问。"越来越高的房屋，/挡住了一片金黄的稻田，我们在那里奔跑过，/我们在那里死去过"（《梦》）。面对曾经可以奔跑的乐园的沦陷，面对本为生命轮回的土地的失去，生命的重量在某种程度上变轻了。"一面镜子被打碎，一条通

---

① ［法］瓦莱里：《文艺杂谈》，段映红译，百花文艺出版社 2002 年版，第 277 页。

往自由的路/随意地弯曲。"（《梦》）当个体的生命被扭曲甚至失去自由之时，生命本身就会枯竭，从这个意义上而言，林宗龙对"死"的书写是对个体"生"的关怀，实践了海德格尔意义上的"向死而生"。

林宗龙诗中的"神性"在导引他向人类的心灵深处挺进与追寻，"我听见了神的声音，在童年的灌木丛。/……我看见了星星。忧郁，歌颂……神的儿子，一定/来过这片土地。你一定记得：/那流逝的光，在马尾松垂下的枝条上/诉说了什么。——像神的声音，/始终那么温柔……"（《我听见了神的声音》）无论是在灌木丛的聆听，还是对星星的观望，都是诗人企图超越凡俗人生而试图抵达神性的努力。"神性的在自己本身中相区别的一，这奋进的理性的美的理想照耀着，理性的要求就不是盲目的，知道为何，它的用向。"①　显然，林宗龙在他的诗中自觉不自觉地移置了一个"他者"声音，而且极具"神性"，一个精纯、同一的"绝对精神"支配着他在瞬间完成形而上学的体验与沉思。他写道："把那些词语/像木头一样烧掉/……在这重复中，看见/某个瞬间难得的光亮。/那是每次坐在江边的石阶上，/黑暗中的声音，会躲在雨水里，/轻轻摸着我的头"（《黑暗中的声音》）。焚烧的"词语"与"黑暗"对话沟通，"他"仁慈而温和地"摸着我的头"，不轻易的暴力、动荡语言中的"瞬间"启示了这类"慈父"形象。与其说林宗龙的诗都是生命的形而上学的冲动与沉思，不如说，他在这种诗性言说中建构了一种灵性与神性同一的精神主体。在《冬至诗》中他写道："回声机里一个蔚蓝的声音——/按道理，你应该扯着嗓门/回应我"，如此纯粹与专一的诉求，形成了诗性、灵性与神性的期待和统一，在"黑暗的声音"中找到生命的归依与"回应"。

诗作《引路》，从"诗题"就可以读出这种精神实体的隐喻与

① ［德］荷尔德林：《荷尔德林文集》，戴晖译，商务印书馆2003年版，第79页。

象征的意蕴。"为了证实那些可能，你拍了拍/我的肩膀，让我继续
引路。/从葡萄架子倾泻下来的月光，/均匀地照着我，/我感到前
所未有的自由，/我和我的身体来到了大自然/最隐秘的深处。"超
验的直觉与灵感，让林宗龙在诗的"自由"意识中表现了语言的神
性景观，显然，"身体"是沟通"大自然"与精神意识的生理媒介，
也是勘探"隐秘的深处"的文化器皿。从肉身导向内部的心灵诗
写，赋予了现实人生的"引路"启迪与"可能"，林宗龙的诗性言
说与他的地域文化与宗教背景相关，形成了他的个人气质与写作风
格，建构了诗、哲学与宗教合一和灵魂叙事、超验体验与神性写作
合一的双重追求。

当现代生活被技术统辖与文化虚无侵扰之时，现实压垮了个体
对语言的敏感与沉思。就文学创作而言，诗歌极易变成写作者的日
常愤懑与苦怨抒发，林宗龙却在内心感应着凡俗人间，钻研着精纯
与同一的生命"印迹"，于日常世界勘探隐秘内心的种种可能。林
宗龙就是这么一个"孤独"的大男孩，能刻意避开当下流行的口语
诗歌写作，又从同龄人的青春话语中突围出来，自觉地走向一种安
顿内心秩序的写作，不失作为一名写作者的文化风骨与自由意识，
在"我言"中获得了"自我"的独特签名与对缺席个体的观照与慰
藉。"孤寂诗写成为敏感、深度诗人对当下文化、诗学本体探索的
一种责任与方式，通过孤寂的诗写慰藉、启示遭遇孤寂的现代人的
内心，召唤超越物质层面之后对精神思考的心灵。"[①]

林宗龙在语言的途中，进行精神探险与心灵矿藏的勘探。诗歌
作为诗意的自我融留与主体寄托，是对秘密世界的道说与沉思。诗
歌，就是这样一种极为吊诡的通感文本与超验文体。诗人用海岛生
活与诗意眼光去捕捉"超验"中"诗性、灵性与神性"的合一
世界。

---

① 董迎春：《论当代诗歌的孤寂诗写及诗学建构》，《南京社会科学》2012 年第 2 期。

结语：当代诗歌的诗性言说与诗学探索

　　不同于经验的日常语言的客观叙述，超验的象征语言的主观表达为人类心灵的勘探与质询提供了丰富的表意空间与表现可能。中国现代主义诗歌中的"纯诗"传统便是当代"超验"诗写的理论资源，这种话语自然受到西方现代哲学的影响。当代诗歌超验诗写的理论价值，启示了汉语诗歌回归语言本体、传承诗性传统这一话语思维与价值认同。但是，受到社会文化与意识形态的影响，当代诗歌书写背后实际上存在着非诗因素的制约与局限。"朦胧诗"之后的诗歌写作，由于受到叙事及叙事性诗歌的影响，导致了诗歌语言自身繁殖与密度的损耗。"语言作为本质的东西在说话，因此，赋予诗人的话语可称为本质的话语。"[1] 21世纪以来的汉语诗歌，仍然受制于这种诗学话语的纠缠与束缚。在这一意义上，超验诗写为当代诗歌写作提供了较好的语言本体与诗性言说的生命与艺术的双重在场平台，同时，也承续了西方现代诗歌中的"象征主义写作"的审美思维与哲理观照，为诗学的意识转型与范式建构指出了一条切实可行的思想路径。

---

① ［法］莫里斯·布朗肖：《文学空间》，顾嘉宸译，商务印书馆2012年版，第23页。

第一节　否定情感与创作资源

在人类的情感结构与价值形态中，19 世纪以象征主义为开端的现代文学更加关注对人类否定性情感的省察与反思，并试图针对主体缺席的时代现状，加强文学对于时代与人性的反思和介入，从而，文学作为一种情感与文化形态融入生命事实，并作为思想资源助其成长。"我们所有的人，由于都具有意识这一简单的事实，都会不断地思考和利用我们的生命。"[①] 因此，文学仍然是生命话语的一种表达方式。生命的完整性在于主体自由的选择及确认，人类的情感自然离不开隶属于"欢乐哲学"价值体系的肯定性情感结构，但"忧郁"哲学也为观照人心与人性提供了另一种文化镜像，时刻触摸慰藉着人类的孤独与虚无意识。肯定性的"欢乐"哲学与否定性的"忧郁"哲学一并成为现代文学意识形态与话语实践的不同表现侧面，共同建构着现代文学的"表现"空间与思想可能。

近年来"情感转向"异军突起，它在多个领域使人的思考从通俗的情感层面突入到哲学的情感层面和对身体因果生成的考究。"它的触角很快从社会学、心理学和文学批评这些本土地块蔓延开去，波及人文学科和社会科学的全部领域。"[②] 对"情感"的正视，渗透着人的自我认知与主体生命意识的觉醒，而超验诗写对"否定性情感"的关怀，是让文学返回自我心灵的一种情感慰藉。实际上，文学是对生活的净化与升华，其中渗透着对现实与理性的否定性疏离。超验的内心勘探与思想理路，推助与提升了人类心灵的审美旨

[①] ［美］爱德华·W. 萨义德：《论晚期风格——反本质的音乐与文学》，阎嘉译，生活·读书·新知三联书店 2009 年版，第 1 页。

[②] 陆扬：《"情感转向"的理论资源》，《上海大学学报》2017 年第 1 期。

趣和哲理观照的水平与能力。

人类的肯定性情感与价值结构包括成功、爱情、战争、喜剧、健康等正面元素，为人类战胜邪恶、坚持正义提供了思想源泉与时代鼓舞。但是，随着现代主义文学的不断成熟，文学愈加关注人类的否定性情感与价值反思，以及时代狂欢与精神贫困等形而上学的终极问题与话语。归属于现代主义文学范畴的超验诗写从孤寂与虚无出发，尤为关注人类的否定性情感与价值结构，探讨人类心灵深处的文化价值与哲理关怀。由此，超验诗写的诗性言说为诸如"文学何为"的"追问"与质询提供了新的认知视角与理论基础，为文学的超功利话语提供了自我救赎的心灵价值，启示与拓展了对历史与时代反思的巨大可能。

超验的诗性言说，是对象征主义这一中外诗学传统的文化传承，它特别关注对现代文学观念与艺术思维的建构，对人类否定性情感的形而上学反思和对孤独、虚无、无助、失败等人类精神困境的创伤性关注与沉思。"在他们当中没有哪个否定过或逃避过死亡，但却不断地返回到死亡的主题之上，而这个主题破坏了、并且奇怪地提升了他们对于语言和美学的运用。"① 超验诗写在语言与哲理上拓宽了诗性言说的话语空间与表现畛域，其语言形成的思想和美学建构的态度，使否定性情感生发出认知性与思想性兼备的文化价值，这与西方现代哲学中"向死而生"的哲学思维不谋而合，也为现代诗歌的认知与写作提供了文化基石。

用"叙事"替代"抒情"的诗观成为 20 世纪 80 年代中期崛起的"第三代诗"的一个旗帜与口号，它针对"朦胧诗"的话语缺陷而提出。然而"抒情"是诗歌本质的内核与属性，现代诗的写作转型并非通过简单的"叙事"转换与颠覆就能完成。从体裁来讲，诗

---

① ［美］爱德华·W. 萨义德：《论晚期风格——反本质的音乐与文学》，阎嘉译，生活·读书·新知三联书店 2009 年版，第 114 页。

歌本身就是一种诗性言说的文体，因而，诗歌的抒情性和歌唱性是它的本质属性与本体追求。纵观现代诗歌的发展，叙事性诗歌并不能完全颠覆与拆解诗歌的抒情特征，只是在一定程度上淡化抒情话语，彰显诗意的智力结构与哲理观照。19 世纪以来的西方现代抒情诗中的象征主义写作，容纳了诗歌的抒情情感与哲思体验，在思维上与 19 世纪以来的现代哲学思潮相吻合，体现了主体意识的觉醒，将传统古典主义与浪漫主义的审美传统和与城市现代生活相关的审"丑"意识相融合。"现代性是一种堕落的、尚未得到救赎的现实……它所承担的任务就是要成为对于那种现实的不停的、示范性的提示。"① 这种"审丑"意识作为客观反思和内在化的抒情，表现出现代诗独特的哲理光晕与人性观照，表现出人的自由选择和与异化生活与世界相冲突的审美体验和审智沉思。象征主义"抒情诗"的世界眼光，解构了审美与文化的单一抒情模式，融入反传统意义上的现代性焦虑和不安体验的现代意识与存在之思，为现代哲学触摸与唤醒人类的主体心灵作出了巨大的贡献。"自己眼中之我是一切积极性的主体，是视觉、听觉、触觉、思维、情感等积极性的主体。我仿佛从自身出发去感受一切，目标指向我的前方，指向世界、指向客体。客体与作为主体之我相对立。"② 当代诗歌的超验诗写潜入否定性情感的观照与勘探，强调对深度情感的发现与沉思，表现为哲理的审智抒情与命运观照。

　　一般而言，"语言"从功能上可分为"日常语言"与"象征语言"。前者用于传达信息、发送意义的沟通关系；后者作为艺术价值的思想触媒，形成审美化的心灵空间与哲理意蕴。从功能上讲，超验化的象征语言通过修辞与通感召唤了语言的事实与思想的并

---

① ［美］爱德华·W. 萨义德：《论晚期风格——反本质的音乐与文学》，阎嘉译，生活·读书·新知三联书店 2009 年版，第 16 页。

② ［苏联］巴赫金：《哲学美学》，晓河等译，河北教育出版社 1998 年版，第 135 页。

行，让语言与哲理同一。"如果艺术是一种迷狂性的知识，那么这是因为有两种现实，一种是显见的，一种是隐藏的。我们可以通过我们的感官和推理性的智力到达显见的现实，而隐藏的现实则只能由艺术（或哲学）揭示出来。"① 而超验思维正是象征语言的表达起点与展示深度。这个运思过程将诗语与灵性联结，展示了语言的陌生化和惊奇感，体现出思想的异质性与神性特征。

超验诗写作为诗歌技巧上升到生命哲学，实现了写作主体与表意空间的融合。"因为我是作为存在的唯一性的活动者参与存在的；存在中除我之外任何东西对我来说皆已非我。"② 诗性言说的超验诗写就是领悟与理解生命，理解自我与世界的象征关系。"在每一语言中都始终存在着混乱，并且这种混乱妨碍它成为某种普遍语言（在此符号准确地对应于概念）的体现，这一点既不妨碍语言在言语的现存使用中实现其揭示作用，也不妨碍它包含的典型的明证性、它的交流经验。"③ 对"黑暗"体验等否定性情感的审视，成为一种生命视角与审美资源。所有成就伟大气息的人生必须历经磨难与苦痛，穿过黑夜，才会抵达生命的拂晓与黎明，才会拥有真正的诗与远方、自由与梦想，才能成为人类心灵的家族成员。如同生存需要食物充饥、需要衣服保暖一样，人类自然也需要一种充满布道情怀与真知灼见的诗意生活，在此意义上，诗性言说就是对现实的一种有效增补与调节，这种精神性、终极化的探索与触摸，成就了诗写的现实意义与认知平衡。超验诗写赋予了行动与事件的内心和解、净化与升华功能。文学书写与对话，便是对心灵的再次触摸与深度关怀。

---

① ［法］让-马里·舍费尔：《现代艺术：18世纪至今艺术的美学和哲学》，生安锋、宋丽丽译，商务印书馆2012年版，第21页。

② ［苏联］巴赫金：《哲学美学》，晓河等译，河北教育出版社1998年版，第42页。

③ ［法］莫里斯·梅洛-庞蒂：《世界的散文》，杨大春译，商务印书馆2005年版，第41页。

任何艺术经典都是对人心与人性的普世关怀与触摸，同理，任何历史与文化都是一种人心与人性维度上的意识积淀。"在我身上，一切空间的存在全都聚集到我的非空间性的内在中心；在他人身上，一切思想的因素却全都聚集到他的空间存在之中。"① 对"诗"与"哲学"在语言中的双重抵达而言，诗是一种感性的情感表达，而哲学是形上的关怀与沉思。一部作品必须有这样的情感结构与生命主题，才能是解决现代意识和文学创作最基本的运思。从单纯直白到隐晦混沌，再从混沌晦涩中超脱出简单纯一，形成肃穆的伟大和高贵的单纯，这是诗人的必然经历与成长方向。没有诗与哲学，文学精神就无法融入艺术之林；没有诗与哲学，人心、人性也就无法与历史、文化会通和相遇。所以，超验诗写作为一种诗性言说，打通了语言与思想的通道，将诗与哲学毗邻，将审美与认知合一。

诗性言说，是与自我心灵的对话，通过移情可以疗愈生命的创伤性记忆，通过文字给不安与恐慌的内心一种安全感与归属感，通过语言确认"自我"的价值与在场。同时，诗性言说又作为一种增补与话语，积极参与社会转型与审美意识的建构与互动当中。"在语言中，含义融入到符号的接缝中，既与符号的物质方面的配合连接到一起，又神秘地在符号背后绽开。"② 诗歌富有节奏的语言是对灵魂深处的触摸，其内在的呼吸与韵律，为寂寞无助的心灵找寻精神寄托与遗忘手段。"诗歌的主要功能是重新赋予我们幻想的情境。"③ 超验诗写，正是诗性言说积极地对语言与思想功能的践行与探求。诗歌是需要体验的，而体验又自然地融入生命哲学，并作为思辨结构去呈现诗性言说的系统与价值，去体味诗句字里行间迷宫

---

① ［苏联］巴赫金：《哲学美学》，晓河等译，河北教育出版社1998年版，第138页。

② ［法］莫里斯·梅洛-庞蒂：《世界的散文》，杨大春译，商务印书馆2005年版，第137页。

③ ［法］加斯东·巴什拉：《空间诗学》，张逸婧译，上海译文出版社2009年版，第14页。

中的思维矿藏与思想能量。通感和超验的诗歌趋向诗化哲学，彰显灵性和神性，因此，超验诗写便是对生命在场和对诗性、灵性和神性的一种见证与发现。

诗歌是一种慢的心灵手艺，在书写中见证语言的"种子"种下神奇与美好。超验诗写，具有无限认知的可能。首先，诗意言说的思维本身是对理性与技术世界的克服与规避，诗意瞬间的形而上学，意味着对觉醒意识与自由时光的完成，但现实的规训始终钳制着诗人的探索。其次，勘探意识深处的精神可能本身就存在着相当大的难度。当一种后文化的快感、迅捷变成生活主流时，这种慢与省思的生命态度和与时代抗衡的生活姿态对人类心灵的拯救意义就显得极为重要。"我们越是为虚无所纠缠，那犹如深渊般在我们四周张开大口的虚无，或者越是为追踪我们的千万桩世务和人事所烦扰，那失却了形式、没有灵魂和爱的种种，我们的反抗就必然越发富有激情、越猛烈和强暴。"① 诗人时常从虚无与孤独中获取营养与智慧，探索积极的"向死而生"的意义，并从这种玄思与冥想的"慢"的哲学中，感受诗歌的光辉与诗歌精神走在"人"的语言途中的愉悦与纯净。

针对"口语写作"的雷同化、复制化以及背后表现出的单一性和扁平化这一趋势，超验诗写承担起回归纯诗与诗性言说这一学院派所一直坚守的精英文学理念，从语言内核切入，通过超验与感应之心，勘探被现实与幻相所隐蔽的意识世界。"只有诗人同时既是主体又是客体，既是自我又是世界，诗人自己才能到达绝对真理。"② 深切可感的诗歌精品，绝大多数都是通过语言表达深厚意蕴与质地的诗意言说，这种抒情与歌唱的诗歌精神背后，蕴藏了诗人

---

① ［德］荷尔德林：《荷尔德林文集》，戴晖译，商务印书馆 2003 年版，第 395 页。

② ［法］让-马里·舍费尔：《现代艺术：18 世纪至今艺术的美学和哲学》，生安锋、宋丽丽译，商务印书馆 2012 年版，第 26 页。

对自由的人类心灵和生命意识的哲理观照。超验与感应的象征主义正是这种灵性与神性合一的审美态度与生命哲学的具体体现。超验之心，是万物平等之观念、神奇与神性之通灵的确证。而诗性言说，正是通过对追忆之心与眷恋之情的书写，在"时间"的对话与沟通中，维系人心与人性的价值与尊严。

第二节　审美思维与哲理观照

文学空间的营造和哲学沉思的终极追问，赋予超验诗写对深度情感、深度体验、深度真相的探索与领悟。"诗有两个邻居，一个是吟唱，一个是思想，作诗居于两者之间。"① 这种美学上的情感表现和哲理观照，使超验诗写成为一种更具深度的情感与认知结构，赋予它诗性言说的精神维度与象征功能。笔者拟从意象的联想性、哲理句的沉思性、刺点句的异项功能和超验诗写的幻想性等维度，基本统照当代诗歌写作的几个路径。这些诗写元素在表现出层次性的同时，也表现为内在的统一性。

（一）意象：审美联想

追求意象的陌生化和异质性，追求现代文学的差异性和反思性，形成合宜统一的意象群，从而组合诗意，形成诗的文学审美空间，这是现代主义诗歌写作的基本路径。但是受传统汉语诗歌的乐观情绪与抒情经验的影响，许多初学者在意象选择上，往往难以转入深层的写作沉思与哲理观照。例如写到"泪水"这种司空见惯的身体意象时，可以用"孤独""虚无"或者更为空灵自然的意象替换之。对"孤独"与"虚无"这类否定性情感的观照与现代性的审美和体验，可以导入对人性和人心的深切凝视和深度观察，在超验

---

① 〔德〕荷尔德林：《荷尔德林文集》，戴晖译，商务印书馆 2003 年版，第 2 页。

的意识深处慢慢抵达诗性言说与诗意凝聚的话语空间。

　　强调意象思维的文体训练，成就诗歌的象征语言与哲理沉思，形成从物象、意象到想象的情感提升与意识跨越，是完成诗性写作的基本步骤。诗是一种分行而有意蕴的文体，这本身就说明了诗这种文学体裁精神性与象征性的双重在场。"在语言成功安排了那些所谓的关键词，使它们能够说出比它们曾经说出的更多的范围内，在它超越于它之作为过去的产物，以至于让我们产生超越所有的言语并走向事物本身的幻觉（因为我们实际上超越了所有既有的语言）的范围内，语言的力量完全存在于它的现在之中。"① 针对否定性情感与价值结构的内心省思，越是疏离生活的意象越容易激发诗的发现与启迪功能，意象的反常规和异质化特质促使诗的外延与内涵凝聚成了诗的独特美学：张力。

　　从"诗歌"进入文学的语言和思维，在诗与哲学两个维度上导向对性灵与命运的形而上学的触摸与关怀，以"反常思维"代替惯常的理性写作，以"无常"之心感知生命的事实性局限并予以沉思和反省，这是现代主义诗歌对惯常理性的反拨与超越。"神秘与对不确定的事物的感觉有关：他们没有按照我们熟悉和习惯的方式出现，它们挑战了我们的理性和逻辑。"② 日常化表达的"泪水"与"哭泣"，并未经过审美内化处理和语言变形，缺少诗学与哲学的双重表现，致使无法形成诗歌应有的张力和哲思。"我们需要达到多么缓慢的沉思，才能体验词语的内在诗歌，词语的内在广阔性。所有大的词语所有被诗人用于巨大词语的都是宇宙的钥匙，这是大宇

----

　　① ［法］莫里斯·梅洛-庞蒂：《世界的散文》，杨大春译，商务印书馆 2005 年版，第 44 页。

　　② ［英］安德鲁·本尼特、尼古拉·罗伊尔：《关键词：文学、批评与理论导论》，汪正龙等译，广西师范大学出版社 2007 年版，第 35 页。

宙和人类灵魂深处的双重宇宙。"① 法国理论家巴什拉说："诗歌是一种即时的形而上学。一首短诗应该同时展现宇宙的视野和灵魂的秘密，展现生命的存在和世间诸物。如果诗歌仅仅追随生命的时间，那它就不如生命；只有中止生命，就地经历快乐与苦难的辩证法，它才能胜过生命。诗歌于是成为根本的同时性原则，最分散、最游离的存在从中获得统一。"② 由此可见，诗是对瞬间的、短暂的、过渡的种种"偶然"情感的沉思与升华，适合夜晚阅读并在困境中才被想起、忆起的一种苏醒与召唤，是从生活层潜向审美层的自觉情感升华和对生命可能路径的勘探与摸索。因而，超验诗写正是这样一种荷尔德林所暗示的从事精神探险与冒险的"工作"或者志业。

（二）哲理句：诗意导引

就诗歌写作和意义阐释而言，哲理句在诗人与读者之间构筑一条意义桥梁。一首诗需要哲理句对诗意进行聚集与导引，让诗从晦涩难懂的话语层向理解与领会的意义空间升华。充满表现张力与思想结构的哲理句，是诗人与读者进行沟通、进入文本和意义之门的有效路径。

哲理句，一方面来自诗意，另一方面来自生活的智慧，它通过语言彰显生活的反讽和疼痛感，是一把打开读者心灵之门的情感钥匙，引导读者阅读的欲望与审美联想。哲理句可以恰到好处地把握"情感"的度，通过语言的神奇组合达成诗与哲思的双重在场。"无论是好是坏，现代诗现在已经把责任的重担放在了读者的肩上。读者必须时时密切关注诗歌中语气的转换、反讽陈述、暗示，而不是

---

① ［法］加斯东·巴什拉：《空间的诗学》，张逸婧译，上海译文出版社 2009 年版，第 216 页。

② ［法］加斯东·巴什拉：《梦想的权利》，顾嘉琛、杜小真译，华东师范大学出版社 2013 年版，第 245 页。

直接陈述。"① 诗歌这种体裁本身联结着超验和感应，超验诗写中所表现出来的晦涩与难懂，也是诗歌之所以成为诗歌的价值与意义所在，是诗作为精英文学对一般读者拒绝与对专业读者考验的一种体现。哲理句的合宜展示，推助了诗歌大众化的社会传播与读者认同。

哲理句，可以导引读者进入诗性言说与诗意想象的价值建构，折射出驾驭语言与展示哲思的能力与水平。理解诗歌需要丰富的哲学阅读与审美体验，同时需要一种精准的语言本体与内心尺度的修辞与转化能力，将写作推向更高生命情怀与艺术趣味的修为和境界。

（三）刺点：异项艺术

合宜展示与运用文本的刺点能够造成诗的刺痛感，在诗人与读者之间建立意义的沟通与理解空间。"刺点也是针眼、小孔、小斑点、小伤口……这种偶然的东西刺了我。而且也伤害了我，令我痛苦。"② 刺点句，是诗人在提炼生活、聚焦诗意的过程中所形成的一种"穿透"能力。多在哲理句和刺点句上下功夫，可以有效地推进诗性言说与诗意生成。这两者能够推助读者有效地理解诗歌、反观哲理或者痛苦聚集，在一首诗里，它们有时可以同一。"刺点是对文本常规的破坏。"③ 刺点句，往往是那些在末句抓住读者眼球和视觉神经的刺痛点，是整首诗歌的情绪与思绪的聚集，也是哲理与现实汇聚的文化痛点。而时代语境中的"刺点"是从文本策略向文化刺点的提升。"反常地、异项地表意、展示，通过偶然性的发现，

---

① ［美］克林斯·布鲁克斯：《精致的瓮：诗歌结构研究》，郭乙瑶等译，上海人民出版社2008年版，第74页。

② ［法］罗兰·巴尔特：《明室：摄影札记》，赵克菲译，中国人民大学出版社2011年版，第9页。

③ 赵毅衡：《符号学原理与推演》，南京大学出版社2011年版，第169页。

以刺痛感的文化形式介入时代语境与意识深处。"①

　　显然，刺点让一首诗从展面向中心聚集，引导读者向生命与哲理意蕴的深度展开沉思，成为诗人与读者沟通的平台，也是一把灵性的钥匙，打开诗意的表意空间。"刺点能造成文本之间的风格差别，也可以造成同一个文本中的跌宕起伏。"② 优秀的诗歌经典张弛了写作主体的想象力与无限可能的认知能力，刺点句考量了诗人对语言、思想并行熔铸诗性言说与诗意创造的能力，同时，也较客观地展示了对时代与人心的沉思与观照。"'刺点'的合宜、合理运用，成为以口语写作为代表的当代诗歌书写最为重要的语言策略，同时，也是一种带有深刻的时代反思与语境置换的文化刺点（刺激与观照）的积极书写。"③ 日常的口语化叙事刺点表现出对生活的反讽与人生荒诞的揭示，诗歌的难懂与晦涩由此得到解决，诗因而有了更广阔与辽远的社会接受与读者认同。

　　当代诗歌的书写范式，慢慢从消费性、娱乐化的语言游戏与机智表达深化到语言的肌质与纹理，通过语言与思想的互为表现，呈现出诗性写作的认知价值与哲学意蕴。由"文本"的刺点转向"文化"的刺点，使"聪明主义"④ 的"刺点诗"写作从时代语境中获得深刻的折射与反思。时代语境中的"文化"刺点，意味着"反讽"的成熟性与修辞效果，同样，也渗透着诗学价值维度中的文化关怀与哲理追寻。

　　（四）超验：感应灵性

　　就诗歌体裁而言，诗性言说正是这种语言智慧与内在哲理的联结，是语言与哲思的彼此融合同一后所形成的文本特征与文体

---

① 董迎春：《当代诗歌刺点及"刺点诗"的价值及可能》，《当代作家评论》2017 年第 4 期。

② 赵毅衡：《符号学原理与推演》，南京大学出版社 2011 年版，第 169 页。

③ 董迎春：《当代诗歌刺点及"刺点诗"的价值及可能》，《当代作家评论》2017 年第 4 期。

④ 同上。

价值。

诗性言说是对现实的平衡与救赎，诗意与时代往往形成吊诡与悖论的关系。身体反应与心理感应的同一，获得一种"超验"的灵性。象征主义哲学让身体与世界形成一种同声相应的体验关系，也是生命对理性思维的自觉疏离。"诗并不以逻辑性结论结束。诗的结尾通过各种方式——命题、隐喻、象征——解决各种张力。"① 从身体开始的写作，也可抵达哲学存在之思与命运观照层面。针对初习者而言，需要对"人体"清单加以熟悉与思考，比如，眼睛、耳朵、脑袋、嘴巴、臂膀、双手、十指、胃、血管、脚掌、神经，也要敢于转向被生活遮蔽的生理器官，比如，乳房、子宫、阳具等生理意象，将诗中分量较弱的简单意象置换成容易入诗且具审美意蕴的"身体"意象。由外部向内部深化的个体体验与超验感应，有助于打破主体的意识局限与思维束缚，生成语言的惊奇效果与灵性特质。象征主义的感应与超验写作可以通过生命的"通灵"教育，或者黑暗练习，在"象征"森林里，彼此感应与友爱，这种精神和情结是生命的初心与真心。"审美存在（整体的人）不能从内部、从可能的自我意识中找到依据。"② 而超验诗写，则唤醒了意识深处的自由情结与生命省思。

从某种意义上讲，生命哲学是从"身体"的沉思及沉思性思维开始的。超验诗写，是对生命与性灵的触摸，而诗性言说的精神价值正在于对艺术上最切近生命的深度体验、深度情感、深度真相（真理）的一种精神勘探与价值追问。"好诗就是这样——它们拥有的抒情身份超越了它们碰巧遇上的主题。它们拥有一个声音，而这个声音的形成，把想象出来的声音汇集成言说的过程，也许是它们

---

① ［美］克林斯·布鲁克斯：《精致的瓮：诗歌结构研究》，郭乙瑶等译，上海人民出版社2008年版，第192页。

② ［苏联］巴赫金：《哲学美学》，晓河等译，河北教育出版社1998年版，第190页。

存在的真正场合。一首诗也许是一个内在的紧迫性留下来的东西，自我希望在其中表达自身，通过写作让自己进入存在。"① 只有触及灵魂真相的诗篇，才是这个时代真正的有效写作。对于富有同情与博爱的诗人而言，这样的诗与哲学的"黑暗"和通灵的内心练习是无法绕过的。

写作不能过于拒绝读者，又不能与读者拉得太近，聪明的写作会较好地和读者把握谈"情"说"爱"的情感深度与价值旨向。超验诗写，正是通过对读者的耐心引领，使之融入对诗的理解与感应之中。显然，对自我的深度体验绝不能被表面的假象和时代的幻象所迷惑，意象句、哲理句、刺痛句的合理运用，使诗性言说更加敞开和更具方向感，是机智与"聪明主义写作"对生活的追问与反观，增加读者阅读的兴趣与快感，使日常体验与形上灵魂联结并同一。

第三节　超验之诗与时代之思

诗是幻想与道说的远方，是检阅内心与思想的旅行，是想象力飞翔并化为智慧的语言成果。在"非诗"的文化语境中，超验诗写自觉地返回语言本体与哲理观照。作为汉语诗歌的当代实践与思想路径，超验诗写具有以下几个方面的文化与创作启示：

第一，超验思维注重对秩序化、理性化写作的排斥和消解，这种返归本能的诗性思维有助于勘探人类隐秘的精神世界。

"五官"的感应，让诗性言说多了进入文本、文体的可能；超验诗写，是对内心矿藏的深度探寻和对深情与真情的"神秘"勘

---

① ［美］哈罗德·布鲁姆等：《读诗的艺术》，王敖译，南京大学出版社 2010 年版，第306 页。

探。"神秘可以被描述为在家中却具有异乡感、熟悉变得陌生或陌生变得熟悉的情况下生成的想法或情感。"① 人类之维与现代意识的主体建构，在超验诗写中获得了一种自由意识与文化可能。不论文学还是艺术，都熔铸于诗性言说的建构之中。"假如文学致力于探讨和反思人物身份的性质，文学便是一个使人兴奋的、具有无拘束的开发性、充满想象力和变形可能性的空间。"② 文学书写是对日常的修补与装饰，是发现诗意的路径与方式，增添了世界的热度与能量。但是，面对这个巨大的"神秘"黑洞，需要强大的智力结构与道义担当，一方面来自生理的巨大挑战，同时也需要心理上自我解构的极大勇气，才能在打破与拆解中生成与延异。面对种种无限可能的幻象，亟须一种勇毅的挑战和"挺住/意味着一切"（里尔克）的诗写信心，如果没有这般"延异"的灵魂与"初心"，写作就会滑入世故意识的深渊，写作的"独立性"和"差异性"也会被束缚钳制。在此意义上，超验诗写保证了写作的质量与立场，让专注于当下和现场的时代话语烙上了审美之维与哲理观照的印记。作为文本中诗与哲学的联结，也为现实人生提供了一种新的理解维度与认知价值。

第二，诗性言说为超验诗写提供了基本的文化理念和认知基础，其审美态度建构了人类性灵的文化维度与思维水平。

尘世之眼，看到结果与方式；现实与理性，加重了焦虑与慌张。日常自身何尝不是后现代式的审美对象，过渡、短暂、回眸一笑。做正确之事，努力劳作，期许邂逅超验中的潜能与奇迹。"审美观照世界的统一性，不是含义即系统的统一性，而是具体的建构

---

① ［英］安德鲁·本尼特、尼古拉·罗伊尔：《关键词：文学、批评与理论导论》，汪正龙等译，广西师范大学出版社 2007 年版，第 38 页。

② 同上书，第 124 页。

的同一性；这个世界是围绕着一个具体的价值中心而展开的。这是一个可以思考、可以观察、可以珍爱的中心。这个中心就是人，在这个世界中一切之所以具有意义和价值，只是由于它与人联系在一起，是属于人的。一切可能的存在和任何可能的意义都是围绕着人这个中心和唯一的价值配置起来的。"① 日常与凡俗在极大程度上习惯了各种集体性的既定秩序与指向，或者过高地估计了永恒与不朽之于情感的价值与意义，而主体的自由与价值却在偏颇中被忽视。"作者既没有完全在场，也没有完全缺席，即便是幻觉般的、难以琢磨的形象，也只会是作者的显灵。"② 超验的审美态度与认知思维，在播撒诗意与情趣的同时，致力于某种完成的瞬间可能，极具自我解嘲与形式否定的文化意味。这种坚实而虚化的"解构"过程，平衡与支撑了理想与希冀，缓解了诗的紧张与焦虑。"任何思想都不会让自己被隔离开来。"③ 日常世界是硬币的两面，一面置于欲望化的无限生存，另一面专注于澈清与澄明之镜。超验诗写为否定性情感的省思与升华提供了联系与沟通的可能。"正是在梦想的层面上，而不是在事实的层面上，童年在我们心中才保持鲜活，并且从诗歌的角度来说是有用的。通过永恒的童年，我们保留着往日的诗歌。"④ 是追求奔放的极致，还是童真的极致，完全忠实和取决于命运的规则和机遇与偶然。珍惜每一种极致，每一种状态，并从中吸取营养，让其结着友爱与珍重的种子，期待果实与苍茫融为最初的相遇。如此，超验诗写启示了后现代语义上的审美旨向与文化情趣。

---

① ［苏联］巴赫金：《哲学美学》，晓河等译，河北教育出版社1998年版，第61页。

② ［英］安德鲁·本尼特、尼古拉·罗伊尔：《关键词：文学、批评与理论导论》，汪正龙等译，广西师范大学出版社2007年版，第23页。

③ ［法］莫里斯·梅洛-庞蒂：《世界的散文》，杨大春译，商务印书馆2005年版，第106页。

④ ［法］加斯东·巴什拉：《空间诗学》，张逸婧译，上海译文出版社2009年版，第15页。

第三，超验诗写回归语言本体和诗性言说的理论关怀，其认知思维重返汉语表意与母语文化中诗性精神与哲理意蕴的融合。

在某种意义上，诗，是一种敞开和象征，也是播撒和意境，同时又是对理性写作的自我疏离。实际上，急于传达和急于表白，是写作的忌讳与负担。"作者受制于他或她所使用的语言，我们同样可以认为语言控制了作者。从这个方面看，语言可以被视为任何一个作家必须运用的一种意指系统：语言的系统与规则不可避免地支配了言说的各种可能性。"① 写诗，是天马行空的想象力练习，亦是语言与思想并行的沉思练习。在驾驭语言与思想的初始，收集与整理一些不常见的意象，合宜地置换诗中相对缺少隐喻与象征功能的日常意象，以此来达到诗歌所追求的陌生感，提升诗的异质性与诗自身的哲学气质，超验诗写正是在这样的意义上让一首诗成为诗与哲学。

抵御来自文学之外的日常话语与习俗话语对文学语言系统的伤害，进行诸如收集与整理、模仿与改写的语言练习，在现代诗经典的审美与沉思话语中，抵达情感与哲理的融合，使汉语的诗性与哲理紧密联结。语言经过一定量的累积与筛选，自然会达成一套更加自为、自然、自觉、自信的诗学话语"质"的精神飞跃。超验诗写，就是这样慢慢进入诗的话语，回归语言本体自身，写作被当作一种话语展示其文化价值，重建汉语的诗意空间与哲理光晕。

第四，超验话语形成了时代的文化刺点，在鲜活的社会语境中探索时代精神与文化意识。

诗人应有意避离过于激动而缺少节制的日常主义的失控抒情和以理性主题为特征的中心化、秩序化的情节与细节叙事，将目光投注于对万物属灵与内心秘密的勘探和对深度与灵性的体验与捕捉。

---

① ［英］安德鲁·本尼特、尼古拉·罗伊尔：《关键词：文学、批评与理论导论》，汪正龙等译，广西师范大学出版社 2007 年版，第 22 页。

"从话语和艺术整体中区分出来的这些因素，如事物、形象、节奏、语调等，只是对它们作抽象分析而已，实际上它们融合成一个具体的、完整的统一体，相互渗透，彼此制约。"① 文学语言，是时代文化意识的一个侧面，因此，通感与通灵的超验诗写有着重要的理论价值和实践意义。

打造诗歌语言的陌生化，关注时代精神的转型和文化语境的刺点，这样的超验诗写呈现了时代的秘密与文化的内涵。"诗人一定不能被文学的过去所矮化，他也不能真去相信某些人所说，诗歌在社会中的作用明显在降低。他也不能校正他的关怀去适应别人心目中的如今时代的伟大思想潮流：时代精神终究不过是批评家们发明的幽灵。"② 诗歌要发展和繁荣，自然要与时代话语保持距离。比起对外部与现实的关注，超验诗写更趋近对人类心灵内部的抚摸与审视。"只有惟一的美存在；而人性和自然将统一于惟一的包容万有的神性。"③ 超验诗写，不仅是一种哲理情思的表达，更是一面反映繁杂社会中人心与人性的镜子，以超现实的思辨和玄秘揭示时代的悖论与文化"刺点"。

正如诗人冯晏所说，冥思苦想写出深度诗歌后，回过头来再写日常之诗会很轻松，像流出来的一样。通感和象征的超验书写避开了日常生活和现实话语的外部干扰，将写作有效地放在诗学话语的内部加以提升与铸造。"在感觉到它的瞬间，对于我们是深不可测的东西，或者在察觉它的刹那间，心灵对于其边际没有明确观念的东西"④，超验诗写不仅关乎诗学价值本身，更关乎时代的文化担当，它将文学的独立性与差异性的智性精神推向了一个更高的生命

---

① ［苏联］巴赫金：《哲学美学》，晓河等译，河北教育出版社1998年版，第94页。

② ［美］哈罗德·布鲁姆等：《读诗的艺术》，王敖译，南京大学出版社2010年版，第100页。

③ ［德］荷尔德林：《荷尔德林文集》，戴晖译，商务印书馆2003年版，第86页。

④ 同上书，第160页。

格局与灵性语境，这是诗之为诗的情感表达和价值所在，是超验诗写对艺术话语的独特贡献与建构价值。

超验诗写赋予汉语灵性与神性的光辉，其注重内心感应与思想意蕴的联结意识，为时代更具难度与高度的写作提供了某种可能。诗性、灵性和神性合一的"超验"话语建构着汉语独特的审美意趣与哲理省思，它走进时代的内心，不断践行文化和心灵的价值。汉语诗歌关注语言自身的诗教与传统，这是中华民族一种与生俱来的审美诗性和文化精神。"如果没有诗，我说，他们甚至永远不会成为一个哲学的民族。"① 诗歌是一种"慢"的心灵手艺，它为中华文化与现代性的审美体验和哲理观照开辟了一条踏实而有效的写作路径。

---

① ［德］荷尔德林：《荷尔德林文集》，戴晖译，商务印书馆 2003 年版，第 77 页。

参考文献

一 诗集、诗选

安琪:《轮回碑》,北京汉语资料馆 2007 年版。

柏桦:《往事》,河北教育出版社 2002 年版。

北岛:《北岛诗歌集》,南海出版公司 2003 年版。

北岛:《失败之书》,汕头大学出版社 2004 年版。

昌耀:《昌耀的诗》,人民文学出版社 1998 年版。

陈超编选:《以梦为马——新生代诗卷》,北京师范大学出版社 1993 年版。

陈东东:《海神的一夜》,中国改革出版社 1997 年版。

陈东东:《明净的部分》,湖南文艺出版社 1997 年版。

陈东东:《夏之书·解禁书》,重庆出版社 2011 年版。

程光炜、洪子诚编选:《第三代诗新编》,长江文艺出版社 2006 年版。

程光炜:《岁月的遗照》,社会科学出版社 2000 年版。

崔卫平编选:《苹果上的豹》,北京师范大学出版社 1993 年版。

海子:《海子诗全编》,上海三联书店 1997 年版。

洪子诚、程光炜编选:《朦胧诗新编》,长江文艺出版社 2004

年版。

侯马:《精神病院的花园》,河北教育出版社 2003 年版。

黄灿然:《世界的隐喻》,文化出版社 1998 年版。

黄灿然:《我的灵魂》,重庆出版社 2011 年版。

蒋维扬主编:《诗歌报10 年诗选》,安徽文艺出版社 1994 年版。

李丽中主编:《朦胧诗·新生代诗百首点评》,南开大学出版社 1988 年版。

李亚伟:《豪猪的诗篇》,花城出版社 2006 年版。

吕德安:《适得其所》,重庆出版社 2011 年版。

欧阳江河:《谁去谁留》,湖南文艺出版社 1997 年版。

欧阳江河:《透过词语的玻璃》,中国改革出版社 1997 年版。

孙文波:《地图上的旅行》,中国改革出版社 1997 年版。

孙文波:《给小蓓的俪歌》,文化出版社 1998 年版。

孙文波:《孙文波的诗》,人民文学出版社 2001 年版。

孙文波:《与无关有关》,重庆出版社 2011 年版。

谭延桐:《夏天的剖面图》,作家出版社 1997 年版。

唐晓渡编选:《与死亡对称》,北京师范大学出版社 1993 年版。

唐晓渡主编:《灯心绒幸福的舞蹈》,北京师范大学出版社 1992 年版。

万夏、潇潇主编:《后朦胧诗全集》,四川教育出版社 1993 年版。

王家新、孙文波:《中国诗歌:九十年代备忘录》,人民文学出版社 2000 年版。

王家新:《没有英雄的诗》,中国社会科学出版社 2002 年版。

王家新:《游动悬崖》,湖南文艺出版社 1997 年版。

西川:《大意如此》,湖南文艺出版社 1997 年版。

西渡:《雪景中的柏拉图》,文化出版社 1998 年版。

肖开愚：《动物园的狂喜》，中国改革出版社 1997 年版。

肖开愚：《肖开愚的诗》，人民文学出版社 2004 年版。

小海、杨克主编：《他们十年诗选》，漓江出版社 1998 年版。

小海：《北凌河》，山东画报出版社 2010 年版。

谢冕主编：《中国百年诗歌选》，山东文艺出版社 1997 年版。

谢冕主编：《中国当代文学作品精选（1949—1999）·诗歌卷》，十月文艺出版社 1999 年版。

徐敬亚等主编：《中国现代主义诗群大观 1986—1988》，同济大学出版社 1988 年版。

哑默：《暗夜的举火者》，武汉出版社 2006 年版。

杨克：《1998 中国新诗年鉴》，花城出版社 1999 年版。

杨克：《杨克诗歌集》，重庆出版社 2006 年版。

杨克主编：《90 年代实力诗人诗选》，漓江出版社 1999 年版。

伊沙：《我的英雄》，河北教育出版社 2003 年版。

伊沙：《伊沙诗选》，青海人民出版社 2003 年版。

于坚：《于坚的诗》，人民文学出版社 2000 年版。

于坚：《于坚诗学随笔》，陕西大学出版社 2010 年版。

于坚：《棕皮手记》，东方出版中心 1997 年版。

余怒：《余怒诗选集》，华文出版社 1999 年版。

喻大翔、刘秋玲编选：《朦胧诗精选》，华东师范大学出版社 1986 年版。

臧棣、肖开愚、孙文波编：《激情与责任：中国诗歌评论》，人民出版社 2002 年版。

臧棣：《燕园纪事》，文化出版社 1998 年版。

翟永明：《黑夜里的素歌》，中国改革出版社 1997 年版。

翟永明：《十四首素歌》，南京大学出版社 2011 年版。

翟永明：《翟永明的诗》，人民文学出版社 2012 年版。

张清华主编：《1978—2008 中国优秀诗歌》，现代出版社 2009 年版。

张曙光：《午后的降雪》，重庆出版社 2011 年版。

张曙光：《小丑的花格外衣》，文化出版社 1998 年版。

张枣：《春秋来信》，文化出版社 1998 年版。

郑敏：《郑敏诗集》，人民文学出版社 2000 年版。

周俊主编：《当代青年诗人自荐代表作选》，河南大学出版社 1989 年版。

周伦佑主编：《亵渎中的第三朵语言花》，敦煌文艺出版社 1994 年版。

二 国内相关研究著作

边建松：《海子诗传：麦田上的光芒》，江苏文艺出版社 2010 年版。

陈大为：《中国当代诗史的典律生成与裂变》，万卷楼图书股份有限公司 2009 年版。

陈超：《最新先锋诗论选》，河北教育出版社 2003 年版。

陈定家选编：《身体写作与文化症候》，中国社会科学出版社 2011 年版。

陈思和：《中国新文学整体观》，上海文艺出版社 2001 年版。

陈仲义：《中国朦胧诗人论》，江苏文艺出版社 1996 年版。

陈仲义：《中国前沿诗歌聚集》，中国社会科学出版社 2009 年版。

程光炜：《中国当代诗歌史》，中国人民大学出版社 2003 年版。

程毅中：《中国诗体流变》，中华书局 1992 年版。

戴锦华：《隐形书写——90 年代中国文化研究》，江苏人民出版社 1999 年版。

董迎春：《反讽时代的孤寂诗写》，黑龙江人民出版社 2012
年版。

董迎春：《走向反讽叙事——20 世纪 80 年代诗歌的符号学的研
究》，苏州大学出版社 2013 年版。

冯俊：《后现代主义哲学讲演录》，商务印书馆 2003 年版。

甘阳主编：《八十年代文化意识》，上海人民出版社 2006 年版。

葛兆光：《汉字的魔方》，复旦大学出版社 2008 年版。

龚鹏程：《文化符号学导论》，北京大学出版社 2005 年版。

顾城：《顾城文选》，北方文艺出版社 2005 年版。

洪子诚、刘登翰：《中国当代新诗史》，北京大学出版社 2005
年版。

洪子诚：《文学与历史叙述》，河南大学出版社 2005 年版。

霍俊明：《尴尬的一代：70 后先锋诗歌》，广西师范大学出版社
2009 年版。

胡书庆：《大地情怀与形上诉求——对〈太阳〉七部书的阐
释》，河南人民出版社 2007 年版。

黄华：《权力，身体与自我——福柯与女性主义文学批评》，北
京大学出版社 2005 年版。

黄粱主编：《地下的光脉》，台湾唐山出版社 1999 年版。

姜耕玉：《汉语智慧：新诗形式批评》，东南大学出版社 2005
年版。

姜耕玉：《跨世纪中国诗歌描述》，百花文艺出版社 1995 年版。

敬文东：《诗歌在解构的日子里》，北京大学出版社 2008 年版。

金肽频主编：《海子纪念文集》（诗歌卷、散文卷、海子诗歌读
本、理论卷），合肥工业大学出版社 2009 年版。

金松林：《悲剧与超越——海子诗学新论》，广西师范大学出版
社 2010 年版。

高波：《解读海子》，云南人民出版社 2003 年版。

李振声：《季节轮换："第三代"诗叙论》，复旦大学出版社 2008 年版。

李志元：《当代诗歌话语形态研究》，人民文学出版社 2011 年版。

廖述务：《身体美学与消费语境》，上海三联书店 2011 年版。

刘波：《"第三代"诗歌研究》，河北大学出版社 2012 年版。

刘春：《朦胧诗以后》，昆仑出版社 2008 年版。

刘春：《一个人的诗歌史》，广西师范大学出版社 2010 年版。

燎原：《海子评传》，时代文艺出版社 2005 年版。

刘小枫：《诗化哲学》，华东师范大学出版社 2007 年版。

刘小枫：《拯救与逍遥》，上海三联书店 2001 年版。

罗建平：《汉字中的身体密码》，东方出版中心 2011 年版。

罗振亚：《20 世纪中国先锋诗潮》，人民出版社 2008 年版。

欧阳江河：《站在虚构这边》，生活·读书·新知三联书店 2001 年版。

沈天鸿：《现代诗学：形式与技巧 30 讲》，昆仑出版社 2005 年版。

盛宁：《人文困惑与反思——西方后现代主义思潮批判》，生活·读书·新知三联书店 1997 年版。

孙绍振：《审美结构与情感逻辑》，华中师范大学出版社 2000 年版。

孙文波：《在相对性中写作》，北京大学出版社 2010 年版。

孙玉石：《中国现代解诗学的理论与实践》，北京大学出版社 2007 年版。

唐晓渡：《唐晓渡诗学论集》，中国社会科学出版社 2001 年版。

唐欣：《说话的诗歌》，中国社会科学出版社 2012 年版。

陶东风：《知识分子与社会转型》，河南大学出版社 2004 年版。

童庆炳：《文化与诗学》，上海人民出版社 2004 年版。

汪晖、陈燕谷主编：《文化与公共性》，生活·读书·新知三联书店 1998 年版。

汪晖：《现代中国思想的兴起》，生活·读书·新知三联书店 2004 年版。

汪剑钊：《二十世纪中国的现代主义诗歌》，文化艺术出版社 2006 年版。

汪民安：《尼采与身体》，北京大学出版社 2008 年版。

汪民安：《身体、空间与后现代性》，江苏人民出版社 2006 年版。

王昌忠：《扩散的综合性——20 世纪 90 年代诗歌写作研究》，人民出版社 2010 年版。

王昌忠：《中国新诗中的先锋话语》，学林出版社 2008 年版。

王光明：《现代汉诗的百年演变》，河北人民出版社 2003 年版。

王家新、孙文波：《中国诗歌：九十年代备忘录》，人民文学出版社 2000 年版。

王家新：《为凤凰找寻栖所》，北京大学出版社 2008 年版。

王珂：《百年新诗诗体建设研究》，上海三联书店 2004 年版。

王珂：《诗歌文体学导论》，北方文艺出版社 2001 年版。

王珂：《新诗诗体生成史论》，九州出版社 2007 年版。

王晓明主编：《二十世纪中国文学史论》，东方出版中心 1997 年版。

王一川：《中国形象诗学》，上海三联书店 1998 年版。

王岳川：《中国镜像:90 年代文化研究》，中央编译出版社 2001 年版。

吴尚华：《中国当代诗歌艺术转型论》，安徽教育出版社 2004

年版。

　　现代汉诗百年演变课题组编：《现代汉诗：反思与求索》，作家出版社 1998 年版。

　　谢冕、洪子诚主编：《中国当代文学史料选》，北京大学出版社 1995 年版。

　　谢冕、孟繁华主编：《百年中国文学总系》，山东教育出版社 1998 年版。

　　谢冕、唐晓渡主编：《鱼花石或悬崖边的树》，北京师范大学出版社 1993 年版。

　　谢冕：《地火依然运行——中国新诗潮论》，上海三联书店 1991 年版。

　　谢冕：《谢冕论诗歌》，江西高校出版社 2002 年版。

　　谢冕：《新世纪的太阳》，时代文艺出版社 1993 年版。

　　杨匡汉、刘福春主编：《西方现代诗论》，花城出版社 1988 年版。

　　叶橹：《现代诗导读》，太白文艺出版社 2008 年版。

　　于坚：《棕皮手记》，东方出版中心 1997 年版。

　　余徐刚：《海子传》，江苏文艺出版社 2004 年版。

　　翟永明：《白夜谭》，花城出版社 2009 年版。

　　张清华：《内心的迷津：当代诗歌与诗学求问录》，山东文艺出版社 2002 年版。

　　张桃洲：《现代汉语的诗性空间》，北京大学出版社 2005 年版。

　　张晓红：《互文视野中的女性诗歌》，广西师范大学出版社 2008 年版。

　　张再林：《作为身体哲学的中国古代哲学》，中国社会科学出版社 2008 年版。

　　赵彬：《断裂、转型与深化——中国九十年代女性诗歌写作研究》，光明日报出版社 2011 年版。

赵晖：《海子，一个 "80" 年代文学镜像的生成》，北京大学出版社 2011 年版。

赵毅衡：《当说者被说的时候》，中国人民大学出版社 1998年版。

赵毅衡：《符号学原理与推演》，南京大学出版社 2011 年版。

赵毅衡编：《符号学文学论文集》，百花文艺出版社 2004 年版。

曾方荣：《反思与重构——20 世纪 90 年代诗歌的批评》，湖北人民出版社 2007 年版。

郑敏：《结构—解构视角：语言·文化·评论》，清华大学出版社 1998 年版。

郑敏：《诗歌与哲学是近邻——结构–解构诗论》，北京大学出版社 1999 年版。

周伦佑主编：《悬空的圣殿》，西藏人民出版社 2006 年版。

周伦佑、蓝马主编：《打开肉体之门》，敦煌文艺出版社 1994年版。

周伦佑、孟原主编：《刀锋上的鸟群》，西藏人民出版社 2006年版。

周瓒：《透过诗歌与写作的潜望镜》，社会科学文献出版社 2007年版。

三　国外研究相关著作

［德］恩斯特·卡西尔：《语言与神话》，于晓等译，生活·读书·新知三联书店 1988 年版。

［德］奥斯瓦尔德·斯宾格勒：《西方的没落》，吴琼译，上海三联书店 2006 年版。

［德］本雅明：《发达资本主义时代的抒情诗人》，张旭东、魏

文生译，生活·读书·新知三联书店 1989 年版。

　　［德］海德格尔：《荷尔德林诗的阐释》，孙周兴译，商务印书馆 2004 年版。

　　［德］海德格尔：《在通向语言的途中》，孙周兴译，商务印书馆 2005 年版。

　　［德］马丁·海德格尔：《林中路》，孙周兴译，上海译文出版社 2004 年版。

　　［德］汉斯—格奥尔塔·伽达默尔：《哲学解释学》，夏镇平、宋建平译，上海译文出版社 2004 年版。

　　［德］黑格尔：《美学》（第三卷下册），朱光潜译，商务印书馆 1981 年版。

　　［德］莱内·马利亚·里尔克：《给一个青年诗人的信》，冯至译，上海译文出版社 2005 年版。

　　［德］马克斯·韦伯：《学术与政治》，冯克利译，生活·读书·新知三联书店 1998 年版。

　　［德］尼采：《悲剧的诞生》，周国平译，生活·读书·新知三联书店 1986 年版。

　　［德］瓦尔特·比梅尔：《当代艺术的哲学分析》，孙周兴、李媛译，商务印书馆 1999 年版。

　　［德］于尔根·哈贝马斯：《现代性的哲学话语》，曹卫东等译，译林出版社 2004 年版。

　　［苏联］米·巴赫金：《巴赫金全集》（六卷本），河北教育出版社 1998 年版。

　　［俄］维克托·什克洛夫斯基等：《俄国形式主义文论选》，方珊译，生活·读书·新知三联书店 1989 年版。

　　［法］A.J.格雷马斯：《符号学与社会科学》，徐伟民译，百花文艺出版社 2009 年版。

［法］布尔迪厄：《艺术的法则：文学场的生成和结构》，刘晖译，中央编译出版社 2001 年版。

［法］大卫·勒布雷东：《人类身体史和现代性》，王圆圆译，上海文艺出版社 2010 年版。

［法］蒂费纳·萨莫瓦约：《互文性研究》，邵炜译，天津人民出版社 2003 年版。

［法］利科：《活的隐喻》，汪堂家译，上海译文出版社 2004 年版。

［法］罗兰·巴特：《符号学原理》，李幼蒸译，生活·读书·新知三联书店 1988 年版。

［法］罗兰·巴特：《恋人絮语》，汪耀进、武佩英译，上海人民出版社 1988 年版。

［法］米歇尔·福柯：《规训与惩罚》，刘北成、杨远婴译，生活·读书·新知三联书店 1999 年版。

［法］米歇尔·福柯：《知识考古学》，谢强、马月译，生活·读书·新知三联书店 1998 年版。

［法］热奈特：《叙事话语、新叙事话语》，王文融译，中国社会科学出版社 1990 年版。

［法］雅克·德里达：《文学行动》，赵兴国译，中国社会科学出版社 1998 年版。

［法］雅克·马利坦：《艺术与诗中的创造性直觉》，刘有元、罗选民译，生活·读书·新知三联书店 1991 年版。

［加］诺思罗普·弗莱：《批评的解剖》，陈慧、袁宪军、吴伟仁译，百花文艺出版社 2006 年版。

［加］诺思诺普·弗莱：《批评之路》，王逢振、秦明利译，北京大学出版社 1998 年版。

［加］约翰·奥尼尔：《身体五态：重塑关系形貌》，李康译，

北京大学出版社 2010 年版。

［美］C. 赖特·米尔斯：《社会学的想象力》，陈强、张永强译，生活·读书·新知三联书店 2005 年版。

［美］艾布拉姆斯：《镜与灯：浪漫主义文论及批评传统》，郦稚牛等译，北京大学出版社 2004 年版。

［美］艾略特：《艾略特诗学文集》，王恩衷编译，国际文化出版公司 1989 年版。

［美］爱德华·萨义德：《文化与帝国主义》，李琨译，生活·读书·新知三联书店 2003 年版。

［美］爱德华·萨义德：《知识分子论》，单德兴译，生活·读书·新知三联书店 2007 年版。

［美］道格拉斯·凯尔纳、斯蒂芬·贝斯特：《后现代理论》，张志斌译，中央编译出版社 2006 年版。

［美］弗·杰姆逊：《后现代主义与文化理论》，唐小兵译，陕西师范大学出版社 1986 年版。

［美］弗雷德里克·詹姆逊：《语言的牢笼》，钱佼汝译，百花洲文艺出版社 1995 年版。

［美］哈罗德·布鲁姆：《影响的焦虑：一种诗歌理论》，徐文博译，江苏教育出版社 2006 年版。

［美］海登·怀特：《后现代历史叙事学》，陈永国、张万娟译，中国社会科学出版社 2003 年版。

［美］海登·怀特：《元史学：十九世纪欧洲的历史想象》，陈新译，译林出版社 2004 年版。

［美］汉娜·阿伦特：《极权主义的起源》，林骧华译，生活·读书·新知三联书店 2008 年版。

［美］理查德·舒斯特曼：《身体意识与身体美学》，程相占译，商务印书馆 2011 年版。

［美］刘若愚：《中国文学理论》，杜国清译，江苏教育出版社2006年版。

［美］马泰·卡林内斯库：《现代性的五副面孔》，顾爱彬、李瑞华译，商务印书馆2002年版。

［美］乔纳森·卡勒：《文学理论入门》，李平译，译林出版社2008年版。

［美］乔治·桑塔亚那：《诗与哲学：三位哲学诗人》，华明译，广西师范大学出版社2002年版。

［美］苏珊·桑塔格：《沉默的美学》，黄梅等译，南海出版公司2006年版。

［美］苏珊·桑塔格：《疾病的隐喻》，程巍译，上海译文出版社2003年版。

［美］奚密：《现代汉诗——1917年以来的理论与实践》，奚密、宋炳辉译，上海三联书店2008年版。

［美］叶维廉：《中国诗学》，人民文学出版社2006年版。

［美］约翰·克罗·兰色姆：《新批评》，王腊宝、张哲译，江苏教育出版社2006年版。

［美］詹姆斯·费伦：《作为修辞的叙事》，陈永国译，北京大学出版社2002年版。

［瑞］费尔迪南·德·索绪尔：《普通语言学教程》，高名凯译，商务印书馆1980年版。

［瑞］汉斯·昆、瓦尔特·廷斯：《诗与宗教》，李永平译，生活·读书·新知三联书店2005年版。

［意］安贝托·艾柯：《诠释与过度诠释》，王宇根译，生活·读书·新知三联书店2005年版。

［意］翁贝尔托·埃科：《符号学与语言哲学》，王天清译，百花文艺出版社2006年版。

［英］艾·阿·瑞恰慈：《文学批评原理》，杨自伍译，百花文艺出版社 1997 年版。

［英］卡尔·波普尔：《开放社会及其敌人》，陆衡等译，中国社会科学出版社 1999 年版。

［英］克里斯·希林：《身体与社会理论》，李康译，北京大学出版社 2010 年版。

［英］克里斯希林：《文化、技术与社会中的身体》，李康译，北京大学出版社 2011 年版。

［英］雷蒙·威廉斯：《关键词：文化与社会的词汇》，刘建基译，生活·读书·新知三联书店 2005 年版。

［英］诺曼·费尔克拉夫：《话语与社会变迁》，殷晓蓉译，华夏出版社 2003 年版。

［英］特里·伊格尔顿：《美学意识形态》，王杰译，广西师范大学出版社 1997 年版。

四　英文部分

Amie Elizabeth Parry, *Interventions into Modernist Cultures*: *Poetry from Beyond the Empty Screen*, Carolina: Duke University Press, 2007.

Christopher Norris, *Deconstruction and the Interests of Theory*, London: Pinter Publisher, 1988.

Michel Strickmann, Bernard Faure, *Chinese Poetry and Prophecy*: *The Written Oracle in East Asia*. Calif: Stanford University Press, 2005.

Harold Bloom, *The Western Canon*, New York: Riverhead Books, 1993.

Harod Bloom, *The Anxiety of Influence*: *A Theory of Poetry* (2nd ed.), New York: Oxford University Press, 1997.

Hayden V. White, *Metahistory*: *The Historical Imagination in Nineteenth-century Europe*, Baltimore: Johns Hopkins University Press, 1975.

Hayden V. White, *The Content of the Form: Narrative Discourse and Historical Representation*, Baltimore: Johns Hopkins University Press, 1990.

Irena R. Makaryk, *Encyclopedia of Contemporary Literary Theory*, Toronto: U of Toronto P, 1993.

Jeannine Johnson, *Why Write Poetry?* New Jersey: Fairleigh Dickinson University Press, 2007.

F. O. Matthiessen, *The Achievement of T. S. Eliot: An Essay on the Nature of Poetry*, Oxford: Oxford University Press, 1935.

Terry Eagleton, *Literary Theory: An Introduction*, Oxford: Blackwell Publishing, 1983.

Wallace Martin, *Recent Theories of Narrative*, NY: Cornell University Press, 1986.

Cai Zong-qi, *How to Read Chinese Poetry: A Guided Anthology*, New York: Columbia University Press, 2008.

后　记

　　我教学生写诗，我读诗、写诗、译诗，我目前的研究领域集中在以新批评理论为背景又与现象学和存在主义的意向性体验相结合的诗学探索，希望这样的"超验"诗学探索对当代诗歌写作及研究有所助益。同时，希望我的写作是诚恳、友爱的，希望我的这颗写作之心能够长久地坚持下去。

　　面对学术写作，我一直心存感恩之心，2017 年上半年我一直在修改《"独自走在我的赤道"——海子"大诗"谫论》这部书稿，我放下手上的所有工作，直到最近完稿。我感到内心的黑暗与巨大的扑空。而这种体验又促使纯哲学思辨的"超验论"的形成。同时，很感激 2016 年 3 月接触到诗人马行的诗歌，让我触摸到"超验"这个诗学话题。而我对海子、昌耀、洛夫、西川、谭延桐、余怒、李心释、马行、臧北、韩文莲、林宗龙的评论文章则是我"超验"的理论旅行，在对《论当代诗歌的孤寂诗写及诗学建构——关于诗歌本体论可能的探索》（《南京社会科学》2012 年第 2 期）、《论现代诗歌的幻想性与艺术书写的可能》（《浙江社会科学》2013 年第 1 期）、《从"再现"返回"表现"——论当代诗写误区及回归》（《学习与探索》2015 年第 6 期）、《诗歌通感与通感诗歌——

诗歌符号学之视角》(《当代作家评论》2016 年第 2 期)等多篇学术论文的修改和重写中使我慢慢接近以"可能性"作为当代诗学范式的"超验"诗学。我曾经花了好几年时间钻研解构主义理论,研究生的学位论文亦是对解构主义代表人物德里达的研究,这样的理论基础刚好与我现在的"超验"诗学研究暗自合流。

很荣幸与中国社会科学出版社签下第二部书稿《当代诗歌超验论》,写作是一个艰难的过程,修改更是一个艰难的过程,十多年来的零星感悟与诗学论文,深深浅浅"撞"成了这部书稿中的体验视角与理论尝试。

当代诗歌的"超验"写作,基本上代表了我对当代诗歌的判断与研究旨趣,诗体本身的诗性就是"通感"的体现,"超验"既是一种审美态度,也是一种哲学观念,对超验诗歌的关注与运思的心灵轨迹,将诗的审美与哲学的认知有效地统一起来,这本身也成为我个人体验或者说关于"诗"的一种理论建构。

在这样安静的假日,没有外在干扰的情况下,一点点地推进带有个人情感色彩的"超验"话语实践。拙著的修改,注定是一个艰苦的过程,但这样的找回时间、治愈时间,坚持与凝视中识别自己粗糙与惶恐的面孔的过程,不失为一种修炼和升华。

今天读心释教授发来的两篇诗学论文,受教甚多,他一直是一位极具觉醒意识的诗人和语言哲学家。他这些年的研究影响与鼓励了我对语言符号学的探索,他精准和明晰的学术语言和诗学研究,让我明白"超验"所自带的不确定和晦涩。

于我而言,如此强调非清晰与非精确的诗意探索及其价值,是希望在自己这个燃烧的情绪趋于学理的阶段,去质疑一种语言及其背后的文化系统,在拆解与驱除中,寻找诗性价值与心灵价值之可能。这个混沌与模糊的诗观和视角,成为我个人的探讨方式,在"向内"的修辞探索中,尝试当代诗歌书写的某种可能,与当代诸多语言符号学研究之视角交汇。但这又充满不确定，我试图在这种带有迷乱与醉意的写作状态中，带着柔软与深情尝试去发现——质疑与唤醒、拆解与建构。诗或者问题意识的形同"硬币"的不同面慢慢让我思考汉语诗歌在当下众声喧哗中如此沉默的原因，并需要更加沉默与坚毅地拒绝并在孤寂中勇敢担当。

谢谢相关的学术前辈和刊物编辑一直以来给予我的默默推助，使我能够推进与完善对诗歌及诗歌写作的理解，并形成这些成果。我经常陷入无法行进写作的悲伤与悲哀，但又在另一种行进与成长中，收获写作赋予我的心灵与文化价值，因而，我是幸运的，也期待这种写作在我读诗、写诗与诗学理论阅读中经得起学术自身标准和尺度的检阅，对当代诗歌的理论研究和写作可能提供一些增补，或者平衡。

本书是我 2010 年从四川大学博士毕业后，历经七年学术生涯陆续完成的"超验"之旅，我将它当作是一个新的体验"起点"。生命总是在沉想中慢慢体悟安之若素和简朴恬静的悠然与超脱，这一种需要认真对待和认真选择。

写作，教我做正确之事。时常枯寂乏味的书斋生活让我体验到生命的另一种精神旅行和生活出路，特别是从中获得的审美和沉思，完善了作为个体价值的"单行道"的现代意味，让我变得相对完整与坦然。做正确之事，做分内之事，做情义之事。每一个深夜的写作结束前，我对自己如是说。

2017 年 12 月 30 日一稿

2018 年 5 月 10 日二稿